ro
ro
ro

rororo

Leena Lehtolainen, 1964 geboren, lebt und arbeitet als Kritikerin und Autorin in Degerby, westlich von Helsinki. Sie ist eine der auch international erfolgreichsten finnischen Schriftstellerinnen. 1994 erschien in Deutschland der erste Roman mit der Anwältin und Kommissarin Maria Kallio, 2012 der erste Krimi um die Personenschützerin Hilja Ilveskero. In dieser Serie sind bereits erschienen: «Die Leibwächterin», «Der Löwe der Gerechtigkeit», «Das Nest des Teufels» und «Schüsse im Schnee».

Gabriele Schrey-Vasara, geboren 1953 in Rheydt, studierte Geschichte, Romanistik und Finnougristik in Göttingen und lebt seit 1979 in Helsinki. 2008 erhielt sie den Staatlichen Finnischen Übersetzerpreis.

«Hilja taugt nicht zum Vorbild. Aber gerade das macht sie zu einer außergewöhnlichen Figur, die die skandinavische Krimi-Literatur wohltuend bereichert.» (NDR)

Leena Lehtolainen

DIE KÄLTE DER WAHRHEIT

Kriminalroman

Aus dem Finnischen
von Gabriele Schrey-Vasara

Rowohlt Taschenbuch Verlag

Die Originalausgabe erschien 2021 unter dem Titel
«Ilvesvaara» bei Tammi Publishers, Helsinki.

Deutsche Erstausgabe
Veröffentlicht im Rowohlt Taschenbuch Verlag, Hamburg, Januar 2023

Redaktion Tanja Küddelsmann
Covergestaltung Cordula Schmidt Design, Hamburg
Coverabbildung muaz jaffar/EyeEm/Adobe Stock
Satz aus der Arno Pro
bei Pinkuin Satz und Datentechnik, Berlin
Druck und Bindung GGP Media GmbH, Pößneck, Germany
ISBN 978-3-499-00996-9

Die Rowohlt Verlage haben sich zu einer nachhaltigen Buchproduktion verpflichtet. Gemeinsam mit unseren Partnern und Lieferanten setzen wir uns für eine klimaneutrale Buchproduktion ein, die den Erwerb von Klimazertifikaten zur Kompensation des CO_2-Ausstoßes einschließt.
www.klimaneutralerverlag.de

Für Raija, Hiljas Seelenverwandte

1

In der Kapelle waren nur ich und der Verstorbene. Auf meinen Wunsch hin hatte man den Sarg offen gelassen, sodass ich die Wahrheit mit eigenen Augen sehen konnte. Der Mann, den ich so sehr gehasst hatte, dass mir die Worte dafür fehlten, war tot. Er würde niemandem mehr etwas antun können.

Es war nicht mehr viel von ihm übrig. Die Krankheit hatte das bisschen Fleisch aufgezehrt, das er bei unserer letzten Begegnung noch auf den Knochen gehabt hatte. Seine Augen waren geschlossen, der letzte Blick, den ich in ihnen gesehen hatte, war leer gewesen wie ein ausgetrockneter Brunnen. Auf seinem Gesicht lag noch ein Hauch von der Wut, an die ich mich seit fast dreißig Jahren erinnerte.

Seit dem Tag, als der Verstorbene, mein Vater, meine Mutter getötet hatte.

Ich hätte mich auf die Leiche stürzen, ihr die Nase brechen, die Brust aufschneiden und das blutlose Herz herausreißen können. Es war die letzte Chance, mich zu rächen.

Einmal hatte ich die Möglichkeit gehabt, diesen Mann umzubringen. Doch ich hatte sie nicht genutzt, weil ich nicht so sein wollte wie er.

Hinter mir hörte ich schleppende Schritte. Der Küster kam, um den Sarg zu schließen. Die Pastorin und die Organistin würden bald eintreffen. Trauergäste hatte ich nicht eingeladen. Die Vettern und Kusinen meines Vaters wollten keinerlei Kontakt zu ihm, und meine Halbschwester Vanamo war dem Mann, der ihre Mutter Saara vergewaltigt hatte, nie begegnet. Es lag bei Saara, der Zehnjährigen von dem Todesfall zu erzählen.

Ich trat zurück und setzte mich in die erste Bank. Dort erwartete mich eine einzelne weiße Lilie. Das plötzliche Brausen der Orgel ließ mich auffahren, die Musikerin hatte zu spielen begonnen, obwohl die Pastorin noch nicht am Altar stand. Die Töne des Chorals erschienen mir unerträglich. Ich hatte mich immer vor Bachs Musik gefürchtet, sie drang mir ins Herz und unter die Haut, sosehr ich mich auch sträubte. Aber ich hatte der Organistin freie Hand bei der Wahl der Musik gelassen. Ein Kirchenlied würde nicht gesungen werden. Die Aussegnung sollte so knapp und schlicht sein, wie es laut Gesetz möglich war.

Ich hätte die praktischen Dinge erledigen und der Zeremonie fernbleiben können. Dieser Mann, Keijo Suurluoto, war mir nur drei Jahre lang ein Vater gewesen. Ich schuldete ihm nichts.

Die Pastorin war noch jünger als ich. Wir hatten miteinander gemailt, weil ich in einer anderen Stadt wohnte und meine Arbeit mir keine Zeit ließ, mich persönlich mit ihr zu treffen. Sie hatte die Situation verstanden und keine unnötigen Fragen gestellt. Mein Vater war nie aus der Kirche ausgetreten, hatte aber auch mit niemandem darüber gesprochen, was für eine Beerdigung er sich wünschte. Erst nach seinem Tod war mir aufgegangen, dass er einer Gemeinde in Kuopio angehörte, weil er die letzten fünfundzwanzig Jahre seines Lebens im Maßregelvollzug in Niuvanniemi verbracht hatte.

Endlich verklang die Musik. Die Pastorin sagte nur ein paar Sätze über meinen Vater. Sie behauptete, Gott vergebe auch das, was ein Mensch nicht verzeihen könne. Dabei suchte sie meinen Blick, aber ich starrte auf das Kreuz über ihrem Kopf.

Die Kerzenflamme flackerte, als sei irgendwo eine Tür geöffnet worden, aber niemand kam herein.

Als die Pastorin mir ein Zeichen gab, legte ich die Lilie auf den Sarg. Wortlos. Wieder ertönte die Orgel, auch diesmal war es die quälende Musik von Bach. Wieso fiel mir plötzlich der Text zu dieser Melodie ein? *Wenn ich einmal soll scheiden, so scheide nicht von mir.* Der Sarg blieb zurück, er würde bald in das ewige Feuer des Krematoriums geschoben werden. Ich würde die Urne mit der Asche später bekommen können, wenn ich mir die Mühe machen würde, sie abzuholen. Darüber mochte ich in diesem Moment allerdings nicht nachdenken.

Die Pastorin erwartete mich am Ende des Ganges, sie gab mir die Hand und signalisierte mir mit ihrem Blick ein Mitgefühl, an dem ich keinen Bedarf hatte. Ich bedankte mich und ging. Draußen war es schon dunkel. Es war Spätherbst, der kalte Wind fraß sich durch meine Jacke, ich zog die Kapuze über den Kopf. Auf dem Großen Friedhof von Kuopio war es still, die Wege waren teils schneebedeckt. Schräg oben strahlten die Lichter des Puijo-Turms. Ich war einmal mit meinem Onkel Jari in dem Café ganz oben auf dem Turm gewesen und hatte Kakao und Hefegebäck bekommen.

Bevor mein Vater auch Onkel Jari getötet hatte.

Aus einer plötzlichen Eingebung heraus machte ich mich auf den Weg zur Puijo-Höhe. Einige Minuten später verdeckte eine Schneeregenwolke den Blick auf den Turm und schleuderte mir große nasse Flocken ins Gesicht. Ich wartete darauf, dass die Ampel umsprang, ohne recht zu wissen, wohin ich wollte. Der schmelzende Schnee auf meiner Haut war das Einzige, was mir noch real vorkam.

Ich spürte das Handy in meiner Schultertasche vibrieren. Eine Textnachricht von einem unbekannten Anschluss.

Hilja Ilveskero, ich habe einen Auftrag für dich. Wenn du wieder in Helsinki bist, melde ich mich bei dir. Ich weiß, dass du eine Frau bist, die die Gefahr nicht scheut.

Keine Unterschrift. Wer hatte meine geheime Telefonnummer herausbekommen und wusste, dass ich die Hauptstadt verlassen hatte? Ich starrte das Handy an, als sei es eine Giftschlange. Am liebsten hätte ich es auf die Straße zwischen die Autos geworfen. Stattdessen überquerte ich die Fahrbahn und lief weiter zur Puijo-Höhe. Die Person, die mich kontaktiert hatte, würde schon noch merken, dass ich nach niemandes Pfeife tanzte.

2

Ich war überrascht, als es an der Tür klingelte. In den zwei Monaten, die ich mittlerweile in meiner provisorischen Wohnung in der Yrjönkatu in Helsinki lebte, war das noch kein einziges Mal vorgekommen. Sollte ich öffnen? Sicher war es jemand, der mir seine Religion aufschwatzen wollte, und ich hatte wirklich keine Lust, mich mit ihm anzulegen.

Das zweite Klingeln war fordernder. Mit Zeugen Jehovas oder Mormonen würde ich schon fertigwerden, sogar mit Pfadfindern, die ihre Adventskalender verkauften. Zum Glück gab es einen Türspion. Ich bewegte mich lautlos wie ein Luchs, das dritte Klingeln übertönte das Knarren der alten Dielen.

Ich dachte an die seltsame Nachricht, die mich vor zwei Tagen in Kuopio erreicht hatte. Stand ihr Absender jetzt vor meiner Tür?

Die Gestalt wusste sich vor Blicken zu schützen. Sie war groß und breitschultrig, das Gesicht war von einem Basecap und einer Sonnenbrille verborgen, die in der Novemberdunkelheit albern wirkte. Über dem Rollkragenpullover konnte ich immerhin das Kinn erkennen.

Der Mann wich ins Treppenhaus zurück und verschwand aus meinem Blickfeld. War die Sache damit erledigt? Doch da gab mein Telefon, das hinter mir auf dem Tisch lag, einen Signalton von sich. Der Mann war zurückgekommen, er hob die Hand, ich sah einen schwarzen Lederhandschuh und ein Handy.

Ich spürte, wie sich die Härchen auf meiner Haut aufrichteten. Meine geheime Nummer sollte eigentlich nur einigen wenigen Vertrauenspersonen bekannt sein. Vorsichtig, um nicht auf das knarrende Dielenbrett zu treten, schlich ich zu meinem Handy. Eine neue SMS.

Ich weiß, dass du da bist, Ilveskero. Mach auf. Ich bin ein Freund von Teppo Laitio und möchte dir einen Job anbieten.

Kein Name, die Nummer war geheim, wie meine. Dennoch wagte ich es zu antworten.

Wer bist du? Unbekannten mache ich nicht auf.

Ich bereute die Antwort, sobald ich sie abgeschickt hatte. Der Name Teppo Laitio hatte mich unvorsichtig gemacht. Der Hauptmeister der Zentralkripo war seit eineinhalb Jahren tot, aber ich dachte immer noch mindestens einmal in der Woche an ihn, und manchmal war die Sehnsucht unerträglich.

Jemand, der meine Verbindung zu Laitio kannte, war entweder wirklich vertrauenswürdig oder extrem gefährlich.

Die Glock lag im Gefrierfach. Meine Hand schmerzte bei der Berührung mit dem eisigen Stahl, doch ich achtete nicht weiter darauf, sondern steckte mir die kalte Pistole hinten in den Hosenbund und zog den übergroßen Pullover darüber. Sie war nicht geladen, aber das konnte der Besucher nicht wissen. Ich nahm das kleinste Messer aus dem Messerblock und legte es auf die Hutablage, sodass ich es im Notfall schnell zur Hand hatte.

Dann öffnete ich die Tür.

Der Mann stand reglos im Schatten, doch ich spürte seinen

Blick auf mir ruhen. Unten im Treppenhaus waren Geräusche zu hören, das Licht ging an.

«Kann ich reinkommen? Was ich zu sagen habe, ist nicht für fremde Ohren bestimmt.»

Die Stimme war ziemlich tief, aber weich, aus den Worten war kein Dialekt und kein ausländischer Akzent herauszuhören. Der Mann überragte mich um fünfzehn Zentimeter, er war also fast zwei Meter groß, schlank, aber breitschultrig. Seine Augenfarbe war durch die Sonnenbrille nicht zu erkennen. Ich schätzte sein Alter auf etwa fünfunddreißig.

Noch konnte ich einen Rückzieher machen, die Tür schließen, das Handy ausschalten und hoffen, dass der Typ aufgeben würde. Aber irgendetwas veranlasste mich zu nicken.

«Ich gebe dir fünf Minuten.»

Ohne ihn aus den Augen zu lassen, trat ich ein paar Schritte zurück. Meine Wohnung hatte nur ein Zimmer, die einzigen anderen Räume waren das Bad und der begehbare Kleiderschrank. Sessel, Bett, Esstisch, Kochnische, meine Bleibe glich eher einem Hotelzimmer als einem Zuhause. Ich hatte mich so positioniert, dass der Mann nicht weitergehen konnte, sondern an der Tür, die er hinter sich zugezogen hatte, stehen bleiben musste.

«Mein Name ist Pyry Lilja. Das reimt sich auf Hilja. So heißt du doch. Hilja Kanerva Ilveskero. Freut mich, dich kennenzulernen. Ich habe viel von dir gehört.» Seine Stimme hatte einen leicht belustigten Unterton angenommen. Doch er musste mir am Gesicht ablesen können, dass ich nichts für leeres Gerede übrighatte. «Ich bin hier, um dir einen Auftrag anzubieten. Meines Wissens bist du ja momentan arbeitslos.»

Woher wusste Lilja das? Ich war weder bei LinkedIn noch in anderen sozialen Netzwerken angemeldet. Ich wollte im Netz möglichst wenig Spuren hinterlassen.

«Um was für einen Job geht es?»

«Um Personenschutz. Dazu wurdest du doch an der Sicherheitsakademie in Queens ausgebildet. Ich hoffe, dass du klug genug bist, über das zu schweigen, was ich dir gleich erzähle. Von dem Hotel, in dem du arbeiten würdest, wissen Normalsterbliche nämlich gar nichts.»

Lilja sprach nicht weiter, sondern nahm die Sonnenbrille ab und starrte mich an, als wolle er meine Reaktion testen. Mir schwirrten Dutzende Fragen durch den Kopf, aber ich wollte meine Neugier nicht zeigen. Da es mir nun doch albern vorkam, im Flur herumzustehen, bat ich ihn ins Zimmer. Als ich mich auf das Bett setzte, drückte mir die kalte Waffe schmerzhaft in den Rücken. Pyry Lilja drehte einen der beiden Esstischstühle zur Seite, um mich besser zu sehen, und ich widerstand der Versuchung, die Lampe so zu drehen, dass mein Gesicht im Schatten lag.

Wer war der Mann? Wieso wusste er so viel über mich? Mir war, als hätte ich den Namen Pyry Lilja schon einmal gehört, aber ich kam nicht darauf, in welchem Zusammenhang.

«Finnland ist ein dünn besiedeltes und abgeschiedenes Land, in dem man seine Ruhe haben kann, wenn man das möchte», begann er. «Diese Eigenschaft wissen viele Prominente zu schätzen. Adlige, Popmusiker, Hollywoodstars. Das Hotel bietet eine Zuflucht vor den Gefahren der Welt. Ansa kann ihren Gästen fast jeden Wunsch erfüllen.»

«Erspar mir das Werbegespräch. Ich habe nicht die Absicht, mich in einer Luxusherberge zu verstecken.»

Lilja lächelte, doch das Lächeln reichte nicht bis zu seinen Augen. «Nein? Viele unserer Gäste sind Frauen. Manche bringen zwar ihre eigenen Leibwächter mit, aber das erlaubt Ansa nur in Ausnahmefällen. Verschwiegenheit ist einer der Trümpfe der Hotelanlage. Und darauf verstehst du dich ausgesprochen gut, wenn ich richtig informiert bin.»

«Wer hat das gesagt?»

«Eini Rantanen, eine Kollegin von Teppo Laitio. Sie ist meine Stiefmutter. Sie war bis vor Kurzem Archivarin bei der Zentralkripo, jetzt ist sie in Rente gegangen. Laitio hat sie doch bestimmt mal erwähnt?»

Ich überlegte. Vor einiger Zeit hatte ein Mann namens Tuomo Rantanen mir einen USB-Stick übergeben, der mir auf Laitios Wunsch nach seinem Tod ausgehändigt werden sollte. Der Mann hatte gesagt, er sei Eini Rantanens Sohn und habe in den letzten zwei Jahren vor Laitios Suspendierung in dessen Abteilung gearbeitet. Demnach wäre Pyry Lilja irgendwie mit diesem Tuomo Rantanen verwandt. Auf dem USB-Stick war die Krankengeschichte meines Vaters gespeichert, die mich zu der Erkenntnis gezwungen hatte, dass er nicht bei allen seinen Taten schuldfähig gewesen war. Doch daran wollte ich jetzt nicht denken. Also wechselte ich das Thema.

«Wo liegt denn dieses Einödhotel?»

Wieder dieses irritierende, selbstsichere Lächeln. Irgendwo hatte ich es mit Sicherheit schon einmal gesehen.

«Das kann ich leider noch nicht verraten. Selbst unsere Gäste erfahren den genauen Standort nicht. Das trägt zum Reiz des Resorts bei. Wir bieten unendliche, zeitlose Ruhe. Ein Leben mit der Natur, wie vor hundert Jahren, aber mit allem modernen Komfort.»

«Hat der Ort einen Namen?»

Liljas Lächeln wurde breiter, nun reichte es schon bis zu den Augen.

«Ja. Ilvesvaara. Luchsberg. Fast wie dein Nachname. Ist das nicht ein schöner Zufall? Du wirst es auf keiner Karte finden, weder gedruckt noch digital. Dort ist nur eine Einöde ohne Straßen verzeichnet. Irgendwo ein Fluss, ein kleiner See, endloser Wald. Und Tiere. Bären – zweifellos nur, wenn sie wach sind –, Wölfe, Vielfraße … Und natürlich Luchse. Für die hattest du ja schon immer eine Vorliebe.»

Ich hatte nicht übel Lust, ihm das selbstgefällige Grinsen vom Gesicht zu wischen.

«Hat Laitio dir auch das erzählt?»

«Er hat oft von dir gesprochen. Er hatte dich ins Herz geschlossen wie eine eigene Tochter. Ich bin schon vor Jahren auf dich aufmerksam geworden. Für dich war ich sicher nur einer unter vielen Gästen im Sans Nom. Ach ja, zum Glück hast du auch Erfahrung in der Gastronomie. In Ilvesvaara sind wir so ein kleines Team, dass sich niemand streng auf sein Revier beschränken kann. Jeder springt da ein, wo es nötig ist. Aber dafür werden wir auch sehr gut bezahlt.»

«Was ist denn dein Tätigkeitsbereich, Pyry Lilja?»

Er breitete die Arme aus.

«Personal Trainer. Masseur. Wanderführer. Ich organisiere Schneeschuhwanderungen, Skiausflüge, Fahrten in Hunde- und Rentierschlitten. Alles, was man in der Natur des hohen Nordens erleben kann. Zusammen mit unserem Koch gehen wir auch angeln und auf die Jagd – für diejenigen, die Spaß daran haben. Du hast in New York gelebt, du kannst dir also bestimmt vorstellen, wie toll es für Stadtbewohner ist, selbst eine Bachforelle zu fangen und dann das Essen zu genießen, das ein Michelin-Koch daraus gezaubert hat.»

«Du bist ja ein echter Tausendsassa.» Ich imitierte Pyry Liljas Lächeln. «Und meine Aufgabe wäre es also, die Unantastbarkeit der Gäste zu gewährleisten. Zwei Fragen: Sind alle Mittel erlaubt? Wie hoch ist mein Gehalt?»

Als ich mich bewegte, drückte die Pistole mir so hart in den Rücken, dass ich beinahe vor Schmerz aufgeschrien hätte. Da fiel mir plötzlich ein, wo ich Liljas konzentrierten Gesichtsausdruck schon mal gesehen hatte.

Es war vor rund fünfzehn Jahren im Väinölänniemi-Stadion in Kuopio, mit dem Stab in der Hand, bereit zum Sprung über die Latte. Über fünf Meter wären ein fantastisches Ergebnis für den zwanzigjährigen Zehnkämpfer gewesen. Einige Sekunden später wich der konzentrierte Ausdruck einer qualvollen Grimasse, als der Stab mitten im Sprung brach und der junge Sportler in den Einstichkasten fiel. Er verlor kurz das Bewusstsein.

Ich behielt meine Erinnerung für mich. Lilja sollte ruhig glauben, dass ich nichts über ihn wusste. Sein Blick wanderte zum Fenster, und als er antwortete, war seine Stimme wieder ernst.

«Über die Regeln musst du mit Ansa verhandeln, aber wie ich sie kenne, lässt sie dir ziemlich freie Hand. Das Gehalt ist zehntausend pro Monat bei freier Kost und Logis. Ansa kann es sich leisten, Leute, die keine Risiken scheuen, gut zu bezahlen. Du darfst nur niemandem verraten, wo du arbeitest, und mit der Außenwelt kannst du ausschließlich per Telefon und SMS kommunizieren. Soziale Medien und E-Mail sind in Ilvesvaara nicht erlaubt.» Er sah mich an. «Was meinst du, Hilja Ilveskero? Wäre es für dich interessant, unauffindbar zu verschwinden?»

3

Der Zug nach Kemijärvi war fast leer. In den Nachbarkabinen im Schlafwagen war niemand. Als ich in den Speisewagen ging, um mir Kaffee und ein Roggenbrötchen zu holen, sah ich, dass auch in den Abteilen nur wenige Reisende vor sich hin dösten. Ich hätte auch nach Kittilä oder Ivalo fliegen können, hatte mich aber für den Zug entschieden. Die Reise dauerte eine ganze Nacht und erschien mir als passender Übergangsritus in einen neuen Lebensabschnitt, von dem ich nicht die geringste Ahnung hatte, wie lange er dauern würde.

Ich war es gewohnt, schnelle Entscheidungen zu treffen, kopfüber in ein Eisloch zu springen, ohne zu wissen, wann ich wieder unter dem Eis hervortauchen würde. Obwohl ich einige Male dem Tod ins Auge gesehen hatte, scheute ich keine Gefahr. Ein Luchs hatte wohl auch sieben Leben, wie eine Katze. Ich mochte nicht nachzählen, wie viele davon ich womöglich schon aufgebraucht hatte.

Über der Kleinstadt lag noch Dunkelheit. Ich stieg als Letzte aus. Soweit ich wusste, lag mein Ziel noch einmal über hundert Kilometer von hier entfernt. Die genaue Lage hatte Ansa Huuhka mir in ihren Nachrichten nicht genannt, und Google Maps hatte mir ebenso wenig weitergeholfen wie die Ortungs-App der US Army, die ich schon in meiner Zeit an der Sicherheitsakademie in Queens gehackt hatte.

Pyry Lilja wartete vor dem Bahnhof. Die Temperatur lag einundzwanzig Grad unter null, bei starkem Nordostwind. Als der dampfende Atem sein Gesicht kurz verdeckte, sah Lilja aus wie eine bereifte Skulptur.

«Willkommen im Norden, Hilja Ilveskero.» Er behielt den Handschuh aus Rentierleder an, als er mir die Hand gab.

Er wollte mir den Koffer abnehmen, aber ich trug Koffer und Rucksack lieber selbst. Meine Glock saß im Achselholster, Pass und iPad steckten im Brustbeutel unter meiner Jacke.

Der Kleinbus war silbergrau, das Nummernschild hinten schien absichtlich von einer Mischung aus Schnee und Tannennadeln verdeckt. Vorn war nur der erste Buchstabe zu sehen, ein L. Die Scheiben im hinteren Teil des Wagens waren abgedunkelt. Ich war darauf eingestellt, auf der Beifahrerseite einzusteigen, aber als Pyry auf den Schlüssel drückte, glitt die rechte hintere Tür auf. Er machte eine ironische Verbeugung und bedeutete mir einzusteigen.

Hinten gab es nur zwei breite Sitzbänke, doch die Schienen davor und dahinter verrieten, dass man bei Bedarf weitere Sitze hinzufügen und verschieben konnte. Eine Glasscheibe trennte die Fahrerkabine vom Passagierbereich. Ich stellte mein Gepäck auf den Boden und vergab gleich den ersten Minuspunkt an die Person, die für die Sicherheit im Wagen zuständig war: Bei einem plötzlichen Bremsmanöver oder einem Zusammenstoß konnten die Gepäckstücke durch die Luft geschleudert werden und die Reisenden treffen. Ich befestigte meinen Rucksack mit dem Sicherheitsgurt auf dem anderen Sitz und schob den Koffer unter den Platz neben mir, als säße ich im Flugzeug.

An der Tür war ein klappbares Tablett mit verschiedenen Vertiefungen und Halterungen befestigt. Wenn man wollte, konnte man ein Bier oder ein Glas Champagner trinken. Wo war der Kühlschrank? Ich drehte mich um und spähte nach hinten, doch da war nur Dunkelheit.

Als Lilja den Motor anließ, verschwand er aus meinem Blickfeld, und die getönten Scheiben hinderten mich daran, hinaus in die Landschaft zu sehen. Nur ab und zu blitzte durch die Windschutzscheibe eine Straßenlaterne auf, die Wegweiser konnte ich nicht lesen. Pyry Liljas breite Schultern verdeckten den Tacho, aber mein Instinkt sagte mir, dass das Tempo deutlich über den erlaubten hundert Stundenkilometern lag. Ganz schön riskant, denn in diesem Teil Finnlands konnte man jederzeit auf eine Rentierherde stoßen.

Obwohl ich meine Umgebung nicht sehen konnte, bemühte ich mich, die Richtung herauszubekommen, in die wir uns bewegten. Aus Ansa Huuhkas Informationen hatte ich herausgelesen, dass die Fahrt nach Nordosten, ins Grenzgebiet zu Russland ging. Ich hatte die Landkarten studiert und festgestellt, dass das Straßennetz hier deutlich spärlicher war als im Süden. Deshalb wunderte es mich, dass Pyry immer wieder abbog. Dafür konnte es nur eine Erklärung geben: Er wollte meinen Orientierungssinn verwirren. Tat er das bei allen Gästen – oder wollte er mich testen?

Wir fuhren schweigend dahin. Ich hatte Dutzende Fragen, aber es war besser, sie derjenigen zu stellen, die Ilvesvaara leitete: Ansa Huuhka. Im Internet hatte ich nur wenige Informationen über sie entdeckt; sie hatte keine Facebook-Seite und keinen Twitter-Account. Erwähnt wurde ein Bauprojekt in Sotschi zwei Jahre vor der dortigen Winterolympiade, außerdem stand ihr Name auf einer Liste von Leuten, die über zwanzig Jahre zuvor ihre Ausbildung an einer Londoner Hotelfachschule abgeschlossen hatten. Dazu kamen noch die aktuellen Angaben im Handelsregister. Ansa Huuhka wusste sich zu verbergen. Dafür verdiente sie Respekt.

Nach einer knapp einstündigen Fahrt ertönte ein seltsamer

Signalton. Ging Lilja etwa das Benzin aus? Nein, er setzte ein Headset auf und begann zu sprechen. Seine Stimme drang zwar nur gedämpft durch die Scheibe, doch einige Wörter fing ich auf.

«Nein.»

Langes Schweigen, dann schüttelte er den Kopf, als ginge ihm das, was er hörte, gegen den Strich.

«Das dürfte jetzt zu spät sein!» Er klang aufgebracht, doch sein Gesprächspartner gab nicht nach. Lilja zuckte die Achseln, schnaubte laut, nahm das Headset ab und warf es auf den Boden. Dann drehte er sich kurz zu mir um. Obwohl seine Miene unergründlich war, spürte ich Gefahr. Ich drückte den linken Oberarm fester gegen meine Waffe. Pyry Lilja konnte wohl nicht so dumm sein, sich einzubilden, ich hätte die Glock im Koffer gelassen?

Der Wagen bog nach links ab und drosselte das Tempo. Pyry setzte den Blinker, nach rechts, zum Straßenrand. Ich atmete tief und gleichmäßig. Warum sollte er mich auf einmal bedrohen?

Über ihn hatte ich immerhin einige Fakten gefunden, unter anderem in der Leichtathletik-Datenbank und in einer mehr als zehn Jahre alten Ausgabe des Leichtathletik-Jahrbuchs. Diverse Verletzungen hatten seiner Karriere als Zehnkämpfer ein Ende gesetzt. Außer im Zehnkampf war er bei Länderkämpfen auch im Stabhochsprung und im 110-Meter-Hürdenlauf für Finnland angetreten. Meines Wissens eine ungewöhnliche Kombination.

Es würde Pyry Lilja nicht gelingen, mich vollkommen spurlos verschwinden zu lassen. Ich hatte meiner Freundin Monika von Hertzen erzählt, für wen ich demnächst arbeiten würde. Auf der Zugfahrkarte stand mein Name, man würde leicht nachweisen können, dass ich nach Kemijärvi gereist war. Wenn Lilja und Huuhka mir Schaden zufügten, würden sie nicht ungeschoren davonkommen.

Trotzdem pochte mein Herz wie wild, als die Tür aufging und Pyry hereinspähte. Er hatte die Pelzmütze auf, die er schon am Bahnhof getragen hatte. Hinter ihm lag ein verschneiter Kiefernwald. Durch die Wolken fiel nur spärliches Licht, als ich den Blick wandern ließ, sah ich jedoch den Widerschein der Sonne im Seitenspiegel. Demnach stand der Wagen momentan in Richtung Nordwesten.

«Ich habe vergessen, es dir am Bahnhof zu sagen, Ansa hat gerade angerufen und mich daran erinnert. Gib mir bitte dein Handy und alle anderen digitalen Endgeräte, die du bei dir hast. Du bekommst sie in Ilvesvaara zurück, wenn Ansa sie überprüft hat. Wir möchten nicht, dass deine Ortungsdaten frei zugänglich sind.»

«Kommt nicht infrage. Wie soll ich denn ein Hotel schützen, von dem ich nicht weiß, wo es sich befindet? Das ist doch absurd.»

«Ich halte mich nur an Ansas Anordnung. Du kannst dann mit ihr verhandeln. Oder hier aussteigen. Da du dein Telefon ja noch hast, kannst du dir ein Taxi rufen. Übernachtungsmöglichkeiten findest du in Kemijärvi.»

Lilja konnte nicht wissen, dass ich nur ein altmodisches Handy besaß, das nicht so leicht zu orten war wie die neuen Smartphones, die permanent irgendwelche Signale aussandten. Dann fiel mir ein, dass er meine Telefonnummer herausgefunden hatte, obwohl ich die SIM-Karten immer wieder wechselte.

«Gibst du mir die Sachen nun freiwillig, oder muss ich dein Gepäck durchsuchen?», fragte Pyry.

Begriff er wirklich nicht, dass ich eine Pistole hatte? Oder war er ebenfalls bewaffnet? Ich seufzte und tat so, als sei seine Forderung die größte Tragödie der Welt. Dabei hasste ich elektronische Geräte und kam bevorzugt ohne sie aus. Natürlich verwendete ich bei Bedarf bestimmtes Sicherheitsequipment wie Tracker oder Überwachungskameras, aber ich wollte nicht, dass jemand dieselben Mittel gegen mich benutzte.

Ich nahm das Handy aus der Tasche und das iPad aus dem Brustbeutel und reichte ihm beides.

«Mehr habe ich nicht dabei. Du kannst gerne nachsehen. Ich verstehe bloß nicht, was das soll.»

«Anordnung von Ansa. Lass es dir von ihr erklären. Falls du weiter mitfahren willst.»

«Da du mein Handy hast, kann ich jetzt ja kein Taxi mehr bestellen. Und ich hab keine Lust, stundenlang in dieser Kälte zu warten. Sieht nicht so aus, als ob man hier gut trampen kann.»

Ich bemühte mich, sorglos zu klingen. Pyry Lilja sollte sich nicht einbilden, er habe die Oberhand gewonnen. Die Luft, die durch den Türspalt drang, war so kalt, dass sich mein Gesicht verzog und mir die Augen tränten.

«Entschuldige, du frierst bestimmt. Ist es dahinten ansonsten bequem?» Die Tür schloss sich, ohne dass ich hätte antworten können, er setzte sich wieder ans Steuer und fragte, ob ich Musik hören wolle. Nein danke, ich hatte keinen Bedarf an zusätzlichen Reizen, die meine Beobachtungsgabe einschränkten. Lilja warf seine Mütze auf den Beifahrersitz und stellte klar: «Die ist aus echtem Rentierfell. Du hast doch nichts dagegen, oder?»

«Ich benutze durchaus Leder und Felle von Tieren, die ich auch esse. Rentier, Schaf, Rind, Pferd. Aber nicht aus Massentierhaltung oder von wilden Tieren.»

«Richtig, du sollst ja mal in Russland durch einen Luchspelz in Schwierigkeiten geraten sein. Oder vielmehr, du hast deine Auftraggeberin im Stich gelassen und deinen Job gekündigt.»

Im Rückspiegel konnte ich Pyry Liljas Miene nicht sehen. Was hatte Teppo Laitio ihm denn alles über mich erzählt? Und vor allem – warum? Als würde Laitio meine Geschicke auch jetzt noch lenken, obwohl von ihm nur noch ein Haufen Asche übrig war.

«Es ist gut, wenn jemand seine Prinzipien hat», sagte Pyry.

«Du hast das Doping, das dein amerikanischer Trainer dir angeboten hat, ja auch abgelehnt.»

Bei meiner Antwort zuckte er zusammen. Von dem Vorfall hatte ich im Interview eines Kugelstoßers gelesen, der im selben Sportzentrum trainiert hatte.

«Doping hätte nichts gebracht. Der Zehnkampf fordert so viele verschiedene Eigenschaften vom Körper, und Spannkraft lässt sich nicht durch Pillen verbessern. Aber das ist schon Jahre her. Wir beide waren zur gleichen Zeit in den USA, ich allerdings in Kalifornien und du in New York. Noch ein verbindender Faktor zwischen uns.»

Ich fragte mich, wieso Pyry auf einmal so gesprächig war. Hatte er geglaubt, ich würde alles, was er sagte, aufzeichnen, solange ich mein Handy bei mir hatte?

«Wie bist du eigentlich in der Sicherheitsakademie in Queens gelandet?»

«Hat Laitio dir das nicht erzählt?» Ich entspannte mich ein wenig. Liljas Informationen waren zum Glück nicht lückenlos. «Nach der Armee habe ich überlegt, was ich mit mir anfangen soll. Auf der Polizeischule hätten sie mich wohl nicht genommen, weil ... »

Ich konnte den Satz nicht zu Ende führen. Obwohl mein Vater tot war, hing sein Schatten immer noch über mir. Ich war für immer die Tochter eines Mörders.

«Ich hätte mich nicht in die Polizeihierarchie einfügen können. Auch bei der Armee war es manchmal schwierig, Befehle zu befolgen, die keinen Sinn ergaben.»

«Bei Ansa musst du flexibel sein, aber sie schätzt Menschen, die ihre Sache verstehen. Ich helfe dir, so gut ich kann, schließlich habe ich dich ja empfohlen. Ich bin sozusagen verantwortlich.»

«Danke, aber ich komme allein zurecht.»

Pyry sollte sich nicht einbilden, dass ich ihm etwas schuldig war. Im selben Augenblick trat er voll auf die Bremse. Im Seitenspiegel sah ich, dass leichter Pulverschnee fiel, der die Sicht einschränkte. Musste Pyry einem Rentier ausweichen? Da sah ich ein Paar weiße Flügel auf der Motorhaube.

«Das arme Schneehuhn. Das ist buchstäblich aus dem Nichts gekommen. Ich seh mal nach, ob es noch lebensfähig ist oder ob ich es erlösen muss.»

Er stieg aus. Ich versuchte, die Tür zu öffnen, aber sie war verriegelt. Mit welchem Recht sperrte der Kerl mich im Auto ein? Ich sah das Schneehuhn hilflos zappeln, es konnte nicht auffliegen. Dann hörte ich ein Knacken und einen weichen Aufprall, das Tier zuckte, und eine Hand entfernte es aus meinem Blickfeld.

Pyry Lilja war offensichtlich in der Lage, ohne jedes Zaudern zu töten.

4

Ich hab den armen Vogel nicht begraben. Irgendein anderes Tier kann damit seinen Hunger stillen», sagte Pyry und wischte mit einem Taschentuch das Blut von seinem Handschuh ab, bevor er ihn auszog und auf den Beifahrersitz legte. Der Neuschnee hatte inzwischen eine dicke Schicht auf den Scheibenwischern gebildet, und wir mussten warten, bis die Sicht frei wurde, bevor wir weiterfahren konnten.

Eine Schneehuhnfeder flog von der Motorhaube auf. Pyry hatte dem Vogel blitzschnell das Genick gebrochen. Ich hätte ganz genauso gehandelt. Ein Gnadenschuss war schwer für den, der ihn abgab, aber für den Sterbenden war er eine Erleichterung. Ich musste an Frida denken, die am Straßenrand zusammengebrochen war. Von ihr hatte selbst Laitio nichts gewusst, also erzählte ich auch Pyry nichts.

Seit dem Zwischenfall war er wieder verstummt. Wir fuhren eine Viertelstunde lang in tiefem Schweigen. Plötzlich hellte sich die Umgebung auf: Pyry hatte die Scheibentönung ausgeschaltet. Das Auto bog auf eine Nebenstraße, auf der man keinen anderen Wagen hätte überholen können. Der Wald bestand nun vorwiegend aus Fichten, hier und da waren Windbrüche zu sehen. An den Bäumen hingen Bartflechten, ich konnte die Schärfe der reinen Luft schon erahnen. Die Schneewehen waren von Tierspuren gemustert: Eichhörnchen, Schneehase, stammte die Spur dort von einem Wiesel?

In meiner Kindheit in Hevonpersii war der erste Schnee ein

Fest gewesen, denn im Schnee formte sich eine neue Karte der Tiere der näheren Umgebung. Dort am Flussufer war ein Fischotter den Hügel hinabgerutscht, huch, wie nah der Elch ans Haus gekommen war! Die Waldmaus hinterließ kleine Perlenschnüre auf dem Schnee. Onkel Jari hatte mich gelehrt, Fährten zu lesen, und als ich an der Sicherheitsakademie in Queens einen kanadischen Seilretter kennenlernte, der zum Volk der Ojibwe gehörte, hatten wir versucht, uns im Lesen von Tierfährten zu übertrumpfen, worüber die Kursteilnehmer aus der Stadt gelacht hatten. Doch Mike Virtue, der Gründer und Leiter der Akademie, hatte erklärt, im Leibwächterberuf könne sich alles Wissen als nützlich erweisen, und war mit dem ganzen Kurs in den Central Park gegangen, damit alle lernten, die Ausscheidungen eines Waschbären von denen eines Stadtfuchses zu unterscheiden.

Pyry trat aufs Gas wie ein Rallyefahrer, der weiß, dass ihm auf der Trainingsstrecke niemand entgegenkommt, und wirbelte dabei so viel Schnee auf, dass er mir kurzzeitig die Sicht aus dem Seitenfenster nahm. Als er das Tempo drosselte, ragte vor uns ein etwa zweieinhalb Meter hohes eisernes Tor auf, das an beiden Seiten in einen zwei Meter hohen Maschendrahtzaun überging. Die Überwachungskamera am Tor registrierte offenbar über einen unsichtbaren Mechanismus, wer wir waren, denn Pyry brauchte nicht einmal einen Code einzugeben, um das Tor zu öffnen.

Der Zaun würde jemanden wie mich nicht zurückhalten. Das war eine gute Nachricht. Trotzdem fühlte ich mich ausgeliefert, als der Wagen durch das Tor fuhr. Der Schnee lag mehr als zehn Zentimeter hoch, obwohl erst Mitte November war. Der Weg wurde wieder zweispurig, rechts davon verlief eine Loipe, die aber schon bald nach rechts in Richtung einer steilen Felswand abbog. Ich schätzte die Höhe des Berges auf fast zweihundert Meter. Der Baumbestand war spärlich, und plötzlich tauchte ein etwa 25 Meter hoher, teils gefrorener Wasserfall vor meinen Augen auf. Er speiste einen Fluss, über den eine dekorative, geschwungene Holzbrücke führte. Als ich dem Flusslauf mit den Augen nach links folgte, sah ich zwischen den Bäumen eine weiße Ebene schimmern, einen ungefähr anderthalb Kilometer langen See. Wo kam der Wasserfall her?

Pyry bog in die andere Richtung ab, zu einem offenen Platz, über dem eine unregelmäßige Formation aus großen Glaswürfeln hing, die in der Luft zu schweben schienen. Ich sah nur schimmernden Schnee und Glas, strahlendes Eis und grüne Tannenzweige. Die winterliche Farbpalette von Ilvesvaara war bei bewölktem Wetter eintönig, dennoch fühlte ich mich wie in einer Art Märchenland.

«Ist das nicht ein beeindruckender Anblick? Mir verschlägt es jedes Mal die Sprache, wenn ich ankomme, obwohl ich schon bald anderthalb Jahre hier wohne.»

«Wer hat das entworfen?»

Aus der Nähe sah man in den Glaswürfeln nun auch Drahtseile und leichtes Stützwerk aus Stahl. Dennoch hatte man das Gefühl, die Glashäuschen seien ganz von allein zwischen den Bäumen gewachsen. Es schienen einige mehr zu sein, als ich auf den ersten Blick gedacht hatte.

«Weitgehend Ansa selbst. Natürlich wurde sie von einer Spitzenarchitektin und einer Reihe anderer Profis unterstützt. Aber das hier ist ihr langjähriger Traum.»

Pyry stieg aus, jetzt ließ sich auch meine Tür von innen öffnen. Der Wind blies vom See und wehte mir die Kapuze vom Kopf. Einen Augenblick lang wurde ich vom aufstiebenden Neuschnee geblendet. Über dem See schwebte ein weißer Wirbel, am Ufer stand ein Gebäude, das nach einer Sauna aussah, von dort führte ein Pfad zu einem Eisloch. Ich registrierte die Umgebung und dachte gleichzeitig über mögliche Gefahrenquellen nach. Wasser war immer bedrohlich, ebenso der steile, rutschige Fels. Die Glaswürfel in den Bäumen sahen schön aus, die dazwischen gespannten Hängebrücken einfallsreich. Wie blieben sie nur im Winter eisfrei?

Nun sah ich das vordere Nummernschild des individuell angepassten Kleinbusses. LNX-5. Die Buchstaben ließen mich an das Wort *lynx* denken, Luchs. Ansa Huuhka kümmerte sich offenbar in allen Einzelheiten um das Branding ihres Urlaubsresorts. Wie viele Fahrzeuge mit dem Kennzeichen LNX mochte sie besitzen?

«Als Erstes musst du dich bei Ansa melden. Danach kannst du dein Quartier beziehen.» Ohne mich zu fragen, nahm Pyry mein Gepäck aus dem Wagen. Es enthielt nur Kleidung und Kosmetika, er würde nichts über mich erfahren, selbst wenn er meine Slips untersuchte oder meine Hautcrememarke herausfand.

Der Fußweg zum ersten Haus war mit Tannenzweigen bedeckt, die bei einem Wetterumschwung gefrieren konnten, wenn man sie nicht oft genug austauschte. Mir war nicht klar, wie wir das Gebäude, das in etlichen Metern Höhe baumelte, erreichen sollten, denn es schien keine Treppe zu geben. Dann bemerkte ich zwischen den Baumstämmen einen Glaskasten. Ein Lift.

Es gefiel mir nicht, dass es keine Treppe gab. Ein Aufzug konnte aus den verschiedensten Gründen stecken bleiben. Wieso hatte das Bauamt diese Lösung zugelassen? Ohne Endkontrolle durfte man in Finnland kein Gebäude in Betrieb nehmen. Die finnischen Beamten galten als unbestechlich, woran ich allerdings nicht restlos glaubte. Jeder Mensch hat einen

Preis. Und Ansa Huuhka schien so reich zu sein, dass ein kleines Schmiergeld ihre Kasse nicht groß belasten würde.

Der Aufzug war für vier Personen ausgelegt, doch Pyry Lilja platzierte das Gepäck so, dass er dicht neben mir stand. Es ärgerte mich, dass ich zu ihm aufsehen musste. Mir als 1,80 Meter großer Frau passierte das nicht oft. Liljas glatt rasiertes, eckiges Kinn befand sich auf der Höhe meiner Augen. Ich roch kein Rasierwasser.

Die Aufzugtüren öffneten sich. Ich betrat einen drei Meter breiten Flur mit einem Boden aus Glas. So entstand die Illusion, durch die Luft zu spazieren. Für Menschen mit Höhenangst war Ilvesvaara nicht geeignet. Die Wände des Gebäudes waren zu einem großen Teil aus halb transparentem Glas. Man sah nach draußen, aber kaum nach innen. Auf dem Flur standen einige Grünpflanzen, stellenweise streiften Tannenzweige die Fenster. Als ich zur Anhöhe blickte, sah ich Fuchsspuren. Was hatte Pyry Lilja gesagt? Rentiere, Wölfe, Bären. Die Anwesenheit eines Luchses spürte ich immer schon im Voraus. Jetzt nahm ich sie nicht wahr.

Pyry öffnete mir eine große Tür aus Eichenholz, ging aber nicht mit hinein. Als die Tür sich hinter mir schloss, sah ich erst einmal gar nichts. In diesem Raum hingen Jalousien an den Fenstern, und es brannte kein Licht. Ich hörte ein leises Brummen, das mich an einen Zahnarztstuhl erinnerte.

Ich roch die Frau, bevor sie das Licht anknipste. Ein blumiger Duft, unter dem Vanille und Ambra lagen. Er war weder weich noch mädchenhaft. Meine Nasenlöcher blähten sich, im hellen Licht musste ich blinzeln.

«Ihr wart aber schnell. Pyry ist sicher gerast wie immer. Ich habe ihm schon gesagt, dass die Firma nicht für seine Geldbußen aufkommt.»

Die Frau saß in einem braunen Ledersessel mit hoher Rückenlehne hinter einem massiven Schreibtisch und machte keine Anstalten, zur Begrüßung aufzustehen. Im Zimmer befanden sich außerdem einige Schränke, zwei Sessel und ein kleiner Tisch mit einem Arrangement aus Zweigen im Ikebana-Stil.

Wir sahen uns an. Es war schwierig, Ansa Huuhkas Alter einzuschätzen. Auf den ersten Blick wirkte sie wie vierzig, denn ihre Haut war noch glatt und ihr Körper geschmeidig, aber als ich ihr Mienenspiel und ihre Gesten genauer betrachtete, konnte ich mir auch vorstellen, dass sie mindestens zehn Jahre älter war. Vielleicht hatte Ansa gute Gene und einen geschickten Schönheitschirurgen, dessen Arbeit man nur wahrnahm, wenn man Ansa seit ihrer Kindheit kannte.

«Setz dich doch», forderte sie mich schließlich auf, ohne den geringsten Versuch, freundlich zu klingen. Offenbar reservierte sie den warmen Tonfall für zahlende Gäste.

«Als Personenschützerin hast du zuletzt auf dem Gutshof Loberga in Raasepori gearbeitet. Danach bist du in die Gastronomie zurückgegangen, bis die Restaurants wegen der Coronapandemie geschlossen wurden.»

Ich sparte mir eine Antwort. Als Pizzabotin hatte ich nicht viel verdient, aber auch dieser Job war besser gewesen, als zu Hause zu sitzen und Däumchen zu drehen. Mich um meine frühere Stelle bei der Sicherheitskontrolle am Flughafen zu bewerben, hätte keinen Sinn gehabt, denn es gab praktisch keine Flüge.

«Du warst bei der Armee, dein Dienstgrad ist Fähnrich. Du bist also Reserveoffizierin.»

Ansa stellte diesen Tatbestand fest, als handle es sich um eine seltene Krankheit, die ich nur durch glücklichen Zufall überwunden hatte. Ich nickte.

«Warum hast du keine militärische Laufbahn eingeschlagen? Fähige Frauen sind bei der Armee gefragt.»

«Selbstständiges Arbeiten liegt mir besser.»

Nun war Ansa an der Reihe, verständnisvoll zu nicken. Dann erkundigte sie sich, wie ich in der Wildmark zurechtkam. Obwohl Pyry in Ilvesvaara der hauptamtliche Natur-Guide war, musste auch die Personenschützerin dies und jenes beherrschen. Manche Gäste waren noch nie in einem naturbelassenen Wald gewesen, geschweige denn in einem verschneiten und stockdunklen Ödwald.

«Ich bin auf dem Land aufgewachsen, habe Wasser für die Sauna aus dem See geholt und die Späne zum Feuermachen selbst geschnitten. Zum Schulbus musste ich mehrere Kilometer zu Fuß gehen, auch bei vierzig Grad unter null. Nicht das Wetter ist das Problem, sondern die falsche Ausrüstung. Das gilt in jeder Situation.»

«Richtig. Für uns in Ilvesvaara sind die Privatsphäre und die Sicherheit unserer Gäste das Wichtigste. Ersteres bedeutet, dass du auf keinen Fall Dritten erzählen wirst, wem du bei deiner Arbeit hier begegnest. Du musst eine Verschwiegenheitsvereinbarung unterschreiben, mit ähnlichen Bedingungen, wie sie für ärztliches Personal, für die Polizei und für Geistliche gelten. Einige Gäste bringen ihre eigenen Bodyguards mit, aber da es immer noch wenig weibliche Vollprofis gibt, brauchen wir dich. Um ein Beispiel zu nennen: Wenn Madonna sich hier aufhält, hat sie ihren eigenen Trupp dabei. Wenn zum Beispiel ein NBA-Star unser Gast ist, hat seine Begleiterin nicht unbedingt eine eigene Personenschützerin. Wir erwarten von dir Flexibilität und Anpassung an wechselnde Situationen. Bist du dazu in der Lage?»

«Natürlich. Was für Sicherheits- und Kontrollsysteme gibt es hier? Ich brauche Informationen zu Überwachungskameras,

Verriegelungssystemen, Alarmanlagen – also über alles, was in mein Fachgebiet fällt.»

«Alles zu seiner Zeit», versprach Huuhka. Zuerst müsse sie meine mobilen Kommunikationsgeräte überprüfen. Ich würde mein Handy und mein iPad im Lauf des Abends zurückbekommen.

«Ich habe volles Vertrauen zu unserem Koch Johan Stensson, aber manche Gäste werden dich vielleicht bitten, ihnen als Vorkosterin zur Verfügung zu stehen. Du hast doch keine Nahrungsmittelallergien?»

«Nein, und auch keine anderen.»

Allergisch war ich nur gegen Aufgeblasenheit, leeres Geschwätz und Leute, die sich etwas auf ihren Rang einbildeten, doch das behielt ich besser für mich. Für Sicherheitspersonal gehörte es zum Job, gedemütigt zu werden, und ich hatte gelernt, zu spüren, wie viel ich ertragen konnte.

«Wir erfüllen unseren Gästen jeden Wunsch, mit einer Ausnahme: Sexuelle Dienstleistungen organisieren wir nicht. Uns ist es egal, in wessen Begleitung sich die Gäste hier aufhalten. Wir moralisieren nicht und lassen niemanden auffliegen. Aber unser Personal ist unantastbar und vermittelt keine bezahlte Begleitung, zu keinem Preis.»

Ansas Blick war streng, ich erwiderte ihn ebenso ernst. Also keine Romanzen am Arbeitsplatz, das war mir recht. Ich hatte gelernt, im Zölibat zu leben, wurde allerdings unruhig, wenn es allzu lange andauerte. Vielleicht fand sich ja im Umkreis von hundert Kilometern ein unfreiwilliger Junggeselle, dem ich seine wildesten Träume erfüllen konnte, wenn ich es wollte.

«Du bekommst gleich deinen Arbeitsvertrag zum Gegenlesen, und Pyry bringt dich auf dein Zimmer. Beim Mittagessen triffst du das restliche Personal, und danach zeige ich dir die

Räumlichkeiten. Die nächsten Gäste kommen morgen an, ich berichte nachher allen gemeinsam, um wen es sich handelt. Und eine letzte Sache noch ...»

Sie schwieg mindestens eine Minute lang und schien um Worte zu ringen. Als sie wieder sprechen konnte, zitterte ihre bisher so kühle und beherrschte Stimme.

«Ich habe nicht einmal Topi davon erzählt, den anderen schon gar nicht. Pyry habe ich eine abgewandelte Version der Wahrheit geliefert. Natürlich habe ich dich eingestellt, damit du für die Sicherheit der Gäste sorgst. Aber das ist zweitrangig. Ich vertraue niemandem, der seit dem letzten Monat hier gewesen ist. Deine Hauptaufgabe ist es, mich am Leben zu halten. Und ich fürchte, das wird nicht ganz leicht werden.»

5

Das Messer fuhr mühelos durch das Fleisch. Ein einziger gezielter Schnitt, und das Rippenstück war halbiert. Der Mann sah mich an, drehte den Wasserhahn auf und spülte sich das Blut von den Fingern. Erst nachdem er sich die Hände abgetrocknet hatte, hielt er mir die Rechte hin.

«Johan Stensson, aber nenn mich ruhig Stena, wie alle anderen hier.»

Der Mann sprach mit einem leichten finnlandschwedischen Akzent, vielleicht kam er aus Raasepori oder Hanko. Er war nur wenig größer als ich und stämmig, sein Gesicht war gerötet, der Kopf unter der Kochmütze schien kahl zu sein.

«Hast du schon mal als Beiköchin gearbeitet oder gekellnert?»

Ich erzählte, dass ich als Ordnungskraft und als Mädchen für alles in der Gastronomie gearbeitet hatte, zuletzt in Monika von Hertzens Restaurant Sans Nom. Als Stena den Namen hörte, leuchteten seine Augen auf.

«Dann warst du also in einem guten Lokal. Sehr schön. Im Prinzip komme ich in der Küche allein klar, und Ansa hilft manchmal, vor allem beim Backen und beim Dessert. Aber ab und zu brauche ich zusätzliche Unterstützung, wenn ein Gast etwas Außergewöhnliches bestellt. An sich besteht unser Menü aus finnischen Spezialitäten, aber heutzutage gibt es ja alle möglichen Ernährungsformen und Sonderwünsche. Du hast keine Allergien, habe ich gehört?»

Während Stena in singendem Ton plauderte und mich anlächelte, als seien wir beste Freunde, fuhr er fort, das halbe Rentierkalb weiter zu zerlegen. Die stählerne Küche glänzte steril wie ein OP-Saal, die Arbeitsflächen waren leer, nur auf dem Backofen stand ein Gefäß, das an einen Backtrog erinnerte. Offenbar buk Stena auch das Brot, das im Ilvesvaara auf den Tisch kam.

Hinter mir hörte ich ein Räuspern. Ansa. Unser Rundgang hatte gerade erst begonnen. Ich war Pyry in mein Zimmer gefolgt oder, besser gesagt, in meinen eigenen Glaswürfel, der sich ungefähr in der Mitte der anderen Gebäude befand. Dort hatte ich Aussicht in fünf Richtungen: auf den Wasserfall, den See, den Felsen, den Waldweg, auf dem man nach Ilvesvaara kam, und den freien Blick in den Himmel. Der Fußboden war immerhin aus Holz und mit weichen Webteppichen bedeckt. Mir war keine Zeit geblieben, meinen Koffer auszupacken oder unter die Dusche zu gehen, denn Ansa hatte mich über das Haustelefon zum Essen ins Restaurantgebäude gerufen. Das war gut, denn nach dem knappen Frühstück im Zug hatte ich Hunger.

Beim Alltagslunch des Teams, wie Ansa die Mahlzeit nannte, gab es als Vorspeise Brennnesselsuppe und Roggenbrot, als Hauptgericht Saibling mit Waldpilz-Gerstenrisotto. In den letzten Wochen hatte ich hauptsächlich von Nudelauflauf gelebt, den ich immer für mehrere Tage im Voraus zubereitete. Die Abwechslung war willkommen, und Monika hätte Stenas Kochkunst und seinen respektvollen Umgang mit den Zutaten sicher zu schätzen gewusst.

Der Speisesaal von Ilvesvaara war ebenso schlicht eingerichtet wie die anderen allgemein zugänglichen Räume, aber ich vermutete, dass man ihm immer wieder eine neue Prägung geben konnte, indem man die Beleuchtung regulierte und die Textilien auswechselte. Gewohnheitsmäßig suchte ich nach Überwachungskameras: Sie waren in die Jalousiebretter und in die Decke nahe der Küchentür eingelassen. Wer hatte das Kontrollsystem entwickelt? Ansa selbst? Ich wartete schon darauf, an den Grundriss des Hotelkomplexes und andere interne Informationen zu kommen.

«Topi ist unterwegs, um die Katze zu holen, ihn lernst du erst heute Abend kennen», sagte Ansa plötzlich. Aus ihren früheren Äußerungen schloss ich, dass Topi ihr Lebensgefährte war. Sie trug an mehreren Fingern Ringe, ich wusste nicht, ob einer davon ein Ehering war.

«Die Katze?» Zu meinem Verdruss war mir die Verwunderung anzuhören.

«Die morgigen Gäste sind daran gewöhnt, in ihrer Unterkunft immer eine Katze zu haben. Wir haben eine Britisch Kurzhaar bestellt, grau, glaube ich. Die Mieze kann sich ein bisschen einleben, bevor ihre Kurzzeitherrchen ankommen.»

Ich verkniff mir die Bemerkung, man könne sich also auch in diesem Haus doch irgendeine Art von Muschi bestellen, denn Ansa Huuhka schien nicht der Typ zu sein, der über Zweideutigkeiten lachte. Draußen dämmerte es bereits, aber die Umgebung wirkte trotzdem heller als in Helsinki, wo das Novembergrau schlimmstenfalls fünf Monate lang anhalten konnte, ohne Aussicht auf Schnee. Ich war froh, aus der Hauptstadt herausgekommen zu sein. Natürlich war Helsinki die beste Metropole, die Finnland zu bieten hatte, aber ich fühlte mich entweder in weitaus größeren Weltstädten wie New York wohl, oder aber in ländlicher Abgeschiedenheit wie hier in Ilvesvaara.

«Alle Angestellten haben ihren persönlichen Laptop, der mit dem internen Netz verbunden ist», erklärte Ansa. «Darauf werden die Informationen über die nächsten Gäste ungefähr vierundzwanzig Stunden vor ihrer Ankunft angezeigt. Ihr könnt euch also selbst briefen. Pyry hat dir vermutlich schon gesagt, dass Internetzugang hier ausschließlich über den Computer im Büro besteht? Das Passwort gebe ich nur im Notfall heraus. Du kannst natürlich mit deinem Handy telefonieren und Textnachrichten empfangen. Die Mobilgeräte unserer Gäste sammeln wir bei ihrer Ankunft ein. Sie wissen es zu schätzen, dass sie nicht ständig erreichbar sind. Wir sind eine Oase der Ruhe in einer immer hektischeren Welt.»

Es klang wie ein Werbespruch. Vor dem Mittagessen hatte Ansa erzählt, wie Interessenten den Weg nach Ilvesvaara fanden. Das Hotel richtete seine Werbung nur an eine sehr exklusive Gruppe von Menschen, die bestimmte Goldbonuskarten oder dergleichen besaßen. Ich fragte nicht nach der Einkommensgrenze, vermutete aber, dass es sich in Euro um eine siebenstellige Summe handelte. Natürlich gab es auch Mundpropaganda: Zufriedene Gäste empfahlen Ilvesvaara weiter. Die maximale Kapazität des Hotels lag bei zweiundzwanzig Personen, aber in der Regel hielten sich nur etwa zehn Gäste gleichzeitig hier auf, oft noch weniger.

«Wir haben bereits Reservierungen für die nächsten drei Wintersaisons, am ruhigsten ist es im Mai. Corona hat sich positiv auf unser Geschäft ausgewirkt, denn unsere Gäste können sicher sein, dass sie hier vor dem Virus geschützt sind, anders als in den Massenhotels mit ihren übervollen Frühstücksbuffets. Einige unserer Gäste besitzen oder mieten einen Privatjet. Sie brauchen nicht mit Gesichtsmaske im Touristenflieger zu hocken.»

Unten im Schnee sah ich eine Bewegung. Ein Wolfsrudel kam aus dem Wald auf den See zugestürmt, ich zählte sechs graue Tiere. Meine Nackenhaare stellten sich auf, beinahe hätte ich geknurrt. Dann sah ich den Schlitten hinter den Wölfen und erkannte Pyry Liljas Körpersprache.

«Die Huskys gehören zu den Highlights des Hauses. Ich habe sie selbst ausgebildet, und Pyry kommt schon so gut mit ihnen klar, dass er Ausfahrten mit Gästen übernehmen kann. Natürlich fahre ich ab und zu auch selbst, das ist ein guter Sport. Hast du es schon mal ausprobiert?»

Pyry balancierte auf dem Schlitten, Ansa folgte ihm mit einem Blick, den ich nicht ganz zu deuten wusste. Sie hatte mir ja gerade erst Romanzen am Arbeitsplatz verboten. Galten die Regeln für die Chefin vielleicht nicht? Ich konnte den Gedanken nicht zu Ende führen, denn ich spürte die Ankunft einer weiteren Person. Moschus und Jasmin, Tigi-Haarspray. Eine Frau, das war mir klar, noch bevor sie in mein Blickfeld kam. Wäre ich ein Luchs gewesen, hätte ich instinktiv gefaucht. Ich spürte Feindseligkeit, obwohl ich mir nicht erklären konnte, warum ich so empfand. Vielleicht lag es an der Art, wie sie mich ansah. Ihr Blick hieß mich nicht willkommen.

Die Frau war mittelgroß, schlank und eindeutig Kundin eines Schönheitschirurgen. Busen, Wimpern, Lippen. Die langen blonden Haare mochten echt sein. Sie war der Typ Frau, den Onkel Jari hübsch genannt und nach dem er sich umgedreht hätte. Man brauchte nicht viel detektivischen Spürsinn, um zu dem Schluss zu kommen, dass es sich um die Friseurin und Kosmetikerin von Ilvesvaara handelte.

«Ich habe den Salon gerade für morgen desinfiziert. Ich schließe ihn dann ab, es sei denn, unsere neue Kollegin möchte» – sie schien zu überlegen, was ich brauchte – «eine Gesichtspflege. Ich bin Veera, Veera Hynynen.»

Die Frau reichte mir nicht die Hand, und das war mir recht.

Ansa nannte ihr meinen Namen, obwohl Veera ihn offensichtlich schon wusste. Stena spähte aus der Küche.

«Vorspeise oder Hauptgericht?», fragte er grinsend. Veera bestellte das Gerstenrisotto und setzte sich an den Nebentisch. Sie trug einen strahlend weißen Leinenanzug mit einem gestickten goldenen Monogramm am Revers. Trotz der ebenfalls goldglänzenden Gesundheitssandalen sah sie elegant aus.

Ich stand möglichst männlich-zackig auf, beinahe wie mein früheres Alter Ego Reiska Räsänen, das ich inzwischen hinter mir gelassen hatte, weil ihm zu viele verdächtige Personen begegnet waren. Es hatte seine Vorteile gehabt, mich als Mann zu verkleiden, aber in Ilvesvaara würde ich wohl keine zweite Identität brauchen. Stattdessen musste ich meine eigene Person möglichst weit zurücknehmen, mit den nicht vorhandenen Tapeten verschmelzen. Wer selbst unsichtbar war, konnte am besten beobachten.

Die Nachmittagsdämmerung, die sich auf die Hotelgebäude senkte, war wie eine sichere graue Decke, allmählich gingen unten im Gelände und auf der Anhöhe Lichter an. Ich nahm die Schönheit und die Atmosphäre in mich auf und war einen Augenblick lang wirklich glücklich darüber, dass ich Ansa Huhkas Stellenangebot angenommen hatte. In Ilvesvaara würde ich die Gespenster der Vergangenheit vergessen und ganz von vorn anfangen können.

Es gab nur zwei Menschen, die ich vermisste, meine zehnjährige Halbschwester Vanamo, die ich erst seit ungefähr zwei Jahren kannte, und meine Freundin Monika von Hertzen, mit der ich gar nicht ständig in Verbindung stehen musste, um das starke Band zwischen uns zu bewahren. Alle anderen mir wichtigen Menschen waren entweder tot oder ins Ausland gezogen. Ich würde nicht mehr an sie denken.

Dann kam mir Pyry Liljas Kontakt zu Teppo Laitio in den Sinn. Er gab Pyry einen Hebel, der mir nicht gefiel. Ich hatte mich darauf verlassen, dass Laitio keinem Außenstehenden von unserer Verbindung und unseren Aktivitäten erzählen würde. Für einen Toten spielte es keine Rolle, wenn sein Ruf litt, aber ich würde meine Lizenz für den Sicherheitsdienst und meinen Waffenschein verlieren, wenn die Behörden die Wahrheit erfuhren.

Am besten hielt ich mich von Pyry und auch vom restlichen Personal möglichst fern. Ich war zum Arbeiten hier, nicht, um Freundschaftsbeziehungen zu knüpfen.

«Ich zeige dir jetzt die Innenräume, Pyry kann dich später draußen herumführen. Komm mit!», sagte Ansa.

Beim Bau der Hotelanlage hatte man mehr Wert auf Schönheit und angenehme Atmosphäre gelegt als auf Sicherheit. Die einzelnen Wohngebäude hingen nahezu in der Luft, auch wenn in der Praxis Stahlträger als Stützwerk dienten. Die leichten Hängebrücken zwischen den Glaswürfeln erschienen mir bedenklich, obwohl ihr Geländer so hoch war, dass man einen Menschen durchschnittlicher Körpergröße nicht so einfach hinunterwerfen konnte. Als ich fragte, wie in aller Welt die Brückenanlagen schneefrei blieben, beschrieb Ansa stolz das Heizsystem, das den Schnee selbst dann sofort zum Schmelzen brachte, wenn die Temperatur dreißig und mehr Grad unter null lag. Die Flüssigkeit verdunstete einfach, erklärte sie.

Es gab sechs Gästesuiten. Zwei davon waren für eine Person vorgesehen, die anderen vier konnte man so umgestalten, dass bis zu fünf Gäste Platz hatten. Zu jeder Suite gehörte ein Freiluftbereich mit Whirlpool und Badezuber. Zwei hatten eine eigene elektrisch beheizte Sauna, im Saunagebäude am See gab es sowohl eine Rauchsauna als auch eine normale holzbeheizte Sauna.

Ansa ließ sich ausführlich über die maßgefertigten Möbel und die eigens für das Hotel hergestellten Seiden- und Leinentextilien aus. Ich interessierte mich allerdings viel mehr für das Zugangssystem und die Standorte der zugehörigen Überwachungskameras, für das Verriegelungssystem und seine Bedienung und für die Alarmanlagen.

«Alles ist erstklassig geregelt. Das wirst du sehen, wenn wir in die Kommandozentrale kommen, also in den Technikraum an meinem Büro. Die Überwachungskameras steuere ich zentral von meinem Computer aus, du bekommst natürlich eine Client-Lizenz. Ilvesvaara ist ein Resort, in dem wir keine unnötigen Risiken eingehen.»

Trotzdem brauchst du eine Personenschützerin, dachte ich. Ansa hatte sich bereits selbst widersprochen: Sie hatte behauptet, darauf zu vertrauen, dass der Koch Johan Stensson nicht versuchen würde, Gäste zu vergiften, fürchtete aber, dass jemand aus der Ilvesvaara-Belegschaft ihr Leben bedrohte. Sie wirkte nicht paranoid; es musste einen realen Grund für ihre Angst geben.

Nach den Angaben im Handelsregister besaß Ansa Huuhka 60 Prozent der Aktien der Ilvesvaara AG, die Snieg Investment AG 30 Prozent und ein Mann namens Topi Lilja die restlichen zehn. War Topi Pyrys Bruder, oder wieso hatten sie denselben Familiennamen? Jedenfalls musste er wohlhabend sein, wenn er einen Anteil an dem Unternehmen erworben hatte. Oder roch das Ganze nach einem Steuertrick?

Die Besitzer der Snieg Investment AG waren drei verschiedene Unternehmen mit russisch klingenden Namen. Offenbar professionelle Kapitalinvestoren. Die Angaben im Handelsregister waren spärlich. Als Geschäftsbereich der Ilvesvaara AG wurde – nicht überraschend – Hotel- und Restaurantbetrieb genannt.

Ich hatte den Namen des Resorts in keinem Internetforum gefunden, und auch auf TripAdvisor und anderen Touristikwebsites wurde Ilvesvaara nicht erwähnt. Ansa Huuhka wollte unsichtbar bleiben. Das verstand ich sehr gut, in diesem Punkt waren wir uns ähnlich. Ich wusste nicht einmal, ob die Frau als Ansa Huuhka geboren war oder ob sie den Namen später angenommen hatte.

Pyry wirkte nicht wie eine Plaudertasche. Und Johan Stensson wusste nicht unbedingt mehr als ich. Also setzte ich auf Topi Lilja. Hoffentlich kam er bald mit der Katze zurück.

Die Personalunterkünfte lagen abseits von den Gästesuiten. Das Apartment des Leitungsduos war am weitesten entfernt, die anderen bewohnten ähnliche Würfel wie ich, die jeweils mit den Räumen verbunden waren, die zu ihrem Tätigkeitsbereich gehörten: bei Pyry mit dem Fitness- und dem Massageraum, bei Veera mit dem Schönheitssalon. Ihre Unterkünfte waren der Erde am nächsten, der Fußboden befand sich in nur zwei Metern Höhe. Stena wohnte hinter der Küche und konnte somit im Notfall sogar mitten in der Nacht etwas zubereiten, falls ein Gast spontan Hunger bekam.

Als ich in Ansas Begleitung zu meinem Quartier ging, sah ich auf der Brücke eine kleine, schwarz gekleidete Gestalt. Ihr umhangartiger Mantel flatterte dermaßen im Wind, dass ich fürchtete, die nächste Bö würde sie davontragen. Wessen Kind war das? Pyry hatte keine Kinder erwähnt.

Aber die Gestalt bewegte sich anders als ein Kind: leicht gebückt und doch geschmeidig. Als sie sah, dass wir uns auf der Brücke näherten, ging sie rückwärts auf die Terrasse des

Bürogebäudes, als hätte sie Angst, dass wir sie bedrohen könnten.

«Da ist ja unsere Jana! Unsere Raumpflegerin und bei Bedarf auch Kellnerin. Ein wahres Goldstück.» Ansas Stimme klang so warm, wie ich sie bisher noch nicht gehört hatte.

Aus der Nähe betrachtet, war die Frau kaum anderthalb Meter groß. Unter ihrer Kapuze ragte eine stahlgraue Haarsträhne heraus, vor den tränenden Augen trug sie eine strenge Brille mit dunklen Bügeln. Ansa machte uns miteinander bekannt. Jana blieb stumm und gab mir auch nicht die Hand. Während Ansa schon weiterging, ließ ich Jana an mir vorbei. Da ich hinter mir kein Geräusch auf der Brücke hörte, drehte ich mich noch einmal zu ihr um.

Janas starrer Blick war auf Ansa geheftet. Auf ihrem Gesicht lag ein Hass, wie ich ihn nur selten gesehen hatte.

6

Während der kurzen Ruhepause studierte ich die Karten des Hotelgeländes und verglich sie mit der Landkarte, die ich mitgebracht hatte. Niemand war auf die Idee gekommen, sie aus meinem Gepäck zu nehmen. Vielleicht war eine altmodische gedruckte Landkarte ihnen fremd. Ilvesvaara befand sich fast auf den Quadratmeter genau dort, wo ich es meinen Berechnungen nach vermutet hatte: etwa zwanzig Kilometer vom Grenzstreifen entfernt und weit weg von allen Sendemasten. Die Straße, die zum Hotel führte, war nur als schmaler Waldwirtschaftsweg eingezeichnet. Auf der Karte trug Ilvesvaara den Namen Leukuvaara, der See hieß Harrilampi. Die nächste Ortschaft war siebzig Kilometer entfernt. Oberhalb der steilen Anhöhe Leukuvaara befand sich eine Hochebene, auf der ein Teich verzeichnet war. Der Fluss, der von ihm ausging, führte zwischen Leukuvaara und einer weiteren kleineren Anhöhe durch eine Schlucht, unter der sich offenbar eine Art Höhle befand, wenn die Eintragungen auf der alten Karte zutrafen.

Ich packte meine Sachen aus und überlegte, wo ich die Waffe, das Holster und die Munition verstecken sollte. Die Pistole hätte dem Gesetz nach in einem abschließbaren Waffenschrank aufbewahrt werden müssen, aber so etwas gab es hier nicht. Schließlich schraubte ich ein Brett vom Lattenrost ab und verstaute die Waffe dort. Ich ließ mich aufs Bett fallen und war beinahe eingenickt, als das Telefon klingelte. Ansa bat mich zu sich, um mir die Kontroll- und Sicherheitssysteme von Ilvesvaara vorzuführen.

«Deinem Lebenslauf habe ich entnommen, dass du auf Personenschutz spezialisiert bist», begann sie, als ich in ihrem Büro Platz genommen hatte. «Hier in Ilvesvaara sind deine Aufgaben natürlich vielseitiger. In erster Linie bist du selbstverständlich für die Sicherheit unserer Gäste zuständig, und das kann alles Mögliche einschließen. Du gehst mit ihnen zum Eissegeln, zu Ausflügen mit dem Hundeschlitten und dergleichen. Natürlich ist das Resort nach allerneuesten Standards gesichert. Das Kontrollsystem erfasst das gesamte Gelände, und die Alarmanlage benachrichtigt einerseits mich und andererseits den Sicherheitsdienst. Der befindet sich allerdings in Sodankylä, und von dort ist es ein weiter Weg bis hierher. Deshalb bemühen wir uns von vornherein, möglichst effektiv zu verhindern, dass Unbefugte in das Resort eindringen. Der Zaun verläuft im Süden, wo sich das Eingangstor befindet, sowie im Osten und im Norden auf dem Kamm der Ilvesvaara-Anhöhe. Außerdem ist das ganze fünfundzwanzig Hektar große Grundstück von Überwachungskameras mit Bewegungsmeldern umgeben, auch die Westseite am Wasser bei der Sauna. Die Kameras zeichnen im Prinzip ununterbrochen auf, aber wenn auf den Aufnahmen nichts passiert, werden sie nicht gespeichert. Die Automatik speichert nur Bewegungen und besondere Vorkommnisse. Bis jetzt haben hier nur wilde Tiere den Frieden gestört, Bären, Wölfe, Vielfraße und Luchse. Und dieser eine verflixte Fuchs, der anscheinend auf der Anhöhe haust. Topi hat bisher vergeblich nach seinem Bau gesucht.»

«Über den Türen zu den Zimmern sind offenbar Überwachungskameras installiert.» Ich hatte die Kamera an meiner

Tür entdeckt, man hatte nicht einmal versucht, sie hinter dem Türrahmen zu verbergen. «Wie ist es innen?»

«Natürlich gibt es Kameras nur an den Türen zu den Suiten!» Meine Chefin wirkte entsetzt. «Du glaubst doch nicht etwa, dass wir unseren Gästen in ihren eigenen Zimmern nachspionieren? Die Unantastbarkeit der Privatsphäre ist das Motto von Ilvesvaara. In den öffentlich zugänglichen Räumen gibt es zwar auch innen Kameras, aber natürlich nicht in der Garderobe des Fitnessraums oder in den Teilen der Sauna, in denen man sich nackt aufhält. Komm mit, ich zeige dir den Technikraum mit den Kabelschaltungen für die Kameras, dann lernst du unser CCTV-System besser kennen.»

Ansa stand auf, ich folgte ihr. Sie hielt ihren Transponder an die Wand, die ich anfangs nur für die Außenwand des Büros gehalten hatte, wobei mich allerdings wunderte, dass sie keine Fenster hatte. Eine Zwischenwand, die sich unter der Tapete mit Sternkartenmuster verbarg, glitt zur Seite und gab den Blick in einen kleinen Raum frei. Er war mit Dutzenden von Cat6-Schwachstromkabeln gefüllt, die mit einem Verteilergestell verbunden waren.

«Hierhin führen die Kabel aller Überwachungskameras. Du kannst dir vorstellen, was für eine Arbeit es war, sie unter der Erde, an den Brücken und am Stützwerk einzuschalen. Die Kameras laufen ununterbrochen, aber die Aufnahmen werden, wie gesagt, nur gespeichert, wenn der Melder eine Bewegung registriert. Sie werden auf Festplatten aufbewahrt.»

«Wer hat die Installation geplant und ausgeführt?»

Ansa nannte den Namen einer Firma in Helsinki und erklärte, es handle sich um ein geschlossenes Netz. Was in Ilvesvaara geschah, drang nicht nach außen.

«Ich bin die Masternutzerin. Topi kann bei Bedarf einfache

Wartungsarbeiten ausführen, ist also ein Wartungsnutzer. Du hast die Client-Lizenz, mit der du von deinem eigenen Rechner aus alle 61 Überwachungskameras überprüfen kannst. Ich lege gleich die Kennungen für dich an und zeige dir, wie das System funktioniert. Du hast offenbar schon Erfahrung mit Kameraüberwachung?»

Ich antwortete, dass ich unter anderem im Restaurant Sans Nom Erfahrungen gesammelt hatte. Ich hatte auch in Häusern mit einzelnen Kameras gearbeitet, aber so aufwendig wie hier waren die Systeme nicht gewesen.

«Dazu kommt natürlich das eigentliche Kontrollsystem, sprich die Schlüssel. Du hast ja schon gemerkt, dass das Zugangstor unsere Fahrzeuge erkennt. Nur die eigenen Fahrzeuge von Ilvesvaara werden ohne Anmeldung über das Telefon am Tor eingelassen. Dasselbe System wie in Parkhäusern. Der Zentralprozessor des Kontrollsystems ist hier. Wie du siehst, enthält diese Box den Datenbus des Schlosssystems.»

Zu der weißen Box führten Kabel in derselben Farbe, während die Kabel der Bewegungsmelder grau waren.

«Ich leite über die Rezeption die elektronische Verriegelung, erstelle die Schlüssel oder Zutrittstransponder und verfolge das Zutrittsregister. Die Gästesuiten haben eine doppelte Verriegelung: Man muss den entsprechenden Transponder haben und einen zusätzlichen Code eingeben, um die Suite betreten zu können. Wenn neue Gäste kommen, wird auch der Code gewechselt. Für die Türen der Personalunterkünfte braucht man nur den Transponder. Pyry hat dir deinen schon gegeben, oder?»

Ich zeigte ihr meine Karte mit der stilisierten Luchstatze.

«Jana hat einen Transponder für alle Unterkünfte. Die anderen haben keinen Zutritt.»

«Als Security sollte ich auch überall Zutritt haben. Falls jemand verunglückt oder plötzlich krank wird. Wenn du auch in diesem Bereich die Master-Nutzerin bist, kannst du doch alle Türen öffnen, oder?»

Darauf gab Ansa keine Antwort. Ich selbst vermied es gewöhnlich zu lügen, stattdessen ließ ich Fragen einfach unbeantwortet oder stellte eine Gegenfrage, und Ansa hatte gerade ganz genauso gehandelt. Ich schloss daraus, dass sie überall Zutritt hatte. Das musste ich bei der Planung meiner Tätigkeit berücksichtigen.

Die Saunen hatten Codeschlösser, die anderen öffentlich zugänglichen Räume konnten die Gäste nur betreten, wenn jemand vom Personal sie begleitete oder einließ, zum Beispiel in den Fitnessraum.

Ansa holte einen Laptop hervor.

«Das ist dein Dienstgerät. Ich habe ein Benutzerkonto für dich angelegt, mit dem du die Aufnahmen der Kameras verfolgen kannst. Komm her, ich zeige dir, wie es funktioniert.»

Auf dem Bildschirm erschien das vertraute Mosaik, auf dem Blockschaltbild waren alle Kameras und die dazugehörigen Geräte als Icons zu sehen.

«Wenn eine Kamera aus irgendeinem Grund keine Aufnahme liefert, wird sie auf dem Blockschaltbild mit einem Warnzeichen markiert. Das ist bisher zwei Mal vorgekommen, wegen eines Schadens an der Stromquelle. Topi hat sie repariert. Er kann die Aufnahmen übrigens nicht sehen, dazu haben nur du und ich Zugang. Mach dich jetzt in Ruhe mit allem vertraut und frag gerne nach, wenn dir etwas unklar ist.»

Ich beschloss, die Nummern der Kameras auswendig zu lernen. Die Drei war die Tür zum Restaurant, der Fitnessraum und Pyrys Zimmer hatten die Nummer 5, mein eigenes die

Nummer 11. Ich würde rund um die Uhr über die Ereignisse in Ilvesvaara auf dem Laufenden sein, und genau das erwartete Ansa von mir. Ich war eine selbstständige Unternehmerin, deren Tätigkeit ein Arbeitssicherheitsbeauftragter sicher nicht gutgeheißen hätte, aber ich würde auch keinen um seine Zustimmung bitten. Die Einzige, die Hilja Ilveskero schützte, war ich selbst.

«Die Außenbeleuchtung des Hotels wird im Einklang mit der Jahreszeit programmiert. Zum Beispiel schalten sich die Lampen an den Wegen zur Sauna und zur Eiskaskade über die Bewegungsmelder ein, damit es insgesamt nicht zu hell wird. Mit Licht kann man vieles tun – und auch manches verdecken.»

Auf dem Monitor erschien von selbst eine Aufnahme vom Haupttor. Dort bewegte sich also etwas.

«Topi und die Katze», meinte Ansa. Ich beobachtete, wie das Tor aufging und ein schwarzer Mercedes mit dem Kennzeichen LNX-2 hindurchfuhr. In welchem Gebäude waren die Fahrzeuge von Ilvesvaara untergebracht?

Ich wollte mich zurückziehen, um darüber nachzudenken, was noch zu klären war, bevor die Gäste morgen eintrafen. Ansa nickte, als ich fragte, ob ich gehen könne.

Ich hatte die Brücke zu meinem Quartier erreicht, als ich das Motorengeräusch hörte. Der Mercedes, den ich gerade auf dem Bildschirm gesehen hatte, fuhr vor und hielt an. Der Fahrer stieg aus und machte sich daran, die rechte hintere Tür zu öffnen. Er trug Jeans und eine dunkelblaue Steppjacke, eine tief heruntergezogene Pelzmütze mit Schirm und Ohrenklappen verdeckte sein Gesicht.

Das Gebell der Hunde setzte urplötzlich ein. Bis dahin hatte sich das Gespann geräuschlos genähert. Der Mercedesfahrer, bei dem es sich um Topi Lilja handeln musste, schrak bei dem Geräusch auf, nahm aber trotzdem den Tragekorb aus dem Wagen. Dann begann das Chaos.

Die Huskys witterten die Katze und machten eine so rasante Kehrtwende, dass Pyry, der das Gespann lenkte, das Gleichgewicht verlor. Er hing an den Zügeln, als die Hunde auf Topi Lilja und den Tragekorb losstürmten. Topi erstarrte, er schaffte es nicht einmal, die Katze wieder im Auto in Sicherheit zu bringen.

Ich legte den Laptop und den Ordner auf der Brücke ab. Nach unten waren es zweieinhalb Meter. Ich warf mich zuerst über die Drahtseile, dann hielt ich mich mit einer Hand an der Bodenkonstruktion der Brücke fest. Nun hatte ich nur noch knapp einen Meter Fallhöhe. Ich ließ die Knie reichlich federn, als ich in den Schnee plumpste, und landete nicht einmal auf dem Bauch. Innerhalb von zwei Sekunden war ich am Wagen, zwischen der wütend kreischenden Katze und der lärmenden Hundemeute. Ich riss Topi Lilja den Tragekorb aus der Hand, stellte ihn ins Auto und schlug die Tür zu. Erst dann betrachtete ich die Siberian Huskys genauer. Der Leithund hatte zweifarbige Augen und starrte mich an, als sei ich ein neues Beutetier, das an die Stelle der Katze getreten war. Pyry Lilja rappelte sich auf, ich sah seine hochgewachsene Gestalt am Rande des Lichtkegels.

«Was zum Teufel treibst du für einen Blödsinn?», brüllte er, und ich wusste nicht, ob er Topi meinte oder mich. Seine Stimme ließ den hinten links angebundenen Hund kläglich aufheulen.

«Das frag ich dich!», schrie Topi zurück. «Du kannst die Köter einfach nicht im Zaum halten. Ansa sollte nicht zulassen, dass du mit dem Gespann rumfährst, denn du kannst es nicht, du Dummkopf!» Topi Lilja war ungefähr fünf Zentimeter kleiner als ich und hatte sehr magere Arme und Beine. Er trug einen rötlichen Bart im blassen Gesicht, seine Augen blinzelten hinter den Brillengläsern. Durch die Autofenster hörte ich das jämmerliche Miauen der Katze. Ihre Karriere als Leih-Haustier nahm keinen guten Anfang.

«Und wer zum Teufel bist du, Tarzan oder was?» Nun richtete Topi Lilja seine Aufmerksamkeit auf mich.

«Hilja Ilveskero, hallo.» Ich reichte ihm nicht die Hand.

«Unsere neue Sicherheitsfachfrau. Ganz offensichtlich die richtige Person für den Job.» Pyry war wieder Herr der Lage, stieg auf den Schlitten und erteilte den Hunden Kommandos. Sie trotteten gemächlich von dannen.

«Verdammter Blödmann, wegen deinen Patzern verlieren wir demnächst noch Gäste!», rief Topi Pyry nach und rieb sich nicht vorhandenen Schnee vom Ärmel. Dann sah er mich an. «Kannst du die Katze in Ansas Büro bringen? Ich fahr den Wagen in die Garage.»

Es war eher ein Befehl als eine Bitte. Topi Lilja zitterte, was wohl weniger an der Kälte lag als daran, dass die Hunde und vielleicht auch ich ihn wirklich erschreckt hatten. Ich dachte an meine Sachen, die ich auf der Brücke zurückgelassen hatte. Der Laptop und der Ordner durften nicht in falsche Hände gelangen. Während ich den Katzenkorb aus dem Wagen nahm und zum Lift brachte, sprach ich beruhigend auf das Tier ein. Zwischen den Leisten sah ich sein blaugraues, dickes, kurzhaariges Fell. Oben angekommen, stellte ich den Tragekorb ab und holte meine Sachen. Selbst eine Rassekatze würde die kalte Winterluft wohl für kurze Zeit ertragen.

«Was war das für ein Getöse da unten?» Ansas Stimme war eisiger als der Frost um mich herum. Sie schnappte sich den Katzenkorb.

«Frag Pyry», antwortete ich. Ich wollte mich nicht dazu äußern, wer Mist gebaut hatte. Als ich mich auf den Weg zu meinem Zimmer machte, rief meine Chefin mir nach: «Immerhin hast du in einer Notlage blitzschnell gehandelt! Gut gemacht!»

Ich hob den Daumen. Unten sah ich Topi vorbeigehen, das Garagengebäude war also nicht weit entfernt. Als ich mein Zimmer erreicht hatte, begann ich, mir die Grundrisse anzusehen.

Anfangs war es schwierig zu erkennen, wie viele unterschiedliche Nebengebäude es gab. Die Garage und der Hundezwinger waren teilweise am Fuß des Abhangs verborgen und von den Gästesuiten aus nicht zu sehen. Lagerräume befanden sich auch in einer künstlichen Höhle unter dem Berg. An der Tür gab es eine Kamera, aber in den Innenräumen nicht, was aus meiner Sicht ein Fehler war. Ich ging gleich daran, aufzuschreiben, was alles erneuert werden musste, auch wenn ich nicht wusste, wie schnell die Helsinkier Firma, die das Kontrollsystem geliefert hatte, die Installation durchführen konnte. Ansa hatte behauptet, Topi verstehe sich auf Wartungsarbeiten. Nach unserer ersten Begegnung hatte ich kein bisschen Vertrauen zu ihm.

Mitten in meinen Gedanken hörte ich ein seltsames Geklingel am Eingang zu meinem Würfel, wie von einem Windspiel. Auf dem Laptop sah ich, dass jemand an der Tür stand. Da ich den Vorhang am Türfenster nicht zugezogen hatte, erkannte ich Pyry Lilja sofort.

Ich seufzte. Eigentlich hatte ich keine Lust, meine Denkarbeit zu unterbrechen, um mit ihm zu reden, aber ich ließ ihn trotzdem herein. Er strich sich Schnee aus den Haaren, während er sich ins Zimmer drängte.

Pyry wirkte aufgebracht. «Was zum Teufel war das? Du kannst doch bezeugen, dass er das absichtlich gemacht hat?» Als ich nicht antwortete, fuhr er fort: «Topi. Mein lieber Vetter. Zuerst ist er zu dicht an den Hunden vorbeigefahren und hat sie erschreckt, und dann hat er die Katze rausgeholt, sodass ich endgültig die Kontrolle über die Hunde verloren habe. Sag Ansa, dass es nicht mein Fehler war.»

«Ich hab die Situation nicht von Anfang an verfolgt. Willst du sonst noch was? Ich hab zu tun.»

Pyry wollte den Rauswurf nicht verstehen, sondern setzte sich ungebeten aufs Sofa und zog den Reißverschluss seiner Steppjacke auf.

«Topi versucht, mich hier rauszuekeln, dabei müsste er mir dankbar sein. Er hat Ansa durch mich kennengelernt. Und eine Gans gefunden, die goldene Eier legt. Bis dahin hatten alle seine Geschäfte Pleite gemacht. Er würde überhaupt nicht zurechtkommen, wenn ihm nicht jemand in den Hintern tritt. Ansa versteht sich aufs Motivieren. Das wirst du schon sehen.»

«Also, mich motiviert im Moment nicht das kindische Gezänk zwischen dir und deinem Vetter, sondern die Untersuchung der Sicherheitssysteme. Wenn du mir dazu nichts zu sagen hast, lass mich in Ruhe.»

Pyry schwieg einen Moment, dann veränderte sich seine Miene. Wieder dieses selbstsichere, geradezu selbstgefällige Grinsen.

«Ansa hat mich gebeten, dir vor dem Abendessen die Wasserfälle und das Saunaufer zu zeigen. Soll ich dich in einer Dreiviertelstunde abholen? Dann schaffen wir es rechtzeitig. Zieh dich warm genug an, Jane. Der trockene Frost im Binnenland ist schneidender als der Seewind in Helsinki.»

Prompt ging ich ihm auf den Leim. «Wieso Jane?»

«Als du von der Brücke gekommen bist, fehlte nur die Liane. Laitio hatte recht, du bist eine hart gesottene Frau.»

«Ich bin weder Jane noch Tarzan, Spider-Man oder Catwoman. Ich bin eine Fachkraft der Sicherheitsbranche, also erspar dir das Gelaber. Ich kann die Umgebung auch allein erkunden.»

«Befehl von Ansa. Es gibt ein paar Kniffe, die ein Neuling nicht sofort entdeckt. Nicht mal eine Superwoman wie du. In einer Dreiviertelstunde auf dem Parkplatz, okay?»

Eine Minute vor der vereinbarten Zeit wartete ich draußen. Die weichen Lichtbögen an den Würfeln und Brücken störten das Funkeln des Sternenhimmels nicht. Er sah ganz anders aus als in Helsinki. Schon jetzt, am frühen Abend, konnte ich einen Teil der Milchstraße erkennen. Ich war überzeugt, dass es im Hotel ein Teleskop gab. Hier würde ich endlich lernen, das Sternbild Luchs links vom Großen Bären zu finden.

Der Schnee knirschte unter Pyry Liljas Schritten, der Atem dampfte vor seinen Augen. Wir gingen auf einem zwei Meter breiten, gut geräumten Weg zum See. War Topi Lilja für das Schneeräumen zuständig? Den Weg säumten mit Bewegungsmeldern versehene Lampen, die etwa zehn Meter weit leuchteten und hinter uns erloschen. Wer noch nie durch einen dunklen Wald gegangen war, konnte leicht in Panik geraten. Auch solche Schützlinge hatte ich schon gehabt.

Der Halbmond stieg über dem Nadelwald hinter dem See auf und ließ die Schneedecke auf dem Eis glitzern. Selbst ein abgehärtetes Mädchen vom Land wie ich musste vor Bewunderung tief Luft holen. Außer dem leisen Rascheln der Zweige war nichts zu hören. Auf dem zugefrorenen See entdeckte ich eine freigeschaufelte Fläche, wie eine Eisbahn oder ein Eisballspielfeld.

Pyry streifte meinen Arm. Obwohl ich eine Steppjacke und er dicke Handschuhe trug, empfand ich die Berührung als aufdringlich.

«Sehen wir uns die Saunaräume an, damit wir rechtzeitig mit dem Rundgang fertig sind. Ansa mag es nicht, wenn jemand zu spät kommt.»

Von außen wirkte das Saunagebäude anspruchslos, aber die Innenräume waren gleichzeitig traditionell finnisch und gut genug für jedes Luxus-Spa. Dicke Holzbalken, in die Wände eingelassene Lampen, von der Decke hingen Kerzenleuchter und Laternen. Im Ruheraum ein offener Kamin, in dem man ein ganzes Rentier hätte rösten können. Sowohl die traditionelle Holzsauna als auch die Rauchsauna hatten zurückhaltend beleuchtete, luxuriöse Waschräume. In den Umkleideräumen duftete es nach Sumpfporst und Waldhyazinthe, nach ewigem Mittsommer. In der Mitte des Saunakomplexes stand ein Outdoor-Whirlpool, in dem ein Springbrunnen plätscherte.

Schlechten Geschmack konnte man Ansa Huuhka jedenfalls nicht vorwerfen. Wie hatte sie sich das Geld für den Bau dieses Paradieses beschafft?

Zum Glück machte Pyry keine unnötigen Worte. Wir gingen auf einem anderen Weg zum Fuß der Anhöhe. Auch hier schalteten sich die Lampen vor uns ein, und als wir die Treppe an der Anhöhe hinaufstiegen, flammten sie auch über dem Wasserfall auf. Wie ein Tanz der Polarlichter auf der Erde.

Die Bauherrin hatte bei der Planung zwar die Sicherheit der Benutzer berücksichtigt, aber ich achtete dennoch genau auf meine Schritte, als ich die sanft ansteigende, schmale Treppe emporstieg. Die Geländer waren so konstruiert wie an den

Brücken zwischen den Häusern, doch da der Stahl in recht weiten Abständen in der Erde verankert war, schwankte die Treppe leicht. In der Schlucht sah ich hier und da Wasser fließen.

«Ist der Wasserfall von Natur aus entstanden?», musste ich schließlich fragen.

«Ursprünglich war es ein winziger Bach, er nimmt seinen Anfang in dem Teich, der aus der Quellader entstanden ist. Ansa hat eine Pumpanlage bauen lassen, die einen Teil des Wassers wieder nach oben fördert. Im Sommer rauscht der Wasserfall lauter als die Stromschnellen von Imatra und wird natürlich nicht künstlich beleuchtet.»

Wir erreichten den Aussichtspunkt. Pyry schwenkte den Arm, und plötzlich umgab uns völlige Dunkelheit. Unten waren die Lichter einiger Würfel zu sehen, am Himmel eine Fülle an Sternen und das gelbe Halbrund des Mondes.

Ich ahnte das Geräusch eher, als dass ich es gehört hätte. Die weiche Bewegung der Tatzen weiter oben auf dem Fels. Der schwache Geruch nach Urin und warmem Fell. Ich wusste, wer dort war, unternahm aber nichts, sondern gab meiner Stammesverwandten Gelegenheit, uns zu betrachten. Sie sah im Dunklen besser als der Mensch. Solange Pyry in der Nähe war, würde sie nicht zu mir kommen. Wir würden uns begegnen, wenn sie dazu bereit war.

Fridas Gesicht kam mir in den Sinn: die gelben, schwarz und weiß umrahmten Augen, die Büschel an den Ohren, der Schatten der Schnurrhaare. Ich trug meine Schwester immer bei mir, obwohl unser gemeinsamer Weg schon vor mehr als zwanzig Jahren zu seinem Ende gekommen war.

«Du bist aber still geworden. Ist die Aussicht so beeindruckend?»

Ich gab Pyry keine Antwort, meine Vergangenheit mit Frida

ging ihn nichts an. Er trat dicht an mich heran und versuchte, meinen Blick aufzufangen. Ich wandte das Gesicht ab. Die starke Strömung war grandios, doch ich stellte fest, dass das Geländer nicht hoch genug war, um zu verhindern, dass sich jemand in die Tiefe warf oder jemand anderen hinunterstieß. Der strömende Fluss würde den Rest erledigen. Ansa hatte die Schönheit über die Sicherheit gestellt.

Wir gingen über die Treppe an der anderen, sanfter abfallenden Seite des Flusses zurück. Von dort führten einige kleine Plattformen über den Wasserfall, doch darunter rauschte das Wasser ungebändigt. Ein Spritzer traf mich im Gesicht, ich ließ ihn auf meiner Haut erstarren. Wer gut zu Fuß war, kam mit den Treppenstufen leicht zurecht, aber fielen alle Gäste von Ilvesvaara in diese Kategorie? Das musste ich abklären.

Das Abendessen war einfach. Pfifferlingssuppe mit Dill, Pferdebohnen-Gerstenrisotto, Moosbeerenkaltschale, zu der man auf Wunsch Vanilleeis bekam. Ich verzichtete darauf. Wir saßen an einem runden Tisch. Stena und Jana servierten. Es gab keinen Wein, aber Topi holte sich aus der Küche ein Bier.

Die Vettern sahen sich kaum ähnlich, nur das Kinn und die Augenbrauen hatten die gleiche Form. Topi war etwa zwanzig Zentimeter kleiner als Pyry. Er war mager, nur der Bauch wölbte sich wie bei einer Frau im fünften Monat. Er hatte sich den kurzen Kinnbart, den ich bei unserer Begegnung vorhin bemerkt hatte, abrasiert, doch der krumme rötliche Schnurrbart war noch vorhanden. Die Brille war randlos und wirkte zu groß für sein schmales Gesicht. Topi sah mich schräg an, sprach aber kein Wort mit mir, sondern unterhielt sich mit Veera über Schnurrbartwachs. Stena und Ansa planten das Menü nach den Wünschen der kommenden Gäste: Die Frau aß glutenfrei und liebte Nüsse, der Mann war allergisch gegen Erdbeeren.

«Wo ist die Katze?», fragte ich Ansa.

«In der Suite, sie soll sich einleben. Ich hab vorhin nachgesehen, ob bei ihr alles in Ordnung ist. Jana, denk daran, sie morgen früh zu füttern und das Katzenklo zu säubern, bevor die Gäste eintreffen.»

Jana nickte. Ich hätte anbieten können, ihr die Arbeit abzunehmen, doch als Neuankömmling hielt ich es für besser, im Hintergrund zu bleiben. Nach dem Abendessen forderte Ansa uns auf, uns die Angaben über die neuen Gäste anzusehen und am nächsten Tag vor dem Mittagessen bereitzustehen, um sie zu empfangen und ihnen auch den kleinsten Wunsch zu erfüllen.

Ich war nach dem Essen so müde, als hätte man mir ein Schlafmittel in die Moosbeerenkaltschale gemischt. Das Bad im Whirlpool musste ausfallen, ich brauchte Schlaf. Der wollte jedoch nicht gleich kommen. Ich war daran gewöhnt, meine Umgebung zu beobachten und Abweichungen wahrzunehmen, ob in der Art, wie die Wand des Nachbarhauses das Licht reflektierte, im Schwanken der Äste oder im Rauschen der Klimaanlage. Wenn ich überleben wollte, war Wachsamkeit meine beste Waffe.

7

Auf dem Eis drehte sich eine in weiße Schleier gehüllte Gestalt. Sie schien mit der Umgebung zu verschmelzen: mit den verschneiten Fichten und den Schneewehen, mit der vom Mond beschienenen Landschaft. Die Schleier wehten im Wind, dennoch fürchtete ich, die Schlittschuhläuferin könnte über sie stolpern. Die Musik übertönte das Rauschen des Waldes: Cello, Flöte, Cembalo. Sie verursachte mir Beklemmungen, denn sie erinnerte an die Musik von J. S. Bach, die bis in den Kern meiner Seele vordrang. Dieses Werk war allerdings im 21. Jahrhundert komponiert worden. Man hörte es an den zeitweise gegeneinander ankreischenden Sekundenintervallen und dem Rhythmuswechsel von einem Takt zum anderen.

Ich wachte vom Rand der Eisfläche aus über die Schlittschuhläuferin. Meine Füße steckten in Eishockeyschlittschuhen, die ich mit Wollsocken gepolstert hatte, weil sie mir eine Nummer zu groß waren. Ich wusste, dass ich mir trotz der Socken Blasen an den Fersen holen würde, aber ich war es gewohnt, Schmerzen zu ertragen.

Als der um den Kopf der Frau gewickelte Schleier an Höhe verlor, flitzte ich los. Ich bekam ihn in letzter Sekunde zu fassen, bevor er sich in den Schlittschuhen verfing.

«Cut!», rief eine Männerstimme. Die Frau wirbelte zu mir herum, doch in ihrer Miene lag keine Dankbarkeit, sondern Verärgerung.

«Wie viel hast du aufgenommen?», rief sie dem Mann zu, der am Rand des Eises mit einer Kamera hantierte.

«Achtzig Sekunden! Sieht echt gut aus. Wenn du noch zehn Sekunden schaffst, haben wir genug Material zum Schneiden. Heute guckt doch keiner mehr Videos, die länger als eine Minute dauern. Warte, ich spule die Musik zurück und geb dir das Startzeichen. Hilja, schiebst du den linken Scheinwerfer etwas weiter weg? Danke.»

Ich war es gewohnt, die unterschiedlichsten Aufgaben zu erledigen, aber Beleuchterin war ich noch nie gewesen. Die Töne begannen zu zirpen und zu schwingen, die Frau wirbelte in ihrem Takt mit dem Schleier. Dann glitt sie weiter hinaus auf das Eis und bewegte ihre Finger in den golden leuchtenden Spitzenhandschuhen zu den rieselnden Tönen des Cembalos. Eine plötzliche Bö packte den Schleier, sodass er fast senkrecht in der Luft stand, einen Augenblick lang sah es aus, als würde er die Frau mit nach oben reißen, dabei machte sie nur einen flachen Scherensprung.

«Fantastisch, Stella! Das reicht!», rief der Mann, doch die Frau glitt weiter über das Eis, wie in Trance. Ich machte mich bereit, ihr zu folgen. Ihre Hände, besonders die linke, die den Taktstock hielt, waren die wichtigsten Werkzeuge der Frau. Ihnen durfte nichts passieren, nicht einmal eine Dehnung, geschweige denn ein Knochenbruch, der einen Gips erfordert hätte.

«So ist das immer. Wenn Stella in Fahrt kommt, kann sie nicht aufhören. Ganz egal, worum es geht. Sie komponiert Tag und Nacht, und ich muss ihr das Essen an den Computer schleppen. Sie feilt so lange am Orchester herum, bis der Arbeitsschutzbeauftragte meckert. Und jetzt das Schlittschuhlaufen …» Der Mann seufzte, ließ die Musik aber weiterspielen.

Die Flötenstimme schwang sich in die Höhe wie der glänzende Schleier auf Stellas Kopf. Am liebsten hätte ich mir die Ohren zugehalten, doch ich wollte nicht zeigen, welche Wirkung die Musik auf mich hatte.

Der Schleier senkte sich wieder, aber Stella bekam ihn zu fassen und wickelte sich darin ein. Sie kam mit sicheren, routinierten Schritten zu uns herangefahren. In ihrer Jugend war sie Eiskunstläuferin auf Landesmeisterschaftsniveau gewesen, doch die Musik hatte den Sieg davongetragen. Sie bot ihr berufliche Chancen für den Rest des Lebens, anders als der Spitzensport, von dem sich die meisten spätestens mit dreißig verabschieden mussten.

Aus dem Vorbereitungsmaterial, das Ansa zusammengestellt hatte, ging hervor, dass die 37-jährige Stella Rydberg Komponistin und eine der erfolgreichsten finnischen Dirigentinnen war. Sie stammte aus Kokkola, lebte mittlerweile aber in New York und Tokio. Sie beherrschte sieben Sprachen, darunter Japanisch, betrieb Kendo und liebte Katzen. Da sie beruflich viel unterwegs war, konnte sie kein Haustier halten, aber sie war Stammkundin in den Katzencafés von Tokio, die sie großzügig unterstützte. Ihr Mann Wenzel Rydberg war gleichzeitig ihr Manager und Assistent. Die beiden hatten keine Kinder.

«Schade, dass Havu nicht kooperativ war. Es wären tolle Aufnahmen geworden, wenn Stella sich mit der Katze auf dem Eis gedreht hätte», seufzte Wenzel und schaltete endlich die Tonaufnahme aus, die er mit seinem Handy steuerte.

«Sie ist eben eine Katze. Die tun nur das, was sie wollen.» Die Bemerkung konnte ich mir nicht verkneifen. Wenn ich zwischen dem Wohl eines Menschen und dem einer Katze entscheiden musste, setzte ich mich immer bedingungslos für die Katze ein. Es sei denn, der Mensch bezahlte mich.

Stella Rydberg nahm ihren Kopfschleier ab und reichte ihn mir. Ich gab ihr einen knöchellangen Wollponcho mit Kapuze, in dem sie sich aufwärmen konnte. Am Ufer dampfte die Rauchsauna. Dorthin brauchte ich das Ehepaar nicht zu begleiten, also würde ich mich eine Weile entspannen können.

Die Launen von Weltstars ließen mich kalt. Stella Rydberg hatte es fast so weit gebracht, dass Veera gefeuert wurde. Sie war mit dem Make-up für das Video nicht zufrieden gewesen. Es war zu blass, die Farben seien nicht kräftig genug für die Aufnahme gewesen. Stella hatte es selbst nachbessern müssen. Statt Veera offen ihre Meinung zu sagen, hatte sie sich direkt bei Ansa beschwert, die daraufhin in den Schönheitssalon kam und ihre Mitarbeiterin zur Schnecke machte, ohne sich darum zu scheren, dass ich dabei war. Der Frost hatte meine Lippen ausgetrocknet, und ich wollte Veera um einen Lippenpflegestift bitten.

«Du warst nicht gut genug vorbereitet», sagte Ansa eisig zu Veera. «Du hättest dir auf den Fotos von Stella ansehen sollen, wie sie bisher geschminkt wurde. Das hätte vielleicht fünf Minuten gedauert, aber Fräulein Veera hat sich die Mühe nicht gemacht! Was hat sie wohl stattdessen getrieben?»

«Ich habe Topi geholfen, das Zimmer nach den Anforderungen der Gäste einzurichten. Sie hatten ungewöhnlich viele Sonderwünsche, und die Katze war echt anstrengend. Sie wird uns noch das Sofa zerkratzen.»

«Es ist Janas Aufgabe, beim Einrichten zu helfen!»

«Sie hat mal wieder über Rückenschmerzen geklagt, also bin ich eingesprungen. Dann kam die verdammte Katze und hat aufs Kissen gepinkelt. Ich musste ein neues holen. Von jetzt an wird Maestra Rydberg bei mir erstklassigen Service bekommen.»

Veera und Ansa hatten sich eine Weile so intensiv angestarrt, dass ich kurz davor war dazwischenzugehen. Die Kosmetikerin gab nicht klein bei, obwohl sie die Untergebene war. Schließlich schnaubte Ansa und ging, knallte die Tür aber wütend hinter sich zu.

«Verdammte F…» Den Rest schluckte Veera herunter. «Hier ist die Lippenpflege, nach einem Geheimrezept von Ilvesvaara. Über Ansa brauchen wir nicht zu reden. Du wirst ihre Wut noch selbst zu spüren bekommen, wenn du mal einen Fehler machst. Und jetzt verschwinde, ich hab zu tun!» Veera scheuchte mich hinaus wie eine streunende Katze.

Ich verstand, dass sie allein sein wollte. Trotzdem beschäftigte mich ihre Bemerkung über Janas Rückenschmerzen noch immer. Ich hätte über meine Kollegen gern ähnliche Dossiers gehabt wie über die Gäste von Ilvesvaara. Am besten sollte ich wohl beginnen, sie selbst zusammenzustellen.

Bis zum Abendessen blieb mir noch ungefähr eine Stunde Zeit, mich auszuruhen. Ich schaltete halb in Gedanken das Handy ein.

Hallo Hilja, wie geht's? Ich hab was Schönes erlebt. Mama und ich haben einen Ausflug in den Zoo in Ähtäri gemacht. Da gibt es jetzt drei Luchse, den Jungen Matikainen und die Mädchen Onerva und Pamela. Die Mädchen sind Halbschwestern wie wir, sie haben denselben Vater, aber verschiedene Mütter. Pamela ist immer wieder ganz nah ans Gitter gekommen und hat mich angeschnauft. Ich hätte sie so gern gestreichelt! Wann sehen wir uns wieder? Küsschen, deine Halbschwester Vanamo.

Ach Vanamo. Ich hatte es gewagt, ihr von meiner Luchsschwester zu erzählen, weil ich dachte, ein Kind würde die Geschichte für ein Märchen halten. Aber Vanamo hatte mehr verstanden, als ich erwartet hatte, und einem der Kätzchen ihrer Familie den Namen Frida gegeben. Inzwischen war die Katze ausgewachsen und eine gute Jägerin. Ich antwortete, dass ich bis auf Weiteres in Lappland arbeite und noch nicht weiß, wann ich sie besuchen kann. Wir hatten uns im Sommer kurz gesehen. Vanamo wuchs heran, sie würde bald ein Teenager sein und schwierige Fragen stellen. Ich war nicht diejenige, die sie beantworten konnte.

Ich beschloss, den Whirlpool auf meiner Terrasse zu testen. Da der Mond hoch am Himmel stand, schaltete ich die Außenbeleuchtung nicht ein. Ich verließ mich darauf, dass man mich im Dunkeln nicht sehen konnte, und ließ den Badeanzug im Schrank, setzte mir nur eine schwarze Mütze auf und glitt ins Wasser. Das Luftblasensystem schaltete ich nicht ein, denn ich wollte mich mit der Geräuschkulisse von Ilvesvaara vertraut machen. Außerdem hätte das Blubbern verraten, dass ich in der Wanne saß.

Von der Küche her kam der Geruch von Rosmarin und Nelke, Stena stand wohl am Herd. Auf der Anhöhe rief ein Schwarzspecht, dann begann er mit dem Schnabel gegen einen Baum zu hämmern. Ich sah eine klein gewachsene Gestalt, die mit gemächlichen Schritten zum Lagerbereich ging. Jana hatte mich lediglich ein paarmal gegrüßt, wenn sie es nicht vermeiden konnte, ansonsten hatten wir noch nicht miteinander gesprochen. Obwohl ihr Name vermuten ließ, dass sie aus Russland stammte, sprach sie akzentfreies Finnisch. Es gefiel mir nicht, dass sie mein Zimmer putzte. Lieber hätte ich es selbst getan.

Von der Sauna zog Rauch auf die Terrasse, ein angenehmer, vertrauter Duft. Eine stromgeheizte Sauna roch nach gar nichts, sie ließ mich immer an einen Menschengrill denken. Solche Saunas besuchte ich nur, wenn es nicht anders ging.

Unten knirschte der Schnee, die Schritte waren schneller und länger als bei Jana. Ich reckte mich, um nach unten zu sehen. Pyry. Er war doch nicht etwa auf dem Weg zu mir? Aber egal, ich brauchte ihm ja nicht zu öffnen. Ansa Huuhka war meine Chefin, nur ihre Anordnungen würde ich befolgen und vielleicht noch Stenas, wenn ich in der Küche zu tun hatte.

Nein, Pyry war auf dem Weg zu seinem eigenen Würfel, dessen Eingangstür ich von der Wanne aus direkt im Blick hatte. Ich beobachtete, wie er die schräge Brücke emporstieg. Der ehemalige Zehnkämpfer bewegte sich immer noch geschmeidig. Kurz malte ich mir aus, was ich alles mit ihm treiben könnte.

Ich erschrak über meine Gedanken. Ansa hatte die Regeln klargestellt: keine Romanzen am Arbeitsplatz. Ich hatte es bisher noch immer geschafft, meine Begierden im Zaum zu halten, wenn es einen guten Grund dafür gab. So wie jetzt. Aber ich ließ meinen Blick auf dem gut gebauten Rücken in der himmelblauen Steppjacke ruhen, bis er durch die Tür im Würfel verschwand. Als ich die Augen schloss, liefen Pyrys Bewegungen wie ein Video in meinem Kopf weiter. Ich vertrieb sie, indem ich an die vielen anderen dachte, mit denen ich mich vergnügt hatte. Ich dachte gerade an die Zeit meiner Rückkehr nach Finnland, als ich ein Miauen hörte. Es klang verängstigt, als würde das Tier um Hilfe bitten. Das Geräusch wiederholte sich, es schien vom Dach zu kommen. Gab es in Ilvesvaara etwa noch mehr Katzen außer Havu, die sich jetzt eigentlich in der Suite der Rydbergs in Erwartung angenehmer Streicheleinheiten von Stella auf dem Sofa rekeln sollte?

Verdammt. Es blieb mir nichts anderes übrig, als aus der

Wanne zu steigen. Ich wickelte mich in das Handtuch und versuchte, aufs Dach zu spähen. Das Miauen wurde lauter. Ich sah die Katzenaugen im Mondlicht funkeln, erkannte das kurze blaugraue Fell. Verdammt, verdammt, verdammt. Havu hatte es irgendwie geschafft auszubrechen. Das arme Tier schien völlig außer sich zu sein.

Ich zog mich schnell an und suchte meine dicksten Handschuhe hervor. Für eine Sicherung blieb keine Zeit. Auf das Dach führte eine Leiter, aber wie sollte ich mit einer Katze auf dem Arm herunterklettern? Der Rucksack: Vielleicht konnte ich sie darin unterbringen. Eine Katze war kein Luchs, aber sie war ein lebendiges Wesen, das ich nicht dem Frost ausliefern durfte. In Gedanken verfluchte ich den verdammten Idioten, der ihr die Flucht ermöglicht hatte. In einem Luxusresort durfte so etwas nicht passieren.

Als ich aufs Dach stieg, machte Havu einen Buckel und fauchte. Ich schob mich zwischen die Katze und die Kiefer, die meinen Zimmerwürfel stützte, denn ich durfte nicht zulassen, dass Havu auf den Baum kletterte. Sonst steckten wir beide in der Patsche. Das nach einer Seite sanft abfallende Dach war zum Glück kooperationsbereiter als die Katze, die sich mit aller Kraft wehrte, als ich sie zu fassen bekam. Ich war an die Kraft eines dreimal größeren Luchses gewöhnt, und als ich sie mit der rechten Hand im Nacken packte, beruhigte sie sich so weit, dass ich sie in den Rucksack stopfen konnte. Ich bat sie in Gedanken um Entschuldigung.

«Was treibst du denn da?» Pyry tauchte auf seiner Terrasse auf und spähte nach mir, doch er beging den Fehler, die Lampen einzuschalten und war erst einmal geblendet. Konnte ich ihm vertrauen? Havu musste in die Suite zurückgebracht werden, bevor die Rydbergs aus der Sauna kamen.

Außer Jana hatte doch niemand Zutritt zur Suite der Rydbergs. Konnte es sein, dass das Tier herausgeschlüpft war, ohne dass sie es bemerkt hatte? Oder hatte Veera sich an Stella rächen wollen? Aber warum ein unschuldiges Tier quälen, das der Dirigentin nicht einmal gehörte?

«Ich hab einen Ausreißer eingefangen», sagte ich und bemühte mich, sorglos zu klingen.

Pyry überquerte die Brücke zwischen unseren Würfeln. «Einen Ausreißer? Was meinst du?» Er erreichte die vordere Terrasse fast im selben Moment wie ich. Ich wollte die im Rucksack zappelnde Katze schleunigst ins Warme bringen. Ihr Miauen verriet Pyry, was los war.

«Ist das diese graue Mieze, wie heißt sie noch gleich? Was hat die denn auf deinem Dach gesucht?»

Ich antwortete nicht, weil ich nicht wusste, was ich sagen sollte.

«Erzähl Ansa lieber nichts davon», sagte Pyry. «Die ist wegen Veeras Patzer sowieso schon sauer. Lass uns das Kätzchen schnell zurückbringen, solange die Rydbergs noch in der Sauna sind.»

«Das mach ich allein. Du machst die Katze nur noch unruhiger, und außerdem solltest du gar keinen Transponder für die Gästesuiten haben.»

Wieder das selbstbewusste, leicht spöttische Lächeln, das nicht bis zu den Augen reichte.

«Wie du willst. Aber glaubst du, Ansa würde nicht vom Kontrollzentrum aus überwachen, wer welche Tür öffnet? Die Frau ist ein Kontrollfreak. Manchmal kommt es mir so vor, als würde sie überhaupt nicht schlafen, um bloß nichts zu verpassen. Versuch also lieber nicht, sie übers Ohr zu hauen. Das ist schon einigen schlecht bekommen. Ich warne dich aus gutem Grund.»

8

Der restliche Aufenthalt der Rydbergs verlief ohne Zwischenfälle. Für mich waren sie einfache Gäste, denn sie verließen das Gelände von Ilvesvaara kein einziges Mal. Ich lief mit Stella auf dem See Schlittschuh und sicherte mit Topi die Seile, als Pyry und Wenzel auf dem vereisten Felsen am östlichen, flacheren Abhang des Ilvesvaara-Bergs kletterten. Dass Wenzel wenig Erfahrung im Klettersport hatte, ließ Pyrys Geschmeidigkeit umso deutlicher hervortreten. Ich ärgerte mich, dass ich ihm so viel Aufmerksamkeit schenkte.

Die nächsten Gäste kamen aus China, ein Wolframminenmillionär mit Frau und sechs Kindern. Dann ein allein reisender, in der Schweiz ansässiger russischer Waffenfabrikant, mit dem Stena und Pyry auf Elchjagd gingen. Ich blieb im Hotel, denn der Gast war der Meinung, die Jagd sei nichts für Frauen. Stattdessen versuchte er, mich ins Bett zu locken. Die hunderttausend Rubel, die er mir anbot, hätten nicht gereicht, mich für diese Unannehmlichkeit zu entschädigen. Nur einige Stunden nach ihm traf ein pensionierter NHL-Star ein. Er trank jeden Abend einen halben Liter vom drittteuersten Cognac der Welt, und seine dreißig Jahre jüngere Freundin langweilte sich zu Tode, weil sie sich nicht im Internet amüsieren konnte. Eine Welt ohne soziale Medien war nicht für alle das Richtige.

Ich vermisste keine Nachrichten aus der Außenwelt. Als zwei gästefreie Tage anstanden, unternahm ich eine ausgedehnte Schneeschuhwanderung und testete die Rauchsauna. Pyry und

Topi fuhren zum Einkaufen nach Kemijärvi, weshalb ich die Huskys füttern musste.

Das Gebell setzte schon ein, als ich noch draußen war. Als ich den Hundezwinger betrat, verwandelte es sich in Geheul. Als stünde ich mitten in einem Wolfsrudel. Ich habe keine Angst vor Tieren, aber dem Luchs in mir sträubten sich die Nackenhaare. Die Hunde befanden sich in zehn Quadratmeter großen Gehegen und wurden durch eine Luke gefüttert. Sie waren gut ausgebildet und würden nicht beißen, es sei denn, ihr Rudelführer wollte es so. Was würde ich in dem Fall tun?

Rund um das Gebäude gab es einen Auslauf für die Hunde, aber Pyry hatte mir nicht aufgetragen, sie herauszulassen. Irgendwie taten mir die stolzen Tiere leid, die gezwungen wurden, drinnen zu bleiben, doch die Entscheidung lag nicht bei mir.

Ansa war nie mehr auf das Gespräch zurückgekommen, das wir bei unserer ersten Begegnung geführt hatten. Was für eine Bedrohung sie gemeint hatte, wusste ich nicht. Wenn die Lage sich änderte, würde sie es mir vermutlich sagen. Ich war nur eine Soldatin, die Befehlen gehorchte. An dieser Rolle konnte ich festhalten, solange meine grundlegenden Werte nicht angetastet wurden. Bisher hatte ich in Ilvesvaara nichts erlebt, was ich nicht gutheißen konnte.

Bisher hatte noch niemand einen Luchspelz getragen.

Der kleinste Hund kam an die Futterluke. Er sah aus, als ob er gekrault werden wollte. Die eisblauen Augen blickten mich flehend an. Ich wurde weich, steckte die Finger durch den Maschendraht und streichelte das Tier vorsichtig zwischen den Ohren.

Mir gingen Bilder von einem viel glatteren und weicheren gelblichen Fell mit schwarzen Punkten durch den Kopf. Oben an den Ohren saßen Büschel, und das Tier schnurrte laut, wenn man es streichelte. Ach, Frida. Seit fast einem Vierteljahrhundert lebte ich ohne meine Schwester, doch die Sehnsucht zerriss mir immer noch die Seele wie Stacheldraht. Kein Mensch weckte dieses Gefühl in mir, nicht einmal meine Mutter, denn bei ihrem Tod war ich erst vier gewesen und hatte daher nur eine vage Erinnerung an sie.

Ich ließ die Hunde in ihren Zwingern und ging auf den zugefrorenen See hinaus. Den Luchs hörte man um diese Jahreszeit noch nicht, auf seine Brunstrufe würde ich mindestens bis Februar warten müssen. Ich warf mich rücklings in den Schnee und atmete die Frostluft ein. Ich war ein Kind des Winters und der Dunkelheit, bei Schnee und Kälte lebendiger als in der Sommerhitze. Doch nachdem ich zwanzig Minuten im Schnee gelegen hatte, trieb die Kälte mich auf die Beine und nach drinnen.

Eine neue Textnachricht war gekommen. Die Nummer erkannte ich nicht, aber der Ländercode war +41, die Schweiz. Mein Herz setzte kurz aus, ich überlegte, ob ich die Nachricht ungelesen löschen sollte, doch meine katzenhafte Neugier siegte. Erleichtert stellte ich fest, dass der Absender Juri Trankow war. Er wohnte jetzt also im selben Land wie … Ich dachte den Gedanken nicht zu Ende.

Die Nachricht war fast so lang wie eine Kurzgeschichte. Juri schrieb, er habe sich in Zürich niedergelassen. Auf Schweizerdeutsch komme er allmählich zurecht, er habe eine Stelle als Dekorationsmaler in einem Inneneinrichtungsgeschäft bekommen. Die Besitzerin sei sehr zufrieden mit seiner Arbeit. Zwischen den Zeilen las ich, dass das vielleicht nicht das Einzige war, das sie zufrieden machte. Ich erinnerte mich daran, wie es sich angefühlt hatte, Juri zu umarmen. Wir waren gleich groß, aber er war schmächtig, und manchmal hatte ich ihn unwillentlich so fest gedrückt, dass er blaue Flecken davontrug. Juri hatte schöne blaue Augen, die bei den Frauen mütterliche Gefühle weckten. Solche Gefühle hatte ich nicht.

Juri schwärmte von seinem herrlichen Leben, dann wechselte er das Thema.

Du weißt vielleicht nicht, dass David Stahl geheiratet hat. Seine Frau ist eine russische Multimillionärin, die seit Jahren in Genf lebt. Sie soll ihr Geld mit Bitcoins verdient haben. Deividas hat also eine neue Mutter, und Stahl ist für den Rest seines Lebens versorgt. Auf der Facebook-Seite der Frau findet man Fotos von der Hochzeit. Stahl ist unvorsichtig geworden, wenn er so etwas erlaubt. Gezolian und Paskewitsch sind zwar tot, aber manche ihrer Verbündeten leben noch. Pass besser auf dich auf als Stahl. Ich weiß nicht, in welchem Land du gerade bist, aber ich denke immer in Freundschaft an dich.
Dein Freund Juri

David Stahl. Wie sehr hatte ich ihn früher begehrt. Ich hatte das Gefühl Liebe genannt, dabei war es nur Sex gewesen. Den bekam man in der nächsten Kneipe, wenn man sich mit Mittelmaß zufriedengab. David hatte geprahlt, er würde nie heiraten, denn dafür schätze er seine Freiheit zu sehr. Auch diesen Vorsatz hatte er also gebrochen.

Ich antwortete Trankow, der zu den wenigen gehörte, denen ich meine jeweils aktuelle Telefonnummer mitteilte. Schön, von dir zu hören. Gut, dass du o.k. bist. Stahl interessiert mich nicht, er ist ein Gespenst aus der Vergangenheit. Beinahe hätte ich hinzugefügt, halt auch du dich aus meinem Leben raus, aber das brachte ich dann doch nicht über mich. Trankow war für mich wie ein kleiner Bruder, auch wenn man mit Verwandten normalerweise nicht ins Bett geht.

Ich löschte Juris Nachricht auch im Papierkorb. Dann suchte ich in meinen wenigen Sachen nach dem Porträt von Teppo Laitio, das Juri gemalt hatte. Auf dem Bild rauchte Laitio eine Cohiba und wirkte mit seinem Leben zufrieden. Sollte ich es Pyry zeigen? Ich brauchte ihm ja nicht zu sagen, wer es gemalt hatte. Es war eins von Trankows besten Werken, soweit ich etwas von Kunst verstand.

Juris Nachricht brannte noch auf meiner Netzhaut. Ich hatte mir alle Mühe gegeben, David Stahl und alles, was ich seinetwegen getan hatte, zu vergessen. Wegen Stahl war ich ans andere Ende Europas geflogen, hatte meinen Job aufgegeben. Hatte kopflos gehandelt, mir eingebildet, ich sei verliebt. Doch es war nicht echt gewesen. Ich erinnerte mich immer noch an das Rasierwasser von Boss, nach dem Stahl geduftet hatte. Hinter dem Sinnestaumel hatten nur Pheromone gesteckt, pure Biologie. Einem Tier brach das Herz nicht, ein Luchs paarte sich nicht für immer und ewig, sondern lebte allein.

Wegen Stahl hatte ich geradezu in Flammen gestanden. Wie heftig ein Mensch brennen und dann doch in die Normalität zurückkehren kann. Selbst wenn ein Teil von mir zu Asche geworden war, hatte ich sie längst abgeschüttelt. Dennoch hatte Juri Trankows Nachricht mich aus der Fassung gebracht, und das versetzte mich in Rage. Stahl sollte keine Macht mehr über mich haben. Hätte sein Foto vor mir gelegen, hätte ich es verbrannt.

Warum war ich nicht mit den Vettern Lilja nach Kemijärvi gefahren? Ich hätte mir für ein paar Stunden einen Mann aufreißen und alle Sorgen vergessen können. Warum …?

Das Klingeln des Haustelefons riss mich aus meinen Gedanken. Es war Ansa.

«Komm zu mir ins Büro. Jetzt können wir ungestört reden, weil Topi nicht da ist. Ich habe Stena gebeten, uns das Abendessen hierherzubringen.»

Die Aufforderung meiner Chefin war mir mehr als willkommen. Ich betrachtete Laitios Bild und strich die Leinwand glatt. Ich hatte es aus dem Rahmen genommen, um das Gemälde leichter transportieren zu können. Jetzt bedauerte ich es, ich hätte es an die weiße Wand meines Zimmers hängen können. In den Gästesuiten gab es Kunstwerke und Designobjekte, die Mitarbeiter durften ihre Unterkünfte selbst einrichten. Soweit ich wusste, hatte Veera in ihrem Zimmer schillernde Kissen und Bilder mit Kalendersprüchen, Stena eine Sammlung von Kochbüchern. In Ansas Privaträumen war ich noch nicht gewesen, obwohl ich sie schützen sollte.

In ihrem Büro hingen Fotos mit kunstvoll angeschnittenen Motiven aus der Umgebung von Ilvesvaara. Ansa saß in einem der beiden Sessel der Sitzgruppe. Es war unbequem, an dem niedrigen Tisch zu essen, zumal es Spaghetti mit Kammmuscheln gab.

«Du erinnerst dich sicher, was ich dir bei deiner Ankunft gesagt habe?»

«Dass es meine Hauptaufgabe ist, für deinen Schutz zu sorgen.»

«Genau. Vielleicht hat schon deine bloße Anwesenheit Wirkung gezeigt, denn seit du hier bist, ist nichts Verdächtiges mehr passiert. Ich habe nicht einmal anonyme Briefe bekommen. Aber ganz vertraue ich niemandem, nicht einmal Topi. Es klingt furchtbar, aber ich fühle mich sehr einsam.»

Zum ersten Mal sah ich Risse in Ansas Fassade. Zwar traten ihr keine Tränen in die Augen, aber ihre Hände zitterten. Ich fragte, wie sie bedroht oder belästigt worden war.

«Zweimal wurden meine Autoreifen zerstochen. Das Kabel am Föhn war so aufgeschlitzt, dass ich einen elektrischen Schlag hätte bekommen können. Die Tischlampe im Büro hatte einen Kurzschluss. Und dann die Briefe ... Im Herbst kamen drei.»

«Ganz normal mit der Post? Ich dachte, niemand kennt die Adresse von Ilvesvaara.»

«Sie wurden ans Postfach geschickt. Wir haben eins im Dorf, für Lieferungen. Aber auch diese Adresse ist nicht öffentlich bekannt.»

«Hast du sie aufgehoben?»

«Nur den letzten. Den ersten habe ich nicht ernst genommen, und der zweite war so widerlich, dass ich ihn auch verbrannt habe. Als hätte man mir Dreck ins Gesicht gerieben. Aber den dritten habe ich in den Safe gelegt. Hier ist er. Lies.»

Ein normaler brauner Briefumschlag im Format C6, auf der Briefmarke ein Ruderboot aus Holz. Die Anschrift war auf einen Aufkleber gedruckt: Ansa Huuhka, Postfach 8898. 98800 Savukoski. Der Brief war nicht abgestempelt.

Ich dachte kurz über Fingerabdrücke nach, aber Ansa hatte ja nicht vor, den Brief der Polizei zu übergeben. Außerdem war jemand, der anonyme Briefe verschickte, schlau genug, Handschuhe zu tragen. Der Bogen in dem Umschlag war ebenfalls ein Blatt normales Kopierpapier ohne Wasserzeichen. Unter den aus mehreren verschiedenen Zeitungen ausgeschnittenen Buchstaben waren sowohl große als auch kleine, manche Wörter waren auch im Ganzen ausgeschnitten worden.

Ich weiß, was du getan hast, du dreckige Hure, du Rattenbalg. Glaub ja nicht, dass du da oben im Wald in Sicherheit bist. Ich weiß mich zu rächen, und der Tag kommt bald. Den nächsten Sommer wirst du nicht mehr erleben. Man wird dich im Schnee begraben.

«Wann ist der Brief angekommen?»

«Am sechzehnten Oktober. Der erste kam am vierten September, meinem Namenstag. Ich dachte, es wäre ein Glückwunsch von irgendeinem Gast. Inzwischen würde ich mich kaum noch trauen, Briefe ohne Absender zu öffnen …»

«Von jetzt an gibst du sie sofort an mich weiter.»

Ich erkundigte mich nach den anderen Vorfällen. Waren die Reifen in Ilvesvaara zerstochen worden? Das würde darauf hindeuten, dass der Täter Zutritt zum Hotelgelände hatte, aber wer wäre so dumm, den Verdacht auf den engsten Kreis zu lenken? Der Kurzschluss und das beschädigte Kabel mussten nicht unbedingt auf Fremdeinwirkung zurückzuführen sein. Ansa hatte die Lampe und den Föhn natürlich weggeworfen.

«Hast du jemandem davon erzählt?»

«Topi war dabei, als die Lampe … Genau genommen hat er sie eingeschaltet. Und von den Reifen musste ich ihm erzählen, die mussten ja gewechselt werden, und das schaffe ich nicht. Ich habe ihm vorgeschwindelt, die Reifen wären im Dorf zerstochen worden und ich hätte den Rückweg gerade noch geschafft. Ein Jaguar löst manchmal Aggression bei den Leuten aus, besonders wenn eine Frau am Steuer sitzt.»

Ich hatte Ansas Auto noch nicht gesehen, denn seit meiner Ankunft hatte sie Ilvesvaara nicht verlassen.

«Ein Jaguar? Welches Modell und welche Farbe? Hat er womöglich das Kennzeichen LNX-1?»

«S-Type. Goldfarben. Davon dürfte es in Finnland nicht viele geben. Und bei dem Kennzeichen hast du richtig geraten. Wenn man den Wagen einmal gesehen hat, ist es leicht, ihn mir zuzuordnen. Aber auf den Überwachungskameras war nichts zu sehen, und um den Wagen herum gab es auch keine Spuren. Als würde sich hier jemand herumtreiben, der fliegen kann. Und ich bin nicht hysterisch, glaub mir.»

Dass ihr Kopf bei diesen Worten zitterte, schien sie nicht zu bemerken oder nicht kontrollieren zu können.

Ich fragte Ansa, ob sie eine Ahnung hatte, welche Tat der Verfasser des anonymen Briefes meinen könnte. Sie schüttelte den Kopf. Wir gingen ihren Lebensweg bis zur Gründung von Ilvesvaara durch. Sie stammte aus dem Espooer Stadtteil Westend, hatte die schwedischsprachige Handelshochschule in Helsinki absolviert und danach in London und Zürich Hotelmanagement studiert. Anschließend hatte sie für die Radisson-Kette gearbeitet, sowohl in Finnland als auch in Ajaccio auf Korsika. Anfang der 2010er-Jahre, als in Sotschi Hotels für die Winterolympiade gebaut wurden, hatte sie eines dieser Projekte geleitet, und vor der Gründung von Ilvesvaara hatte sie ein Unternehmen in St. Petersburg beraten, das in Finnland, in der Provinz Kymenlaakso, Ferienhäuser baute. Aber ihrer Meinung nach hatte sie niemanden geschädigt. Sie war auch nicht vorbestraft; nur einmal, vor langer Zeit, hatte sie wegen überhöhter Geschwindigkeit auf dem Weg von Tampere nach Turku eine Geldbuße zahlen müssen.

«Und deine früheren Beziehungen? Verhältnisse mit verheirateten Männern oder dergleichen?», fragte ich in geschäftsmäßigem Ton. Ansas eventuelle Fehltritte interessierten mich nur insofern, als sie möglicherweise das Motiv für die Drohungen sein konnten.

«In London gab es einen John … Dozent für Hotelleitung, also mein Lehrer. Mindestens zwanzig Jahre älter. Dass er sich in jedem Kurs einen Schützling aussuchte, habe ich erst später erfahren, ich hatte mir eingebildet, etwas Besonders zu sein. Ich war erst fünfundzwanzig, verstehst du? Aber ich war diejenige, die gelitten hat, nicht John. Und die Briefe sind auf Finnisch. Ich kann nicht begreifen …»

Ansa tat ihr Bestes, um sich zu beherrschen, doch ich erkannte ihre Miene und ihre Gesten wieder, weil diese Gefühle mir nicht neu waren. Das erste Mal hatte ich sie in den Augen meiner Mutter gesehen, auch wenn ich es damals als kleines Kind nicht begriffen hatte.

Es waren nackter Schmerz und Todesangst.

9

Ansa hatte die zerstochenen Reifen nicht aufbewahrt, sondern zum Recycling gegeben. Eine dumme Entscheidung. An die Polizei hatte sie sich nicht wenden wollen: Je weniger öffentliches Aufsehen Ilvesvaara erregte, desto verlockender war das Resort für Stars und Reiche. Ich hatte für Parlamentsabgeordnete, Multimillionäre und Spitzenkräfte des Geschäftslebens gearbeitet. Einige von ihnen hatten ihre Privatsphäre so weit abgeschottet wie nur möglich, und für einige war eine Leibwächterin eine Art Statussymbol. Nur gelegentlich hatte ich Superprominente geschützt, die im Rampenlicht stehen wollten und bereit waren, für ihre Popularität zu zahlen, indem sie sich dem Blick der Öffentlichkeit auslieferten.

Ansa hatte weder Frauenzeitschriften noch Wirtschaftsmagazinen Interviews gegeben. Sie erzählte, dass sie seit zwei Jahren mit Topi zusammen war.

«Man sollte meinen, das wäre lange genug, um den anderen wirklich kennenzulernen, aber Topi ist manchmal unberechenbar. Er steckte schwer in der Patsche, als wir uns über den Weg gelaufen sind. Vielleicht verunsichert es ihn, dass er nicht nur mein Partner, sondern auch mein Mitarbeiter ist, dabei ist er in vielen Bereichen unersetzlich für mich. Nicht nur als Mann und Geschäftspartner, sondern auch wegen seiner technischen Fähigkeiten. Topi kennt sich zum Beispiel mit Pyrotechnik aus, ich brauche ihn beim Feuerwerk. Und obwohl er die Regeln von Ilvesvaara kennt, ist er manchmal eifersüchtig.»

Auf wen, wollte ich schon fragen, schwieg aber. Eifersucht richtete sich ja nicht unbedingt auf eine bestimmte Person. Mein Vater hatte geglaubt, meine Mutter hätte mal mit diesem, mal mit jenem Mann ein Verhältnis gehabt, vom Nachbarn bis zum Tankstellenmitarbeiter. Er hatte Wahnvorstellungen, weil die Synapsen in seinem Gehirn nicht richtig funktionierten, hatte mir der behandelnde Psychiater erklärt. Ich konnte immer noch kaum glauben, dass mein Vater sich das Böse in seinem Innern, das mit Medikamenten lange unter Kontrolle gehalten werden konnte, nicht selbst ausgesucht hatte. Für mich würde er immer der Mann sein, der meine Mutter getötet hatte, und es war mir unerträglich, dass die Hälfte meiner Gene von ihm stammte. Als Teenager hatte ich mir gewünscht, die Verdächtigungen meines Vaters wären begründet, und ich wäre das Resultat eines Seitensprungs meiner Mutter. Aber ich brauchte nicht einmal einen DNA-Test, um diese Möglichkeit auszuschließen. Es genügte, Kinderfotos von meinem Vater und von mir nebeneinanderzulegen.

«Wie hast du deine anderen Mitarbeiter gefunden? Auf private Empfehlung, wie bei mir, oder auf anderen Wegen?»

Es fiel mir schwer zu glauben, dass Ansa beim Arbeitsamt vorstellig geworden war.

Das Telefon klingelte. Ansa schreckte zusammen, doch als sie die Nummer sah, hellte sich ihre Miene auf.

«Entschuldige, ich muss dieses Gespräch annehmen und ungestört führen. Wir machen später weiter.» Sie scheuchte mich mit einer Handbewegung hinaus. Als ich die Tür schloss, hörte ich gerade noch, wie sich ihre Stimme veränderte.

«Wie schön, dass du anrufst!», gurrte sie. Ich wusste, dass der Anrufer nicht Topi war, denn ich sah ihn gerade auf einem Quad mit Anhänger zur Sauna fahren. Die beiden Vettern waren also während meines Gesprächs mit Ansa von ihrer Fahrt nach Kemijärvi zurückgekommen, offenbar früher als erwartet. Der Anhänger war bis an den Rand mit Brennholz gefüllt, und Topi musste sich anstrengen, um das Fahrzeug auf dem vom Schnee geräumten Weg zu halten. Am späten Abend würde er die nächsten Gäste vom Flughafen in Ivalo abholen.

Ich ging in mein Zimmer, um mir die Informationen über sie anzueignen. Es handelte sich um Aku Rautio und Tytti Linnala-Rautio. Beide waren Diplomkaufleute, Tytti hatte außerdem einen Doktortitel der Wirtschaftswissenschaften. Ihr Urgroßvater Juha Linnala war als Waffenfabrikant reich geworden, sein Sohn und sein Enkel hatten den Betrieb weitergeführt. Tytti hatte die Aktien jedoch als unethisch betrachtet und verkauft. Jetzt verdiente sie ihren Lebensunterhalt als Investmentmanagerin, verfügte aber auch über ein Privatvermögen in achtstelliger Höhe. Aku Rautio war Immobilieninvestor, Bauunternehmer und Besitzer des Unternehmens AkuRa. Der Name der Firma kam mir irgendwie bekannt vor. Hatte ich kurzzeitig in einer Wohnung gewohnt, die der Firma gehörte, oder hatte Rautio sich mit Geschäftspartnern im Restaurant Sans Nom getroffen, in dem ich vor zwei Jahren gearbeitet hatte?

Den Hintergrundinformationen war nicht zu entnehmen, ob das Ehepaar Kinder hatte. Die Hobbys der beiden waren Wandern, Eislochschwimmen, Toureneislauf, Paddeln und Skifahren in allen erdenklichen Variationen. Sportliche Typen also, wie die meisten Gäste in Ilvesvaara. Auf Eishockeyschlittschuhen konnte ich mich auf den Beinen halten, aber Toureneislauf hatte ich noch nie ausprobiert. Vielleicht gab es im Haus Kufen für mich, und ich konnte vor dem Eintreffen der Gäste eine Runde auf dem Teich drehen?

Das Ehepaar ernährte sich nach dem Low-Carb-Prinzip, und Aku war allergisch gegen Schalentiere und Federn. Tyttis Lieblingsblumen waren Orchideen. Sie waren bestellt und würden in einer Stunde eintreffen. Ich hatte versprochen, sie mit einem gut geheizten Wagen am Tor abzuholen, denn die anderen hatten alle Hände voll zu tun, um alles für die Gäste vorzubereiten. Sie würden in einer großen Suite wohnen, in der beide ein eigenes Schlafzimmer und ein eigenes Bad hatten. Ich hatte volles Verständnis für Paare, die nicht ständig das Bett miteinander teilen wollten. Die erotische Spannung blieb besser erhalten, wenn man nicht jede Nacht das Schnarchen des Partners hören oder seine Sabberspuren auf dem Kopfkissen sehen musste.

Es hatte Menschen gegeben, deren Haut ich stundenlang auf meiner spüren wollte. Mich am Körper des anderen laben, an seinen Lippen, am weichen Flüstern seiner Stimme. Aber all das war vorübergehend gewesen. Selbst mit David Stahl. Ich war wütend auf mich selbst, weil ich so heftig darauf reagierte, seinen Namen und die Nachricht von seiner Hochzeit zu lesen. Und Juri Trankow genoss es natürlich, mich mit seinem früheren Konkurrenten zu quälen. Juri war ein schöner Junge und offenbar künstlerisch einigermaßen begabt. Es würde ihm leichtfallen, eine Mäzenatin zu finden, die für ihn sorgte. Das war eine nützliche Fähigkeit in einer Welt, in der unfaire Tauschgeschäfte an der Tagesordnung waren. Juri nahm mir übel, dass er mir seine Zerbrechlichkeit gezeigt und ich ihm dann doch David Stahl vorgezogen hatte.

Ich wollte an alles andere denken, nur nicht an David Stahl, daher ging ich nach draußen. Pyry lud gerade große Plastikkisten in den Aufzug des Restaurantgebäudes. Ich fragte ihn nach den Kufen für Toureneislauf. Er war ja für die gesamte Sportausrüstung zuständig.

«Im Lager beim Fitnessraum, wie die Eishockeyschlittschuhe auch. Aber ich lasse weder die Gäste noch dich allein aufs Eis. Man muss die Strömungen unter dem Eis kennen. Allein darfst du nur auf die freigeräumte Strecke. Die ist sicher.»

Pyry stellte eine schwarze Plastikkiste in den Aufzug. Er tat es lehrbuchmäßig: Er beugte die Knie, hielt den Rücken gerade, hob die Last nicht mit den Armen, sondern mit dem ganzen Körper an. Wie viel schaffte er wohl beim Bankdrücken? Unwillkürlich überlegte ich, was ich unter seiner Winterkleidung finden würde, wenn ich sie ihm ausziehen dürfte.

«Du hast mir gar nichts zu befehlen, Pyry Lilja», versetzte ich, verärgert über meine Gedanken.

«In dem Fall laufen wir zusammen. Wann willst du die Kufen ausprobieren? Ich habe in zwei Stunden frei, also vor dem Abendessen. Dann ist es schon dunkel, wir brauchen Stirnlampen. Sehen wir uns am Bootssteg?»

Ich dachte an meine eigentliche Aufgabe: herauszufinden, wer Ansa bedrohte. Doch dazu musste ich die Leute in Ilvesvaara besser kennenlernen. Pyry war Topis Vetter und kannte Ansa noch länger als Topi. Also zwang ich mich zu einem Lächeln und stimmte zu. Dann holte ich die Orchideenlieferung und verteilte die Blumen vorschriftsmäßig in der Suite. Von Ansa kam noch eine Ergänzung zu den Hintergrundinformationen.

Alle aufgepasst! Tytti Linnala-Rautio und Aku Rautio sind als extrem anspruchsvolle Gäste bekannt. Verhaltet euch dementsprechend.

Es wäre mir lieber gewesen, die Stirnlampe nicht einzuschalten. Ich war es gewohnt, mich im Dunkeln zu bewegen, und wusste, dass meine Augen sich in ein paar Minuten anpassten und besser sahen als die der meisten anderen Menschen. Doch der auf ein Viertel zusammengeschmolzene Mond hatte sich hinter eine Wolke verzogen und leuchtete nur schwach. Pyry erklärte, das Eis sei zwar dick, aber hier und da durch Schilf oder Dreck verunreinigt. Er hatte mich auf Eishockeyschlittschuhen gesehen, doch die langen Kufen für den Toureneislauf seien etwas ganz anderes.

«Beim Stabhochsprung verwendet man ja auch nicht dieselbe Technik wie beim Hochsprung, obwohl man in beiden Fällen versucht, über die Latte zu kommen», erklärte er. Ich hätte gern erwidert, dass ich seinen Patzer beim Stabhochsprung gesehen hatte, hob mir die Bemerkung aber für später auf. Vielleicht würde irgendwann eine Situation kommen, in der ich ihn unter der Gürtellinie treffen wollte.

Als ich die Kufen befühlte, hätte ich mir beinahe den Finger aufgeschnitten. Sie waren tatsächlich messerscharf. Ich schnallte sie an meinen Schuhen fest und überprüfte zweimal, ob sie richtig saßen. Dann stand ich auf und stieß mich ab, ohne auf Pyry zu warten. Es war windstill und milder als in den letzten Wochen. Hinter mir hörte ich Pyrys Schlittschuhe sausen. Ich versuchte nicht, ihm davonzulaufen. Pyry sollte mir die sichere Strecke zeigen. Auch außerhalb der geräumten Spur lag so wenig Schnee, dass die Schlittschuhe mühelos dahinglitten.

«Im Winter sieht man es nicht, aber die anderen Ufer des Sees sind sumpfig. Die Bären fressen da Multbeeren und Moosbeeren, bevor sie sich zum Winterschlaf zurückziehen. Im Frühling habe ich drei Bärenjunge gesehen, die mit ihrer Mutter nach Beeren vom Vorjahr gesucht haben. Es ist kaum zu glauben, was für Raubtiere in diesen verspielten Kleinen stecken.»

Das Licht meiner Stirnlampe traf Pyrys Gesicht, er sah glücklich aus. Dann veränderte sich seine Miene.

«Im See gibt es Quellen, deshalb ist das Eis stellenweise den ganzen Winter hindurch brüchig. Die Leute in der Gegend erzählen sich, dass eines der Morastlöcher am gegenüberliegenden Ufer auch im Winter nicht zufriert; wer sich nicht auskennt, kann darin versinken. Eine Legende besagt, dass eine verbitterte Hexe die Stelle verzaubert haben soll, aber ich erinnere mich nicht so genau an die Geschichte. Ich glaube nicht an diesen Fantasiequatsch.»

Ich hob den Kopf, sodass das Licht meiner Stirnlampe auf das andere Ufer traf. In einem freien Moment würde ich die Stelle suchen, von der Pyry gesprochen hatte. Vielleicht konnte ich in der Dorfkneipe mehr über die Geschichte erfahren. Warum sollte es keine Hexen geben, irgendetwas musste diesen Glaubensvorstellungen doch zugrunde liegen? Das sagte ich Pyry allerdings nicht.

Das Eis knarrte merkwürdig, ich spürte, wie es unter meinen Füßen federte. Es war das Geräusch von zwei Nächte altem Eis, ich kannte es von den Ufern in Hevonpersii. *An dieser Stelle trage ich dich noch, aber du kannst jederzeit einbrechen,* warnte es den Läufer. Es war besser, Pyry brav zu folgen.

Als wir die zweite Runde auf dem See drehten, fragte Pyry:

«Vermisst du ihn?»

Ich zuckte zusammen, einen Moment lang glaubte ich, er spräche von David Stahl, doch dann ging mir auf, dass er das verbindende Element zwischen uns meinte: Teppo Laitio.

«Ich weiß nicht, ob vermissen das richtige Wort ist. Laitio war sehr krank und bereit, diese Welt zu verlassen.»

«Und dabei hast du ihm geholfen. Du hast ihm die Waffe gebracht.»

Beinahe wäre ich vor Schreck hingefallen. Davon hätte niemand wissen dürfen.

«Teppo hat es meiner Stiefmutter erzählt. Also seiner Mitarbeiterin Eini Rantanen. Nur um dich zu schützen, falls etwas schiefging. Mein Stiefbruder Tuomo hat dir in Långvik den USB-Stick gegeben.»

«Woher willst du das wissen?»

Obwohl ich geradeaus lief, hatte ich das Gefühl, eine Pirouette zu drehen. In meinen Ohren rauschte es, die Umgebung wirbelte um mich herum. Es war nicht so, wie ich geglaubt hatte. Laitio hatte doch jemandem von der Sache erzählt. Oder stellte Pyry nur Vermutungen an, testete er mich? Gib nichts zu, sagte ich mir. Beihilfe zur Selbsttötung war nach finnischem Gesetz kein Verbrechen, und ich hatte nicht einmal Beihilfe geleistet, sondern Laitio den Freitod nur ermöglicht, indem ich ihm den alten russischen Nagant-Revolver gebracht hatte. Konnte Pyry davon wissen? Das wollte ich nicht glauben.

«Ich vermisse ihn. Teppo war ein ganz besonderer Mensch. Er hat mich am Sportplatz ganz anders angefeuert als irgendjemand sonst. Er hat mir geholfen, mich selbst zu übertreffen. Mein Vater hatte selten Zeit, zu einem Wettkampf zu kommen. Er war so ein wichtiger Mann und hatte immer zu tun. Und Teppo war immer da, wenn es seine Arbeit zuließ.»

Ich begriff, dass Pyry versuchte, sich mit mir zu verbünden, und schmetterte den Versuch ab.

«Topi ist also nicht mit Laitio verwandt?»

«Er hat ihn bestimmt nicht einmal gekannt.»

Mir war immer noch nicht klar, wie Pyry an meine vorübergehende Adresse gekommen war, aber Laitio hatte Eini Rantanen einmal als Hackerkönigin bezeichnet. Ich hasste Menschen, die meine Schutzmauern durchdrangen.

Pyry kurvte weiter in die Mitte und winkte mir, ihm zu folgen. Nach zwanzig Metern bremste er abrupt. Auf dem Eis war ein schwarzblauer, schneefreier Fleck, von dem Risse ausgingen.

«Hier strömt eine Quelle. Die Stelle friert erst im Februar zu, wenn überhaupt. Ich habe sie immer wieder mit Tannenzweigen markiert, aber die waren aus irgendeinem Grund am nächsten Tag verschwunden, und im Schnee gab es keine Spuren, die verraten hätten, wer sie weggenommen haben könnte. Wirklich seltsam.»

«Ein Vogel?», schlug ich vor, aber Pyry glaubte nicht daran. Warum sollte ein Vogel große Tannenzweige davonschleppen?

Pyry lief geschmeidig auf dem Eis. Nach einigen Runden bekam auch ich ein Gespür für die langen Kufen und konnte mit wenigen Stößen voll beschleunigen. Nun kam mir der See klein vor, ich hatte Lust auf eine Tour über ein großes Gewässer. Vielleicht würden die Rautios mir Gelegenheit dazu geben.

Beim Abendessen saß Pyry mit Veera am Tisch, ich aß allein und ging danach noch in die Küche, um Stena mit dem Brotteig und der Marinade für das Rentierfleisch zu helfen. Seine Augen waren gerötet, er wirkte erschöpft.

«Du arbeitest wirklich lange», sagte ich nebenbei, während ich gefrorene Fichtentriebe hackte.

«Lange? Hier hat man immerhin manchmal frei. Als ich in Odense gearbeitet habe, bin ich kaum zum Schlafen gekommen. Wir wollten einen Michelin-Stern ergattern. Mit vollem Einsatz. Ich dachte, ich würde durchhalten, das Gehalt war verdammt gut, und der Stern hätte sich in meinem Lebenslauf gut gemacht, wenn ich irgendwann ein eigenes Restaurant hätte gründen wollen. Einmal bin ich am Soßentopf eingeschlafen, zum Glück hat ein Kollege mich geweckt.»

«Was ist dann passiert? Wurdest du gefeuert?»

«Es gab eine Riesenstandpauke. Ich war froh, dass ich nicht richtig Dänisch konnte. Du hast im Sans Nom doch bestimmt gemerkt, was für eine harte Branche das ist. Ein Restaurant zu betreiben, meine ich.»

«Hast du deshalb deinen Traum aufgegeben, ein eigenes zu gründen?»

Er schnaufte merkwürdig und sah einen Moment lang aus, als kämpfe er mit den Tränen.

«Wieso aufgegeben? Hier habe ich ja mein eigenes Reich. Die Gäste haben natürlich ihre Wünsche und Spleens, aber die betrachte ich als Herausforderung. Bisher hat es noch nie ein Problem gegeben, das ich nicht zufriedenstellend gelöst hätte.»

Stena lächelte, doch sein Lächeln reichte nicht bis zu den Augen. Als ich die Soße eingekocht hatte, riet er mir, eine Ruhepause zu machen. Den neuen Gästen würden wir rund um die Uhr zur Verfügung stehen müssen.

Ich machte ein Nickerchen. Als Mitternacht näher rückte, standen Ansa, Pyry und ich auf der Terrasse des Bürogebäudes bereit, um die Gäste zu empfangen. Topi fuhr den Kleinbus, der auch mich nach Ilvesvaara gebracht hatte. Er glitt so sanft auf den verschneiten Hof, dass ich an eine Schlittenfahrt denken musste. Pyry lief zum Wagen, um beim Tragen des Gepäcks in die Suite zu helfen.

Ansa sah mir in die Augen.

«Wie du ja gelesen hast, gelten die beiden als schwierig, und sie sind in der ganzen Welt vernetzt. Also keine Patzer!»

Wieder sah ich Risse in ihrem beherrschten Auftreten. Ich reckte den behandschuhten Daumen hoch.

Die Frau stieg zuerst aus. Der Pelzmantel reichte ihr bis zu den Füßen. Doch wohl nicht … nein, zum Glück war es kein Luchspelz, sondern dunkler Nerz. Sie war mittelgroß und wirkte schlank, hatte die glatten blonden Haare zum Pferdeschwanz gebunden und trug ein Stirnband, ebenfalls aus Nerz. Der Mann steckte in einem Kamelhaarmantel und hatte eine Stirnglatze. Die Gesichter der beiden konnte ich nicht sehen. Topi führte sie zum Lift.

Als die Aufzugtür sich öffnete und das Licht auf die Gesichter der Gäste fiel, musste ich kämpfen, um meine Reaktion unter Kontrolle zu halten. Ich kannte Aku Rautio, auch wenn er mir damals seinen Nachnamen nicht genannt oder sich jedenfalls nicht als Rautio vorgestellt hatte. Ich war ihm vor anderthalb Jahren im Kalle begegnet, wo er einen sogenannten Männerabend verbrachte. Wir landeten anschließend zu zweit im Konferenzzimmer von Akus Firma. Der erste Eindruck war erregend: ein gut gekleideter, selbstsicherer Mann, der eindeutig Gesellschaft nur für ein paar Stunden suchte. Er hatte sich nicht einmal die Mühe gemacht, den Ehering abzunehmen. Solche Begegnungen waren mir nur recht. Allerdings hatte Aku gesagt, seine Frau habe ihm den Abend freigegeben, gerade so als wäre seine Ehe ein Waldcamp der Armee. Das hatte mich fast dazu gebracht, ihm einen Korb zu geben.

Ich ging trotzdem mit, denn ich hatte Lust auf Sex. Die Firmenräume befanden sich im obersten Stock des neuen Bürohochhauses in Jätkäsaari, mit Meerblick. Aku wollte mich auf dem Tisch, als Vorspiel reichte es ihm, mir die Kleider nur mit den Lippen vom Leib zu reißen. Darin war er gut. Sein beschnittener, blasser Penis erinnerte an eine Banane und machte vorzeitig schlapp wie ein Spinatblatt in der Pfanne. Er befriedigte mich immerhin mit dem Mund und den Händen, war dabei aber in meiner Erinnerung nicht besonders geschickt.

Aku war reichlich betrunken, und ich hatte mich mit einer schwarzen Bubikopfperücke und braunen Kontaktlinsen verkleidet. Er hatte sich darüber gewundert, wie muskulös ich war. Ich hatte keine Tattoos, an denen man mich erkennen konnte, und auch keine großen oder besonders geformten Muttermale. Hatte ich mir damals ein Brazilian Waxing machen lassen? Ich hatte es einmal probiert, aber das Nacktheitsgefühl hatte mir nicht gefallen. Es war dumm, zu meinen, eine Frau dürfe nicht behaart sein.

Aku war auf der Brust und über den Pobacken behaart gewesen, und er hatte eine Blinddarmnarbe, die er zu verbergen versuchte. Ich dachte an ihn wie an eine Puppe, die mir schon beim ersten Spiel langweilig geworden war. Es gab keinen Grund, unsere zufällige Begegnung zur Sprache zu bringen.

Hoffentlich war ich für Aku nur eine unter vielen gewesen. Ein Vorfall, den sein besoffenes Gehirn längst vergessen hatte. Er brauchte nicht zu befürchten, dass ich seiner Frau davon erzählte. Das würde mir nichts bringen.

Ich zwang mich, mir Ansas Begrüßungsworte anzuhören. Die Gäste seien sicher müde. In der Suite stünden Champagner und ein kleiner Imbiss bereit. Die Rauchsauna werde wunschgemäß am Morgen für sie angeheizt. Das vereinbarte Programm werde vor dem Mittagessen noch einmal überprüft. Der Wetterbericht verspreche gutes Wetter für Schneeschuhtouren.

Tytti war sehr schlank, ihre Haut war vermutlich von Natur aus straff. In dem blassen Gesicht wirkten die braunen Augen seltsam. Sie sah durch mich hindurch, ich war nicht wichtig. Sie wollte sich nur ausruhen. Ansa würde ihr den Weg zur Suite zeigen.

Als Aku an mir vorbeiging, streifte seine Hand meinen Hintern. War das ein Zeichen, dass er mich wiedererkannt hatte?

10

Die Novembersonne schien so hell, dass ich nicht ohne Sonnenbrille auskam. Der Wind schnitt mir in die Wangen, aber das Dahingleiten machte so einen Spaß, dass die eisige Luft mich nicht störte.

Pyry raste voran, Aku Rautio folgte ihm. Tytti Linnala-Rautio traute sich offenbar nicht zu, den Eissegelschlitten auf volle Fahrt zu bringen, daher musste auch ich mich ein wenig bremsen, obwohl ich die Einzige war, die diese Sportart noch nie ausprobiert hatte.

Wir waren am frühen Morgen aufgebrochen, um die wenigen hellen Stunden zu nutzen. Pyry hatte die Segel und die Schlitten in den Kleinbus verladen, während ich die Schutzausrüstung überprüfte. Eissegeln war eine gefährliche Sportart, denn die Geschicktesten konnten ihr Gefährt auf eine Geschwindigkeit von über neunzig Stundenkilometern bringen. Aber im Lagerraum in Ilvesvaara gab es Schutzhelme und für Motorradfahrer vorgesehene Goretex-Overalls. Aku Rautio hatte seinen eigenen Rückenprotektor mitgebracht, wir anderen wagten uns ohne diese Zusatzausrüstung aufs Eis.

Am ersten Urlaubstag des Ehepaares hatte Tytti sich in Veeras Kosmetiksalon behandeln lassen, und Pyry hatte mit Aku eine Schneeschuhwanderung durch den Wald gemacht. Vorher hatte ich ein seltsames Drama im Speiseraum miterlebt. Da es am Abend sehr spät geworden war, wurde das Frühstück um halb elf serviert. Ich selbst hatte schon nach neun gefrühstückt und half Stena in der Küche, als die Gäste eintrafen. Stena wusste, dass Tytti ein Omelett mit Käse, Obstsalat und einen großen Milchkaffee wollte, Aku Roggenporridge mit Beeren und ein Omelett mit Schinken, dazu auf dem Feuer gekochten Kaffee.

«Ich bin es gewohnt, alle möglichen Wünsche zu erfüllen», plauderte Stena locker. «Mal Kopi Luwak, mal weißen Tee, der pro Kilo einen Tausender kostet. Alles, was ethisch produziert wird, ist akzeptabel, deswegen gibt es bei uns keine Gänseleber, auch wenn Ansa dadurch schon einmal Gäste verloren hat. Aber sie kann es sich leisten, wählerisch zu sein.»

Ich war im Speisesaal, um den leeren Porridgeteller abzuräumen, als Tyttis Hand plötzlich zu zittern begann. Ihre Kaffeetasse fiel auf den Tisch und kullerte von dort auf den Boden, wo sie in Scherben ging. Tytti starrte auf die Tür zur Küche, als habe sie ein Gespenst gesehen.

«Jana! Was machst du hier …?» Ihr Atem ging so schnell, dass ich mich auf einen Anfall von Hyperventilation einstellte.

Die Reinigungskraft antwortete nicht, sondern ging mit Mopp, Eimer und Wischlappen direkt zu Tytti und kniete sich zu ihren Füßen hin, um die Scherben und die Milchkaffeepfütze aufzuwischen. Aku Rautio griff nach der Hand seiner Frau.

«Tytti, alles ist in Ordnung. Jana will uns nichts Böses. Schön, dass sie einen guten Arbeitsplatz gefunden hat. Hallo, Jana!»

Jana putzte wortlos weiter, als sei sie ein Roboter. Tytti zog die Beine zurück. Immerhin zitterte sie nicht mehr. Ich ging in die Küche, um einen neuen Milchkaffee zu holen, denn vom vorigen hatte Tytti nicht einmal die Hälfte getrunken.

«Was ist da denn los?» Stenas gut gelaunte Gelassenheit hatte sich in Verwunderung verwandelt. Ich erzählte ihm das wenige, das ich wusste.

«Ach, Jana kennt sie auch.»

Ich wollte gerade fragen, wieso *auch*, als Jana in der Küche erschien. Stena starrte wütend auf das Putzzeug.

«Raus mit dem Kram, sofort!»

Die Kaffeemaschine klingelte, der Milchkaffee war fertig. Ich brachte die Tasse an den Tisch. Tytti hatte sich beruhigt und stocherte in ihrem Obstsalat, als würde sie darin nach einem verlorenen Ohrring suchen. Sie bedankte sich nicht für den Kaffee. Schon am ersten Tag merkte ich, dass sie keine überflüssigen Worte machte.

Auch während der gut einstündigen Fahrt im Kleinbus zum Eissegeln sprach sie kaum; sie hatte Kopfhörer auf und hörte sich irgendetwas an. Aku kommentierte die Umgebung und unterhielt sich mit Pyry über Sport. Ich ließ ihr Gespräch an mir vorbeiziehen. Aku war natürlich Eishockey- und Formel-1-Fan. Die Spieler der KHL oder Valtteri Bottas interessierten mich nicht, solange sie nicht meine Kunden waren.

«Weißt du noch, wie wir beim Weitsprungcamp in Vieru im Wäschetransporter nach Heinola ausgebüxt sind, um einen draufzumachen?», fragte Aku plötzlich. Im Rückspiegel sah ich, wie Pyrys Miene sich verfinsterte.

«Nein, das kann ich ganz ehrlich sagen. Ich war schon auf der Hinfahrt total dicht von deinem geschmuggelten estnischen Wodka. War nicht gerade eine Sternstunde meiner Sportlerkarriere.»

Aku lachte. «Du warst ja auch so ein anständiger Junge, der Olympiamedaillen gewinnen wollte. Für mich war der Sport bloß ein Spiel, um Frauen zu beeindrucken.»

Am Straßenrand tauchte eine Rentierherde auf, Pyry bremste und murmelte, dass man auf den Straßen im Norden eher mit einem Vielfraß zusammenstößt als mit einem anderen

Auto. Ich dachte wieder daran, was Stena am gestrigen Morgen gesagt hatte. *Ach, Jana kennt sie auch*. Ich hatte angenommen, dass Stena mit dem *auch* sich selbst meinte, aber er hatte offenbar von Pyry gesprochen. Aku Rautio war also Weitspringer gewesen. Als Sportler war er mir nicht in Erinnerung geblieben, obwohl ich mit meinem Onkel Jari immer die Leichtathletikwettkämpfe verfolgt hatte. Pyry wäre sicher geschmeichelt, wenn er wüsste, dass es bei ihm anders war.

Der Lokka-Stausee bot mehr als dreihundert Quadratkilometer Segelfläche. Auf dem Eis waren einige Eisangler und zwei Skiläufer zu sehen. Die Eisangler starrten uns misstrauisch an und grüßten nicht zurück. Glaubten sie etwa, die Vibration von den Segelschlitten würde die Fische vertreiben? Plötzlich stieg eine Erinnerung in mir auf: ein Frühlingsmorgen auf dem See bei Hevonpersiinsaari, der Schokoladengeschmack von Kakao aus der Thermoskanne, die zappelnde Renke, die ich geangelt hatte und stolz Onkel Jari zeigte. Am Abend hatten wir sie gemeinsam geräuchert.

Der kalte Wind schien sogar unter die Schutzbrille zu dringen, denn meine Augen tränten. Ich blinzelte, um wieder richtig zu sehen. Pyry und Aku hatten sich bereits hundert Meter von uns Frauen entfernt, sie schienen eine Art Wettkampf auszutragen. Ich drehte mein Segel gegen den Wind, um die Geschwindigkeit zu verringern. Ich musste Rücksicht auf Tytti nehmen.

Beim Abendessen gestern hatte sie ein honiggelbes langes Strickkleid angehabt. Obwohl es locker saß, zeigte es, wie schlank sie war. Sie schien kaum Fett am Körper zu haben, war auch sie eine ehemalige Leistungssportlerin? Sportschützin vielleicht, immerhin war sie die Tochter eines Waffenfabrikanten. Der Umgang mit dem Segel allerdings schien ihr nicht ganz leichtzufallen, er forderte ziemlich viel Kraft in den Armen.

«Brauchst du Hilfe?», fragte ich, doch Tytti winkte ab und drehte das Segel fester. Da fuhr der Wind hinein, und der Schlitten schoss nach vorn.

Pyry hatte die Schlitten aus den Segeln von Surfbrettern, alten Sprungskiern und Sperrholzplatten gebaut. Hoffentlich verstand er sein Handwerk. Wenn bei einer Geschwindigkeit von mehr als achtzig Stundenkilometern ein Segel riss oder ein Teil der Konstruktion sich löste, wären die Folgen furchtbar. Ich hatte gelegentlich mit Leuten von der Sicherheitsakademie Queens am Rockaway Beach gesurft und nach dem anfänglichen Herumpaddeln Gefallen daran gefunden.

Eissegeln war eigentlich leichter, weil der Untergrund eben und die Sturzgefahr geringer war. Ich ging davon aus, dass Pyry das Eis auf dem Lokka-See gut genug kannte, sodass wir uns nicht vor unerwarteten Schneewehen zu fürchten brauchten, und in einem Stausee würde es keine Felsblöcke oder Steine geben. Trotzdem hielt ich meine Sinne so geschärft wie nur möglich und gab mich dem Genuss der Geschwindigkeit nicht restlos hin. Ich war nicht zum Vergnügen hier, sondern musste für die Sicherheit der Linnala-Rautios sorgen. Aus den Eisklumpen, die von den Eislochanglern herausgebohrt wurden, konnten Unebenheiten entstehen, ebenso aus Zweigen, die zur Markierung dienten.

Als der Schatten von großen Flügeln mich streifte, blickte ich auf. Ich wollte meinen Augen nicht trauen. Links vor mir schwebte ein Steinadler und suchte nach dem passenden Winkel für den Sturzflug. Im leuchtenden Schnee bewegte sich etwas Gelblich-Weißes, das Fell musste einem Schneehasen gehören.

«Was macht der da?», rief Tytti mir zu, als der Adler nur zwanzig Meter vor uns einen Bogen schlug und sich wieder in die Höhe schraubte. Begriff er nicht, dass wir seine Feinde waren? Meine Glock lag schwer im Holster. Ich würde kein wildes Tier verletzen, wenn es nicht unumgänglich war, aber der Adler hätte eigentlich wissen sollen, dass er sich vor Menschen hüten musste. Wahrscheinlich hatte er die Angewohnheit, sich die Ausschussfische zu schnappen, die die Eisangler zurückließen, jagte nun aber nach einem beweglichen Ziel.

Pyry wendete seinen Schlitten und fuhr auf uns zu. Versuchte er etwa, den Hasen zu retten? Das wäre völlig idiotisch. Auch Aku änderte den Kurs, fuhr weiter in die Mitte des Sees und versuchte, Pyry zu überholen. Der Konkurrenzinstinkt war auch schon integren Männern zum Schicksal geworden. Der Schatten des Steinadlers schwebte wieder über das Eis, dann setzte der König der Lüfte zum Sturzflug an. Tytti glaubte offenbar, der Vogel habe es auf sie abgesehen, sie riss das Segel herum und verlor die Kontrolle über ihren Schlitten.

Der Adler flog mit dem weißen Tier in den Klauen wieder auf. Der Hase kreischte. Tytti sauste über das Eis, auf direktem Kollisionskurs mit ihrem Mann. Aku hatte Pyry überholt, warf einen Blick zurück und schien seine Frau, die sich von Backbord näherte, nicht zu bemerken. Ich zog das Segel so fest auf die Luvseite, wie ich nur konnte, bekam aber nicht so schnell Fahrt, dass ich Tytti eingeholt hätte.

Dann sah ich, wie ihr Schlitten einen Hüpfer machte und kurz in die Luft stieg. Tytti riss so heftig am Segel, dass der Schlitten kippte. Er hatte mindestens siebzig Stundenkilometer drauf. Verdammter Mist.

Mein Instinkt riet mir, vom Schlitten zu springen und zu laufen, aber mit meinem Gefährt war ich schneller. Aku fuhr direkt auf Tytti zu, einen Augenblick lang sah es aus, als würde er seine Frau auf dem Eis überfahren.

«Aku, pass auf!», rief Pyry. Aku korrigierte seinen Kurs, während Tytti sich mühsam aufrappelte. Doch ich konnte sie nicht im Auge behalten, denn nun raste Aku direkt auf mich zu. Ich ließ die Schot los und das Segel flattern, dann machte ich eine tollkühne Wende. Das Tempo verringerte sich schlagartig, und Ako schoss an mir vorbei, während ich zum Stehen kam. Immerhin schaffte ich es, auf den Beinen zu bleiben und die Schot unter Kontrolle zu halten. Ich ließ den Schlitten zurück und rannte zu Tytti. Sie saß breitbeinig auf dem Eis. An der Wange hatte sie eine üble Schürfwunde. Sollte ich sie desinfizieren? In meinem Rucksack hatte ich eine kleine Erste-Hilfe-Tasche.

«Ups», sagte Tytti.

Pyry stoppte seinen Schlitten ein paar Meter von ihr entfernt. Dieses Gefährt beherrschte er besser als den Hundeschlitten.

«Hast du irgendwo Schmerzen? Kannst du alle Gliedmaßen bewegen? Den rechten Arm? Gut. Und den linken? Das Handgelenk tut dir weh? Bist du beim Sturz darauf gelandet? Darf ich dich vorsichtig abtasten? Ich bin kein Arzt, aber ich habe eine Ausbildung in Erster Hilfe.»

Die hatte ich auch, aber ich ließ Pyry machen. Er tat, als sei die Lage unter Kontrolle, doch sein Gesicht war blassgrau und der Kiefer angespannt. Ich hörte schnelle Schritte hinter mir, Aku war endlich da. Er keuchte schwer.

«Was zum Teufel ist hier los? Du hast doch behauptet, das Eis wäre sicher!», brüllte er Pyry an, dann wandte er sich an mich: «Du bist mir ja eine tolle Personenschützerin! Kannst du nicht nach vorn gucken?»

Tytti achtete nicht auf ihren Mann, sondern beobachtete Pyry, der ihren linken Knöchel und dann ihr Knie abtastete.

«Ich habe keine Schmerzen. Nur im Gesicht tut es ein bisschen weh.»

«Das ist ja völlig lädiert! Am Ende denkt noch jemand, ich hätte dich verprügelt.» Akus Atem ging immer schneller. Ein normaler Mann hätte seine Frau wohl gefragt, wie es ihr ging, statt sinnlos zu wüten.

«Kannst du auftreten? Hilja, hilfst du mit, dann stellen wir Tytti auf die Beine», schlug Pyry vor.

«Das schaffe ich allein! Halb so schlimm. Nur im Gesicht brennt es ein bisschen.»

Die Sätze kamen mir seltsam bekannt vor. Als ich nach Finnland zurückgekommen war, hatte ich an einem für Sicherheitspersonal ausgelegten Kurs über die Merkmale familiärer Gewalt teilgenommen. Dort hatte man uns über Frauen aufgeklärt, die gegen Türen stoßen und über Putzeimer stolpern. Auch Tytti spielte ihre Verletzungen herunter. Allerdings bewegte sie locker ihre Arme, wie um sich zu vergewissern, dass tatsächlich alles in Ordnung war.

«Was war das für ein Hindernis, auf das Tytti gefahren ist?», fragte Aku. Ich ging ein Stück zurück und untersuchte die Unfallstelle. Auf dem Eis lag ein dreißig Zentimeter hoher harter Haufen, und als ich den Schnee entfernte, kamen Eisklumpen zum Vorschein. Gleich daneben war eine zwanzig Zentimeter breite Stelle mit dünnem Eis. Es waren aus einem Eisloch geschwemmte Brocken, ein ganz normaler Anblick auf zugefrorenen Seen. Ein Ski- oder Schlittschuhläufer hätte das Hindernis rechtzeitig bemerkt.

«Aku, lass gut sein! Ich hätte besser auf die Strecke achten müssen, aber ich war so begeistert, als ich endlich ordentlich Wind in die Segel bekam. Mir fehlt nichts. Ich fahre gern weiter, es heißt doch, nach einem Sturz soll man sich möglichst bald wieder in den Sattel schwingen.»

Tytti machte sich auf den Weg zu ihrem Schlitten. Ich sah,

dass sie vorsichtig auftrat, als habe sie Schmerzen in der linken Hüfte. Wir waren so weit vom Ufer entfernt, dass wir zu Fuß Stunden für den Rückweg gebraucht hätten.

«Legt ihr Männer noch mal richtig los», sagte ich zu Pyry, ohne Aku anzusehen. «Ich kümmere mich um Tytti und passe auf, dass sie nicht zu schnell fährt.»

«Was dabei rauskommt, haben wir ja gerade gesehen», mäkelte Aku weiter. Mir lag alles Mögliche auf der Zunge, aber ich sagte nichts und bedeutete Pyry hinter Akus Rücken, auch er solle den Mund halten. Ansa wäre nicht erfreut, wenn wir zuerst die Sicherheit eines Gastes gefährdeten und dann auch noch aufmuckten.

Das Wort «wir» ärgerte mich. Auf Verbündete legte ich keinen Wert. Ich rief Tytti zu, sie solle warten, bis ich bei ihr war, und lief los, um meinen Schlitten zu holen. Die Männerstimmen hinter mir wurden leiser, irgendeine Meinungsverschiedenheit schien es noch zu geben. Pyry war ein großer Junge, er würde zurechtkommen. Aber warum hatte er nicht erwähnt, dass er Aku aus seiner Jugend kannte?

Ich hatte ja auch nicht über den One-Night-Stand gesprochen. Hatte Aku vielleicht dasselbe mit Jana getan und war dabei erwischt worden? Es war schwer vorstellbar, dass Jana sich einem Mann wie Aku hingab, oder überhaupt irgendjemandem.

Ich sprang auf den Schlitten, zog die Gurte meines Wanderrucksacks fester, packte die Griffe des Segels und richtete es auf. Jetzt ging es nicht mehr um meine Freude an der Geschwindigkeit, sondern darum, Tytti auf dem Rückweg vor weiteren Unfällen zu bewahren.

Immerhin hatte ich in gewisser Weise die Oberhand über Aku. Ich brauchte nur an seine blasse, schlaffe Banane zu denken. Wie würde er reagieren, wenn ich ihm ins Ohr flüsterte, dass ich wüsste, dass er beschnitten war? Der Gedanke bereitete mir ein teuflisches Vergnügen.

Ich wollte nicht lieb und nett sein. Ein Luchs musste seine Nahrung selbst erbeuten, er durfte kein Mitleid empfinden und konnte sich nur einen Winter lang um seine Jungen kümmern. Ein Luchs schützte und bewahrte Geheimnisse, er verriet keinem, wo sich sein Bau befand, sondern wechselte den Ort, wenn er entdeckt wurde.

Aku Rautio war wie ein mickriges Eichhörnchen. Er keckerte auf dem Baum, war in Wahrheit aber nur eine Ratte mit hübschem Fell. So eine Kreatur vertilgte ein Luchs mit zwei Bissen.

11

«Woher kennst du die Linnala-Rautios eigentlich?», fragte ich Jana beim Abendessen. Das Personal stärkte sich, bevor die Gäste zum Essen kamen. Die anderen waren schon fertig, übrig waren nur noch wir beide und Stena, der in der Küche beschäftigt war und immer erst dann aß, wenn er alles für die Gäste vorbereitet hatte.

«Das geht dich nichts an. Schnee von gestern», sagte Jana, den Blick auf ihre Pilzpastete gerichtet. Sie zerteilte sie mit der Gabel, strich mit dem Messer Krähenbeerengelee darauf und steckte sich das Stück in den Mund. Zwischen ihren Lippen blitzten kleine, spitze Wieselzähne auf.

Jana hatte recht. Es ging mich nichts an. Natürlich hätte ich darauf beharren können, dass die frühere Bekanntschaft mit jemandem vom Personal sich auf die Sicherheit der Gäste auswirken konnte, aber ich hatte ja selbst keine ganz weiße Weste. Ich holte mir eine ordentliche Portion vom Hauptgericht, Schneehuhnbrust. Stena hatte mich gefragt, ob ich jagte. Wenn die nächsten freien Tage anstanden, wollten Topi und er auf die Hasenjagd gehen. Selbst erlegtes Wild und regionale Beeren gehörte zum Markenkern von Ilvesvaara. Die Beeren wurden bei Sammlern aus der Region gekauft, aber in der Saison konnten auch die Gäste Beeren und Pilze sammeln, wenn sie wollten.

«Ich hab keinen gültigen Jagdschein.»

Stena grinste.

«In dieser Gegend jagt man nicht mit dem Schein, sondern mit Schrotflinte und Gewehr. Allerdings achtet Ansa genau darauf, dass alles legal abläuft. Du kannst ja als Helferin mitkommen und zum Beispiel die Beute einsammeln.»

«Ich bin doch kein Hund», sagte ich scherzhaft. Stenas Bemerkungen waren nicht immer politisch korrekt, aber wahrscheinlich wollte er nur testen, wie viel ich aushielt. Nur zu. Bei der Armee hatte ich gelernt, mit gleicher Münze heimzuzahlen, wenn die Männer sich aufspielten.

Ich hätte gern mit Veera gesprochen. Wie Jana blieb auch sie weitgehend für sich. Offenbar war sie ganz anders, als der äußere Anschein vermuten ließ, denn sie genoss die Abgeschiedenheit in Ilvesvaara. Ansa forderte zwar unbedingte Diskretion hinsichtlich der Gäste, aber ich wollte Veera trotzdem fragen, ob sie bei der Massage und den Hautbehandlungen Spuren von Misshandlungen auf Tytti Linnala-Rautios Haut gesehen hatte.

Tytti hatte den Sturz als Bagatelle abgetan. Sie sei ja diejenige gewesen, die die Kontrolle über den Segelschlitten verloren hatte. Aku hatte Ansa Bericht erstattet, die daraufhin Pyry und mich ins Gebet genommen hatte. In Ansas Armee lief alles hierarchisch. Mir gefiel das. Ich hatte mich im Wehrdienst gerade deshalb wohlgefühlt, weil die Befehlskette klar war und nur selten missbraucht wurde. Einer guten Führungskraft gehorchte man gern, aber ich war mir noch nicht sicher, wie ich Ansa einzustufen hatte.

Jana ging von der Vorspeise direkt zum Nachtisch über, Crème brûlée mit Multbeeren, und lud sich eine zweieinhalbfache Portion auf den Teller. Ich beschloss, schlafen zu gehen. Der Tag war körperlich anstrengend gewesen, und morgen stand Klettern am gefrorenen Wasserfall auf dem Programm. Dabei durften Pyry und ich keinen Fehler machen.

Ich hatte schon einige Stunden geschlafen, als ich von einem Klopfen geweckt wurde. Zuerst dachte ich, ein verirrter Schwarzspecht würde an meine Tür hämmern. Dann holte ich mir das Bild der Überwachungskamera auf den Monitor. Unter der Türlampe war eine männliche Gestalt zu sehen. Kleiner als Pyry, schlanker als Stena. Was zum Teufel hatte Aku Rautio nachts um halb drei hier zu suchen?

Adrenalin schoss mir durch die Adern, aber ich tat, als schliefe ich. Der Mann konnte das Licht des Laptops nicht gesehen haben. Er mochte hämmern, so viel er wollte, ich hatte nicht vor, ihn hereinzulassen. Ich konnte mich auf Ansas Regeln berufen. Konnte Aku sich nicht denken, dass auch die Tür zu meinem Zimmer mit einer Kamera gesichert war?

Ich hörte Schritte auf der Brücke. Auf die rückwärtige Terrasse, wo der Whirlpool und der Badezuber standen, kam man nur durch mein Zimmer. Ich brauchte also nicht zu befürchten, dass er an meinem Schlafzimmerfenster auftauchte. Wusste Tytti über den nächtlichen Streifzug ihres Mannes Bescheid? War sie daran gewöhnt?

Ich schob den Laptop unter die Decke, sodass ich mir die Aufnahmen der Kameras ansehen konnte, ohne dass Licht aus meinem Schlafzimmer drang. Aku stand wieder vor meiner Tür, klopfte aber nicht mehr, sondern sah sich um, als suche er nach einer Möglichkeit, die Tür mit Gewalt zu öffnen. Sollte er es ruhig versuchen. Leichter Schneefall hatte eingesetzt, das bedeutete, dass der Frost nachließ. Trotzdem lag die Temperatur immer noch mehr als fünfzehn Grad unter null, und der Frotteebademantel, den Aku trug, wärmte auf keinen Fall ausreichend. Seine Füße steckten immerhin in dicken Winterstiefeln, aber der Kopf mit dem an den Schläfen schütteren Haar war ungeschützt. Auch wenn er Eislochschwimmen zu seinen

Hobbys zählte, würde er dort draußen nicht sehr lange durchhalten.

Es dauerte jedoch einige Minuten, bevor Aku kapitulierte und über die Brücke davonging. Ich beobachtete seine Bewegungen von einer Kamera zur anderen. Jetzt war er am Küchengebäude und ging von dort weiter zu der Suite, in der er mit seiner Frau wohnte. Ich vergrößerte das Bild der Überwachungskamera über dem Eingang zur Suite. Aku kam von der Brücke und nahm den Schlüsseltransponder aus der Bademanteltasche. Seine Hand zitterte, als er ihn vor das Lesegerät hielt. Die Tür ging auf. Hinter der Schwelle ragte ein Frauenfuß hervor. Was war da los? Lag Tytti etwa hilflos im Flur? War sie in Ohnmacht gefallen, und Aku hatte versucht, Hilfe zu holen? Nein, jetzt bewegte sich der Fuß wieder in eine normale Stellung. Die Tür fiel zu, und ich konnte nichts mehr sehen.

Ich war hellwach, mein Kopf schwirrte vor Fragen. Warum war Aku um diese seltsame Zeit an meine Tür gekommen, war Tytti von seinem Aufbruch aufgewacht, oder hatte sie die ganze Zeit davon gewusst? Ich spulte die Aufnahme von der Tür der Suite zurück. Aku trat um zwei Uhr dreiundzwanzig durch die Tür. Von Tytti war nichts zu sehen. Dann untersuchte ich die früheren Aufnahmen der Kameras, die ein Gesamtbild der Umgebung zeigten. Die Fenster der Suite waren ab halb elf dunkel gewesen. Aku hatte sich im Dunkeln oder im fahlen Licht des Handys bewegt.

Jetzt schläfst du, sagte ich mir. Am Morgen musste ich wieder einsatzfähig sein. Oder vielmehr jederzeit. Ich begann, ein beruhigendes Mantra zu murmeln, das meistens wirkte. Diesmal musste ich es jedoch doppelt so oft vor mich hin sagen, bevor ich einschlief.

Ich befestigte das Seil an Tyttis Klettergurt. Der vereiste Abhang sah unbezwingbar aus, doch Pyry erklärte, der Aufstieg sei zu schaffen, wenn man wusste, was man tat. Ansa hatte die Route von einem Experten anlegen lassen, einem Bergsteiger, der fünf Mal auf dem Mount Everest gewesen war. An den Stellen, wo der Fels sichtbar war, gab es feste Haken, auf dem Rest der Strecke musste man Schrauben ins Eis bohren, an denen man die Seile befestigte.

Pyry und ich sollten unten bleiben und sichern. Das war mir recht. Ich litt nicht unter Höhenangst, aber die Art, wie Aku mich ansah, gefiel mir nicht. Ich hätte ihm mein Kletterseil nicht anvertraut. Mit den Eispickeln in der Hand und den Steigeisen an den Schuhen sah er aus wie ein Monster aus einem Science-Fiction-Film. Die Ausrüstung hätte auch als tödliche Waffe getaugt.

Wir hatten uns im Ausrüstungslager getroffen. Aku hatte seinen nächtlichen Ausflug mit keinem Wort erwähnt, und ich spielte die Ahnungslose. Außer mir hatte nur Ansa Zugang zu den Kameraaufnahmen. Würde sie merken, dass ich sie mir schon angesehen hatte? Dann musste ich zugeben, dass ich von Akus nächtlichem Spaziergang wusste, aber ich konnte mit gutem Grund behaupten, dass seine Beweggründe mir völlig unbekannt waren. Meine Chefin hatte sich am Morgen nicht blicken lassen. Sie frühstückte normalerweise nicht mit den anderen, Topi holte das Frühstück für beide und brachte es in ihre Wohnung. Auf Wunsch konnten auch die Gäste in ihrer Suite frühstücken.

Ich hatte Ansa noch nie ungeschminkt gesehen. So war es auch bei meinen früheren Auftraggebern gewesen. Das Makeup war eine Maske, ohne die sie nicht auftreten wollten. Ich selbst hatte bei einem Drag-King-Kurs im TriBeCa in New

York Maskenbildnerei gelernt und konnte mich bei Bedarf in einen Mann oder auch in Marilyn Monroe verwandeln. In Ilvesvaara hatte ich allerdings nur Wimperntusche, Puder und Lippenstift dabei. Selbst wenn Aku es irgendwie fertigbrächte, in meine Unterkunft einzubrechen und meine Sachen zu durchwühlen, würde er weder die schwarze Perücke noch den roten Lederminirock finden. Das Handyverbot, das Ansa den Gästen auferlegte, war mir anfangs absurd erschienen, doch jetzt war ich dankbar dafür. Falls Aku den Verdacht hatte, mir schon einmal begegnet zu sein, konnte er mich nicht heimlich knipsen und das Foto so bearbeiten, dass es mich mit schwarzer Perücke und starkem Make-up zeigte. Fotoapparate ohne Internetverbindung waren erlaubt, aber nicht so unauffällig zu benutzen wie Handys.

Dennoch zog ich die Mütze tiefer in die Stirn und verbarg meine Augen hinter einer Sonnenbrille. Ich betrachtete die Prellung an Tyttis Wange, die nicht überschminkt war. Der dunkelrote Fleck färbte sich an den Rändern bereits violett. Als ich Tytti fragte, ob sie sich von dem Sturz erholt habe, zuckte sie die Schultern.

«Ich spüre den Aufprall ein bisschen in den Muskeln, aber nicht allzu schlimm. Nach dem Klettern gehe ich zur Massage. An kleine Verletzungen bin ich gewöhnt. In den Dolomiten bin ich einmal ausgerutscht und zwanzig Meter tief gestürzt, bis ein Fels mich aufgehalten hat. Ich habe mir nicht mal Knochenbrüche geholt.»

Tytti lächelte nicht und hielt den Blick gesenkt. Die Geschichte klang auswendig gelernt. Mir lag immer mehr daran, zu erfahren, ob Tyttis Körper Spuren von Misshandlungen aufwies. Aber wie sollte ich das herausfinden? Könnte ich unter irgendeinem Vorwand in den Kosmetiksalon gehen, während

Tytti dort behandelt wurde? Um mir eine Nagelfeile oder Enthaarungscreme zu holen?

«Hilja, Helm auf!», kommandierte Pyry. «Da oben kann immer mal wieder Eis abbröckeln.» Er warf mir einen blauen Helm mit Visier zu, den ich widerspruchslos aufsetzte.

Aku kletterte als Erster los, Tytti folgte ihm. Die routinierten Bewegungen des Mannes erinnerten mich an einen Steinbock, der seinen Weg kannte und nicht ins Stolpern geriet. Tytti hielt reichlich Abstand von Aku. Obwohl sie kleiner war, hatte sie keine Schwierigkeiten, das erste Plateau im selben Tempo zu erreichen wie er. Das Ehepaar konnte parallel klettern, da es mehrere Routen gab. War Tytti geschickter als Aku, durfte er deshalb seine Route aussuchen?

Gern hätte ich die Klettertour selbst ausprobiert, doch das musste warten. Vom Stillstehen wurde mir kalt, ich hüpfte und verlagerte das Gewicht von einem Bein aufs andere, um nicht steif zu werden. Tyttis leichter Körperbau kompensierte ihre relativ kurzen Arme und Beine, beim Klettern kam sie besser zurecht als im Kampf mit dem Eissegelschlitten. Probleme gab es erst an der Stelle, wo man sich, nur von den Seilen gehalten, über den Wasserfall werfen und den Pickel in die gegenüberliegende Wand schlagen musste. Dabei lief man Gefahr, nass zu werden, denn das Wasser überspülte die Felskante. Die Strömung war hier so stark, dass es selbst bei mehr als zwanzig Grad unter null nicht gefror.

Aku musste strampeln, er bewegte die Beine wie ein geübter Weitspringer beim Scherensprung. Vielleicht spukte Tytti die Erinnerung an den gestrigen Sturz im Kopf herum, denn sie balancierte zögerlich am Rand des Wasserfalls. Aku war bereits zehn Meter über ihr und kletterte weiter, ohne etwas davon mitzubekommen. Pyry war erfahrener als ich und reagierte als Erster.

«Alles okay?», rief er Tytti zu. Sie winkte auf eine Art, die ich nicht zu deuten wusste. Aku erreichte das Eisfeld über dem Wasserfall, er blieb im Gleichgewicht, doch hinter ihm brach ein faustgroßer Eisbrocken ab.

Ich konnte nur tatenlos zusehen, als der Klumpen Tytti an der Schulter traf, auf der sie bei ihrem Sturz am Vortag gelandet war. Sie schwankte, einer der Eispickel fiel ihr aus der Hand und zerschnitt eins der beiden dünnen Sicherheitsseile. Nun hing sie nur noch an einem Seil über dem Wasserfall. Der Pickel prallte von der Eiswand ab und schnellte direkt auf Pyry zu, doch er sprang geschmeidig wie ein Schneeleopard zur Seite. Die Klinge drang fünf Zentimeter tief in den harten Schnee. Ihre Kraft hätte einem Menschen den Hals durchtrennen können.

Aku war so intensiv auf seinen Aufstieg konzentriert, dass er den Vorfall nicht bemerkt hatte. Weil sich das Licht im Visier ihres Helms spiegelte, konnte ich Tyttis Gesicht nicht sehen, aber ich glaubte, durch das Dröhnen des Wasserfalls ein verängstigtes Wimmern zu hören. Vielleicht konnte Tytti sich nicht bewegen? Nun begann Aku herunterzuklettern, doch Pyry befahl ihm, zu bleiben, wo er war. Aku rief etwas zurück, gab aber glücklicherweise nach.

In einer Krisensituation muss die Befehlshierarchie eindeutig sein, man kann nicht durch Zuruf über das Vorgehen abstimmen.

«Schaffst du es, Tytti an nur einem Seil runterzuholen, oder soll ich das machen, und du übernimmst Aku?», fragte Pyry mich.

Ich hob den Daumen meines rechten Handschuhs. Mit einer ähnlichen Methode hatten Onkel Jari und ich früher Baumstümpfe und -stämme geschleppt. Der Ausfall des einen Seils hatte Tytti in Schräglage gebracht und von der Wand losgerissen, und wenn ich beim Ziehen am Seil eine falsche Bewegung machte, würde sie womöglich gegen das Eis geschleudert. Meine Hände schwitzten in den Handschuhen, aber ich zwang mich, die Nerven zu bewahren. Immerhin stand ich auf festem Boden.

Die Aktion schien eine Ewigkeit in Anspruch zu nehmen, obwohl ich im Nachhinein feststellte, dass sie nur ein paar Minuten gedauert hatte. Als Tytti endlich zu Pyrys Füßen landete, blieb sie auf Knie und Hände gestützt hocken, als wage sie nicht, sich zu rühren. Wenn sie unter Schock stand, würden ihre Beine sie vielleicht nicht tragen. Wir würden einen Arzt rufen müssen. Ansa wäre nicht erfreut.

«Alles in Ordnung. Mein Fehler, dass mir der Pickel aus der Hand gefallen ist. Zum Glück hat Pyry darauf bestanden, dass wir zwei Seile benutzen.»

Tytti reichte mir die Hand, sodass ich ihr auf die Beine helfen konnte. Pyry sagte, er werde mit Aku weitermachen, aber Tytti solle für heute lieber mit dem Klettern aufhören. Sie ging mit mir zum Hotelgelände zurück. Ich brachte sie zu ihrer Suite und fragte, ob sie etwas brauchte.

«Ich will nur allein sein», sagte sie matt. Ich hatte mich gerade abgewandt, um zu gehen, da fragte sie plötzlich: «Hast du gesehen, wie es passiert ist? Wie hat sich der Brocken von Akus Schuh gelöst?»

Ich schilderte ihr, was ich gesehen hatte. Tytti war wieder blass geworden, und es fiel ihr offenbar schwer weiterzusprechen. Ihr entfuhr ein Wimmern, ähnlich wie oben am Wasserfall. Schließlich fragte sie: «Kann es sein, dass es kein Unfall war? Was, wenn Aku … wenn er das Eis absichtlich losgetreten hat?»

12

Dieselbe Frage wälzten Pyry und ich später am Nachmittag, nachdem das Ehepaar Linnala-Rautio sich zum Mittagsschlaf zurückgezogen und wir Ansa von dem Zwischenfall am Morgen berichtet hatten. Von Tyttis Verdacht erzählten wir ihr nichts. Das war ihre eigene Angelegenheit.

«Die Rautios scheinen ziemliche Stümper zu sein», sagte Ansa zu unserer Überraschung. «Soweit ich mich erinnere, stehen bei ihnen noch die Schneeschuhwanderung morgen und eine Fahrt mit dem Hundeschlitten auf dem Programm. Sorgt dafür, dass dabei nichts Unvorhergesehenes passiert. Du kennst Aku also von früher, Pyry?»

«Ja, aus meiner Zeit als aktiver Sportler. Wir waren zweimal im selben Trainingscamp. Ich habe verschiedene Sportarten trainiert. Aku ist drei Jahre älter als ich und war beim Weitsprung nie in der Spitzengruppe. Er fand das Leben außerhalb des Trainings interessanter.»

«Partys und Mädchen, oder?» Ansa lächelte. «So ähnlich wie Topi, bevor ich ihn unter meine Fittiche genommen habe. Habt ihr ihn übrigens gesehen? Die Dreiersuite ist im Moment zwar nicht besetzt, aber die Terrassen müssten geputzt werden, und Topi ist nirgendwo zu finden. Sein Handy liegt in der Wohnung.»

Ansa lächelte, doch in ihrem Blick lag ein Befehl, der mir galt. Ich versprach, Topi zu suchen. Pyry machte sich auf, um den Fitnessraum zu desinfizieren, den Aku vor dem Abendessen besuchen wollte. Während es mit Stena leicht war, Witze zu reißen, war Topi bisher distanziert geblieben. Das war mir egal, ich war zum Arbeiten in Ilvesvaara, nicht um mich zu unterhalten.

Das Rattern des Holzspalters im Holzschuppen verriet, wo Topi sich befand. Hatte er vor, die Rauchsauna auch heute anzuheizen? Ich hatte noch keine Gelegenheit gehabt, sie auszuprobieren, wusste aber, dass die Aufgüsse in einer Rauchsauna umso besser sind, je weicher die Wärme wird. Topi spaltete dickes Rundholz in Scheite. Er trug ein Visier zum Schutz vor Spänen, auf den Ohren saß ein Gehörschutz, daher hatte er mich offenbar nicht gehört.

«Ansa sucht dich!», rief ich gegen den Lärm an. Topi ließ mich eine ganze Weile warten, bevor er die Maschine ausschaltete. Ich wiederholte den Satz.

«Ich bin hier noch nicht fertig.» Seine Stimme klang vorwurfsvoll. «Keine Ahnung, wieso in letzter Zeit so verdammt viel Holz verbraucht wird. Planschst du jeden Abend in deinem Zuber, oder woran liegt es? Sag Ansa, ich komme, sobald ich kann.» Er schaltete den Holzspalter wieder ein und drehte ihn so, dass die Späne in meine Richtung flogen. Schieß nicht auf den Überbringer der Nachricht, wenn dir ihr Inhalt nicht gefällt, du Idiot, hätte ich beinahe gerufen, doch ich hielt den Mund. Ein Luchs enthüllt sein wahres Wesen nur, wenn es unvermeidlich ist.

Der Holzstapel hinter meinem Rücken spiegelte sich im Fenster wider. Ganz oben, fast unter der Decke, lag etwas zwischen den Scheiten, das offenbar nicht dorthin gehörte. Eine große, durchsichtige Plastikdose. In solchen Dosen konnte man auf den Fährschiffen Lakritz kaufen. Sie war voller Tabletten in verschiedenen Farben. Nahm Topi Aufputschmittel oder Viagra, oder gehörte das Versteck jemand anderem? Aku hatte reichlich Pillen bei sich gehabt, als wir uns in seinem Büro vergnügten. Er hatte mir irgendetwas gegeben, das ich im Klo heruntergespült hatte. Damals dachte ich, es ginge mich nichts an, was er nahm. Jetzt war ich mir nicht mehr so sicher.

Ich war nicht in den Fitnessraum beordert worden, doch dank der Überwachungskamera konnte ich die Linnala-Rautios beim Gewichtheben und bei ihren Dehnungsübungen beobachten. Es gab zwei Kameras, eine am Eingang, eine über den Kraftsportgeräten. Ansa hatte an die Sicherheit gedacht: Bei einem Unfall mit den Gewichten oder den Stangen konnte man den Ablauf anhand der Aufzeichnungen rekonstruieren. Wussten die Gäste, dass sie gefilmt wurden? Pyry schien sich absichtlich im toten Winkel zu halten.

Tytti trug eine Yogahose und ein kurzärmliges, weit ausgeschnittenes Sportshirt. Ich suchte nach Blutergüssen oder Schürfwunden, sah aber nur den rot-violetten Fleck im Gesicht. Aku absolvierte ein Zirkeltraining. Pyry korrigierte ab und zu Tyttis Bewegungen. Verharrte seine Hand vielleicht eine Spur zu lange auf ihrem Rücken? Ich hatte gespürt, dass Pyry gern flirtete. Oder war das ein Wettbewerb zwischen den beiden Männern? Wollten sie sich nach all den Jahren auch außerhalb des Sportplatzes noch miteinander messen? Ich hatte Aku seinerzeit an mich herangelassen, weil er selbstsicher und gut gebaut war; von seiner sportlichen Vergangenheit war damals nicht die Rede gewesen.

Tytti und Aku würden eine ganze Woche in Ilvesvaara verbringen. Morgen stand eine Fahrt mit dem Hundeschlitten auf dem Programm. Darauf freute ich mich keineswegs. Aku ging zur Wand, wo die Kamera ihn nicht erfasste, dann erschien eine scharfe Spitze im Bild. Ein Speer. Er war direkt auf Tytti gerichtet. Mit einem Sportspeer konnte man schlimmstenfalls einen Menschen töten. Wie viele andere Sportgeräte war er ursprünglich als Jagdwaffe entwickelt worden.

Pyry erschien im Bild, er nahm Aku den Speer ab. Beide wirkten aufgebracht, doch ihre Lippen bewegten sich nicht. Es gab offenbar tatsächlich irgendeine Art von Wettbewerb zwischen den beiden Männern. Dann verschwand Aku aus dem Bild, während Pyry eine Weile auf den Speer gestützt dastand wie ein Krieger, der nicht weiß, wann er wieder in den Kampf ziehen muss.

Ich überflog die Aufnahmen der anderen Kameras. In der Dunkelheit waren hier und da Lichtpunkte zu sehen. Stena bereitete in der Küche das Abendessen zu, heute brauchte er meine Hilfe nicht. Über ihn wusste ich noch weniger als über Pyry. Es gab so viele Männer mit seinem Namen, dass auch Google mir nicht helfen würde. Warum war sein Spitzname nicht vom Vor-, sondern vom Nachnamen abgeleitet? Vielleicht sollte ich mich an einem der nächsten Abende mal mit Stena unterhalten, bei einem Glas Wein zum Beispiel. Ich war instinktiv zu dem Schluss gekommen, dass er von den Mitarbeitern in Ilvesvaara derjenige war, mit dem ich mich notfalls verbünden konnte, hoffte allerdings, dass es nicht dazu kommen müsste.

Ich blickte noch einmal in den Fitnessraum. Ich hatte über die Menschen, mit denen ich geschlafen hatte, nicht Buch geführt. Die Jahre in New York waren teilweise so verschwommen, dass ich mich kaum an alle erinnerte. Es waren auch ein paar Frauen und ein zügelloses Gruppenexperiment darunter. Ich bereute nichts, nicht einmal die Affären mit Johannes oder Juri, auf die ich mich bei meiner Arbeit eingelassen hatte. Auch David Stahl bereute ich nicht. Ich wollte nur nicht verletzt werden. Johannes hatte bedauert, dass wir keine gemeinsame Zukunft hatten. Ich nicht. Er war ein anständiger Mann, aber schnell abgehakt.

Das Training der anderen animierte mich dazu, in meinem Zimmer auf dem Boden Liegestütze zu machen. Die Frauenversion hatte mir nie zugesagt. Ich zog zwei Serien von fünfzig Liegestützen durch und ging dann zum Planking über. Die Aufnahme aus dem Fitnessraum lief immer noch auf meinem Laptop, und plötzlich schreckte eine seltsame Bewegung mich auf.

Aku sprang mindestens drei Meter weit, seine Fersen verschwanden aus dem Bild. Was in aller Welt war da los? Im selben Moment war die Aufnahme weg. Ich starrte auf den schwarzen Bildschirm. Warum erschien keine Fehlermeldung? Ich ging die anderen Kameras durch, sie funktionierten normal, ebenso die Kamera am Eingang zum Fitnessraum. Hatte Ansa die Kamera absichtlich ausgeschaltet? Von einer Wartungspause hatte sie mir nichts gesagt. Und selbst wenn sie die Kamera ausgeschaltet hatte, müsste das irgendwo angezeigt sein.

Ich wartete eine Minute lang. Nichts. Sollte ich im Fitnessraum nachsehen, ob alles in Ordnung war, oder in den Technikraum im Bürogebäude gehen und nachprüfen, wo der Fehler lag? Bei der Kamera, der Kabelverbindung oder wo sonst? Ich schlüpfte in Steppanorak und Stiefel, steckte die ungeladene Waffe in meine Brusttasche und nahm ein volles Magazin mit.

Die Außenbeleuchtung funktionierte wie immer, die Bewegungsmelder schalteten die Lampen auf dem Weg zum Fitnessraum ordnungsgemäß ein. Die Überwachungskamera konnte nicht einfach so ausgehen, nicht einmal bei Stromausfall, denn in Ilvesvaara gab es eine Ersatzstromversorgung.

Die Kabel der Kameras waren jeweils über der Zwischendecke des Windfangs verlegt. Ich würde einen Schraubenzieher brauchen, um an die Kabel zu gelangen. Am besten warf ich zuerst einen Blick auf die Kamera. War sie von einem Gegenstand getroffen worden, oder gab es einen anderen Grund für den Bildausfall?

Die Tür zum Fitnessraum war verschlossen, ließ sich aber mit meinem Zutrittstransponder öffnen. Als ich den Kraftraum betrat, sah ich, dass Pyry sich ein nasses Handtuch auf die Augen drückte. Aku stand reglos neben ihm, Tytti saß wie erstarrt auf dem Rudergerät.

«Was ist hier los?»

«Der Blödmann hat es fertiggebracht, sich das Powerband ins Auge zu knallen. Vor Schreck hätte er fast meine Frau umgerissen», schnaubte Aku.

Ich konnte mir die Situation vorstellen. Das Powerband war nicht ordentlich an der Wand befestigt gewesen und Pyry ins Gesicht geknallt, als er es spannte. Das tat bestimmt richtig weh. Und Aku war also dazugesprungen, um zu verhindern, dass Pyry auf Tytti stürzte. Natürlich. Aber wer hatte das Band befestigt?

Ich traute Aku Rautio kein Stück mehr über den Weg. Es war, als würde er immer wieder Situationen herbeiführen, in denen sich seine Frau verletzen konnte. War so etwas auch bei den Rautios zu Hause passiert? Oder war der Mann so listig, dass er nur dann aktiv wurde, wenn andere anwesend waren, denen er die Schuld zuschieben konnte?

Damals beim Sex hatte er fest zugepackt, auch wenn er zu betrunken war, um eine ordentliche Leistung zu bringen. Das besagte allerdings gar nichts: Sadomasochismus gefiel auch manchen ganz normalen Menschen, die im wirklichen Leben höchstens eine Fliege töten würden.

«Ist dein Auge in Ordnung?», fragte ich Pyry, doch er gab

keine Antwort. Auf seinem Gesicht war kein Blut zu sehen. Seine Wangen waren angespannt, er unterdrückte entweder ein Jammern oder Fluchen.

Ich suchte die Kamera und fauchte vor Wut. Sie war nicht kaputt, sondern jemand hatte ein schwarzes Sportshirt darüber geworfen. Ich riss es herunter. Der Rasierwassergeruch deutete auf Aku hin. Er saß jetzt am Kabelzug und trug ein Achselshirt, das in gewissen Kreisen als Frauenschläger-Hemd bezeichnet wurde. Ich warf ihm das Sportshirt zu. Er lachte auf.

«Du konntest wohl nichts mehr sehen, was? War keine böse Absicht. Guck ruhig zu, wenn du Spaß dran hast.» Aku zog das Gewicht hoch, sodass sich die Muskeln am Rücken und an den Armen spannten. Ich hatte schon Beeindruckenderes gesehen.

Pyrys Computer war eingeschaltet. Wozu brauchte er ihn, wenn es in Ilvesvaara keine Internetverbindung gab? Auf dem Bildschirm sah ich eine Tabelle, die sich auf den zweiten Blick als Trainingsprogramm erwies. Die Überschrift lautete «Tytti». Der Monitor wurde dunkel, dann erschien der Bildschirmschoner. Ein Bild von Pyry auf der Ziellinie, offenbar beim 1500-m-Lauf im Zehnkampf, denn darunter standen außer seinem Namen die Zeit 4:43,92 und die Punktzahl 7522. Pyrys Bestzeit? Ich erkannte am Geruch, dass er hinter mich trat, und wollte nicht, dass er merkte, was ich gesehen hatte. Also ging ich.

Auf dem Weg zum Fitnessraum kam mir Topi entgegen.

«Du hast also auch gemerkt, dass die Kamera ausgefallen ist. Ansa hat mich losgeschickt, um nachzusehen, was im Fitnessraum los ist, weil es keine Anzeige gab, dass das Signal ausgefallen wäre.»

«Die Kamera war aus Versehen verdeckt. Ich hab das schon erledigt.»

«Aus Versehen? Pyry? Ist er etwa allein mit Rautios Frau da drin?»

«Es war Rautios Shirt.»

Topi schnaubte. Der Mann hatte etwas von einem Marder an sich, auch wenn er sich nicht so putzig bewegte wie das schlaue kleine Raubtier.

«Du hast ja ganz schön schnell reagiert. Stierst du etwa die ganze Zeit auf die Aufnahmen oder nur dann, wenn da halb nackte attraktive Kerle zu sehen sind? Ansa schwört Stein und Bein, dass du ausgezeichnete Empfehlungen von Leuten hast, denen sie vertraut. Hoffentlich bist du der Verantwortung würdig, die sie dir übertragen hat.»

Topi sah mich mit unverhohlener Feindseligkeit an. Davon ließ ich mich nicht stören. Er hatte mir nichts zu sagen, meine Chefin war Ansa. Ich dachte an die Tablettendose zwischen den Holzscheiten und erklärte, ich würde mir Holz holen, um meinen Badezuber zu heizen, da ich gerade sonst nichts zu tun hätte.

«Nachdem du es so fleißig gespalten hast», fügte ich süßlich lächelnd hinzu.

«Holz holen ist eigentlich meine Aufgabe», wehrte Topi ab.

«Ich nehme es mit der Aufgabenverteilung nicht so genau. Auch das steht sicher in den Empfehlungen, die Ansa bekommen hat.» Ich ließ Topi stehen und machte mich auf den Weg zum Holzschuppen. Er folgte mir nicht. Aku und Tytti gingen gerade über die Brücke zu ihrer Suite. Hatten sie den verletzten Pyry allein zurückgelassen? Ich hätte nachsehen können, doch die Tablettendose interessierte mich mehr.

Zuerst fand ich sie nicht wieder. Ich drehte mich in dieselbe Position, in der ich sie bemerkt hatte, und versuchte, mich an die genaue Stelle zu erinnern. Fast unter der Decke, zwischen den Holzstapeln, aber nicht bewusst versteckt. Als ich eine ungefähre Vorstellung gewonnen hatte, schob ich einen Hauklotz vor den Stapel und kletterte hinauf. Ich brauchte nur wenige Scheite zur Seite zu schieben, und schon ertastete ich die Dose.

Sie fasste gut einen halben Liter und enthielt mindestens hundert Tabletten.

Es konnten ja auch Schmerztabletten oder Mittel gegen Sodbrennen sein, doch das glaubte ich nicht so ganz. Ich drehte die Dose hin und her und hoffte, dass Topi nicht so schlau gewesen war, ihre Position zwischen den Scheiten zu fotografieren. Dann stellte ich sie zurück, brachte den Hauklotz wieder an seinen Platz und legte Scheite in einen Korb.

Noch wollte ich Topi nicht verraten, dass ich sein Geheimnis entdeckt hatte.

Nach dem Abendessen lag ich wieder im Zuber und horchte auf die Stille. Der Wind spielte in den Fichten, an der Eiskaskade plätscherte Wasser. Dann hörte ich wieder ein seltsames Rasseln über mir, diesmal kam das Geräusch von zwei Eichhörnchen, die über die Bäume turnten und sich gegenseitig jagten. Unten sah ich eine Bewegung, die Lampen gingen an. Ein Fuchs rannte über den Hof zum Küchengebäude. Hoffentlich hatte Stena die Biotonne richtig geschlossen. Es hätte mich allerdings auch nicht gewundert, wenn er versucht hätte, den Fuchs zu zähmen.

Beim Frühstück erinnerte ich mich an die Szene und fragte Stena danach. Veera war schon gegangen, wir saßen zu zweit im Restaurant. Vor Stena stand ein Omelett mit Speck, die Portion hätte für eine ganze Fuchsfamilie gereicht.

«Füttern tue ich sie nicht direkt ... Aber Ansas Grundsatz ist es, Lebensmittelvergeudung so weit wie möglich zu vermeiden. Einmal ist von der Katze Futter übrig geblieben, und ich habe die halb volle Dose am Waldrand ausgeleert.» Stena grinste und machte sich genüsslich über sein Omelett her. Ich mochte Männer, die gutes Essen zu schätzen wussten. Genießer verstanden sich darauf, auch anderen Genuss zu verschaffen. Aber Stena machte mich nicht heiß, vorläufig jedenfalls nicht.

Ich war gerade dabei, mir Kaffee nachzuschenken, als die Tür zum Restaurant aufging. Tytti Linnala-Rautios Haare waren ungekämmt, ihr Pelzmantel war nicht zugeknöpft. Darunter war ein lachsrosa Seidenpyjama zu sehen, an den Füßen trug sie zu große Uggs.

«Aku», sagte sie. «Aku ist weg. Ich kann ihn nirgendwo finden. Wo ist er?»

13

Ich gab mir alle Mühe, Tytti zu beruhigen. Dass Aku nicht im Zimmer war, bedeutete keineswegs, dass er wirklich verschwunden war. In Ilvesvaara war reichlich Platz. Stena brachte Tytti einen Kaffee, von irgendwoher tauchte Pyry auf, und wir versuchten gemeinsam zu verstehen, was Tytti uns unter Schluchzen berichtete.

Sie waren gleichzeitig schlafen gegangen, ungefähr um halb elf. Gegen zwei war Tytti zur Toilette gegangen, Aku hatte schlafend im Bett gelegen. Als sie dann um halb acht wieder aufwachte, war er nirgends zu sehen.

Ich wunderte mich über Tyttis Hysterie. Es hätte ja sein können, dass ihr Mann schon zeitig zum Frühstück gegangen war – allerdings hatten sie das Frühstück erst für halb neun bestellt. Tytti berichtete, Akus Tageskleidung sei noch in dem Schrank, in den er sie am Abend gehängt hatte. Sein Schlafanzug fehle, aber der hoteleigene Morgenmantel liege auf dem Stuhl neben dem Bett.

«Hast du in der Sauna nachgesehen? Vielleicht wollte er im Eisloch schwimmen», sagte ich. Da Tytti nicht antwortete, zog ich mir die Jacke an und lief zum Ufer. Pyry folgte mir. Es wäre mir lieber gewesen, er hätte sich um Tytti gekümmert. Aber Stena würde wohl für ihn einspringen.

Die schräg durch den Wald fallenden Sonnenstrahlen ließen die dünne Schneeschicht auf dem Eis in unzähligen kleinen Prismen glitzern. Aus dem Schornstein der Sauna stieg kein

Rauch auf. Ich spähte durch die Tür. Kleidungsstücke waren nicht zu sehen.

«Aku, bist du hier?» Auf die Gefahr hin, einem nackten Mann zu begegnen, warf ich einen Blick in die Schwitzstube. Sie war leer.

Pyry war draußen geblieben und starrte auf das Eis.

«Komm mal her!», rief er. «Hier am Ufer sind Spuren. Verdammt ... Ist Aku etwa allein mit den Hunden losgefahren?»

«Das sind keine Abdrücke von Hunden. Und sie haben keinen Schlitten gezogen, denn der hätte die Pfotenabdrücke zum Teil verwischt. Das war ein Wolfsrudel. Pass auf! Wir müssen ein Foto machen.»

Die Wölfe waren vom Nordufer des Sees zum Bootssteg an der Sauna gekommen und von dort über das Eis nach Westen weitergelaufen. Zuerst wollte ich den Spuren nicht folgen, doch dann sah ich in etwa hundert Metern Entfernung einen dunklen Fleck auf dem Eis.

Ich fürchtete mich nicht vor Wölfen. Sie griffen Menschen nicht an, wenn man sich richtig verhielt. Aber der Fleck sah dunkelrot aus, wie Blut. Wessen Blut war das? Pyry rief etwas, er war zum Eisloch gegangen, einer zwei Quadratmeter großen Öffnung am Ende des Stegs. Es wurde mit einer Wasserpumpe offen gehalten, aber bei starkem Frost musste man die Eisschicht trotzdem mit einer Schaufel und einer Brechstange aufklopfen.

«Ist da ...?» Ich wusste nicht, wie ich den Satz beenden sollte. Ein Ertrunkener, ein Toter, Akus Leiche? Vorsichtig folgte ich Pyry auf den Steg.

Das Eisloch war offen. Das Wasser stand so hoch, dass es aufs Eis spritzen musste, wenn man in das Loch stieg. Ich war keine Eisforscherin, aber aus den gefrorenen Tropfen rund um das Eisloch schloss ich, dass hier vor höchstens einer Stunde jemand geschwommen war.

Hatte er das Wasser wieder verlassen? Ich fand keine Abdrücke von Schuhen oder nackten Füßen. Hatte Pyry sie aus Versehen verwischt – oder sogar absichtlich? Die beiden Männer hatten eine gemeinsame Vergangenheit, vielleicht waren sie enger befreundet, als es den Anschein hatte.

Es war übereilt gewesen, gleich zur Sauna zu laufen. Zuallererst musste ich die Aufnahmen der Überwachungskameras überprüfen. Sie würden preisgeben, wann Aku unterwegs gewesen war. Ilvesvaara war kein Gefängnis: Durch das Tor kam man auf Knopfdruck. Am Ende der Straße konnte jemand auf Aku gewartet haben.

In Ansas Büro gab es einen größeren Bildschirm, aber ich wollte mir die Aufnahmen ungestört ansehen, bevor die Polizei kam, um sie vor Ort durchzugehen oder auf einem USB-Stick zu speichern. Wo war überhaupt die nächste Streife? Das Polizeipräsidium befand sich in Rovaniemi, rund zweihundert Kilometer entfernt.

Außerdem wollte ich Aku selbst finden.

Ich begann mit der Kamera, die auf die Tür der Suite gerichtet war, und suchte nach Ereignissen ab ein Uhr nachts. Nichts. Um zwei Uhr wurde die Beleuchtung in der Suite heller. Offenbar war Tytti zu der Zeit auf die Toilette gegangen. Niemand kam an die Tür. Nach halb drei passierte nichts weiter. Um zwanzig vor acht öffnete Tytti die Tür und spähte auf die Terrasse. Zehn Minuten später stürmte sie heraus, an der Kamera vorbei.

Demnach hatte Aku die Suite in der Nacht nicht verlassen. Hatte Tytti überall nachgesehen, in den Kleiderschränken und unter den Betten? Das mussten wir überprüfen. Zuerst sah ich mir jedoch die Aufzeichnungen aller Kameras noch einmal an.

Ich begann um ein Uhr. Um halb zwei öffnete sich die Tür zu Ansas und Topis Wohnung, und Topi kam heraus. Er hatte eine Zigarette in der Hand, verschwand aus dem Bild und wurde ein paar Minuten später von der Kamera auf dem Hof erfasst, die brennende Zigarette im Mund, auf dem Weg zum Holzschuppen. Nach fünf Minuten ging er auf direktem Weg zurück zu seiner Wohnung.

Wusste Topi nicht, dass seine nächtlichen Ausflüge zum Tablettenvorrat aufgezeichnet wurden? Oder war es ihm egal? Schlaflose Menschen wanderten oft nachts umher, vielleicht hatte er sich für Ansa eine Erklärung zurechtgelegt.

Die Wölfe wurden gegen fünf Uhr von den Kameras am Ufer und an der Sauna aufgezeichnet. Wie Hunde kamen sie aus der Dunkelheit getrottet, ihre Augen glühten im Licht der Lampen, eines der Tiere lahmte auf dem linken Hinterlauf. Ich spulte das Band mehrmals zurück, bis ich sicher war, dass das Rudel aus sieben Wölfen bestand. Sie hatten sich lautlos bewegt, denn von ihrem Heulen wäre ich wach geworden.

Nach den Wölfen erschien Jana. Zuerst an der Tür ihrer Unterkunft, dann zeigte die Gesamtaufnahme, wie sie zur Suite der Linnala-Rautios und anschließend zum Küchen- und Restaurantgebäude ging, wo sie um halb sieben zu sehen war.

Warum war Jana an der Suite gewesen? Wir mussten sie befragen.

Die Kameras am Tor zeigten keinerlei Bewegung. In der Nacht war niemand durch das Tor gekommen oder gegangen.

Dann erschienen wir anderen an unseren Türen, zuerst Veera, dann ich und als Letzter Pyry. Wir alle sahen aus, als seien wir gerade erst aufgewacht und bräuchten einen starken Kaffee. Tytti wäre auf der Brücke zum Restaurant beinahe ausgerutscht, die Panik hatte sie übermannt.

Es war natürlich möglich, dass Aku durch die Hintertür auf die Terrasse mit dem Whirlpool gegangen und an einem Baum hinuntergeklettert war. Seine Kletterkünste hatte er ja am Vortag demonstriert. Höhenangst hatte er jedenfalls nicht. Und man durfte nicht vergessen, dass er Weitspringer war. Allerdings machten die dünnen Stahlbandgeländer es schwierig, von einer Brücke auf die andere zu springen. Und wenn er sich auf dem Hotelgelände bewegt hätte, hätte ihn mindestens eine der Kameras mit Bewegungsmelder aufnehmen müssen. Er konnte schließlich nicht wissen, wo die Kameras sich befanden.

Oder hatte Aku das Verdecken der Kamera im Fitnessraum getestet, weil er denselben Trick benötigte, um zu verschwinden? Ich sah mir die Aufnahme der Türkamera immer wieder an. Keinerlei Störung.

Es klingelte, die Kamera zeigte, dass Ansa vor meiner Tür stand. Gerade sie brauchte ich jetzt, also öffnete ich. Ansa hatte zweifellos Zugang zu allen Räumlichkeiten in Ilvesvaara.

«Was ist los, um Himmels willen? Im Restaurant bin ich Tytti begegnet, sie ist total durcheinander und sagt immer nur, sie kann Aku nirgendwo finden, er ist verschwunden.» Ansa blieb im Windfang stehen.

«Das versuche ich gerade zu klären. Laut den Überwachungskameras hat er die Suite nicht verlassen, jedenfalls nicht auf dem normalen Weg. Ich darf sicher nachsehen, ob er vielleicht in einem Schrank ist oder ... » Andere Möglichkeiten kamen mir nicht in den Sinn.

«Was hätte er denn in einem Schrank zu suchen?»

Ich verzichtete darauf, Ansa über die unzähligen sexuellen Vorlieben der menschlicher Spezies aufzuklären. Der eine wollte im Kleiderschrank gefesselt werden, der zweite ein Baby sein, den dritten erregten Nippelklemmen. Autoerotische Experimente gingen manchmal böse aus. Vielleicht stand Tytti unter Schock und wollte nicht begreifen, was sie gesehen hatte.

«Hoffentlich findet ihr Aku, und zwar unversehrt. Ich möchte keine negative Publicity für Ilvesvaara. Überhaupt keine Publicity. Ich gehe jetzt wieder zu Tytti ins Restaurant. Komm dann bitte dorthin und erstatte mir Bericht.»

An diesem Morgen wirkte Ansa viel älter als die Frau, die mir gestern verschwörerisch zugelächelt hatte. Ich nickte. Nach kurzem Überlegen ging ich zu dem Kasten mit meiner Ausrüstung und nahm heraus, was ich brauchte: Gummihandschuhe, Pinzette, Schere, ein paar Beutel, Notizblock und Lupe. Das Telefon zum Fotografieren natürlich. War Ansa schon gegangen? Ja, dann noch die Waffe ins Achselholster.

Topi stand unter dem Küchengebäude. Ich dachte wieder an die Tabletten in der Dose zwischen den Holzscheiten. Hatte Topi Aku betäubt? Aber warum? Spontan fiel mir kein Grund ein.

Ich öffnete die Tür zur Suite mit meinem Transponder und dem Code und trat ein. Die Räume waren etwa hundert Quadratmeter groß. Ein großes Schlafzimmer und zwei kleinere, zwei Badezimmer, ein Wohnbereich und eine kleine Bar. In jedem Schlafzimmer gab es einen zweitürigen Wandschrank. Ich war enttäuscht, als ich den ersten öffnete. Dort lagen nur Reservedecken. Im Schrank des zweiten Zimmers befand sich die Freizeit- und Sportausrüstung des Ehepaars. Im Hauptschlafzimmer Kleidung, Unterwäsche und Strümpfe. Vier Koffer voller Klamotten für eine Woche. So viel besaß ich nicht einmal.

Plötzlich hörte ich in einem der beiden Badezimmer etwas prasseln. War Aku etwa dort? Ich nahm die Waffe in die rechte Hand und öffnete mit der linken die Tür. Aus der Dunkelheit kam ein seltsames, trommelndes Geräusch, und im Bad war es eiskalt.

«Aku», rief ich, während ich das Licht anknipste.

Es war niemand da, doch das Lüftungsfenster stand offen, und vom hereinwehenden Wind schlug das Kabel des Föhns gegen den Toilettenpapierhalter. Das Fenster war dreißig Zentimeter hoch und zwanzig Zentimeter schmal, nicht einmal ein mittelgroßer Hund hätte sich hindurchzwängen können, und zudem hing auch jetzt im Winter ein Fliegengitter davor. Warum war es geöffnet worden? In allen Gebäuden von Ilvesvaara gab es eine Lüftungsanlage.

Auch im zweiten Bad war niemand. Die Bettgestelle reichten bis zum Boden, darunter konnte man sich also nicht verstecken. Allerdings waren sie offenbar hohl. Ich wusste noch, dass Ansa erzählt hatte, ein Schreiner habe sie nach Maß eingebaut. Also sah ich sie mir einzeln an, fand aber keinen Hinweis darauf, dass man versucht hätte, sie aufzuschrauben.

Nun blieb nur noch der Zuber. Er war weder vom Erdboden noch von den Brücken aus sichtbar. Bei einem Herzinfarkt oder einem Gehirnschlag konnte man auch in flachem Wasser ertrinken. Hatte Tytti auf der Terrasse nachgesehen? Zügig öffnete ich die Tür, obwohl die Alarmzentrale in meinem Gehirn mir befahl wegzulaufen. Natürlich hatte ich schon Tote gesehen. Aber ich wollte auf keinen einzigen mehr stoßen.

Der Zuber war leer.

Dann überprüfte ich das Terrassendach, indem ich die Leiter hochstieg. Nichts. Aber Moment mal ... Was hing da an der Stange, die das Geländer aus Sicherheitsglas stützte?

Ein Stück schwarze Seide mit grauem Paisley-Muster. Ein Stoff, der sich durchaus für einen Herrenpyjama eignete. Ich musste Tytti den Fetzen zeigen.

Ich sah die Schränke noch einmal durch, entdeckte aber keinen entsprechenden Schlafanzug. Dann sah ich unter der Terrasse der Suite nach. Dort fand ich nur eine Sorte Schuhabdrücke. So klein, dass sie von einem Kind hätten stammen können, vielleicht Größe 36.

Janas Spuren.

Wenn Aku absichtlich verschwunden war, musste ihm jemand geholfen haben. Konnte es Jana gewesen sein? Ich musste Akus Handy überprüfen. Es war zwar Ansa ausgehändigt worden, aber möglicherweise hatte Aku vor seiner Ankunft in Ilvesvaara mit jemandem Mitteilungen ausgetauscht, aus denen hervorging, dass er sich absetzen wollte.

Ich ging zum Bürogebäude. Auf dem Weg dorthin sah ich Pyry die Treppe zur Eiskaskade hinaufsteigen. Natürlich um nachzusehen, ob Aku am Wasserfall zu Schaden gekommen war. Ich wollte ihm gerade folgen, als Ansa über mir rief: «Komm her, Hilja! Tytti will uns etwas sagen.»

Also ging ich ins Büro. Tytti hatte ihren Pelzmantel zugeknöpft, und jemand hatte ihr Wollsocken gegeben, die sie nun anstelle von Akus Uggs trug.

«Hast du etwas gefunden?», fragte Ansa.

«Bisher nicht.» Das Stück Stoff wollte ich Tytti nicht in Anwesenheit der anderen zeigen. In einem Kriminalroman wäre es eine klassische falsche Spur gewesen. «Ich hätte gern Akus Handy.»

«Wozu? Damit kann man den Besitzer doch nicht orten. So eine App hat er nicht.» Tytti sprach zum ersten Mal, immer noch unnatürlich schrill und schnell.

«Kennst du das Passwort für Akus Handy?»

Sie wimmerte. «Glaubst du, das würde er mir verraten? Der Zugang läuft über den Fingerabdruck.»

Ein Magier der Technik wäre natürlich fähig, diese Schranke zu überwinden, doch zu dieser Riege zählte ich nicht. Ich musste mit anderen Methoden arbeiten.

«Ansa meint, wir müssen die Polizei alarmieren, wenn sich bis zum Nachmittag keine Spuren finden. Aber das will ich nicht!» Tytti zupfte mit Daumen und Zeigefinger Haare aus ihrem Pelzmantel. «Ihr müsst wissen, dass das nicht zum ersten Mal passiert. Wenn Aku wütend wird, verschwindet er. Gestern hat er behauptet, Pyry und ich hätten was miteinander. Das stimmt absolut nicht, ich hatte nie von ihm gehört, bevor wir hier ankamen. Aku glaubt immer, ich hätte ein Verhältnis mit diesem und jenem, dabei ist es genau umgekehrt. Ich habe es längst aufgegeben, seine One-Night-Stands und Affären zu zählen. Er betrügt mich, weil er Angst hat, dass ich ihn betrüge. Bestimmt ist er nur verschwunden, damit ich mir Sorgen mache. Wir sollten die Polizei nicht mit seinen Marotten belästigen. In ein paar Tagen taucht er garantiert wieder auf.»

Ansa antwortete nicht gleich, aber ich sah die Erleichterung in ihrem Blick. Ich war kurz davor zu widersprechen, zu erklären, dass man der Hotelleitung unterlassene Hilfeleistung vorwerfen könnte. Woher wussten wir, ob Tytti die Wahrheit sagte? Ich hatte Aku verdächtigt, die Gelegenheit zu nutzen, um seiner Frau Schaden zuzufügen und die Schuld auf andere abzuwälzen. Warum sollte das nicht auch andersherum funktionieren?

14

Ich war daran gewöhnt, dass man niemandem trauen konnte. Alle färbten die Wahrheit zumindest ein bisschen ein, um in günstigem Licht zu erscheinen. Ich selbst verschwieg üblicherweise das meiste, dadurch vermied ich direkte Lügen.

Tyttis Hysterie war möglicherweise nur vorgetäuscht. Irgendwie erschien mir ihre Reaktion übertrieben.

Das Eisloch musste abgesucht werden. Die Vorstellung, im eiskalten Wasser zu tauchen, war nicht verlockend, aber wer sonst sollte es tun, wenn nicht ich? Pyry? Gab es in Ilvesvaara einen Nassanzug in meiner Größe und eine wasserfeste Stirnlampe? Pyry würde es wissen. Natürlich konnte ich auch selbst im Sportgerätelager nachsehen, aber ich brauchte ohnehin jemanden, der mich beim Tauchen sicherte. Pyry würde diese Aufgabe übernehmen können, denn unter den gegebenen Umständen hatte Tytti vermutlich kein Interesse an der geplanten Hundeschlittenfahrt.

Die Sonne, die nur für zwei Stunden am Horizont auftauchte, schien verblüffend hell, sie ließ die Umgebung weiß leuchten und die Nadelbäume smaragdgrün funkeln. Der rote Schopf des Schwarzspechts hob sich vor dem Hintergrund ab, der Specht begann, rhythmisch zu trommeln, und irgendwo in der Ferne stimmte ein anderer Vogel ein. Das Konzert der Natur.

Dann schlugen die Hunde im Freilaufgehege an. Waren die Wölfe zurück? Die Tiere witterten einander. Aber auf dem Eis war nichts zu sehen. Vielleicht verbellten die Hunde einen Elch. Oder mich. Sie hatten sich noch nicht an meinen Geruch gewöhnt.

Ich stapfte neben den Spuren des Wolfsrudels bis zu dem Blutfleck. Von dem Hasen waren nur noch der Stummelschwanz und das Rückgrat übrig. Eine mickrige Beute für sieben Wölfe, zu wenig, um den Hunger zu stillen. Aber wenigstens war es kein Menschenblut. Alles musste überprüft werden.

Als ich ans Ufer zurückkehrte, kam Pyry gerade aus dem Hundegehege. Ich erzählte ihm von meinen Tauchplänen.

«Du Dummkopf», sagte er. «Wenn Aku ertrunken ist, kann ihm keiner mehr helfen. Die Leiche steigt an die Oberfläche, wenn das Eis irgendwann im Mai schmilzt. Ich habe dir doch von den Strömungen erzählt. Er kann längst weit abgetrieben sein.»

Er hielt es offenbar für möglich, dass Aku allein in das Eisloch gestiegen war.

«Wir haben zwar Nassanzüge, aber die sind alle mit Auftriebselementen ausgestattet. Ich verstehe nicht viel vom Tauchen, für den Bereich werden bei Bedarf Experten von außerhalb gebucht. Ich kann dir nur Schwimmflossen und eine wasserfeste Taschenlampe geben, wenn du tatsächlich unter das Eis willst. Du bist verrückt.»

Ich war für die Sicherheit der Gäste von Ilvesvaara zuständig. Selbst wenn Aku freiwillig verschwunden sein sollte, musste ich wenigstens versuchen, herauszufinden, was passiert war. Ich wusste, dass es beim Rettungsdienst Berufstaucher mit professioneller Ausrüstung gab, aber wo war das nächste Einsatzzentrum? Lieber wollte ich es zuerst selbst versuchen, wenn Pyry mich absicherte. Am besten handelten wir sofort, denn gegen Abend sollte ein Sturm aufkommen, der mindestens vierundzwanzig Stunden anhalten würde. Es waren über zehn Zentimeter Neuschnee zu erwarten, die Windgeschwindigkeit konnte in den Spitzenböen bei Windstärke zehn liegen.

Ich besaß Neoprenhandschuhe und -strümpfe, die ich mir angeschafft hatte, als ich erfuhr, dass man in Ilvesvaara im Eisloch schwimmen konnte. Die Sicherheitsgurte, die beim Klettern verwendet wurden, taugten wohl auch unter Wasser. Am liebsten wäre ich unbekleidet geschwommen, der Badeanzug würde mich ohnehin nicht wärmen. Pyry hatte doch wohl schon mal eine nackte Frau gesehen? Ich beschloss, ihn zu ignorieren.

«Wow, was für eine Bondageprinzessin», flachste er, als ich eine Stunde später den Bademantel auszog und er die Sicherungsgurte an meinem nackten Körper sah.

«Konzentrier dich auf deinen Job, Lilja», gab ich zurück. «Wenn ich länger als eine Minute unter Wasser bin, zieh mich raus. Oder wenn ich dir mit dem Seil ein Zeichen gebe.»

«Hoffentlich weißt du, was du tust.» Pyry starrte mich schamlos an, ich erwiderte seinen Blick. *Bilde dir nichts ein, Mann. Ich habe mich nicht für dich ausgezogen.* Ich stieg schnell ins Wasser, in Pyrys Anwesenheit gab ich mich tapferer, als ich war.

Die Kälte schnitt mir in die Haut wie hundert Messer. Zwar hatte ich schon als Kind gelernt, im Eisloch zu schwimmen, doch ich war noch nie so lange unter das Eis getaucht. Ich konnte den Atem nur eine Minute anhalten, dann musste ich auftauchen und Luft holen. Die Tauchgänge waren also zwangsläufig kurz bemessen.

Das Wasser war trüb, ich konnte nur ungefähr zwei Meter weit sehen. Der Lichtkegel der Taschenlampe schwang hin und her, denn ich musste gleichzeitig schwimmen, leuchten und mit der Hand nach einer eventuellen Leiche tasten. Die geliehene Schwimmbrille drückte. Bei jedem Auftauchen beschlug sie.

Beim dritten Tauchgang tauchte ich Richtung Süden. Mit der freien Hand stieß ich gegen einen Gegenstand. Durch den dicken Handschuh war die Oberfläche nicht gut zu tasten. Etwas Festes, aber weicher als Stein oder Holz. Ich versuchte, es zu erkennen, doch das Wasser war an dieser Stelle besonders trüb. Mir ging die Luft aus, ich musste auftauchen.

«Wie läuft's?», fragte Pyry. Die Belustigung auf seinem Gesicht war Besorgnis gewichen. Ich warf die beschlagene Schwimmbrille auf das Eis und sagte: «Im Wasser liegt irgendwas. Ich versuche, es zu finden.»

Ich füllte meine Lunge bis zum Rand mit Luft. Noch ein letztes Mal, Hilja. Meine Augen schmerzten vom Wasser, ich musste mich zwingen, sie offen zu halten. Es war irgendwo dort. Etwas Helles, Behaartes, meine linke Hand bekam es zu fassen. Aber es hing irgendwo fest, und was war das überhaupt? Ein menschlicher Arm? Jetzt kam es los und schnellte so stark gegen meinen Körper, dass mir die Taschenlampe aus der Hand fiel und auf den Grund sank. Ich hielt den unbekannten Gegenstand fest, nahm auch die rechte Hand zu Hilfe, was zum Teufel war das, und wo war das Eisloch? In meinen Lungen brannte es schon, ich durfte den Mund noch nicht öffnen, und weil ich etwas in den Händen hielt, konnte ich nur mit den Beinen paddeln, verdammt noch mal, wo war die Luft? Am Seil konnte ich nicht reißen, denn ich wollte meinen Fund an Land bringen, zieh schon, Pyry, zieh!

Mein Kopf stieß gegen die Eiskante, ich keuchte wie nach einem Marathonlauf, mir wurde schwarz vor Augen, und ich schob meinen Fund mit letzter Kraft aus dem Wasser.

«Ups, was ist das denn?», fragte Pyry.

«Sieht aus wie ein Bein. Von einem Rentier oder Waldren? Gib mir den Mantel!» Der kalte Wind schien mir die Haut abzuziehen, ich wickelte mich in das Frottee und rannte zur Sauna.

Womöglich lag Aku Rautio irgendwo in dem morastigen See, aber allein würde ich ihn dort nicht finden. Ich rannte zur Dusche, legte Bademantel und Sicherungsgurte ab, drehte die Dusche auf, dann zog ich mir die Neoprensachen aus. Das Wasser konnte gar nicht heiß genug sein, würde mir jemals wieder warm werden?

Nach fünf Minuten fühlte ich mich wieder fit, aber auch sehr hungrig, denn ich hatte mein Frühstück abbrechen müssen, als Tytti ins Restaurant gekommen war. Das Schwimmen im Eis hatte meine Gedanken geklärt. Ich musste mir die Aufnahmen der Überwachungskameras noch einmal ansehen, und wenn es Stunden dauern würde. Anschließend die Spuren an der Eiskaskade überprüfen. Tytti das Stück Stoff zeigen. Sie nach den früheren Malen fragen, als Aku verschwunden war. Und ich musste mir von Jana erklären lassen, woher sie die Linnala-Rautios kannte.

Die letzte Aufgabe war wohl die schwierigste. Jana wusste sich stumm zu stellen.

Ich wickelte mich in ein Handtuch und ging in den Umkleideraum. Dort saß Pyry.

«Hau ab, ich will mich anziehen.»

Das bekannte, teuflische Grinsen. «Ich hab dich doch schon gesehen.»

«Bist du ein Teenager oder ein erwachsener Mann? Du glaubst vielleicht, du hast jetzt Macht über mich, weil du mich nackt gesehen hast. Da bist du keineswegs der Erste. Danke für deine Hilfe beim Tauchen, aber ich bin dir trotzdem nichts schuldig. Also verschwinde.»

Pyry stand auf.

«Die Hunde brauchen Bewegung. Ich fahre nachher mit ihnen aus, bevor es dunkel wird. Kommst du mit?» Er öffnete die Zwischentür.

«Ich hab was anderes zu tun. Mach die verdammte Tür zu!»

Nachdem Pyry gegangen war, zog ich mich an. Mir knurrte der Magen. Stena würde sich erbarmen und mir einen Imbiss geben müssen. Pyry hatte den durchnässten Vorderlauf neben dem Bootssteg ans Ufer gelegt. Taugte er noch als Wolfsnahrung? Ich wollte nicht darüber nachdenken, wie er ins Wasser geraten war, und schon gar nicht, ob ein ganzer Tierkadaver den See verschmutzte.

Ich durfte mir in der Küche ein Sandwich mit geräucherter Rentierzunge und reichlich Senf machen, und Stena goss uns beiden ein großes Glas Dickmilch ein. Dann widmete er sich wieder seiner Arbeit, und ich sah ihm zu, voller Bewunderung für seine Virtuosität. Er bereitete schon die Speisen für den Lunch wie auch das Abendessen vor, sechs verschiedene Gerichte, zwischen denen er mühelos hin und her wechselte. Sein robuster Körper war biegsam wie der eines Yogi, seine Fingerfertigkeit war durch lange Übung erworben. Meiner Schätzung nach war er vierzig bis fünfzig Jahre alt. Ich trank so gierig von der Dickmilch, dass ich einen weißen Schnurrbart bekam, und fragte:

«Wo hast du deinen Wehrdienst gemacht?»

Stena lachte auf. «Eine überraschende Frage aus dem Mund einer Frau. In Dragsfjärd, im Küchendienst. Das hat mir den Anstoß gegeben, eine Ausbildung zum Koch zu machen. Wieso?»

«Ich war in Vekara. Bei der Granatwerfereinheit. In Hamina

habe ich die Reserveoffiziersschule absolviert, dann ging es zurück nach Vekara.»

«Alle Achtung. Ansa hat erwähnt, dass du auch irgendeine amerikanische Security-Schule besucht hast.»

«Die Sicherheitsakademie Queens. Danach habe ich unter anderem in Russland, in der Schweiz und in ein paar arabischen Ländern gearbeitet.»

«Wo denn in Russland? Ich war zuerst zwei Jahre Koch beim Konsulat in St. Petersburg und dann bei einem zwielichtigen Oligarchen an der Schwarzmeerküste in der Nähe von Sotschi.»

Stena hackte das Gemüse für eine Julienne, das Messer bewegte sich so schnell, dass das Auge ihm nicht folgen konnte.

Ich antwortete, ich hätte in Moskau gearbeitet, die Stadt aber nicht besonders gemocht.

«In Krasnodar habe ich auch Aku kennengelernt», fuhr Stena fort. «Seine Firma war Subunternehmen bei ein paar Bauprojekten im Rahmen der Olympischen Winterspiele. Ein merkwürdiger Ort. Als ich anfing, war das Gelände, wo die Eishockeyhallen stehen sollten, eine einzige Schlammwüste, aber als die großen Jungs loslegten, war alles im Handumdrehen fertig und sah toll aus. Warst du schon mal in der Gegend?»

Ich schüttelte den Kopf. Stena kannte Aku also auch von früher. Obwohl mir das Leben schon öfter als blindes Zusammentreffen von Zufällen erschienen war, kam mir die Sache seltsam vor.

Ich ging zurück in mein Zimmer, um die Überwachungsvideos zu überprüfen. Wenn er zum Eisloch gehen wollte, hätte Aku an der südlichen Uferkamera vorbeigehen müssen, es sei denn, er hätte einen Umweg von mehreren Hundert Metern gemacht, um die Bewegungsmelder zu meiden. Aber warum hätte er das tun sollen?

Es fiel mir schwer zu glauben, dass Aku sich ertränkt hatte. Sich auf diese Weise das Leben zu nehmen, erforderte einiges an Willenskraft. Unter das Eis zu tauchen, war allerdings eine ausgesprochen erfolgversprechende Variante, denn anders als im offenen Wasser konnte man sich nicht nach oben kämpfen und um Hilfe rufen, wenn man es sich anders überlegte. Aber Aku hatte nicht wie ein Selbstmordkandidat gewirkt.

Wenn er absichtlich verschwunden war, hatte er die Spuren am Eisloch vielleicht zur Täuschung hinterlassen. Aber wäre es dann nicht sinnvoller gewesen, sich auf dem Weg zum Eisloch von einer Kamera einfangen zu lassen und sie dann auf dem Rückweg zu umgehen? Um die Privatsphäre zu schützen, wurden der Bootssteg und das Eisloch von keiner Kamera erfasst. Die mit Bewegungsmeldern ausgestatteten Kameras am Ufer wiederum hatten in der letzten Nacht nur die Wölfe festgehalten.

War vielleicht jemand anders auf Umwegen ans Ufer gegangen und hatte Wasser an den Rand des Eislochs gespritzt, sodass es aussah, als wäre dort kürzlich jemand geschwommen? Jemand, der Aku geholfen hatte, sich abzusetzen? Oder ihn mitgenommen hatte?

Die einzige Spur von Aku war der Stofffetzen auf der Terrasse, doch der konnte auch schon früher dort hängen geblieben sein. Ich überlegte, welchen Weg er eingeschlagen hätte, wenn es ihm gelungen wäre, von der Terrasse hinunterzuklettern. Er konnte gut klettern, und vielleicht hatte er ein Seil als Hilfsmittel benutzt. Aber dann wäre das Seil wiederum auf der Terrasse liegen geblieben.

Mein Handy piepte, eine Nachricht von Ansa. Komm sofort ins Büro.

Hatte man Aku schon gefunden?

15

Es ist absolut unmöglich, dass Aku irgendwelche Kameras manipuliert hat!» Ansas Stimme wurde schriller, sie starrte mich an, als sei ich übergeschnappt. «An die Aufnahmen kommen genau zwei Leute heran. Du und ich. Zugang zu den Geräteräumen, den Kabeln und dem Schaltschrank haben auch nur diejenigen, die einen Schlüssel besitzen. Also ich und du.»

«Du hast gesagt, dass Topi an den Sicherheitssystemen ab und zu Wartungsarbeiten erledigt. Könnte es sein, dass er im Geräteraum etwas gewartet und das Kabel der Kamera an der Tür zu Akus und Tyttis Suite für einen gewissen Zeitraum gelöst hat, sodass Aku herausschlüpfen konnte?»

«Topi? Der kennt sich nicht mal mit Netflix aus. Wenn jemand das Kabel gelöst hätte, hätte man die Anzeige ‹Kein Signal› auf dem Bildschirm gesehen. Und Topi konnte Aku noch nie leiden, warum hätte er ihm helfen sollen?»

Die Worte frästen sich in meinen Kopf. Topi konnte Aku noch nie leiden … Kannte Topi Aku etwa auch von früher? Was zum Teufel war hier los?

«Hinterlässt nicht jeder Vorfall eine Spur im Kontrollsystem? Dann müsstest du doch nachprüfen können, wann zuletzt jemand die Suite verlassen hat? Und auch, ob während der Nacht andere Türen geöffnet wurden?»

Ansa seufzte. Das hatte sie schon überprüft. Jemand hatte um drei Uhr von innen die Tür zur Außenterrasse geöffnet und sie fünf Minuten später wieder geschlossen. Die Zeitspanne reichte für eine langsam gerauchte Zigarette. Wurde die Tür von innen geöffnet, konnte das System nicht erkennen, wer sie aufmachte. Ich hätte das gern selbst noch einmal überprüft, aber Ansa gab mir den Auftrag, die allgemein zugänglichen Räume zu kontrollieren, für den Fall, dass Aku sich dort versteckt hielt. Lagerräume, Kosmetiksalon, Fitnessraum und so weiter. Was war mit den Personalwohnungen? Würde Ansa mir erlauben, auch dort nachzusehen?

«Du meinst, jemand vom Personal könnte in die Sache verwickelt sein …» Ansas Gesicht verzog sich, ich sah, dass ihre Hände zitterten, sie ballte sie zur Faust, um das Zittern zu unterdrücken. «Ich weiß nicht mehr, wem ich trauen kann, nach den zerstochenen Reifen und allem. Vielleicht gehört das hier auch zu dem Plan, mich zu vernichten! Ich möchte, dass du sofort die öffentlich zugänglichen Bereiche und die leeren Suiten kontrollierst. Vorläufig kann ich dir nicht erlauben, die Personalwohnungen zu betreten.»

Ich starrte Ansa an. Wollte sie unterbinden, dass ich die Angestellten unter die Lupe nahm? Ihr war doch wohl klar, dass ich bei der Polizei eine Vermisstenmeldung erstatten konnte? Allerdings würde die vermutlich nicht sofort ernst genommen werden. Ein Erwachsener durfte in Finnland verschwinden, das war gesetzlich nicht verboten. Aber ich konnte die Sache auch nicht einfach auf sich beruhen lassen. Nach dem Bad im Eisloch war ich so voller Energie und Eifer, dass ich mir vornahm, um jeden Preis herauszufinden, was mit Aku passiert war.

Ich wollte auch Topi finden und ihn fragen, woher er Aku kannte. Notfalls konnte ich andeuten, dass ich von seinem Tablettenversteck wusste. Ansa war nicht die Einzige in Ilvesvaara, die schmutzige Spielchen treiben konnte.

Da ich die Sauna schon durchsucht hatte, fing ich mit den leeren Suiten an. Sie waren so tadellos geputzt und aufgeräumt, dass ich fast ein schlechtes Gewissen bekam, als ich die Schränke öffnete und die sorgfältig drapierten Decken und Rentierfelle hin und her schob. Was würde Ansa tun, wenn ihre Gäste Veganer waren, würde sie die tierischen Produkte gegen Leinen und Baumwolle austauschen? Auch Seide stand ja dann wohl auf der Liste verbotener Materialien.

Ich durchsuchte die Garage, das Schlittenlager und den Holzschuppen. Die Pillendose stand nicht mehr an ihrem Platz. Hatte Topi gemerkt, dass sie mir aufgefallen war? Es kam mir albern vor, im Lager der Fitnessgeräte oder im Bootsschuppen nach Aku zu suchen, aber Ansa hatte mir befohlen, alle Räume zu überprüfen. Sie hielt mich offenbar für eine halbwegs fähige Privatdetektivin, dabei konnte ich nicht einmal Fingerabdrücke sicherstellen, geschweige denn DNA oder Fasern analysieren.

Aus dem Fitnessraum waren Geräusche zu hören. Ich nahm an, dass Pyry dort trainierte, aber als ich die Tür öffnete, sah ich Topi, der sich an der Beinpresse abmühte. Seine dürren Beine arbeiteten anscheinend mit einem viel zu großen Gewicht, dabei hatte er nur 70 Kilo aufgelegt. Ungefähr sein eigenes Körpergewicht. Damit schaffte man lange Serien. Er trug Kopfhörer, konzentrierte sich auf seine Bewegungen und nahm mich erst wahr, als ich direkt neben ihm stand. Er schrak zusammen. Der Wagen mit den Gewichten donnerte herunter, als er die Beine wegzog und sich aufsetzte.

«Was soll das, warum erschreckst du mich so?»

«Ich suche nach Spuren von Aku. Anordnung von Ansa. Ihr beide kennt euch von früher?»

«Wer? Ansa und ich?» Topi nahm die Kopfhörer ab und

tastete nach seiner Trinkflasche. Seine Beine zitterten von der Anstrengung.

«Tu nicht so. Du und Aku Rautio.»

«Hat Pyry das behauptet?»

Als ich erwiderte, ich hätte es von Ansa gehört, stand Topi auf, nahm ein kleines Handtuch vom Kabelzug und trocknete sich das Gesicht ab. Er spielte auf Zeit.

«Mit welchem Recht stellst du hier Fragen? Du bist nicht von der Polizei. Warum wurde die noch nicht gerufen? Ich hab keine Lust, in Wäldern voller Raubtiere nach einem Typen zu suchen, der besoffen herumirrt. Dafür ist die Polizei zuständig.»

«Ich habe hier für die Sicherheit zu sorgen.»

«Und das machst du verdammt gut! Seit du hier angekommen bist, geht alles den Bach runter. Ich bin nicht verpflichtet, deine Fragen zu beantworten. Hauptsache, du rettest deine eigene Haut, Hilja Ilveskero!»

Topi unterstrich seine hochtrabenden Worte, indem er mit der Faust gegen den Wagen der Beinpresse schlug. Doch das Material war hart, und er fluchte. Ich überließ ihn sich selbst und überprüfte den Yoga- und den Gymnastikraum. Dort fand ich nur ein pinkfarbenes Zopfband, das zwischen den aufgerollten Matten steckte. So ein Band war mir in Veeras langen Haaren aufgefallen. Ich nahm es mit und ging in den Kosmetiksalon.

Veera stand am Marmorwaschbecken und rührte in einer gelblichen Masse, die nach Sanddorn und Rosmarin roch. Sie trug Handschuhe, eine Gesichtsmaske und eine Plastikschürze und sah aus wie eine moderne Hexe, die einen Liebestrank braut.

Aus den Lautsprecherboxen kam Abba. Ich merkte sofort, dass sich meine Einstellung zu Veera positiv veränderte, und gratulierte mir dazu. Fast hätte ich angefangen, zur Musik zu tanzen. *Gimme gimme gimme a man after midnight.* Wie lange würde ich das Zölibat durchhalten?

Ich ging daran, die Schränke zu öffnen, obwohl ich mir dabei lächerlich vorkam. Veera war anscheinend auch ohne Erklärung klar, was ich da machte. Sie arbeitete gelassen weiter. *Ich habe nichts zu verbergen.* War es das, was sie mir signalisieren wollte? So etwas machte mich immer misstrauisch.

Obwohl ich Maskenbildnerei gelernt hatte, kannte ich bei Weitem nicht alle Werkzeuge. Eins davon sah aus wie ein zu groß geratener Vibrator und diente wahrscheinlich zur Gesichtsmassage. Mit Scheren und Hobeln wurden Nägel und Fußsohlen behandelt. Auch Laserpeeling war offenbar im Angebot. Wenn ich ein Muttermal gehabt hätte, an dem ich leicht zu erkennen war, hätte ich es mir hier entfernen lassen können. Die Ausstattung im Fitnessraum hatte mindestens hunderttausend Euro gekostet, aber auch die Geräte im Kosmetiksalon waren sicher nicht ganz billig gewesen. Laut Handelsregister war Ilvesvaara schuldenfrei. Woher stammte das Kapital?

Für das Haarefärben standen Dutzende Produkte zur Auswahl. Wenn ich wollte, konnte ich mir die Haare violett oder aschblond tönen lassen. Vielleicht würde ich mir eine rötliche Haarverlängerung ausleihen, wenn ich das nächste Mal unter Menschen ging. Ob ich mir als Mitarbeiterin von Veera die Augenbrauen zupfen lassen konnte?

Als die Musik verstummte, fragte ich Veera, was sie da zusammenrührte.

«Eine Gesichtsmaske. Selbst entwickelte Naturkosmetik ist eine der Besonderheiten von Ilvesvaara. Tytti hat für morgen eine Gesichts- und Dekolletébehandlung gebucht. Bisher hat sie den Termin noch nicht abgesagt.»

Ich nutzte die Gelegenheit.

«Ist bei Tytti alles in Ordnung?»

Veera sah mich verwundert an. «Bestimmt nicht, nachdem ihr Mann abgehauen ist. Weißt du, wie er das geschafft hat? Ansa weigert sich, darüber zu reden, sie beruft sich auf den Schutz der Privatsphäre.»

Veera nahm die Maske ab und schüttelte ihren Pferdeschwanz. Wieso glaubte sie, dass Aku das Hotel freiwillig verlassen hatte?

«Ich war nicht gerade begeistert, als ich hörte, dass Aku bei uns Urlaub macht. Aber Arbeit ist Arbeit, und ich dachte mir, ich würde vor allem mit seiner Frau zu tun haben. Ihr war ich noch nie begegnet. Für den Typen wäre es allerdings typisch gewesen, mit einem verspannten Pomuskel hier im Salon aufzukreuzen und eine Massage zu verlangen. Dann hätte ich natürlich Pyry gebeten, das zu übernehmen und extra hart zuzupacken. Das kann Pyry, wenn er will.»

Veera sah mich nicht an, während sie sprach, sondern reinigte den Spatel und den Pinsel, mit denen sie gearbeitet hatte. Ihre künstlichen Wimpern waren jetzt länger als vorher, und sie trug ein Nude-Make-up, wie man es von Instagram-Stars kannte. Damit sah sie aus wie Hunderte anderer Frauen. Trotz ihrer Schönheit würde sie im Straßenbild niemandem in Erinnerung bleiben.

Mir rauschte der Kopf. Auch Veera kannte Aku also von früher! Was für ein merkwürdiges Spiel war hier im Gang? Zum Glück wusste niemand, dass auch ich einmal schlechten Sex mit ihm gehabt hatte.

«Aku war früher mal mit meiner jüngeren Schwester zusammen. Das ist allerdings fast zwanzig Jahre her. Und sag jetzt bitte nicht, dass sie damals noch Kinder waren. Aku ist dreiundvierzig, und ich sehe zehn Jahre jünger aus, als ich bin. Damals war ich fünfundzwanzig und hatte schon alle möglichen Luftnummern erlebt. Meine Schwester war richtig hübsch, sie hat bei Schönheitswettbewerben mitgemacht und hätte es garantiert ins Miss-Finnland-Finale geschafft, wenn sie nicht diesem Scheißkerl begegnet wäre. Aku hat Nooras Selbstbewusstsein zerstört. Es hat Jahre gedauert, es wieder zusammenzuflicken. Ich bin also nicht besonders traurig darüber, dass Aku abgehauen ist. Natürlich wendet er seine Erniedrigungsmethoden auch bei Tytti an. Aber die ist immerhin eine erwachsene Frau, kein wehrloser Teenager wie Noora.»

«Glaubst du, dass Aku Tytti misshandelt?»

«Er setzt keine körperliche Gewalt ein, nein. Man kann einen Menschen auch mit anderen Mitteln brechen. Aku hat am ersten Tag hier vorbeigeschaut, bevor ihr zum Eissegeln aufgebrochen seid. Er hat sich erkundigt, wie es Noora geht, und gesagt, er wäre damals der egozentrischste dumme Junge auf der ganzen Welt gewesen. Zum Glück hat er nicht behauptet, er hätte sich geändert. Das hätte ich ihm nämlich keine Sekunde geglaubt. Er war sogar so unverschämt, mich zu bitten, Noora Grüße auszurichten. Rate mal, ob ich die weitergebe!» Veera streckte ihr Kinn vor, ihr Blick war hart. «Ich hoffe nur, dass Aku nichts Unerklärliches zugestoßen ist. Denn wenn die Polizei Fragen stellt, bin ich schnell die Hauptverdächtige. Wer einmal seine akut selbstmordgefährdete kleine Schwester in die Psychiatrie gebracht hat, schafft es vielleicht nicht zu vergeben. Oder könntest du das?»

«Wahrscheinlich nicht.»

Ich hätte beinahe hinzugefügt, dass Vergeben nie meine Stärke gewesen war, aber ich wollte Veera nicht zu viel über mich verraten. Während unseres Gesprächs war sie pausenlos beschäftigt: Sie ordnete Puderdosen, wischte nicht vorhandenen Staub vom Friseurstuhl, rollte die Kabel der Föhne auf.

«Er hat mich gebeten, Tytti nichts von unserer gemeinsamen Vergangenheit zu sagen. Angeblich wird sie eifersüchtig, wenn von Ex-Freundinnen die Rede ist. Wer weiß, ob das stimmt.»

«Und Topi? Woher kennt er Aku?»

Veera erstarrte. Zuerst glaubte ich, sie sei über meine Frage erstaunt. Doch sie schwieg zu lange und legte sich scheinbar verblüfft eine Antwort zurecht.

«Ich habe noch nie gehört, dass es eine Verbindung zwischen den beiden geben soll. Du hast bestimmt was falsch verstanden.»

Ich ließ Veera das durchgehen. Mich interessierte nur, welchen Grund sie hatte, für Topi zu lügen.

«Was hat dich denn eigentlich hierhergetrieben?», brachte Veera das Gespräch auf mich.

«Wieso getrieben? Das Gehalt. Der Wunsch, den miesen Wintern in Südfinnland zu entkommen.»

«Kein normaler Mensch bleibt länger als ein Jahr in Ilvesvaara. Ich hatte mir eingebildet, ich könnte hier in der Wildnis nicht nur die Sache mit Noora, sondern auch Make vergessen, den Kerl, mit dem ich über ein Jahr zusammen war, bevor mir aufging, dass er nicht das war, was er vorgab. Nämlich Single. Er hatte in Kerava eine Frau und drei Kinder und einen so hohen Wohnungskredit, dass eine Scheidung nicht infrage kam. Stena und ich bilden hier den Klub der gebrochenen Herzen. Sein Leben hat eine gewisse Tanja zerstört, die mit all seinen Ersparnissen auf und davon ist. Ein paar Gläser Schnaps, und er weint sich an deiner Schulter aus. Aber sag ihm nicht, dass ich getratscht habe.»

Veera fuhr mit Daumen und Zeigefinger über ihre Lippen,

als würde sie einen Reißverschluss zuziehen. Es ging ihr offenbar vor allem darum, das Gespräch von Aku Rautio abzubringen.

Ich wollte ungestört über das nachdenken, was ich gehört hatte. Außerdem gab es noch einen Ort, den ich nicht kontrolliert hatte. Das Hundegehege. Ich hatte nicht gerade Lust, dort hinzugehen, aber ich hatte Ansa versprochen, alle Möglichkeiten abzuchecken. Die Hunde hätten sich wohl gemeldet, wenn im Gehege etwas Ungewöhnliches vorgegangen wäre. Gebellt, gejault, geknurrt. Im Seelenleben von Huskys kannte ich mich nicht aus. Ein Luchs mied Hunde und Wölfe. Aber er fürchtete sie nicht, rief ich mir in Erinnerung.

Das Freigehege, das den Hunden jederzeit offenstand, war leer. Nur ein paar Kothaufen lagen im Schnee. Eine Katze hätte ihre Ausscheidungen vergraben, es sei denn, sie wollte ihr Revier für ihre Artgenossen markieren.

Als ich eintrat, brach Lärm los. Die Köter glaubten wohl, ich wäre gekommen, um sie zu füttern oder zu einer Schlittenfahrt abzuholen. Ich dachte an das Wolfsrudel, das ich auf den Aufnahmen gesehen hatte. Die Augen der Huskys funkelten, einer von ihnen jaulte, als wolle er gestreichelt werden. Hunde waren zu Gefährten des Menschen geworden, und gerade deshalb würde niemand sich im Gehege verstecken können.

Dennoch zuckte ich zusammen, als ich hinter mir Schritte hörte. Aku? Aber nein, hinter mir stand Pyry in Steppoverall, Pelzmütze und gefütterten Stiefeln. Er zog einen Handschuh aus und kraulte den jaulenden Hund zwischen den Ohren.

«Hilja. Ich habe dich schon gesucht. Die Hunde brauchen Auslauf, und es wäre gut, wenn jemand im Schlitten sitzt, während ich fahre. Ansa hat gesagt, du hättest am ehesten Zeit dafür. Tytti schläft, sie braucht dich nicht. Wir könnten gleichzeitig kontrollieren, ob es in der Umgebung Spuren dafür gibt, dass jemand zum Beispiel mit einem Motorschlitten in der Nähe unterwegs war.»

Verdammt. Daran hatte ich nicht gedacht. Die Motorschlitten des Resorts standen an ihrem Platz, aber wenn Aku einen Komplizen hatte, konnte der ihn hinter dem Teich abgeholt haben.

«Wir sollten möglichst bald aufbrechen. Die Hunde finden den Weg auch im Dunkeln, aber gegen sechs soll ein Sturm aufkommen, der mindestens bis zum Morgen dauert. Geh und zieh dich warm an, ich spanne inzwischen die Huskys ein.»

Pyrys Vorschlag, nach Spuren zu suchen, klang vernünftig. Und wenn Ansa befahl, hatte ich zu gehorchen. Früher oder später würde ich ohnehin im Hundeschlitten mitfahren müssen, und es war vielleicht ganz gut, erst einmal ohne Hotelgäste zu üben. Ich sagte, ich sei in zehn Minuten fertig.

In meinem Zimmer zog ich mich bis auf die Unterwäsche aus. Thermounterwäsche, Seidenstrümpfe, Wollsocken. Stepphose, Fleece, ein fast knielanger Daunenanorak, Sturmhaube, dünne Wollhandschuhe, Lederfäustlinge. Eine Mütze mit Ohrenklappen, darüber die Kapuze des Anoraks. Die Waffe mitzunehmen, war sinnlos, denn so dick eingemummelt würde ich sie gar nicht ziehen können. Und wozu hätte ich sie auch gebraucht, etwa wegen der Wölfe?

Die Hunde warteten aufbruchbereit vor dem Gehege. Ich konnte nicht leugnen, dass sie schön aussahen. Ich setzte mich in den Schlitten, Pyry würde das Gespann von den Kufen aus lenken. Er wickelte mir ein Rentierfell um die Beine, als würde er ein Baby zudecken. Das ärgerte mich, aber ich ließ es geschehen. Auf Pyrys Kommando stürmte das Gespann auf den See und das Eis zu.

Die Zeit lief rückwärts. Ich lebte nicht mehr im einundzwanzigsten Jahrhundert, sondern glitt Hunderte Jahre in die Vergangenheit, in eine Welt ohne Handys und elektrisches Licht. So war man schon zur Zeit meiner Urahninnen unterwegs gewesen, Mensch und Tier wie aus dem Schnee hervorgewachsen, unter dem Sternenhimmel, der dem Sturm noch trotzte. Der Schnee rauschte und knirschte, unter uns sang das Eis, bald waren wir auf der Schlittenstrecke im nordwestlichen Wald, umgeben von Fichten und Kiefern, wir fuhren einen sanft ansteigenden Hügel hinauf. Ab und zu gab Pyry den Hunden Kommandos, ansonsten schwieg er. Es war, als sei ich gleichzeitig im Hevonpersiinsaari meiner Kindheit und bei den Menschen, die früher auf diesen Anhöhen gelebt hatten. Der Wind trieb die Wolken auseinander, die Mondsichel kam zum Vorschein und spendete Licht.

Plötzlich machte das Gespann halt, obwohl Pyry kein Kommando gegeben hatte. Zuerst knurrte der Leithund, dann fielen die anderen ein. Ich reckte den Hals, um zu sehen, was auf der Kuppe des Hügels vor sich ging. Zuerst sah ich einen, dann alle drei.

Luchse. Ein Muttertier und zwei fast ausgewachsene Junge vom letzten Frühjahr. Die Luchsmutter blickte mir direkt in die Augen, als würde sie mich bitten, die Hunde von ihnen fernzuhalten. Dann machte sie einen Buckel und fletschte die Zähne. Mir standen die Haare zu Berge.

16

Die Hunde drehten durch, und Pyry konnte sie nicht im Zaum halten. *Bring deine Jungen in Sicherheit,* rief ich der Luchsmutter in Gedanken zu. Lauft!

Das Muttertier machte einen Buckel, fletschte die Zähne und begann zu knurren. Die Jungen waren etwa sieben Monate alt, sie konnten noch nicht allein jagen und würden daher ohne ihre Mutter nicht zurechtkommen. Das Knurren der Raubkatze provozierte die Hunde zum Angriff, sie stürmten los. Es war ihr Glück, dass ich meine Waffe nicht bei mir hatte. Ich hätte die Huskys glatt erschossen.

«Halt sie auf!», brüllte ich Pyry zu, der sein Bestes tat. Die Hunde waren paarweise angespannt. Ich riss Pyry eine Zugleine aus der Hand, obwohl mir klar war, dass die Hunde weniger durch Kraft zu lenken waren als durch die richtigen Kommandos. Ein guter Leithund musste bei Bedarf selbstständig handeln können, sogar gegen die Befehle des Gespannführers. Doch jetzt herrschte eine andere Situation.

Das eine Luchsjunge fauchte erschrocken, und daraufhin setzte sich das Muttertier in Bewegung. Zuerst glaubte ich, es würde die Huskys angreifen, aber es machte kehrt und lief in den Wald. Die Jungen folgten ihm.

Doch die Hunde verfolgten sie. Ich konnte nicht zulassen, dass sie sich auf die Luchse stürzten. In aller Eile riss ich das Rentierfell beiseite und warf mich in den Schnee, hielt mich an der Zugleine fest und bremste mit voller Kraft. Der Schnee war weich, die dicke Kleidung schützte mich vor den schlimmsten Verletzungen. Pyry brüllte irgendetwas, aber ich konnte mich nur auf eine Sache konzentrieren.

Die Hunde mussten angehalten werden.

Wir hatten den vorgespurten Weg verlassen, der Wald wurde dichter, und die Hunde mussten enger nebeneinanderlaufen. Reisig peitschte mir ins Gesicht, doch endlich begannen die Huskys, das Tempo zu drosseln. Luchse waren Kurzstreckenläufer, sie konnten einen schnellen Sprint hinlegen, hatten aber keine Ausdauer, und die Kleinen waren natürlich langsamer als ausgewachsene Tiere. Die Mutter würde auf ihre Jungen warten müssen.

Den Felsbrocken sah ich erst, als er nur noch einige Meter entfernt war. Verdammt noch mal, bei diesem Tempo konnte ich nicht ... Ich hievte mich auf den Schlitten zurück, doch meine Bewegung brachte Pyry aus dem Gleichgewicht, und er wäre beinahe gestürzt. Unsere Pfuscherei machte den Hunden offenbar klar, dass etwas nicht stimmte. Sie liefen noch langsamer und hielten schließlich an. Von den Luchsen war im Licht der Stirnlampe nicht einmal mehr ein Schwanzstummel zu sehen.

Die Hunde hechelten, ihr dampfender Atem verdeckte einen Augenblick lang die Sicht. Ich setzte mich auf und bewegte meine Gliedmaßen. Meine Muskeln schmerzten, aber gebrochen war nichts. Ich hatte mir höchstens ein paar Prellungen geholt.

«Sag mal, bist du völlig übergeschnappt?» Pyrys Augen funkelten wie die eines wütenden Hundes.

«Nur, wenn es um Luchse geht.»

«Das hätte dich das Leben kosten können!»

«Die Luchse auch.»

«Hast du eine spezielle Beziehung zu Luchsen?»

Ich gab keine Antwort, sondern strich mir den Schnee vom Stiefelrand.

«In der nordamerikanischen Mythologie gilt der Luchs als Beschützer und Geheimnisträger», sagte Pyry. «Als scharfsichtiges Wesen, das alles sieht, aber nicht verrät, was es weiß.»

Er sah mich ernst an. Die Hunde regten sich wieder, von Norden kam Wind auf und zerzauste ihnen das Fell. Wir mussten zurück, bevor der Sturm losbrach. Das sah auch Pyry ein und gab den Hunden den Befehl umzukehren. Ich blickte noch einmal in die Richtung, in der die Luchse verschwunden waren. Hoffentlich hatten sie einen geschützten Bau und würden genug Nahrung finden, um den Winter zu überstehen.

Unterwegs sammelte ich das Rentierfell auf, das ich abgeworfen hatte. Letzten Endes mussten wir vom Schlitten steigen, um das Gespann aus dem Dickicht zu lenken. Der Schnee fiel in groben, hagelartigen Klumpen, ich war erleichtert, als wir den vorgespurten Weg erreichten und den Wald hinter uns ließen. Die Hunde rannten mit Rückenwind dahin, trotz meiner Kapuze spürte ich die kalte Luft auch im Nacken. Ich überließ es Pyry, das Gespann zu lenken. Woher wusste er so viel über die Bedeutung des Luchses? Hatte er sich eingehender mit der Mythologie indigener Völker beschäftigt? Er wirkte nicht wie ein Hohlkopf, der an Krafttiere glaubte, aber was wusste ich schon von ihm? Hinter selbstsicherem Gequassel konnte sich durchaus ein empfindsamer Grübler verbergen.

Als wir den See erreichten, wirbelte der Wind gnadenlos darüber hinweg, die Hunde sträubten ihr Fell zum Schutz und liefen immer schneller. Die Sterne waren verschwunden, auch die Lichter von Ilvesvaara kamen erst in Ufernähe in Sicht, so dicht war der weiße Vorhang geworden. Bald würde es in ihrem Zwinger nach sieben nassen Hunden riechen.

Ich half Pyry, die Hunde auszuspannen, abzutrocknen und zu füttern. In ihrer Gesellschaft fühlte mich zwar nicht wohl, aber ich hatte auch keine Angst vor ihnen. Dann ging ich auf mein Zimmer, um meine Verletzungen in Augenschein zu nehmen. Prellungen am rechten Ellbogen und an der Hüfte, die in ein paar Tagen abheilen würden. Meine linke Schulter schmerzte, mit der Kraft ihrer Muskeln hatte ich mich zurück auf den Schlitten gehievt.

Ich duschte heiß, schloss dabei die Augen und ließ die Erinnerungen kommen. Von Frida wussten nur meine Halbschwester Vanamo, meine Freundin, die Köchin Monika von Hertzen, und David. Selbst Laitio hatte ich nie von dem Luchs erzählt, Pyry Lilja hatte also nicht wissen können, dass ich als Kind eine Luchsschwester gehabt hatte.

Ich hatte nie herausgefunden, wer Frida überfahren hatte. Der Kerl hatte den schwer verletzten Luchs einfach seinem Schicksal überlassen. Er durfte sich glücklich schätzen, dass ich nicht wusste, wer er war. Meine Kindheit war in gewisser Weise zu Ende gegangen, als Onkel Jari Frida den Gnadenschuss geben musste.

Ich wickelte mich in den Bademantel und legte mich aufs Bett. Frida hatte neben mir geschlafen, ihr Atem hatte nach verfaultem Fleisch gerochen, und manchmal hatte sie schmerzhaft nach mir geschnappt. Wir hatten unter derselben Bettdecke gelegen und im See Fische für uns beide gefangen. Vor zwei Jahren hatte ich in Hevonpersiinsaari einen anderen Luchs gesehen. Vielleicht war er mit Frida verwandt, ein Großneffe oder ein Cousin ihrer Großmutter. Ich zählte Frida zu meiner Familie, weitaus mehr als den Mann, der mich gezeugt hatte und deshalb mein Vater genannt wurde.

Als ich mich wieder anzog, stieß ich auf das Stück Stoff, das noch in meiner Tasche steckte. Paisley-Muster auf schwarzem Grund. Ich hatte es Tytti noch nicht gezeigt. Musste ich Ansa um Erlaubnis bitten, mit ihr zu sprechen? Nein, beschloss ich.

Draußen drang der Wind sogar durch die Steppjacke. Der trockene Frost im Norden war sanfter als die Feuchtigkeit an der Küste, 20 Grad minus fühlten sich hier weniger schlimm an als in Helsinki. Trotzdem fiel ich in Laufschritt, die Brücken unter mir schwankten. Als ich die Tür zur Suite erreichte, war ich mit Schnee besprenkelt. Ich klingelte und hörte bald darauf Tyttis Stimme in der Sprechanlage.

«Hilja hier. Darf ich reinkommen? Ich würde dir gern etwas zeigen.»

«Ich bin eigentlich zu müde … Aber gut, komm rein. Ich öffne dir mit der Fernbedienung.»

Ein Surren zeigte an, dass die Verriegelung geöffnet wurde. Als ich die Tür aufdrückte, schob der Wind mich geradezu hinein. Ich schüttelte mich wie ein Husky und zog Jacke und Stiefel aus.

Tytti lag im Bademantel und mit einem Handtuch um den Kopf auf dem Wohnzimmersofa. Auf ihrem Gesicht glänzte eine dick aufgetragene Gesichtsmaske, unter der ihre Miene schwer zu erkennen war. Zum ersten Mal sah ich sie mit Brille.

«Was willst du?»

«Dir das hier zeigen.» Ich holte das Stück Stoff hervor. «Hat Aku vielleicht so einen Pyjama? Bei seinen Sachen habe ich ihn jedenfalls nicht gefunden.»

In Tyttis Augen war keinerlei Gefühlsregung zu sehen, als sie erzählte, sie habe Aku den Pyjama zu Weihnachten geschenkt.

«Er hat dreihundert Euro gekostet. Reine Seide. Ich dachte, der hält bis an Akus Lebensende.»

Nun regte sich endlich etwas in ihrem Gesicht. Aber zu kalkuliert. Tytti spielte die erschrockene Ehefrau.

«Und er hatte ihn hier dabei?»

«Aku hat seine Koffer selbst gepackt. In den ersten zwei Nächten hat er nackt geschlafen, wie meistens. Er schwitzt nachts wie eine Frau in den Wechseljahren. Den Pyjama braucht er nur für den Room-Service oder in besonders kalten Zimmern.»

«Wohin würde er denn im Pyjama gehen?»

Tytti schüttelte den Kopf. «Aku ist unberechenbar. Woher soll ich das wissen?»

Ich dachte daran, wie hysterisch sie ins Restaurant gekommen war und gesagt hatte, ihr Mann sei verschwunden. Befand sie sich jetzt in der Schockphase und verdrängte alles?

«Gestern Abend war also alles ganz normal? Er hat mit keinem Wort angedeutet, dass er die Absicht hatte zu verschwinden?»

«Nein. Aber ich weiß nicht, was normal ist. Das gibt es bei Aku nicht. Er hat Visionen und große Pläne, alles muss mega-dies und super-das sein.»

«Welche Medikamente nimmt er?»

Wieder die verständnislose Miene, gründlich eingeübt. Oder Tytti hatte beschlossen, nichts zu merken. Das entband sie von der Verantwortung.

«Du hast gesagt, der Zugang zu Akus Handy läuft über seinen Fingerabdruck. Sollten wir Ansa bitten, eine Ausnahme von den Handyregeln in Ilvesvaara zu machen und dein Telefon einzuschalten? Vielleicht hat er angerufen oder eine Nachricht hinterlassen.»

«Das tut er nie, aber wir können von mir aus nachsehen. Ich reise auf jeden Fall gleich morgen früh ab.»

Ich versprach ihr, das Handy aus dem Büro zu holen. Hoffentlich würde Ansa dort sein. Jedenfalls fiel Licht durch die halb transparente Glaswand. Die Tür war nicht verschlossen. Ansa saß am Schreibtisch und tippte am Computer. Als sie mich sah, hob sie die Augenbrauen.

«Gibt es etwas Neues von Aku?»

Ich erklärte, ich wolle Tyttis Handy einschalten. Sie gab ihre Einwilligung, erklärte aber, sie komme mit. Dann fragte sie, wie die Fahrt mit Pyry im Hundeschlitten verlaufen war. Die Luchse erwähnte ich nicht. Ich hatte das Gefühl, sie zu nah an mich heranzulassen, wenn ich ihr erzählte, was die Tiere mir bedeuteten.

Während meiner Abwesenheit hatte Tytti sich die Maske vom Gesicht gewischt und das Handtuch vom Kopf genommen. Der Bluterguss an der Wange hatte sich gelblich gefärbt, ihre feuchten Haare kräuselten sich. Offenbar musste sie sie glätten, um sie zum flachen Pferdeschwanz binden zu können. Diese Prozedur wäre mir zu anstrengend gewesen, deshalb waren meine Haare stets nur ein paar Zentimeter lang. An langen Haaren konnte man schmerzhaft reißen, und sie blieben ständig irgendwo hängen. Für die DNA-Analyse spielte die Länge der Haare keine Rolle. Aber wenn es ein Mittel gegeben hätte, meine DNA zu verändern, hätte ich es genutzt. Durch Handschuhe konnte man vermeiden, Fingerabdrücke zu hinterlassen, aber Haare, Wimpern und Hautpartikel verlor man ständig, ohne es zu merken.

Tyttis Handy war ganz altmodisch mit einem Passwort zu öffnen. Sie verdeckte die Tasten, damit ich es nicht erkennen konnte. Elf Zeichen, teils Buchstaben, teils Zeichen. Sie seufzte, als es mehr als zehnmal piepte.

«Nichts von Aku, und auch nichts von jemandem, der mit ihm zu tun hat. Das wundert mich nicht. Ihr könnt euch nicht vorstellen, wie ich mich fühle, wenn ich euch beiden Wildfremden erklären muss, dass ich mit einem notorischen Ehebrecher verheiratet bin. Bisher ist er nur zu Hause verschwunden, auf Reisen hat er sein Spielzeug in der Hose behalten. Kann ich mich darauf verlassen, dass ihr das nicht ausplaudert?»

«Bei uns gilt absolute Verschwiegenheit. Dazu hat sich mein gesamtes Personal verpflichtet», versicherte Ansa.

Mir lag die Frage auf der Zunge, warum Tytti an ihrer Ehe festgehalten hatte. Natürlich musste ich für mich behalten, dass ich wusste, was für ein Hurenbock Aku war. Sein Vorgehen im Kalle hatte deutlich gezeigt, dass er nicht zum ersten Mal auf eine schnelle Nummer aus war. Gerade deshalb hatte ich mich damals darauf eingelassen, mit ihm zu gehen.

Mir war immer noch nicht klar, woher Aku gewusst hatte, dass die Überwachungskameras für kurze Zeit ausgeschaltet waren. Hatte er Topi bestochen, für die Unterbrechung zu sorgen?

«Hier ist eine Anfrage, die Aku betrifft. Eine SMS. Seltsam, die schreibt doch eigentlich niemand mehr. Akus Firma hat ein Villenprojekt in Hamina, und jetzt ist der Auftraggeber nervös, weil er Aku nicht erreicht. Er hat offenbar nicht daran gedacht, dass Aku eine ganze Woche lang nicht zu sprechen sein würde. Zu dumm, dass manche Leute vergessen, was man mit ihnen vereinbart hat. Ich antworte ihm, dass Aku sich meldet, wenn er zurückkommt. In geschäftlichen Dingen ist er zuverlässig, nur im Privatleben geht es manchmal mit ihm durch.»

Tytti hatte einen Doktor in Wirtschaftswissenschaften. Ich hatte genügend Akademiker kennengelernt und festgestellt, dass manche trotz des Titels nicht automatisch über praktische Intelligenz verfügten. Experten für einen schmalen Fachbereich sahen nicht unbedingt das große Ganze. Es fiel Tytti offenbar leichter, zu glauben, dass ihr Mann wieder fremdging, als über andere Optionen nachzudenken.

Welche Möglichkeiten gab es? Aku kannte fast das gesamte Personal des Hotels von früher. Vielleicht hatte er mich nicht erkannt, aber auch Stena, Jana und Veera hatten in seinem Leben eine Rolle gespielt. Hatte Aku Rautio den Urlaub in Ilvesvaara gebucht, um sich mit jemandem von ihnen zu treffen, vielleicht in böser Absicht?

17

Ansa, du machst einen furchtbaren Fehler! Du setzt die Sicherheit von ganz Ilvesvaara aufs Spiel! Wir müssen der Polizei melden, dass Aku Rautio verschwunden ist. Inzwischen ist es vielleicht schon zu spät. Wenn er bei dieser Kälte im Schlafanzug nach draußen gegangen ist, dann ist er erfroren.»

Topi Liljas Stimme klang aufgeregt. Das Gespräch, das er mit Ansa im Büro führte, hätte ich natürlich nicht mithören sollen. Ich war ins Bürogebäude gegangen, um Ansa zu fragen, ob ich an meinen freien Tagen wegfahren durfte. Die Abgeschiedenheit in Ilvesvaara ging mir früher auf die Nerven, als ich erwartet hatte.

«Das soll Tytti entscheiden. Sie kennt ihren Mann. Und du kennst ihn ja auch. Du kannst dem Himmel danken, dass du damals beim Handel mit diesen Partydrogen nicht geschnappt wurdest. Und Aku auch. Ob Tytti wohl von dieser Episode in Akus Leben weiß?»

«Diese Zeit haben wir beide hinter uns gelassen. Das wäre rufschädigend für beide Unternehmen. Für Akus Baufirma genauso wie für Ilvesvaara.»

In meinem Kopf ratterten die Zahnräder. Topi und Aku kannten sich also von irgendwelchen Geschäften mit Partydrogen. Obwohl Ansa davon wusste, hatte sie nichts dagegen gehabt, dass Aku und Tytti nach Ilvesvaara kamen. Was für ein merkwürdiges Gleichgewicht des Schreckens herrschte zwischen ihnen?

Konnte Pyry mir etwas über die gemeinsame Vergangenheit von Topi und Aku erzählen? Ich hatte keine Verbindung zum Internet, aber dort hätte ich ohnehin nichts erfahren, denn Ansa hatte ja erwähnt, dass die Männer nicht erwischt worden waren. Sie hatte Topi verziehen, weil seine Tat folgenlos geblieben war. Wie oft wäre sie noch dazu bereit?

Zu gern hätte ich auch gewusst, welche Verbindung Jana zu den Linnala-Rautios hatte. Aber da ich keine Polizistin war, hatte ich nicht das Recht, danach zu fragen. Wie gut kannte Jana sich mit der Justiz und der Polizei aus?

Sie war zwar zurückhaltend und zierlich, wirkte aber nicht wie jemand, der sich leicht einschüchtern ließ.

Es war wohl besser, meine Chefin nicht ausgerechnet jetzt um einen freien Tag zu bitten. Als ich Schritte hörte, zog ich mich in einen dunklen Winkel zurück. Topi kam leise vor sich hin schimpfend aus dem Büro, ging aber nicht in die Wohnung, sondern drückte den Aufzugknopf. Ansa sprach am Telefon Englisch. Die nächsten Gäste, die in drei Tagen erwartet wurden, waren Briten. Nachdem Topi im Aufzug verschwunden war, ging ich auf die Terrasse, wobei ich genau aufpasste, dass Ansa mich von drinnen nicht sah. Ich hinterließ zwar Spuren im Schnee, doch die würde der Wind nach einigen Minuten verwehen.

Topi lief zum Holzschuppen. Er trug eine Fleecejacke, aber keine feste Kleidung für draußen. Offenbar war seine Not so groß, dass er dem Frost trotzte. So spät am Abend hatte er wohl nicht mehr vor, noch Holz zu hacken. Nein, seine Erleichterung wartete im Holzschuppen.

Wie tablettenabhängig war Topi? Süchtige waren leicht zu kaufen. Falls jemand Aku geholfen hatte zu verschwinden, war Topi der wahrscheinlichste Kandidat. Seiner Partnerin erzählte man offenbar nicht alles. Ansa hatte Topi gerettet, ihm auf die Beine geholfen, ihm Arbeit verschafft. Jetzt biss er in die Hand, die ihn fütterte. Pyry kannte die Vergangenheit seines Vetters wahrscheinlich am besten, andererseits schien Topi Veera näherzustehen. Sie hatte mir schon erzählt, was sie mit Aku verband, würde ich sie vielleicht dazu bewegen können, auch über Topi zu sprechen? Würde ich ihr im Gegenzug irgendetwas über mich sagen müssen? Welches Ereignis aus meiner Vergangenheit konnte ich bieten, um ihr Vertrauen zu gewinnen?

Da im Kosmetiksalon kein Licht brannte, beschloss ich, in mein Zimmer zurückzugehen. Am Morgen mussten wir uns von Tytti verabschieden, das gehörte in Ilvesvaara zum Ritual. Bei der Ankunft und bei der Abreise stand das Personal Spalier. Ich hatte den Verdacht, dass Ansa den Brauch aus der Fernsehserie *Downton Abbey* übernommen hatte.

Ich brauchte nicht lange auf den Schlaf zu warten. Aber in meinen Traum drängte sich jemand, auf den ich gern verzichtet hätte: der Gründer und Leiter der Sicherheitsakademie Queens. Ein Mann, den ich bewundert und für unfehlbar gehalten hatte. Er trug einen hellen Kamelhaarmantel, schlitterte mit mir über die Eiskaskade und sprach über Architektur. Ich versuchte, ihn zum Schweigen zu bringen, denn der Wasserfall sprudelte plötzlich und drohte uns mitzureißen. Doch Mike lachte nur.

«Ich kann unter das Wasser gehen. Das solltest du auch lernen», sagte er und sprang ins Eis. Ich versuchte, ihm zu folgen, aber etwas hielt mich am Rand des Wasserfalls fest. Meine Halbschwester Vanamo, mit einem Kätzchen auf dem Arm.

Ich schrak auf, als etwas gegen das Fenster schlug. Der Sturm schien in seiner eigenen, fremden, jahrtausendealten Sprache zu brüllen. Ich suchte meine Stirnlampe und ging auf die Terrasse. Dort lag ein etwa ein Meter langer Ast, der von einer

Fichte abgebrochen war. Er hatte nicht einmal einen Kratzer an der Fensterscheibe hinterlassen. Der Architekt, der Ilvesvaara entworfen hatte, kannte das hiesige Klima. Ich spielte kurz mit dem Gedanken, mich in den Badezuber zu setzen. Es wäre toll, die Launen der Naturkräfte zu spüren. Doch die träge Katze in mir siegte über den neugierigen Luchs, und ich legte mich wieder ins Bett.

Bis zum Morgen hatte sich der Sturm gelegt. Als ich um sieben Uhr aufstand, spähten hinter zerfledderten rosa Wolken ein paar Sterne hervor. Topi und Pyry hatten schon angefangen, Schnee zu räumen, Pyry mit der Schaufel, Topi mit dem Schneeschieber. An ihrem letzten Morgen in Ilvesvaara sollte Tytti nicht vom Lärm der Schneefräse gestört werden.

Nachdem ich mich angezogen hatte, sah ich mir den Ast auf meiner Terrasse noch einmal an. Das Holz wirkte gesund und frisch. Der untere Teil der Bruchstelle war seltsam glatt, als hätte jemand den Ast angesägt. Aber warum?

Hatte jemand mich etwa verletzen wollen? Ich schüttelte den Gedanken ab. Selbst wenn man die Windstärke und die Windrichtung noch so genau berechnete, konnte man nicht sicher sein, dass der Ast genau auf meiner Terrasse landen würde. Die Fensterscheibe war stabil. Es war nur ein Zufall. Auch auf der Erde lagen Reiser, Zapfen und Tannenzweige.

«Guten Morgen, Hilja!» Pyry hatte den Pfad unter meiner Wohnung freigeschaufelt und wischte sich den Schweiß von der Stirn.

«Topi wird Tytti später zum Flughafen bringen. Ich fahre nach dem Mittagessen ins Kirchdorf. Am Busbahnhof ist ein Paket angekommen, das abgeholt werden muss. Möchtest du mitkommen?»

Als hätte Pyry meine Gedanken gelesen. Ich rief ihm zu, ich müsse erst noch die Chefin fragen. Das würde ich gleich nach Tyttis Abreise tun.

Beim Frühstück herrschte eine seltsame Stimmung. Tytti frühstückte wieder in ihrem Zimmer, Ansa ebenfalls. Veera und Topi saßen am selben Tisch und sprachen kaum miteinander, aber um sie herum war ein Kraftfeld zu spüren, das sich nicht recht einordnen ließ. Es war keine sexuelle Anziehung, sondern etwas anderes, Komplizierteres. Jana hatte gerade aufgegessen, als ich kam, doch Stena und Pyry setzten sich zu mir.

«Was, ins Dorf? Ach, schade. Ich hatte ein paar ernährungswissenschaftliche Experimente geplant, und ihr beiden seid bessere Versuchskaninchen als die anderen. Ich wette, Hilja würde sogar Schlangen essen, wenn es sein muss, und Pyrys Appetit kenne ich ja. Erstaunlich, wie viel ein so schlanker Mensch vertilgen kann», grinste Stena und stopfte sich selbst gemachte Rentierwurst mit Preiselbeerchutney in den Mund. Diese Zusammenstellung hätte er auch Königen vorsetzen können.

«Na, dann ist es ja nur gut, dass ich Hilja vor deinen Experimenten bewahre», gab Pyry zurück. Ich sah ihn stirnrunzelnd an.

«Bilde dir nicht zu viel ein. Ich kann sehr gut selbst entscheiden, wann ich Nein sage.»

«Pyry versucht nur, die Rolle des Ritters einzunehmen, und vergisst dabei, dass die Prinzessin ihm haushoch überlegen ist. Hilja ist selbst ein Bodyguard und muss nicht beschützt werden, merk dir das, mein Junge.»

Stena stupste seinen Kollegen freundschaftlich in die Seite und stand auf. Dabei kam kurz eine Tätowierung an seinem Handgelenk zum Vorschein, war es ein Rabe? Auch er brauchte mich nicht zu beschützen, und in meinen Adern floss kein königliches Blut, auch wenn Juri Trankow mich einmal als Luchsprinzessin gemalt hatte. Er hatte nur seine eigene Fantasievorstellung auf die Leinwand gebracht.

Tyttis Abschied war kurz. Sie nickte nur allen zu, bevor sie in den Aufzug eilte. Topi hatte den Wagen vor das Hauptgebäude gebracht. Tyttis Nerzmantel streifte über die Erde, sie schien trotz des Pelzes zu frieren. Ansa winkte ehrwürdig, wir anderen salutierten. Ich konnte mir nicht vorstellen, dass Tytti uns im Rückspiegel sah.

Als ich Ansa um ein paar freie Tage bat, winkte sie mich in ihr Büro.

«Pyry bleibt eine Nacht im Dorf. So lange kannst du dir auch freinehmen. Nicht länger. Hilja, ich bin mir gar nicht sicher, dass Tytti recht hat mit ihrer Vermutung, Aku wäre bei irgendeiner Frau. In der Luxushotelbranche sind der Ruf und die Marke fundamental wichtig, und ich habe guten Grund zu der Annahme, dass Akus Verschwinden damit zusammenhängt, dass er mir irgendwie schaden will. Also dem Ilvesvaara-Komplex.»

«Warum?»

Ansa nahm die Brille ab, die nun an einer goldenen Kette vor ihrem hellblauen Kaschmirpullover hing.

«Er – oder vielmehr seine Firma AkuRa – wollte damals auch hier bauen. Er hat damals natürlich einen Strohmann eingesetzt. Die Wälder hier gehörten einer Erbengemeinschaft aus Kajaani, die sehr darauf erpicht war, ihr Eigentum zu Geld zu machen. Die Gemeinde wiederum hoffte auf Steuereinnahmen durch Urlauber. Akus Kompagnon wollte hier eine Art Freizeitpark bauen. Ein Massentourismuszentrum für Russen und Chinesen. Rentiere aus Lichterketten, ein Weihnachtsmanndorf und ähnlichen Kitsch. Ich habe damals einen erheblich höheren Kaufpreis geboten und gewonnen. Ganz normales Business, aber Aku hat es gewurmt, gegen eine Frau zu verlieren.»

Ansa hatte also auch eine Verbindung zu Aku? Mindestens indirekt.

«Du kannst dir deine Gäste aussuchen. Warum hast du ihm die Möglichkeit gegeben herzukommen?»

«Um ihm zu zeigen, dass mein Konzept viel besser ist als seins.» Ansas Lächeln war kühl. «Und weil er es sich leisten konnte, deutlich mehr für die Suite zu zahlen, als ich normalerweise verlange.»

Auch ich verstand die Sprache des Geldes, aber ich überlegte, wer die Rechnung wohl bezahlt hatte, Aku oder die Investmentmanagerin Tytti. Ansa würde es mir bestimmt nicht verraten.

«Aku und Pyry haben früher zur gleichen Zeit Leistungssport betrieben», tastete ich mich behutsam vor. «Topi und Aku sind offenbar ebenfalls alte Bekannte. Die Welt ist klein.»

Über Ansas Gesicht huschte eine Irritation, doch sie bekam ihre Reaktion rasch unter Kontrolle. «Topi? Sie haben vielleicht ein paarmal zusammen gefeiert, Topi hatte eine schwierige Phase, bevor wir uns kennenlernten. Aber das war eher so eine Bierkrugkameradschaft. So etwas hält nicht lange», wehrte sie meinen Vorstoß ab wie ein Verteidiger beim Fußball. Schnell wechselte sie das Thema. «Der Sturm hat Schäden angerichtet. Sucht die Umgebung ab, bevor ihr aufbrecht. Sieh dir auch die Überwachungskameras an. Und morgen Abend kommt ihr zurück. Achte darauf, dass du fahrtüchtig bist. Pyry schlägt manchmal über die Stränge. Zwar ist auf den Straßen hier nichts los, aber ein betrunkener Personal Trainer am Steuer des Firmenwagens wäre kein gutes Aushängeschild.»

Ich versprach, mich an ihre Anweisungen zu halten.

Abgesehen von vereinzelten abgerissenen Ästen und Schneewehen unter den Bäumen hatte der Sturm die Welt nur weiß gewaschen. Misstrauisch, alle Sinne gespannt, inspizierte ich das Gelände. Die Schuhabdrücke stammten natürlich von Topi und Pyry. In der Nähe des Eislochs war ein großer Vogel herumgelaufen. Ein Bartkauz oder irgendein Bussard. War es ihm gelungen, sich einen Fisch zu schnappen? Auf dem zugefrorenen See nördlich der Sauna war etwas Dunkles zu sehen, teils von Schnee bedeckt. Ich beschleunigte meine Schritte.

Ein Kadaver. Rückgrat und Hüftknochen waren sichtbar. Durch einen Biss in den Hals getötet, das Fleisch am Rücken war zu einem großen Teil verzehrt. Keule und Haxe waren noch übrig, mindestens zwei Mahlzeiten.

Ich hätte um das Rentier getrauert, wenn es überfahren worden wäre. Nun freute ich mich, dass der Luchs Nahrung gefunden hatte. Handelte es sich um die Familie, die Pyry und ich gesehen hatten? Ich suchte nach Spuren und fand im Windschutz hinter einem Uferfelsen Abdrücke von einem ausgewachsenen Luchs.

Ich konnte mir nicht vorstellen, dass Stena oder die Frauen sich die Mühe machen würden, den Kadaver zu beseitigen. Allenfalls würden Raben sich an ihm gütlich tun. Ich machte ein Foto und nahm mir vor, das weitere Geschehen zu verfolgen. Wenn ein Luchs sich satt gefressen hat, fastet er ein paar Tage, ich würde also eine Weile auf die Rückkehr meiner Stammesverwandten warten müssen.

Ich erinnerte mich, wie Frida mit Fleischbrocken gespielt hatte, sie hatte es sich leisten können. Rentierjagd war keine leichte Sache, die Luchsmutter hatte unter schwierigen Bedingungen Futter beschaffen müssen. Der Hunger siegte über die Kälte, ebenso wie der Drang, die Jungen zu versorgen.

Mir fiel ein, dass ich von Vanamo geträumt hatte. Wie ging es ihr wohl? Ich könnte sie vom Dorf aus anrufen. Irgendein Nachtquartier würde ich dort sicherlich finden. Ich hatte keine Ahnung, was ich unternehmen wollte. Jedenfalls würde ich meine Zeit nicht mit Pyry verbringen, das musste ich ihm klarmachen. Ich wollte mir andere Gesellschaft suchen.

Ich musste beinahe lachen. Der Luchs jagte Rentiere, ich könnte mir einen Rentierzüchter gönnen. In dieser Gegend gab es wohl nicht allzu viele Frauen, die ein Abenteuer für eine Nacht akzeptabel fanden. Oder doch? Woher sollte ich das wissen? Was im Norden geschah, blieb im Norden; manche Leute behaupteten, dass man hier zügelloser war als im angeblich zivilisierten Süden. Was für ein dummer Gedanke. Die Menschen waren überall gleich, sie folgten ihren Trieben. Heute Abend würde ich mich von meinen leiten lassen.

18

Der Mann hieß Jouni und war ein echter Rentierzüchter. Das behauptete er jedenfalls. Der Barmann sprach ihn als Jouni an und zwinkerte ihm zu, als er den zweiten Wodka Tonic für mich holte. Tequila gab es in dieser Kneipe nicht. Das machte nichts, ich wollte mich nicht völlig abschießen. Vielleicht würde Jouni mir ein paar Stunden Freude bereiten.

Ich stellte mich als Kanerva Hakkarainen vor, wie ich es bei Zufallsbekanntschaften gelegentlich tat. Diesen Namen hatte ich vermutlich damals auch Aku Rautio genannt, falls wir überhaupt Wert auf Namen gelegt hatten. Kanerva war tatsächlich mein zweiter Vorname, aber ich fand es nicht zu riskant, ihn zu benutzen. Ich hatte mir grellblauen Lidschatten und ein glitzerndes Stirnband gekauft. Ein echter Abba-Look. Onkel Jari wäre stolz auf mich gewesen.

Jouni war mit dem Motorschlitten ins Dorf gekommen und wollte in der Wohnung eines Freundes übernachten, der in den Süden gereist war. Das passte mir. Es war immer riskant, zu einem Unbekannten in die Wohnung zu gehen, aber ich verließ mich auf meinen Instinkt. Jouni war kein durchgedrehter Killer, und falls er ausgefallene sexuelle Wünsche hatte, würde ich damit klarkommen. Es gab wenige, die sich so gut aufs Fesseln verstanden, dass man sich nicht befreien konnte. Zudem wirkte Jouni wie ein Mann, der nicht dominieren, sondern sich eher unterwerfen wollte.

«Bist du aus Helsinki? Hört man dir gar nicht an.»

«Ursprünglich aus Lappeenranta.»

Das war nicht gelogen. Dort hatte ich gewohnt, als mein Vater meine Mutter mit Dutzenden Messerstichen umgebracht hatte. Danach hatte Onkel Jari mich nach Hevonpersiinsaari mitgenommen, an der Grenze zwischen den Provinzen Nordsavo und Nordkarelien. Das erwähnte ich jedoch nicht. Stattdessen erzählte ich, dass ich mal hier, mal da in Restaurants gearbeitet hatte, unter anderem im Ausland, und jetzt hier im Norden einen Kurzzeitjob suchte.

Ich war so daran gewöhnt, die Wahrheit abzuwandeln und einzufärben, dass ich meine Geschichten nur noch selten durcheinanderbrachte. Aber Jouni interessierte sich gar nicht für meine Vergangenheit, sondern wollte mit mir ins Bett. Er war etwas größer als ich und machte den Eindruck, dass er sein Leben lang körperlich gearbeitet hatte. Seine Haare und seine Augen waren dunkel, wie bei vielen Einwohnern Nordfinnlands, seine Haut von der frischen Luft gegerbt. Dass sein Pullover und seine Tarnhose nach dem Rauch eines Lagerfeuers rochen, zog mich an. An den Handgelenken und im Halsausschnitt war seine Haut dunkel behaart.

«Suchst du einen Job als Köchin? Das kann schwierig werden, wegen Corona haben viele ihren Job verloren. Hier werden eher Waldarbeiter gesucht. Du siehst ziemlich kräftig aus. Kannst du mit einer Motorsäge umgehen?»

«Das klappt ganz gut. Soll ich dir beim Roden helfen?»

Lächelnd legte ich ihm die Hand auf den Arm. Ich bin in derselben Absicht hier wie du. Bringen wir das Balzritual hinter uns und gehen vögeln, versuchte ich mit meinem Blick zu sagen. Jouni wirkte nicht dumm, und ich wusste die Initiative zu ergreifen, wenn es nötig war.

Als Jounis Handy klingelte, wirkte er verblüfft. Seine Frau

oder Freundin, schloss ich. Pech für uns beide. Aber ich konnte mir immerhin das nächste Opfer suchen.

«Ach, hallo. Warte mal, hier ist es ein bisschen zu laut. Ich geh kurz nach draußen.» Jouni machte eine Geste, die mir sagen sollte, er käme bald zurück. Ich lächelte, es gab keinen Grund, anders zu reagieren.

In der Kneipe ging es lebhaft zu, außer Finnisch wurde auch amerikanisches Englisch, Russisch und Japanisch gesprochen. Es wäre ein geschickter Zug, mich als Touristin auszugeben, aber man hätte mich auch für eine Prostituierte halten können. Neugierig betrachtete ich das Angebot an freien Männern. Mit einem Japaner hatte ich noch nie geschlafen. Doch da kam Jouni zurück, mit seinem Blick bat er um Entschuldigung.

«Das war mein Kumpel. Der, bei dem ich übernachte. Er hat die Milch auf dem Tisch stehen lassen, und er meinte, dass sie vielleicht schon stinkt. Es ist nicht weit, ich schaue da schnell vorbei, entsorge die Milch und mach das Fenster auf, sodass ...»

Seine Augen glänzten vielsagend.

«Ich bin gleich wieder da. Lauf nicht weg.»

Ich streckte den Daumen hoch. Es war mir egal, ob er die Wahrheit gesagt oder gelogen hatte. Ich ging an die Theke und kaufte ein Päckchen getrocknetes Rentierfleisch, das ich im Lauf der Nacht vielleicht brauchen würde. Nach dem Sex verlangte es mich immer nach Proteinen, und ich nahm an, dass es in der Bude des vergesslichen Kumpels kein Steak gab.

Ich hatte in einer Kebab-Pizzeria im Dorf gegessen. Das fettige Fast-Food war eine schöne Abwechslung zu Stenas Bio-Gourmet-Regionalgerichten. Pyry war zu seinen Terminen mit Werkzeughändlern gegangen, hatte vorher aber versucht, mir zu entlocken, wo ich übernachten würde. Wir hatten abgemacht, uns am nächsten Vormittag um elf Uhr an der Eisenwarenhandlung zu treffen.

Die Japaner kippten einen Salmiakschnaps nach dem anderen. Bald würde niemand mehr Freude an ihnen haben. Meine Gedanken wanderten zu Aku Rautio. Hoffentlich tauchte er bald wieder auf. Es ärgerte mich, dass er aus Ilvesvaara verschwunden war, ohne dass ich es gemerkt hatte. Es war schwer zu glauben, dass es ihm ohne Helfer gelungen sein konnte.

Und wenn das Ehepaar das Ganze gemeinsam geplant hatte? Vielleicht hatte Aku geschäftliche Probleme, und sein Verschwinden war eine gute Lösung. Tytti wäre eine natürliche Komplizin. Waren die gegenseitigen Konflikte und Vorwürfe nur gespielt? Als Ort des Verschwindens hatten sie sich Ilvesvaara ausgesucht, weil so viele von uns in der Vergangenheit Berührungspunkte mit Aku hatten.

Aber hatten die Linnala-Rautios gewusst, wer zum Personal gehörte?

Ich hoffte, dass Jouni bald kommen und meine Gedanken auf etwas ganz anderes lenken würde. Die Leibwächterin in mir erwachte, als ich in einer Ecke des Lokals Lärm hörte. Der Türsteher scheuchte ein paar Männer beiseite und sprach dann jemanden an, der am Tisch eingedöst war.

«He du, geschlafen wird im Bett. Haust du ab, oder muss ich die Polizei rufen? Kann allerdings lange dauern, bis die Streife kommt.»

Als ich näher heranging, sah ich jemanden mit dichtem blondem Haar, der mit seinem Kopf auf dem Tisch lag, und erkannte die Springerstiefel unter den Jeans.

«Ähm, schon gut. Keine Polizei. Ich geh schon.»

Die Stimme klang betrunken, aber vertraut. Pyry. Was für eine Art, seinen freien Abend zu verbringen. Ansa würde ausflippen, wenn sie ihn aus der Ausnüchterungszelle holen musste. Er versuchte aufzustehen, sackte aber gleich wieder auf seinen Stuhl zurück. Der Türsteher holte sein Handy hervor.

«Warte, ich kenne den Typ.» Ich drängte mich durch die Menschenmenge zum Türsteher.

«He Pyry, aufstehen!»

Pyry öffnete die Augen und blinzelte eine Weile, bevor er auf mich fokussieren konnte.

«Ach, sieh an, Hilja», lallte er.

Verdammt. Pyry hatte den Leuten in der Kneipe meinen echten Namen verraten. Aus meiner Nacht mit Jouni würde nichts werden. Natürlich konnte ich Pyry seinem Schicksal überlassen und weitermachen wie geplant. Aber einen Kollegen lässt man nicht im Stich. Ich kannte Pyry zwar nicht besonders gut, doch plötzlich überkam mich der Drang, ihn zu beschützen.

«Alles in Ordnung. Ich bringe ihn ins Bett. Pyry, wo übernachtest du? Hast du einen Schlüssel, oder weißt du wenigstens die Adresse?»

Pyry zeigte auf sein Handy, das auf dem Tisch lag. «Auf WhatsApp», erklärte er.

Obwohl ich keine Lust hatte, private Mitteilungen zu lesen, drückte ich auf das WhatsApp-Symbol. Zuoberst standen die Nummer und das Logo von Liinas Ferienunterkunft. In der Nachricht hieß es, Pyry Benjamin Matias Lilja sei in einer Einzimmerwohnung in der Ortsmitte willkommen. Dazu ein Nummerncode, mit dem er die Tür öffnen konnte. Auf der Karte sah ich, dass die Unterkunft kaum zweihundert Meter von der Kneipe entfernt war.

«Wo sind deine Sachen? Jacke, Geldbörse und so?»

«Die Jacke hängt an der Garderobe», sagte der Türsteher. «Ich hole sie.»

Ich musste Pyry wohl oder übel abtasten, um festzustellen, dass sein Portemonnaie in seiner linken Hosentasche steckte. Dann half ich ihm in die Jacke und zog den Reißverschluss zu. Immerhin stand er aus eigener Kraft auf. Ich legte ihm einen Arm um die Taille, er stützte sich auf meine Schulter. Wir hätten ein Pärchen auf dem Weg in sein Liebesnest sein können. Die Wahrheit sah ganz anders aus.

Draußen schlug uns die Kälte entgegen, die Temperatur lag mehr als dreißig Grad unter dem Gefrierpunkt. Zum Glück bugsierte ich nicht zum ersten Mal einen Betrunkenen. Pyry wehrte sich nicht, sondern gab sich alle Mühe, sich auf den Beinen zu halten. Er war schwerer, als ich gedacht hatte, und meine hochhackigen Stiefel machten mich zwar größer, erschwerten es aber, mit dem trägen Gewicht durch den Schnee zu stapfen. Als wir um die Ecke bogen, mussten wir einem viel zu schnell fahrenden Lieferwagen ausweichen. Bei dem Manöver wäre ich beinahe ausgerutscht und spürte eine Zerrung links im Großen Rückenmuskel.

Ich fluchte innerlich, ging aber weiter, bis wir die Haustür erreichten. Dort lehnte ich Pyry an die Wand, nahm sein Handy aus meiner Tasche und gab den Türcode ein. Die Tür surrte und sprang auf. Ich schob Pyry nach drinnen, ließ ihn sich aufs Bett werfen und legte das Handy neben ihn auf den Fußboden.

«Gute Nacht», wünschte ich freundlicher, als mir zumute war. Ich hätte gern noch mehr gesagt. Zieh dir die Schuhe aus. Putz dir wenigstens die Zähne. Doch das verkniff ich mir. Ich hatte meine Pflicht getan.

Falls Jouni sich in der Zwischenzeit davongemacht hatte, kannte ich immerhin den Code zu Pyrys Unterkunft, würde die Nacht also nicht im Vorraum einer Bank neben einem Geldautomaten oder mit einem Japaner verbringen müssen. Doch ich hatte kaum den Mantel an die Garderobe gehängt und mich wieder an meinen Tisch gesetzt, als Jouni schon in der Tür stand. Er sah noch verlockender aus als in meiner Erinnerung.

Ich sagte, ich brauche keinen weiteren Wodka Tonic. Jouni erkundigte sich, ob mir stattdessen ein echter lappländischer Liebestrank schmecken würde; der Kühlschrank seines Kumpels sei voll davon. Es war eine elegante Umschreibung, für die ich ihm Extrapunkte gab. Die Wohnung war einen halben Kilometer von der Kneipe entfernt, in einer anderen Richtung als Pyrys Quartier. Gut. Wir gingen Fäustling in Fäustling, blieben zwischendurch stehen und küssten uns. Jounis Atem roch nach Pfefferminzdrops. Auch das wusste ich zu schätzen.

Die Nacht war befriedigend, und das meine ich nicht im Sinn einer Schulnote. Es war genau so, wie ich gehofft hatte. Keine überflüssigen Fragen oder Geschichten über frühere Freundinnen. Jounis Bekannter hieß Heikkilä, und seine Bude – aber es konnte ja auch sein, dass Jouni mir etwas vorschwindelte, so wie ich ihm, und selbst dort wohnte – war eine karge Einzimmerwohnung, in der die Sauna unsinnig viele Quadratmeter verschlang. Dort gab es nichts Persönliches, keine Fotos oder andere Bilder, aber als ich auf die Toilette ging, entdeckte ich im Kleiderschrank etwas Interessantes: einen an die Wand gedübelten Metallschrank, in dem wohl mehrere Waffen von der Länge einer Schrotflinte Platz fanden.

In der Wohnung eines Mannes vom Land war ein Waffenschrank an sich kein außergewöhnlicher Anblick. Er schien sachgemäß abgeschlossen zu sein. Im Kleiderschrank selbst befanden sich nur Gummistiefel und ein paar Schirmmützen. Sie passten zum Bild eines Freizeitjägers. Jouni spritzte sogar dreimal ab. Keine schlechte Leistung für einen Vierzigjährigen. Nur eine alte Verletzung am rechten Knie setzte seinem Erfindungsreichtum bei den Stellungen Grenzen. Auf seinen linken Schultermuskel war ein Rentiergeweih tätowiert, das sich im Rhythmus seiner Bewegungen zusammenzog und ausdehnte.

Nach drei Uhr schlief er ein. Ich überlegte, ob ich mir seine Brieftasche und sein Handy ansehen sollte, doch mein Hunger war stärker als meine Neugier. In der Küche fand ich Knäckebrot und Buttermilch, dazu aß ich mein Trockenfleisch. Durch einen Vorhangspalt blickte ich auf die Seitenstraße, auf der nur ein einsamer weißer Hase unterwegs war. Für die Japaner war das bestimmt exotisch. Rücken an Rücken mit Jouni schlief ich unbehelligt von Träumen.

Am Morgen bekam ich Kaffee und Roggenbrot ans Bett. Noch mehr Punkte für Jouni. Er bedauerte, dass er bald aufbrechen musste, obwohl er gern den Tag mit mir verbracht hätte. Zum Glück fragte er nicht, ob ich immer noch an Waldarbeit interessiert war. Er nannte mich Kanerva und hielt so die Illusion aufrecht. Diesen Mann würde ich für immer in guter Erinnerung behalten.

Wir brachen gemeinsam auf. Vor dem Haus küssten wir uns, dann schwang er sich auf seinen Motorschlitten und brauste davon. Ich winkte ihm lächelnd nach und machte mich dann ebenfalls auf den Weg. Als ich gerade um die Ecke gebogen war, hörte ich den Motorschlitten zurückkommen. Verdammter Mist.

Jouni kurvte vor mich hin wie der Held aus einem zweitklassigen Hollywoodfilm. Fehlte nur noch der Blumenstrauß. Am liebsten wäre ich weggerannt.

«Also, mein Rentierhof ist siebzig Kilometer nordwestlich von hier. In Vuokilanvuoma. Und ab und zu bin ich auch hier in der Kneipe. Falls du mal Sehnsucht hast. Und einen Kuss könnte ich auch noch vertragen.»

Den gab ich ihm, weil er nicht nach meinen Kontaktdaten fragte. Nachdem er wieder verschwunden war, schlug mein Verfolgungswahn zu. Ich hatte Kreditkarte, Führerschein und Personalausweis bewusst in Ilvesvaara gelassen. Von Führerschein und Ausweis hatte ich Fotos auf meinem Handy, doch das hatte ich schon auf dem Weg zu Heikkiläs Wohnung ausgeschaltet. Im Portemonnaie hatte ich nur Bargeld. Allerdings steckte dort wohl noch Reiska Räsänens alter Bibliotheksausweis. Darüber durfte Jouni sich den Kopf zerbrechen, falls er meine Brieftasche inspiziert hatte.

Vielleicht würde niemand in der Kneipe sich daran erinnern, dass Pyry mich Hilja genannt hatte. Egal. Ich glaubte nicht, dass ich Jouni jemals wiedersehen würde.

In einem Geschäft kaufte ich mir einen neuen Sport-BH. Neben der Kasse stand ein Tisch, an dem eine Frau mit runzligem Gesicht Handarbeiten anbot: Schals, Mützen, Socken. Zuerst warf ich nur einen kurzen Blick darauf, doch dann entdeckte ich ein Paar Wollsocken in Gelbbraun mit schwarzen Punkten. An der Spitze waren ein gestrickter Schnurrbart und schwarz-weiß umrandete Katzenaugen, die Ohren mit den Pinseln saßen auf dem Fußrücken. Über diesen Strümpfen konnte man keine Stiefel anziehen, aber den Luchssocken konnte ich natürlich nicht widerstehen. Ich bezahlte lächerliche zwanzig Euro dafür.

Pyry wartete mit einer großen Wasserflasche an unserem Treffpunkt.

«Wie geht's?» Sein Gesicht war blass, seine Hand zitterte. Hoffentlich war in der Flasche nur Wasser und kein Alkohol.

«Gib mir die Schlüssel. Es ist besser, wenn ich fahre.»

Das sah Pyry ein. Auf der Rückbank bemerkte ich eine neue Rodungssäge, im Kofferraum lag eine Rolle Isolierwolle. Aus irgendeinem Grund roch es nach frischem Thymian. Wir waren bald aus der Ortschaft heraus, und als wir nach der letzten Ampel durch die Dämmerung fuhren, fragte Pyry:

«Hast du mich tatsächlich zu meiner Bude geschleppt? Ich hab da irgendwie einen Filmriss.»

«Ja, hab ich. Der Rausschmeißer wollte nämlich die Polizei rufen.»

«Danke und Entschuldigung. Ich versteh gar nicht, wieso ich dermaßen besoffen war. Allerdings hab ich wohl nach dem siebten Whisky aufgehört zu zählen. Wo hast du denn übernachtet?»

Statt einer Antwort schaltete ich das Radio ein. Ich erkannte die Band, die über das Fernweh sang. «Ich bin nicht dazu gemacht, zu bleiben und zu verstauben. Mich treibt unendliches Fernweh.» So ist es, Jouni und alle anderen Männer, die ihr mir über den Weg gelaufen seid, dachte ich. Ein Luchs lässt sich nicht zähmen.

Den Rest des Tages verbrachte ich im Whirlpool, um meine müden Muskeln zu kurieren. Meine Rückenschmerzen kamen wohl eher daher, dass ich Pyry geschleppt hatte, als von meinen sonstigen körperlichen Anstrengungen. Ansa blieb in ihrer Wohnung, weil sie sich erkältet fühlte. Stena machte ihr heißen Johannisbeersaft mit Chili, Ingwer und Knoblauch. Als Pyry davon hörte, wurde ihm schlecht.

Ich träumte von einem Luchs, der einen Bären jagte. Der Traum spielte mitten im Winter, war also völlig unlogisch. Als ich aufwachte, war es noch stockdunkel; ich kochte mir in meinem Zimmer eine Tasse Kaffee und ging dann nachsehen, wie viel von dem toten Rentier der Luchs noch gefressen hatte. Der Halbmond schimmerte am Horizont, aber im Osten kam diesiger Eisnebel auf. Wenn die Sonne aufging, würde der raue Schnee, der sich auf dem Eis gesammelt hatte, in zahllosen Prismen funkeln.

Ich hatte vermutet, der Kadaver sei kleiner geworden, weil der Luchs davon gefressen hatte. Stattdessen war er offenbar gewachsen. Hatte meine Stammesverwandte neue Beute gemacht? Ich schaltete die Stirnlampe ein und ging näher heran, voller Stolz auf die Jagdkünste des Luchses, bis mir aufging, um was es sich handelte.

Neben dem Rentierkadaver lag eine menschliche Leiche.

19

Am liebsten hätte ich den Kopf abgewandt, doch ich zwang mich hinzusehen. Mir graute nicht vor dem Rentierkadaver, an dem der Luchs genagt hatte. Alles Fleisch war schon aufgefressen, übrig waren nur noch die Knochen und das Fell, an dem sich die Raben gütlich tun konnten.

Die menschliche Leiche trug einen schwarzen Pyjama mit Paisley-Muster. Der Seidenstoff war blutverschmiert. Das Gesicht war unkenntlich, seine Form ausgehöhlt. Ich wollte nicht glauben, dass ein Luchs sich auf den Mann gestürzt hätte, selbst nach dessen Tod. Welche anderen Spuren waren auf dem Eis zu sehen?

Es gab zahlreiche Pfotenabdrücke, und nicht alle stammten von einem Luchs. Ich fotografierte mit dem Handy den Rentierkadaver, den Toten und alle Spuren, die ich knipsen konnte, ohne sie zu berühren. Wo hatte Aku sich in den letzten Tagen versteckt? War er erfroren? Konnte es sein, dass die Wölfe seine Leiche aufs Eis gezerrt hatten, um sie zu fressen?

Mein Geist wehrte den grauenhaften Anblick ab, indem er Fragen stellte. Die Antworten würde die Polizei finden müssen. Ansa konnte die Anzeige nicht mehr hinauszögern, denn nun wussten wir, was Aku zugestoßen war. Geh zurück nach Ilvesvaara, schlag Alarm. Andererseits wollte ich den Toten nicht allein lassen. Die Wölfe würden bei Tageslicht wohl nicht auftauchen, aber am Waldrand kreisten Raben. Wenn ich wegging, würden sie zuschlagen, denn sie waren von Natur aus Aasfresser.

Ansa hatte zwar über Schnupfen geklagt, doch ihr Handy war vermutlich nicht ausgeschaltet. Ich rief sie an.

«Ich habe Aku gefunden.»

Ich hörte ein Husten, dann einen Atemzug, der wie ein Seufzer der Erleichterung klang. Du irrst dich, Ansa, dachte ich. Es gibt keinen Anlass, erleichtert zu sein.

«Gut! Ist er in Ordnung?»

«Er ist tot. Er liegt auf dem Eis, rund dreihundert Meter vom Ufer. Du musst den Notruf alarmieren. Wir brauchen einen Leichenwagen und die Polizei. Aber zuallererst solltest du Topi mit einer Plane und Gewichten herschicken, damit wir die Leiche vor den Vögeln schützen können.»

Wieder Husten, Trinkgeräusche, dann rief Ansa nach Topi.

«Was …» Sie schien nach Worten zu suchen. «Ich habe Tytti geglaubt, ich dachte, sie kennt ihren Mann, das kann nicht wahr sein … Topi! Hilja hat Aku gefunden. Vielmehr Akus Leiche.»

Ich hoffte, dass Topi ans Telefon kam, doch stattdessen legte Ansa auf. Die Raben krächzten wütend, weil ich sie daran hinderte, sich auf ihre Nahrung zu stürzen. Auch sie hatten rundherum Spuren auf dem Eis hinterlassen. Niemand außer der Polizei sollte das Gesicht des Toten sehen – oder vielmehr das Fehlen seines Gesichts. Die geronnene dunkelrote Masse würde ich für den Rest meines Lebens in Erinnerung behalten. Haut, die nicht von Blut verschmiert war, sah man nur an den nackten Füßen. Ich suchte im Schnee nach Abdrücken dieser Füße, fand aber keine.

Als ich das vorige Mal bei dem Rentierkadaver gewesen war, hatte der Wind einen Großteil des Schnees verweht, doch ich hatte die Spuren eines Luchses entdeckt. Inzwischen waren mehrere Tiere hier gewesen, aber außer meinen eigenen erkannte ich keine menschlichen Abdrücke. In den frühen Morgenstunden hatte es allerdings geschneit.

Ich zwang mich, die Leiche zu berühren. Kalt und starr. Vom Ufer her kam jemand angelaufen. Die Plane flatterte im Wind, als ob Topi versuchte, sich damit in die Luft zu schwingen. Er hatte nichts dabei, was sich als Gewicht geeignet hätte. Als er bei mir ankam, keuchte er, als sei er zehnmal so weit gelaufen. Beim Anblick der Leiche stieß er einen seltsamen Schrei aus, wie eine Katze, der jemand auf den Schwanz getreten hat. Er schwankte und hielt sich an mir fest, die Plane rutschte ihm aus den Händen.

«Nee, verdammt … Was ist … Pfui Deibel!»

Ich musste zur Seite springen, damit Topi mich nicht vollkotzte. Er sackte auf allen vieren auf das Eis. Ich griff nach der Plane, damit der Wind sie nicht davonwehte. Das Gewicht meiner Fäustlinge würde keinesfalls reichen, um sie an ihrem Platz zu halten, und auf mein Handy wollte ich nicht verzichten.

«Hat schon jemand den Notruf alarmiert?», fragte ich Topi, bekam aber keine Antwort. Von ihm war so wenig Hilfe zu erwarten wie von einem Hundewelpen. Ich wies ihn an, bei der Leiche zu bleiben, legte die Plane unter die Beine des Toten und machte mich auf die Suche nach passenden Gewichten. Im Vorraum der Sauna fand ich zwei Ruder aus Holz und nahm sie mit. Topi kauerte immer noch würgend auf dem Eis und machte keine Anstalten, mir beim Ausbreiten der Plane zu helfen. Als ich den rechten Arm des Toten anhob, bemerkte ich einen Riss im Ärmel des Pyjamas. Er hatte die gleiche Form wie der Fetzen, den ich auf der Terrasse der Suite gefunden hatte. An der rechten Hand fehlten Daumen und Zeigefinger. Von den anderen Fingern waren nur die Kuppen abgefressen.

Als ich die Plane ausgelegt hatte, fragte ich noch einmal nach dem Notruf. Topis Worten entnahm ich, dass Ansa sich zumindest in seinem Beisein noch nicht darum gekümmert hatte. Sollte ich selbst anrufen? Irgendwie wollte ich Ansa nicht übergehen, obwohl ich die Leiche gefunden hatte.

Ich stupste Topi in den Rücken.

«Komm, gehen wir rein. Wir können ihm nicht mehr helfen.»

Er reagierte nicht. Ich zog ihn hoch und bemühte mich dabei, mich nicht mit Erbrochenem zu beschmieren. Dann schleifte ich ihn mit, so ähnlich wie seinen Vetter vor zwei Tagen. Pyry hatte immerhin versucht, selbst zu laufen, während Topi sich anstellte, als sei er gelähmt. Offensichtlich stand er unter Schock. Wusste er mehr über Akus Tod, als er zugeben wollte? Hatten sie sich vielleicht beide aus der Tablettendose bedient, und Aku war unter Drogeneinfluss in den Frost hinausgewandert?

Das zu klären, war Aufgabe der Polizei.

Auf halbem Weg kamen Stena und Pyry uns entgegen. Unter Stenas Daunenanorak blitzte seine weiße Kochjacke hervor, und er hatte vergessen, seinen Küchenhandschuh auszuziehen.

«Müssen wir ihn wegschleppen?», fragte er, als ginge es um einen Wagen, der in einer Schneewehe feststeckte.

«Wir sollten den Toten nicht anfassen. Der Leichenwagen kann ihn abholen, wenn die Polizei mit ihm fertig ist.»

Da jaulte Topi wieder auf.

«Seht ihn euch nicht an! Er hat kein Gesicht und keine Hände!»

Er würgte wieder, doch es kam nichts mehr hoch. Ich ließ ihn los und übergab ihn Pyry.

«Sieh zu, dass er sich beruhigt und unter die Dusche geht.

Ich würde euch auch nicht empfehlen, unter die Plane zu schauen, der Anblick ist selbst für einen Profi schlimm. Gehen wir nach drinnen, Aku können wir nicht mehr helfen.»

Zu meiner Überraschung fasste Stena mich an den Schultern und umarmte mich.

«Ach Hilja, das war sicher auch für dich hart», murmelte er und strich mir über die Haare. Doch ich wollte kein Mitgefühl, weder von ihm noch von irgendwem sonst. Es war meine Aufgabe, für die Sicherheit der Bewohner von Ilvesvaara zu sorgen, und dabei hatte ich versagt.

Gerade deshalb wäre es mir lieber gewesen, den Fall selbst aufzuklären, statt die Polizei zu rufen. Aber das würde mich meine Lizenz und meinen Waffenschein kosten. Es gab keinen Teppo Laitio mehr, der meine Aktivitäten vertuschte, sondern ich musste selbst den Kopf dafür hinhalten. Deshalb wollte ich möglichst bald mit Ansa sprechen. Ich riss mich aus Stenas Umarmung los, ließ die drei Männer stehen und lief ins Bürogebäude.

Ansa saß am Computer und starrte auf den Bildschirm. Er war schwarz. Ihr Gesicht war grau und zerfurcht, sie sah aus, als sei sie mindestens hundert Jahre alt.

«Das ist das Ende», sagte sie. «Für mich und für Ilvesvaara. Ich muss alle entlassen. Wer auch immer Aku getötet hat, will mich vernichten. Er weiß, dass mir die Karriere wichtiger ist als mein Leben. Er will mir Böses. Aku war nur Mittel zum Zweck. Ich verstehe allerdings nicht ... »

Ansa stiegen Tränen in die Augen, ihr Kopf schwankte. Ihr Blick glühte fiebrig, sie hätte ins Bett gehört.

«Hast du den Notruf angerufen?»

Sie schüttelte den Kopf. «Nein. Zuerst will ich wissen, wie das möglich ist. Du musst mir helfen.»

«Sei doch vernünftig!», sagte ich etwas zu laut. «Ich habe nie behauptet, dass Aku ermordet worden ist. Er ist aus irgendeinem Grund leicht bekleidet im Freien herumgeirrt und wahrscheinlich erfroren.»

Ich sagte nicht, dass die Leiche angefressen worden war. Hätte Topi es bloß nicht gesehen! Dann hätte ich es für mich behalten können. Ich hatte nicht damit gerechnet, dass Topi so kopflos reagieren würde. Es wäre besser gewesen, Stena um Hilfe zu bitten, er war daran gewöhnt, mit ganzen Tierkadavern umzugehen. Und eine menschliche Leiche unterschied sich ja kaum von einem toten Elch.

Ich griff zum Telefon und tippte die ersten Ziffern des Notrufs. Da griff Ansa mich an. Sie stürzte sich auf mich, versuchte, mir das Handy zu entreißen. Als es ihr nicht gelang, trat und kratzte sie und versuchte, mich zu beißen. Sie war zwanzig Zentimeter kleiner und mindestens zehn Kilo leichter als ich und hatte keine Übung in Selbstverteidigung. Ich steckte das Handy in den Hosenbund wie eine Waffe und stellte sie mit einem Polizeigriff ruhig. Ihre Haut war trocken und heiß, ihr Atem ging stoßweise, und als letzte Gegenwehr spuckte sie mir auf die Schuhe.

«Ich bin deine Chefin! Ich verbiete dir anzurufen!», kreischte sie. Ich suchte mit den Augen nach einem Gegenstand, mit dem ich sie fesseln konnte. Da öffnete Jana die Tür. Schwarz gekleidet, Mopp und Eimer in der Hand, sah sie uns an, als könne sie ihren Augen nicht trauen.

«Jana, nimm Hilja das Handy weg! Hinten in der Hose», befahl Ansa. Jana stand nur da und starrte uns an.

«Was ist denn hier los?», fragte sie schließlich. Sie versuchte gar nicht erst, ihre Belustigung zu verbergen. Ich merkte, dass sie es genoss, Ansa in meinem Griff zappeln zu sehen. Konnte ich ihr vertrauen? Sie bitten, eine Wäscheleine oder Kabelbinder zu holen? Aber hier würde Aussage gegen Aussage stehen, Ansa könnte behaupten, dass ich sie angegriffen hatte. Ich ließ sie los und stellte mich auf einen neuen Angriff ein. Stattdessen sackte sie zu Boden und quiekte wie eine Maus, die einer Katze in die Fänge geraten ist.

«Was hast du mit ihr gemacht?», fragte Jana. «Und warum?»

«Ich muss die Polizei rufen. Ich habe Aku Rautio tot auf dem Eis gefunden.»

«Gut.» Jana nickte, als hätte ich ihr eine willkommene Nachricht überbracht. «Nun tut er nichts Böses mehr. Er kann keinem Menschen mehr wehtun.»

Damit drehte sie sich um und ging. Der Moppstiel knallte gegen den Rahmen, als sie die Tür hinter sich schloss. Als ich ihr hinterherging, stand sie schon im Aufzug. Ihre Augen waren auf der Höhe meiner Füße, und ich war mir sicher, dass sie lächelte.

In der Eingangshalle setzte ich mich auf das Sofa und gab jetzt in Ruhe die Nummer ein. Eins eins zwei.

Eine Frauenstimme antwortete.

«Ein Todesfall auf dem Eis.» Ich nannte die Adresse von Ilvesvaara.

«Kennen Sie die Todesursache oder die Identität des Toten?»

Ich verneinte die erste Frage und bejahte die zweite, obwohl ich letztlich nicht hundertprozentig sicher war. Irgendetwas störte mich, aber ich bekam es nicht zu fassen. Es stimmte einfach nicht alles überein. Die Frau bat mich, am Telefon zu bleiben, bis sie festgestellt hatte, wo sich die nächste Polizeistreife befand, die dann wohl ihrerseits weitere Ermittler und den Leichenwagen anfordern würde.

«Die Sechs-Eins kommt aus Ivalo, sobald sie dort einen Motorschlittendieb gestellt hat. Das ist die nächste Streife. Wiederholen Sie bitte noch einmal die Koordinaten, der Ort ist auf der Karte nicht verzeichnet.» Ich erklärte, dass man nur durch ein Tor auf das Grundstück kam und dass die Streife mich anrufen sollte, wenn sie eintraf. Ansa würde wohl nicht versuchen, der Polizei den Zutritt zu verwehren? Die Beamten würden natürlich die Aufzeichnungen der Überwachungskameras anfordern. Und wenn Ansa sie vorher löschte?

Nach dem Telefonat ging ich in mein Zimmer, um die Situation auf meinem Laptop zu überprüfen. Die Kameras funktionierten ganz normal. Ich kontrollierte die Aufnahmen der Kameras am Seeufer, die durch Bewegungsmelder aktiviert wurden, fand aber nur eine ungefähr zwei Minuten lange Aufzeichnung: Ein Wolfsrudel war am See entlang und von dort aufs Eis gelaufen, in die Richtung, in der die Leiche lag. Das war um fünf Uhr morgens gewesen. Aber konnte man daraus schließen, dass der Tote davor auf das Eis gekommen oder gebracht worden war?

Eins schien jedenfalls sicher: Der Täter hatte die Standorte der Überwachungskameras gekannt und sie zu umgehen gewusst. Natürlich konnte jeder, der Ilvesvaara besuchte, die draußen installierten Kameras sehen, auch Aku selbst. Dennoch kam es mir vor, als sei ein unsichtbares Wesen zugange, das keine Spuren hinterließ.

Mir knurrte der Magen, bisher hatte ich noch nicht gefrühstückt und vor lauter Adrenalin den Hunger nicht gespürt. Ich nahm meinen Laptop mit ins Restaurantgebäude. Dort saß Jana seelenruhig beim Essen, und aus dem Klappern der Töpfe in der Küche schloss ich, dass Stena an seinen Platz zurückgekehrt war.

«Ist die Polizei unterwegs?», fragte Jana, als gehe es um eine Warenlieferung. Bevor ich antworten konnte, kam Veera herein, grüßte und häufte sich Obst und Naturjoghurt auf einen Teller. Sie hatte wahrscheinlich noch nicht mitbekommen, was passiert war. Ich bemühte mich, nicht an den Anblick auf dem Eis zu denken, belegte eine Scheibe Brot mit Käse und Tomaten und nahm zwei hart gekochte Eier, auf die ich aus einer Tube reichlich Fischrogenpaste drückte. Ich brauchte Salz. Erst nachdem Veera etwas gegessen hatte, antwortete ich Jana mit Ja. Veera fragte nicht einmal, wovon wir sprachen.

Ich wusste einfach nicht, wie ich es ihr sagen sollte. Außerdem war sie ebenso verdächtig wie alle anderen. Wie wir alle, würde die Polizei denken. Drei schweigende Frauen beim Frühstück; das Einzige, das uns verband, war unser Arbeitsplatz. Und die Tatsache, dass wir alle Aku Rautio schon vor unserer Ankunft in Ilvesvaara gekannt hatten.

Ich dachte an Akus nackten Körper, obwohl ich das Bild zu verdrängen versuchte. Und im selben Moment wurde mir klar, was hier nicht stimmte. Ich nahm mein Butterbrot mit und ging zurück aufs Eis. Ich wollte den Toten unter der Plane eigentlich nicht mehr ansehen, doch ich tat es trotzdem.

Genau. Die Körperbehaarung kam mir bekannt vor. Als ich diesen Körper zuletzt berührt hatte, war er warm und voller Verlangen gewesen. Aber es war nicht Akus Körper. Warum lag der Rentierzüchter Jouni tot auf dem Eis, im Seidenpyjama von Aku Rautio?

20

Am liebsten hätte ich heißes Wasser geholt, um das Blut von dem entstellten Gesicht abzuwaschen. Ich wollte die Gewissheit, dass der Tote der Rentierbesitzer Jouni war und nicht Aku Rautio. Aber ich durfte keine Spuren verwischen, das würde bei der Polizei und den Kriminaltechnikern Verdacht erregen. Wenn ich Fingerabdrücke und Fasern hinterlassen hätte, gäbe es dafür eine natürliche Erklärung, denn ich hatte die Leiche ja gefunden. Aber sie zu identifizieren, war nicht meine Aufgabe. Auch wenn die Gesichtszüge unkenntlich und die Fingerspitzen abgenagt waren, gab es immer noch die DNA und das Zahnschema.

Man würde Tytti bitten, Aku zu identifizieren. Und wer war Jounis nächster Angehöriger? Welchen Ortsnamen hatte er mir doch gleich genannt? Vuokilanvuoma. Ein Rentierhof etwa 70 Kilometer nordwestlich vom Kirchdorf, also mitten in der Wildnis. Nach den genauen Koordinaten hatte ich nicht gesucht, denn ich war davon ausgegangen, dass ich sie nicht brauchen würde. Ich hatte gedacht, Jouni würde aus meinem Leben verschwinden. One-Night-Stands waren das Richtige für mich. Ein einziges Mal hatte ich mich auf eine längere Beziehung eingelassen, und sie hatte mir das Herz gebrochen.

Verdammt noch mal, das stimmt nicht, wies ich mich zurecht. David Stahl hat dich nicht zerbrochen. Vergiss ihn. Es gibt genug Männer auf der Welt. Allerdings schien es meinen Sexpartnern öfter mal schlecht zu ergehen. Zuerst verschwand

Aku, dann wurde Jouni tot aufgefunden. Falls er überhaupt Jouni hieß.

Mir kam sein Rentiertattoo in den Sinn. Das Geweih am linken Oberarm. Ich hob die Plane an. Der Ärmel des Pyjamas war festgefroren. Das Blut, das die Handfläche bedeckte, war zum Glück geronnen, sodass ich mich damit nicht mehr beschmieren konnte. Du hast schon Schlimmeres gesehen, Hilja Ilveskero. Vorsichtig begann ich, den Ärmel hochzuziehen, ich musste aufpassen, dass der Stoff nicht riss und die Haut nicht beschädigt wurde. Am Ellbogen war ich schon fast so weit aufzugeben, weil es so lange dauerte. Aber Millimeter für Millimeter ging es voran, und schließlich sah ich sie.

Die Spitze eines Rentiergeweihs. Vor gar nicht langer Zeit hatte ich mit der Zunge über dieses Motiv getastet, es geküsst.

Ich zog den Ärmel wieder herunter. Wie lange würde es dauern, bis die Polizei kam? Wer hatte mich mit Jouni in der Kneipe gesehen? Dutzende Menschen. Aber sein Tod hatte ja absolut nichts mit mir zu tun.

Davon konnte ich nicht einmal mich selbst überzeugen.

Ich trat von dem Leichnam zurück und begann, im Kreis über das Eis zu laufen, denn von der Kälte wurden meine Muskeln steif, meine Augen tränten, und mir lief die Nase. Ich versuchte, die wild durcheinanderjagenden Gedanken in meinem Kopf zu Ruhe zu bringen.

Pyry, der sich mir näherte, war mir geradezu willkommen. Er brachte zwei Eishocker und eine Thermosflasche mit.

«Hier ist heißer Blaubeersaft von Stena. Ich habe ihm verboten, ihn mit Knoblauch zu versetzen. Willst du hier den Wachhund spielen, bis die Uniformierten kommen? Aku läuft doch nicht weg ... jetzt nicht mehr.»

Pyry klappte die Eishocker auf und stellte sie so hin, dass wir in Richtung der abgedeckten Leiche saßen. Lieber hätte ich auf etwas anderes geschaut. Ich blickte zum Waldrand, wo eine Bewegung zu sehen war. Ein schwarzbraunes Wesen, das sich merkwürdig schaukelnd bewegte. Sah Pyry es auch? Ein Vielfraß. Verflixt, witterte er das nahezu gefrorene Blut? Vielfraße waren Aasfresser, die häufig zu ihrer Beute zurückkehrten.

Ich versuchte, Pyrys Blick einzufangen und ihm mit den Augen zu signalisieren, dass er still sein sollte. Ich nickte zu dem Vielfraß hin. Er war groß, ungefähr wie ein mittelgroßer Hund, offenbar ein Männchen. Die großen Pfoten trugen das Tier leicht über die raue Eisfläche. Es blieb stehen, lauschte und witterte, erschrak dann aber vor einem Knall aus der Richtung von Ilvesvaara und lief zurück in den Wald.

«Hast du vorher schon mal einen Gierling gesehen? Das ist ja einer der Namen für den Vielfraß», fragte Pyry.

Ich verneinte und goss Blaubeersaft in den Becher, der als Verschluss der Thermosflasche diente. Dabei dachte ich an den lappländischen Liebestrank, den ich bei Jouni doch nicht mehr bekommen hatte. Stattdessen aber umso mehr Liebe.

«Ich habe Topi bei Ansa gelassen, die beiden sollen sich umeinander kümmern. Er kann überhaupt kein Blut sehen. Als er ungefähr zehn war, hat unser Opa sich im Sommerhaus, wo wir zu Besuch waren, mit der Axt ins Bein gehackt. Ein ziemlicher Strahl direkt aus der Schlagader. Topi wurde ohnmächtig. Oma wusste nicht, was sie zuerst tun sollte, Opas Wunde verbinden oder Topi wiederbeleben. Ich habe dann ein altes Laken in Streifen gerissen, das Bein damit abgebunden und die Blutung gestoppt. Zum Glück ist der Krankenwagen schnell gekommen. Ich muss zugeben, dass ich Topi gelegentlich mit der Geschichte aufgezogen habe, wie es dumme Jungs eben tun. In unserem Verein gab es jedes Jahr einen Erste-Hilfe-Kurs, weil beim Training ja alles Mögliche passieren kann. Insofern war ich also im Vorteil. Und ich war ja auch drei Jahre älter.»

Ich ließ Pyry reden. Von mir aus sollte die Zeit stillstehen, bis die Polizei kam. Der Blaubeersaft war so heiß, dass ich mir fast den Gaumen verbrannte. Stena hatte reichlich Zucker und eine Prise Rosmarin hineingemischt. Der Duft weckte Erinnerungen an den Sommer und an die Gärten in der Toscana, in denen der Rosmarin üppig gewachsen war. Warum musste die halbe Welt mich jetzt an David Stahl erinnern?

«Warum hast du mit dem Leistungssport aufgehört?», fragte ich Pyry, um auf andere Gedanken zu kommen.

«Mein Körper hat gestreikt. Der Wille war da, aber der hilft nicht gegen die Schmerzen. Irgendwann hielt meine Schulter den Speerwurf und meine Hüfte den Aufprall beim Dreisprung nicht mehr aus. Und dann packte mich auch das Muffensausen vor dem Stabhochsprung, weil ich mehrmals unter der Latte durchgesprungen war. Es war ein verdammt intensives Training. Topi hat Frauen aufgerissen und sich in der Welt rumgetrieben, ich bin bloß ins Trainingslager und zu Wettkämpfen gefahren, wo man kaum dazu kam, sich die Umgebung anzusehen. Ich wusste zwar, dass ich halbwegs begabt war, aber ein Supersportler wäre ich nie geworden.»

Ich animierte Pyry dazu, über seine Rekorde und Medaillen zu sprechen. Dabei erinnerte ich mich wieder an das schlagartig erstorbene Grinsen des jungen Pyry beim Stabhochsprung in Väinölänniemi. Vielleicht war es kein Zeichen von Selbstsicherheit, sondern von Nervosität gewesen.

Man hätte meinen können, dass Pyry Besseres zu tun hatte, als mit mir in der Kälte zu sitzen. Er kannte Aku schon aus seiner Jugend, wollte er mit mir vielleicht eine Totenwache abhalten?

Oder war er gekommen, um mich zu bespitzeln? Was, wenn er aus irgendeinem Grund begriffen hatte, dass der Tote nicht Aku war, und verhindern wollte, dass ich es herausfand? In diesem Fall wüsste er mehr über Akus Verschwinden, als er behauptete. Oder hatte er etwa Rentier-Jouni umgebracht?

Ansa hatte gesagt, sie könne niemandem in Ilvesvaara trauen. Mir ging es genauso. Ich dachte daran, wie Pyry das Schneehuhn getötet hatte, und gerade eben hatte er geprahlt, dass er schon als kleiner Junge bei einem Unfall kühlen Kopf bewahrt hatte. Ein Psychopath konnte das, weil er keine Empathie empfand. Und als Spitzensportler musste man gegebenenfalls die ganze Welt ausschließen und sich ganz auf seine Leistung konzentrieren.

Wenn Pyry mich bespitzelte, konnte ich es ihm gleichtun. Ich würde ihn nicht mit der Leiche allein lassen, selbst wenn ich den Rest des Tages auf dem Eis frieren müsste. Ich war ja diejenige, bei der die Polizei sich melden wollte.

«Verstehst du, warum Ansa sich gesträubt hat, die Polizei zu rufen?», fragte Pyry und streckte die Hand nach der Thermosflasche aus. Es gab nur einen Becher, er wischte den Rand mit einem Taschentuch ab, bevor er sich Saft eingoss.

Diese Frage konnte ich nicht beantworten. Von Ansa kannte ich nur die Oberfläche, die ab und zu Risse bekam und etwas ganz anderes enthüllte, als ich vermutet hatte. Ich stellte eine Gegenfrage: Ob er mir wohl Ansas Alter verraten konnte, das für mich schwer einzuschätzen war. Er lachte auf.

«Sie wird nächstes Jahr fünfzig, sie ist also über zehn Jahre älter als Topi. Seine Mutter grämt sich, weil diese Frau ihr keine Enkelkinder schenken wird, aber sie bezweifelt selbst, ob ihr Sohn reif genug ist, Vater zu werden.»

Ich fragte Pyry, wie Ansa an ihr Vermögen gekommen war. Er wusste nichts Genaueres, vermutete aber, dass sie bei den

Bauprojekten im Umkreis der Olympiade in Sotschi ausgesprochen gute Geschäfte gemacht hatte. Der Name der Snieg AG, die 30 Prozent von Ilvesvaara besaß, deutete auf Russland hin. Pyry zufolge hatte Topi im Suff einmal erwähnt, Ansas Geschäftspartner sei ein gewisser Morozow. Ich prägte mir den Namen ein. Könnte dieser Russe vielleicht hinter den Drohungen stecken, die Ansa erhalten hatte?

«Ich denke, mir kann es egal sein, woher das Geld stammt, solange ich mein Gehalt bekomme. Hier hat man keine Ausgaben, außer manchmal in den Kneipen im Dorf, ich kann also fast alles sparen und habe einen großen Teil angelegt. Wenn ich ein paar Jahre durchhalte, kann ich irgendwohin ziehen, wo Frost ein Fremdwort ist und wo die Pizza fünfzig Cent kostet. Und falls mir doch mal das Geld ausgeht, massiere ich eben ein paar gut betuchte Damen.»

Wieder dieses selbstsichere Grinsen. Pyry wusste, dass breitschultrige Männer wie er für viele Frauen attraktiv waren. Ich wollte schon mit einer Spitze kontern, als er fortfuhr:

«Ich hätte nicht geglaubt, dass Ansa eine fürsorgliche Ader hat, aber schon als sie Topi zum ersten Mal traf, hat sie angefangen, ihn zu bemuttern wie ein kleines Hündchen, das gerettet werden muss. Er hatte als Installateur Mist gebaut, war gefeuert worden und kurierte seinen Frust mit irgendwelchen dubiosen Pillen. Als er wieder in Finnland war, hat er wohl auch mit illegalen Tabletten gehandelt und mir einen Vogel gezeigt, als ich ihn davon abbringen wollte. Da habe ich mir gedacht, lass ihn nur machen, auch wenn es für Tante Maija schlimm war. In der Hinsicht ist Ansa stärker als ich. Glaubst du, dass die Liebe über alles siegt, Hilja?»

«Du stellst vielleicht Fragen, Pyry Lilja. War Aku irgendwie an …»

Weiter kam ich nicht, denn mein Handy klingelte. Hauptmeister Aimo Leinonen von der Polizei Lappland meldete, dass die Streife am Tor von Ilvesvaara stand.

«Ich bleibe hier, geh du ihnen entgegen», sagte ich zu Pyry und gab auf meinem Handy den Code ein, der das Tor öffnete.

Pyry brummte, als wollte er Einspruch einlegen, machte sich dann aber auf den Weg. Die Dämmerung hatte bereits eingesetzt, bald würde ich meine Stirnlampe brauchen. Die Polizei würde mich natürlich wegschicken. Wie lange würde die Leiche als Aku durchgehen? Sollte ich den Polizisten sagen, dass Aku, im Gegensatz zu Jouni, beschnitten war? Aber diese Information musste wohl von der Ehefrau kommen. Hatte Pyry vielleicht früher einmal mit Aku in der Sauna gesessen, wusste er von diesem anatomischen Detail?

Niemand konnte beweisen, dass ich in dem Toten eine andere Person erkannt hatte. Mit diesem Gedanken versuchte ich mich zu trösten. Und ich hatte trotz Ansas Gegenwehr den Notruf informiert. Ich hatte richtig gehandelt. Trotzdem nagte ein seltsamer Zweifel an mir. Ein Mann war tot und ein zweiter verschwunden, und das Einzige, was sie meines Wissens verband, war die Tatsache, dass ich mit beiden geschlafen hatte.

Ich blickte zum Ufer und hatte das Gefühl, alles doppelt zu sehen. Die beiden Polizisten in ihren Overalls waren gleich groß und hatten den gleichen Gang, beide schwenkten die Arme und wackelten mit den Hüften. Als sie näher kamen, wurde die Ähnlichkeit noch stärker. Beide hatten eine Brille mit braunem Gestell, wie sie zur Zeit von Präsident Kekkonen in Mode gewesen war, einen braunen Vollbart und einen Schnurrbart.

«Leinonen», stellte der eine sich vor. Ich erkannte seine Stimme vom Telefon. «Bist du diejenige, die den Toten gemeldet hat?»

Er duzte mich, sprach ansonsten aber ein überaus sorgfältiges Hochfinnisch, als versuche er, einen Nachrichtensprecher zu imitieren.

«Hilja Ilveskero, Sicherheitsbeauftragte. Ich habe einen Morgenspaziergang auf dem Eis gemacht und den Toten gefunden. Wir haben die Leiche abgedeckt, damit sie nicht noch mehr beschädigt wird. Sie werden ja sehen …»

«Gleichfalls Leinonen», sagte der andere Polizist und salutierte. «Aimos Vetter zweiten Grades, mütter- und väterlicherseits. Vorname Osmo. Wenn das Fräulein uns jetzt an die Arbeit gehen lässt, die Fragen stellen wir dann später.»

«Immer mit der Ruhe, Osmo. Die KTU kommt ja auch noch, und irgendwann auch der Leichenwagen aus Savikoski. Sollen wir uns melden, wenn das Tor geöffnet werden muss?»

In meinen Jahren in New York war ich mit Miss angesprochen worden, und auf die Anrede folgten jeweils seltsame Laute, die keine Ähnlichkeit mit meinem Familiennamen hatten. Seitdem hatte mich meiner Erinnerung nach niemand mehr Fräulein genannt. Ich hatte keine Lust, die beiden Herren zu korrigieren, und außerdem entsprach die altmodische Anrede ja meinem Familienstand. So würde es bis zu meinem Lebensende bleiben.

«Hat nach dem Fund der Leiche jemand Ilvesvaara verlassen?», erkundigte sich der schriftsprachliche Leinonen. Das konnte ich nicht mit Sicherheit sagen, denn jemand konnte weggefahren sein, während ich auf dem Eis saß. Allerdings hätte ich in der Stille des Waldes vermutlich ein Motorengeräusch gehört. Ich würde es überprüfen.

Ich warnte die Polizisten nicht vor. Sie waren Profis, die mit allem fertigwerden mussten. Ich nahm den Eishocker und machte mich auf den Weg zu den Gebäuden. Ein Teil von mir wollte die Flucht ergreifen. Spurlos verschwinden, möglichst weit weg aus Finnland und Ilvesvaara. Das hatte ich schon zwei Mal getan, und ich kannte immer noch Leute, über die ich mir einen gefälschten Pass beschaffen konnte. Der zweite Teil meines Ichs war eine neugierige Katze, die nach der Wahrheit dürstete. Warum war Rentier-Jouni tot? Wer hatte ihm Akus Seidenpyjama angezogen? Wer war Jouni gewesen?

Obwohl ich schon mehrere Hundert Meter entfernt war, hörte ich das Gebrüll ganz deutlich. Osmo Leinonen gab ein Geräusch von sich, das wie das Blöken einer gebärenden Kuh klang.

Offenbar hatte ich seine Dickfelligkeit überschätzt.

21

Pyry kam mir auf dem Hof entgegen, warf einen Autoschlüssel in die Luft und fing ihn wieder auf.

«Wohin willst du?»

Die Polizei hatte niemandem ausdrücklich verboten, das Gelände von Ilvesvaara zu verlassen, aber Pyrys Aufbruch kam überraschend.

«Nach Ivalo, Tytti abholen. Sie ist noch nicht nach Hause zurückgeflogen.»

«Tytti weiß also ...» Ich überlegte kurz, wie ich mich ausdrücken sollte. «Tytti weiß also, dass ein Toter gefunden wurde, bei dem es sich möglicherweise um Aku handelt?»

Pyry sah mich verwundert an.

«Wieso möglicherweise? Wer soll es denn sonst sein?»

Ich antwortete nicht, aus Angst, mich zu verplappern. Man würde Tytti natürlich bitten, den Mann ohne Gesicht zu identifizieren, sie würde den grauenhaften Anblick völlig grundlos ertragen müssen. Das ist nicht deine Sache, versuchte ich mir einzureden, wider besseres Wissen.

«Hat Ansa Tytti angerufen?», fragte ich. Hatte meine Chefin sich schon so weit beruhigt, dass man vernünftig mit ihr reden konnte? Ich hatte immer noch einen Kratzer am Handgelenk, wo sie mich mit den Fingernägeln erwischt hatte.

«Wer denn sonst? Die Sache wird jetzt erledigt und abgehakt. Morgen Abend kommen die Briten, es sind wichtige Leute mit Beziehungen zum Königshaus und zu anderen Prominenten. Hoffentlich sind die Polizisten verschwiegen. Was können wir dafür, wenn einer von unseren Gästen aus freiem Willen in die Kälte hinausläuft und erfriert?»

Das war also die Strategie, für die Ansa sich entschieden hatte. Aku war aus freiem Willen verschwunden, und wir hatten ihn trotz intensiver Suche nicht rechtzeitig gefunden. Natürlich würde die Polizei fragen, warum keine Vermisstenmeldung erstattet worden war, aber auch Akus Frau war ja dagegen gewesen.

Was würde die Polizei machen, wenn sich herausstellte, dass der Tote nicht Aku war? Hatte Aku geglaubt, er könne seinen Tod vortäuschen? Dann musste er Tytti ja eingeweiht haben, damit sie einen Fremden als ihren Mann identifizierte.

Wie katastrophal war Akus finanzielle Lage?

Die Mittagszeit war schon vorbei, im Restaurant war nicht einmal mehr Stena zu sehen. Ich ging ohne Umschweife zum Kühlschrank, in dem ich einen halb vollen Topf Fleischsuppe und einen Zettel fand: «Für Hilja». Stena begriff zum Glück, dass man in schwierigen Situationen besser durchhält, wenn man etwas Ordentliches zu essen bekommt. Ich schlang die Suppe gierig hinunter, wie ein Tier, das wochenlang gehungert hat. Dann machte ich mich auf den Weg zu Ansa. Die Sache mit ihrem Ausbruch war noch nicht geklärt, Ansa musste sich bei mir entschuldigen.

Da sie nicht im Büro war, ging ich zu ihrer Wohnung und klingelte. Ein benommen wirkender Topi öffnete mir. Er trug weder Hemd noch Socken, nur eine zu weit gewordene Jogginghose. Auf der mageren Brust hatte er ein unsauberes Tattoo, in dem eine Art Wikingergott zu erkennen war. Es gab keine Gestalt, die ihm weniger ähnlich war.

«Ich möchte zu Ansa. Die Polizei will sicher auch bald mit ihr reden.»

«Ansa ruht sich aus. Ich habe ihr ein Beruhigungsmittel gegeben.»

Topi versuchte, mich aufzuhalten, doch ich schob ihn beiseite. Er war mir nicht gewachsen.

«Kapierst du nicht, dass die Zukunft von Ilvesvaara in Gefahr ist?», fauchte er, als ich zur Schlafzimmertür ging.

«Du kapierst vielleicht selbst nicht, dass jemand gestorben ist! Dagegen ist alles andere unwichtig.»

Ansa lag auf Kissen gestützt, aber mit offenen Augen im Schlafzimmer. Ganz offensichtlich war sie ziemlich benebelt. Wusste sie, was Topi ihr gegeben hatte?

«Hilja ...», murmelte sie undeutlich. «Entschuldige. Ich hab die Beherrschung verloren. Du kannst mich doch beschützen ...? Vor der Polizei und vor allem?»

Ich lächelte beruhigend. Ansas wehrloser Zustand kam mir gerade recht.

«Am besten geben wir den Polizisten jede Hilfe, die sie brauchen. Sie wollen sicher die Aufzeichnungen der Überwachungskameras sehen, um zu klären, wie Aku auf das Eis gelangt ist.»

Ich zwang mich, den falschen Namen zu verwenden.

«Sieh du dir die Aufnahmen zuerst an, ich schaff das jetzt nicht», sagte Ansa langsam. Ihr fielen die Augen zu. Ich konnte kaum glauben, dass sie Topi erlaubt hatte, sie gerade jetzt mit Medikamenten lahmzulegen, beschloss aber, die Situation zu nutzen. Ich ging an Topi vorbei, als sei er gar nicht da. Wo befanden sich die nächsten Einheiten der Kriminalpolizei? Man würde den Fall wohl nicht der Ortspolizei überlassen, erst recht nicht, wenn sich herausstellte, dass der Tote nicht derjenige war, für den man ihn anfangs gehalten hatte.

Ich ging in den Wartebereich des Bürogebäudes, öffnete

meinen Laptop und sah mir die Aufzeichnungen vom vorigen Abend an. Lange tat sich nichts, dann entdeckte ich mich selbst und Pyry bei der Rückkehr aus dem Dorf, Veera auf dem Weg zur Sauna, Stena beim Rauchen auf der Küchenterrasse. Alltägliche, normale Vorgänge, keine Spur von Außenstehenden. Ich vergrößerte die Aufnahmen, betrachtete die Gischt an der Eiskaskade, die sich nicht einmal von vierzig Grad Frost zähmen ließ. Der Polizei würden die Aufnahmen nichts nützen, aber wir mussten sie ihr trotzdem zeigen.

Ansa würde im Kontrollregister sehen, dass ich ihr Büro betreten hatte. Das wusste ich, ging das Risiko aber trotzdem ein. Ich wollte mir die Kabel und die Zentraleinheiten im Technikraum ansehen. Immer noch hegte ich den Verdacht, dass jemand – wobei ich in erster Linie an Topi dachte – das Kabel der Überwachungskamera an der Suite der Linnala-Rautios herausgezogen hatte. Eine gefälschte Aufnahme in das Band einzufügen, war kompliziert, und das Herausziehen und Einstecken des Kabels hinterließ Spuren im Systemspeicher. So sollte es jedenfalls sein.

Das Kabelnetz im Technikraum glich einem Dschungel, in dem Uneingeweihte sich kaum zurechtfinden würden. Ich verglich die Ziffern der Kabel und der Kameras. Für die Suite war die Nummer 12 zuständig. Der Stecker wirkte leicht angestaubt. An diesem Ende war er jedenfalls nicht herausgezogen worden.

Da ich ungestört war, überprüfte ich auch die anderen Kabel. Plötzlich stieß ich auf etwas Merkwürdiges. In meiner Übersicht gab es 61 Kameras und ebenso viele Kabel. Aber im Technikraum befanden sich zwei weitere Kabel, mit den Nummern 62 und 64. Sie waren angeschlossen, denn am Anschlusspanel der Zentraleinheit flackerte an der jeweiligen Stelle ein kleines grünes Licht. Am anderen Ende dieser Kabel gab es etwas, das in Betrieb – und doch irgendwie versteckt – war. Und warum fehlte die Nummer 63? Überwachte Ansa Topi mit Kameras, von denen ich nichts wissen durfte?

Ich musste meine Überlegungen unterbrechen, als auf meinem Handy die Nachricht einging, die KTU sei am Tor. Ich gab den Code ein und beobachtete auf der Aufnahme der Torkamera, wie ein unpersönlicher, dunkelbrauner Kleintransporter langsam den Weg entlangfuhr. In Gedanken fluchte ich. Womöglich hatte ich jemanden hereingelassen, der lediglich behauptete, zur KTU zu gehören. Ich hätte nach den Personalien fragen müssen. Dafür war es nun zu spät. Die Nummer, von der die Nachricht gekommen war, begann allerdings mit 029, der Vorwahl der Polizei. Ich beobachtete die Fahrt des Kleintransporters und sah über die Kamera an der Eiskante auch, dass der eine der beiden Leinonens sich dem Wagen näherte.

Da rief der andere Leinonen an.

«Jetzt wäre es gut, wenn du herkommen und den technischen Ermittlern zeigen würdest, auf welchem Weg du zur Fundstelle gegangen bist und welche Spuren du verwischt hast.»

Verdammt, dieser Anordnung musste ich nachkommen, ich musste die anständige, kooperationswillige Bürgerin spielen. Ich holte mir warme Kleidung und eine Stirnlampe, dann ging ich zu dem beleuchteten Kreis auf dem Eis, wo jetzt außer den Leinonens vier weitere Personen mit Polizeiabzeichen tätig waren. Die Fotografin war die einzige Frau im Team. Die Namen der Leute rauschten an mir vorbei. So gut ich konnte, berichtete ich vom Verlauf der Ereignisse. Das Erbrochene stammte nicht von dem Toten, sondern von Topi Lilja, den ich gebeten hatte, mir zu helfen. Warum war ich auf das Eis gegangen? Weil ich dort ein paar Tage vorher ein Rentier entdeckt hatte, das von einem Luchs getötet worden war, und nachsehen wollte, in welchem Zustand sich der Kadaver inzwischen befand. Woher wusste ich, dass es einem Luchs zum Opfer gefallen war und nicht einem Wilderer? Das Rentier war nicht abgeschossen, sondern mit einem Biss in den Hals getötet worden. Was war meine Aufgabe in Ilvesvaara? Wenn wir vermuteten, dass es sich bei dem Toten um den Mann handelte, der aus dem Resort verschwunden war, warum war er nicht als vermisst gemeldet worden?

Die letzte Frage würden Tytti und Ansa beantworten müssen.

Wenn Aku in Schwierigkeiten steckte und Tytti mit ihm gemeinsame Sache machte, um seinen Tod vorzutäuschen, warum war sie in Lappland geblieben, statt sich möglichst weit abzusetzen, vielleicht sogar ins Ausland, um dort auf ihren Mann zu warten?

War sie hiergeblieben, um bei dem Mord an dem Mann, der sich Jouni nannte, zu helfen? Bildeten die Linnala-Rautios sich tatsächlich ein, die Polizei würde Tytti glauben, wenn sie den Toten als ihren Mann identifizierte? Vielleicht hatten sie Ilvesvaara als Tatort gewählt, weil sie annahmen, die Polizisten im Norden wären dümmer als die Kommissare im Süden?

Die Gedanken sprangen in meinem Kopf herum wie eine aufgeschreckte Rentierherde. Ich konnte erst anfangen, sie zu ordnen, als die Leute der KTU erklärten, ich dürfe jetzt gehen. Es war eine höflich formulierte Anordnung. Die Temperatur war angestiegen, laut Wetterbericht sollte es gegen sieben Uhr anfangen zu schneien. Bis dahin musste die KTU alle Spuren dokumentieren, die noch auf dem Eis zu sehen waren.

Ich sah Scheinwerfer von zwei Wagen auf dem Weg zum Hauptgebäude. Pyrys Kleinbus und der Leichenwagen waren hintereinander durch das Tor gefahren.

«Da kommt wohl die Witwe», stellte Aimo Leinonen fest. «Wie gehen wir jetzt vor? Der Mann sieht grauenhaft aus. Normalerweise findet die Identifizierung erst im Leichenschauhaus statt, aber das ist weit weg, in Oulu. Wir sparen Zeit, Benzin und Zigaretten, wenn die Dame sich die Leiche schon hier ansehen kann. Sollen wir sie ein bisschen säubern, damit die Gesichtszüge erkennbar sind?»

«Das würde dem Rechtsmediziner nicht gefallen. Deckt das Gesicht und die Hände ab, eine Frau erkennt ihren Mann auch so», sagte die Fotografin. «Von uns aus kann die Leiche abtransportiert werden, dann braucht die Frau nicht extra auf das Eis zu kommen, und die Lichtverhältnisse sind auch besser.»

Die Leinonens und ich gingen den Ankömmlingen entgegen. Zu meiner Verblüffung rannte Tytti mit wehendem Pelz auf mich zu und warf sich mir an den Hals, als sei ich ihr vermisster Ehemann.

«Hilja, du hattest von Anfang an recht», schniefte sie. «Ich hätte auf dich hören sollen statt auf die Stimme meines Herzens. Bringt mich zu Aku!»

Osmo Leinonen übernahm die Führung und forderte Tytti auf, nach drinnen zu gehen. Die Leiche würde bald ins Haus gebracht, und in der Zwischenzeit werde die Polizei der gnädigen Frau ein paar Fragen stellen, wenn es ihr recht sei. Wo könnten sie sich unterhalten?

Pyry und ich sahen uns an. Unter normalen Umständen hätte Ansa darüber entschieden. Der Warteraum im Bürogebäude war leer, im Restaurant bereitete Stena das Abendessen zu. Hatte er vor, auch die Polizisten zu bewirten? Oder würde das als Bestechungsversuch betrachtet werden?

Wir führten die Leinonens und Tytti ins Bürogebäude. Natürlich wurden wir weggeschickt. Pyry bat mich, mit ihm in den Fitnessraum zu kommen, er habe etwas zu besprechen. Ich folgte ihm, blickte aber immer wieder nach draußen, weil ich auf die Bahre mit der Leiche wartete. Der Mitarbeiter des Bestattungsunternehmens hatte einen Helfer, die Bahre musste vermutlich mit Muskelkraft vom Eis getragen werden. Oder hatten sie vielleicht einen Zugschlitten?

«Hat Ansa vor, die Briten aufzunehmen?», fragte Pyry im Fitnessraum. Er zog seine Steppjacke aus und setzte sich auf die Gewichtheberbank. Seine Hand umklammerte die Hantel wie einen Sicherheitsbügel.

«Abgesagt hat sie jedenfalls nicht. Aber sie scheint ziemlich aus der Fassung zu sein, denn sie hat Beruhigungsmittel genommen.»

Pyry sah mich ungläubig an. «Ansa? Aber die nimmt doch nie ... Sie meidet alles, was das Bewusstsein auch nur im Geringsten trübt, vom Wein angefangen. Sie will die Kontrolle behalten.»

Mir wurde in meiner Winterjacke plötzlich heiß, ich zog sie aus. Am liebsten hätte ich meine Unruhe durch Bankdrücken oder an der Beinpresse abgebaut. Was zum Teufel sollte ich tun, wenn Tytti behauptete, der Tote sei ihr Mann Aku? Konnte ich mich darauf verlassen, dass die Polizei oder spätestens die Rechtsmedizin die Wahrheit herausfinden würde? Wurde die Information über eine Beschneidung in der Patientenakte vermerkt? Als Frau hatte ich damit keine persönliche Erfahrung. Mir blieb keine andere Wahl, als Pyry zu fragen.

«Soweit ich weiß, wurde Aku schon als Kind beschnitten, nicht aus religiösen Gründen, sondern weil seine Vorhaut zu eng war.»

Die Hantel fiel Pyry aus der Hand. «Woher weißt du denn, dass Aku beschnitten ist? Hast du der Leiche etwa in die Hose geguckt? Echt pervers.»

Die Antwort blieb mir erspart, weil mein Handy klingelte. Osmo Leinonen rief an.

«Ja, also … Die Frau Linnala-Rautio ist ziemlich nervös wegen der Identifizierung. Und heute Abend bekommen wir keine Polizistin mehr hierher. Könntest du kommen und ihr die Hand halten? Als seelische Unterstützung. Es ist natürlich hart für die Frau. Wir haben den Toten in die Sauna bringen lassen, weil er nur senkrecht in den Aufzug zum Büro gepasst hätte. Wenn du also sofort kommen könntest», ordnete Leinonen an.

War das überhaupt legal? Ganz gleich, ich wollte dabei sein, wenn Tytti den Toten sah. Ich ließ Pyry bei den Gewichten zurück und machte mich auf den Weg zur Sauna.

Als ich zum Ufer ging, hörte ich ein Geräusch von der anderen Seite des Sees. Zuerst gab ein Tier Laut, dann fiel ein zweites ein. Die Wölfe heulten, als ob sie eine Trauerzeremonie für den Toten abhielten. War Jouni ein Feind oder ein Freund der Wölfe gewesen?

Auch das kalte Flimmern der Sterne schien an der Totenfeier teilzunehmen. Tytti stand verweint in dem kleineren Umkleideraum der Sauna. Die Wimperntusche war verlaufen, die Tränen hatten Streifen in ihrem Make-up hinterlassen. Ihr Atem roch nach Kaffee.

«Ich glaube, ich kann nicht … Sie haben gesagt, ich darf sein Gesicht nicht sehen … Du hast Aku doch gefunden, sag mir, was mit ihm passiert ist.»

Ich fasste Tytti am Arm und spürte durch den Nerzmantel hindurch, dass sie zitterte. Einen Moment lang überkam mich ein seltsames Mitleid. Es lag vollkommen in meiner Macht, ihr diese Belastung zu ersparen. Wie ein Luchs, der einen wimmernden Hasen im Maul hält, auf dem Weg zu einer geschützten Stelle, wo er ihn fressen kann. Ich könnte ja verraten, dass der Tote nicht Aku war. Aber wie ein Luchs sorgte ich nur für mich selbst. Ich fasste Tytti an den Schultern und führte sie in den Waschraum, wo die Leiche zugedeckt auf der Bahre lag. Die Leinonens und ein schwarz gekleideter Mann, wohl der Bestattungsunternehmer, hielten bei dem Toten Wache.

Dann hob Aimo Leinonen die Plane am Fußende an. Tytti schrie auf, als sie die Hosenbeine des Schlafanzugs sah. Leinonen deckte die Leiche weiter auf. Die blutigen Hände steckten in Fäustlingen. Er rollte die Plane so auf, dass das Gesicht darunter verborgen blieb.

«Lassen Sie sich Zeit.» Leinonens Stimme klang freundlich und respektvoll.

Tytti schwankte, trat dann aber näher, sah mich kurz an und blickte dann wieder auf die Leiche.

«Ist Aku so stark aufgedunsen?» Sie wirkte ungläubig. «Darf ich unter den Pyjama gucken?» Sie wollte den Stoff berühren, zog dann aber die Hand zurück, als habe sie sich an der Leiche verbrannt.

«Hilf mir, Hilja! Kannst du den Hosenbund ein bisschen anheben, damit ich … Ich muss es sehen.»

Leinonen gestikulierte, als wolle er sagen, nur zu. Plötzlich kam es auch mir ekelhaft vor, den toten Mann zu berühren. Doch das durfte ich nicht zeigen. Ich musste handeln, obwohl sich mir der Magen umdrehte. Ich zog den Saum der Schlafanzugjacke hoch und deckte den behaarten, schlaff gewordenen Bauch auf. Tytti entfuhr ein seltsamer Laut, eine Mischung aus Seufzer und Aufschrei.

«Mein Gott, nein, das ist nicht Aku!» Ohnmächtig sank sie mir in die Arme.

22

Die Polizisten und der Leichenwagen mit dem Toten waren abgefahren, Tytti war in eine der kleineren Suiten gebracht worden, wo sie übernachten sollte. Am nächsten Tag würde Topi sie nach Ivalo bringen und auf dem Rückweg die britischen Gäste abholen.

Die Leinonens hatten gewartet, bis Tytti sich beruhigt hatte, und sie dann noch einmal befragt. Sie hatte darum gebeten, dass ich bei der Befragung anwesend sein durfte.

«Aku ist nicht so behaart. Und außerdem ist er ... Das lässt sich leicht überprüfen. Er ist beschnitten. Hat der Mann seine Vorhaut noch?»

Tytti sah die Polizisten nicht an, sondern starrte auf den Fußboden. Ich wunderte mich über ihre Verschämtheit. Der Penis war ein Körperteil wie jeder andere. Ihn zu erwähnen, war nicht peinlicher als zu sagen, dass jemand ein Batman-Tattoo am Oberarm hatte.

Osmo Leinonen ging nach draußen, um die Leute im Leichenwagen anzurufen. Du solltest uns nicht darüber informieren, hätte ich gern gesagt, aber ich konnte einem Polizisten ja keine beruflichen Ratschläge erteilen. Ich stellte mir vor, wie der Wagen mitten im Nirgendwo hielt, wie der Beifahrer die rückwärtige Tür öffnete und in die Hose des Toten spähte. Aber wahrscheinlich hatte er in seinem Beruf schon alles gesehen.

«Auch demnach ist es nicht Ihr Mann», sagte Osmo, als er zurückkam, und wirkte verlegen. Immerhin fragte er, ob Tytti sicher war, dass der Pyjama, den die Leiche trug, ihrem Mann gehörte. Wo war er gekauft worden?

Sie hatten den seidenen Schlafanzug im vorigen Winter in einem Geschäft für Herrenbekleidung in London erstanden. Aku hatte damals seinen Pyjama zu Hause vergessen und Tytti gerügt, weil sie ihn beim Packen nicht daran erinnert hatte. Es müsste ein unglaublicher Zufall sein, wenn hier oben im Norden ein identischer zweiter Schlafanzug auftauchte. Zudem war Akus Pyjama verschwunden, im Gegensatz zu seiner restlichen Kleidung.

Ich erzählte von dem Stück Stoff, das ich gefunden hatte, und erwähnte, dass mir ein Riss am Ärmel des Schlafanzugs aufgefallen war. Die Leinonens sahen sich an. Wieso steckte der Tote im Pyjama des Vermissten?

Wahrscheinlich dachten sie dasselbe wie ich. Aku Rautio war nicht nur verschwunden, sondern stand selbst unter Verdacht, in den Tod des bisher unbekannten Mannes verwickelt zu sein. Der Rechtsmediziner würde die Todesursache feststellen. Falls er mit einem Kopfschuss getötet worden war, hatte man eine Kleinkaliberwaffe verwendet, und die Kugel steckte noch im Schädel.

Vielleicht war er aber auch einfach nur erfroren.

Tytti wollte mich zuerst nicht gehen lassen. Dass Aku weiterhin vermisst wurde, hatte sie nicht beruhigt, sondern eher noch nervöser gemacht. Manchmal war grausame Gewissheit besser als Ungewissheit und die damit verbundene fragile Hoffnung. Ich überredete Tytti, die Rote-Bete-Suppe mit Schwarzbrot, die Stena als Vorspeise zubereitet hatte, zu essen. Ich selbst hatte größte Lust, entweder einen ganzen Liter Tequila zu trinken, Tytti ins Kreuzverhör zu nehmen oder aus dem Norden abzuhauen. Vorläufig tat ich nichts von all dem.

Welchen Ort hatte Jouni erwähnt? Vuokilanvuoma? Auf meiner gedruckten Landkarte fand ich siebzig Kilometer nordwestlich des Dorfes keinen Ort dieses Namens. Jetzt hätte ich gern gegoogelt. Wer kannte die Umgebung am besten? Pyry vielleicht?

Schließlich sagte Tytti, sie werde eine Schlaftablette nehmen. Ich hoffte, dass sie keine Überdosis schlucken würde. Auch das würde ich nicht verhindern können. Aber sie war noch keine Witwe und vielleicht auch keine Mörderin. Nur durcheinander.

Ich wollte allein sein, aber in Sichtweite der anderen bleiben. So spazierte ich über die Brücken und betrachtete die Sterne. Der Frost hatte wieder angezogen. Hoch oben am Himmel schrie irgendein Geschöpf, doch es klang nicht wie ein Hilferuf, sondern wie Jubelgeschrei.

Ich zuckte zusammen, als ich die Gestalt bemerkte, die mich vor meiner Tür erwartete. Der schwarze Umhang und der dampfende Atem, der aus der Kapuze drang, erinnerten mich an die Dementoren in den Harry-Potter-Romanen.

«Hallo, Hilja», sagte Veera. «Was geht hier eigentlich vor? Ich habe gehört, dass Aku tot auf dem Eis gefunden wurde, aber Stena hat gerade behauptet, der Tote wäre nicht Aku, sondern ein Unbekannter. Darf ich reinkommen?»

Ich hatte keine Lust, mit Veera zu reden, geschweige denn, sie in mein Zimmer zu bitten, aber sie wirkte so verfroren, dass ich es nicht über mich brachte, sie wegzuschicken. Ich fragte, ob sie einen Tee wolle, und als sie nickte, schaltete ich den Wasserkocher ein.

«Zitrone-Kamille, bitte. Dann kann ich trotzdem einschlafen.»

Ich entschied mich für dieselbe Sorte und fragte Veera, ob

sie ihren Tee mit Honig trank. Sie verneinte, kauerte sich in die Sofaecke und zog die Füße unter sich. Unter ihrem Umhang trug sie einen weißen Hausanzug aus Sweatshirtstoff und dicke gestreifte Wollsocken. Mir ging auf, dass ich sie zum ersten Mal ungeschminkt sah. Sie hatte trockene Flecken im Gesicht, ohne Mascara waren ihre Wimpern fast durchsichtig hell.

«Jana hat heute früh gesagt, dass die Leiche angefressen war. Wurde der Mann von Wölfen getötet?»

An Ansas Stelle hätte ich das Personal zusammengerufen und einen Lagebericht gegeben. Auch in einer kleinen Gemeinschaft breiteten sich Gerüchte aus. Ich war überzeugt, dass Jana jede Gelegenheit nutzte, andere zu belauschen. Als Putzkraft hatte sie Zugang zu den Personalunterkünften und konnte alles untersuchen, was nicht im Schrank eingeschlossen war.

Ich erzählte Veera, was ich offiziell wusste. Dass der Tote nicht Aku war, obwohl er dessen Pyjama trug, und dass er bisher nicht identifiziert werden konnte. Das Lügen schnürte mir die Kehle zu, aber an Veera konnte ich es ausprobieren, die Unwahrheiten zu sagen, die ich auswendig lernen musste.

Veera starrte in ihre Teetasse, während sie mir zuhörte, und trank ab und zu einen Schluck. Ich sah eine Träne über ihre Wange laufen und in die Tasse tropfen.

«Aku hat sich immer überschätzt. Hat er geglaubt, er könnte sich absetzen, indem er jemand anderen als seine eigene Leiche ausgibt? Guckt er keine Fernsehkrimis? Es gibt schließlich Fingerabdrücke, Zahnschema und DNA. Hat er sich etwa eingebildet, Tytti würde für ihn lügen und den Unbekannten als ihren Mann identifizieren?»

Veera sprach das aus, worüber ich selbst nachgedacht hatte. Doch das verriet ich ihr nicht, sondern fragte, warum Aku ihrer Meinung nach den Unbekannten getötet haben könnte.

«Es wäre nicht das erste Mal, dass er eigenes und fremdes Geld verwechselt hat. Er hat auch versucht, Topi zu bescheißen, zuerst hat er ihn dazu animiert, in Kneipen Crystal Meth zu verkaufen, und dann wollte er ihm den Gewinn abknöpfen. Ansa ist gerade noch rechtzeitig aufgetaucht, um Topi zu retten, bevor er geschnappt wurde. Dafür lässt sie den dankbaren Schafskopf jetzt nach ihrer Pfeife tanzen.»

Veera hatte behauptet, sie habe nichts von der Bekanntschaft zwischen Topi und Aku gewusst. Jetzt widersprach sie sich selbst. Um ihre Redeflut nicht zu stoppen, tat ich, als hätte ich es nicht gemerkt. Aus irgendeinem Grund wollte Veera Topi schützen, aber ich glaubte nicht, dass dabei romantische Gefühle im Spiel waren.

«Bestimmt steht Aku das Wasser bis zum Hals. Ich hatte mich schon gewundert, warum er trotz seiner Spannungen mit Ansa hierhergekommen ist. Wahrscheinlich, um Zeit zu gewinnen. Der Kerl ist zu allem fähig. Ein totaler Psychopath.»

Wieder liefen Veera Tränen über das Gesicht. Dachte sie an ihre Schwester Noora? War Noora inzwischen wieder auf die Beine gekommen? Veera hatte nichts dazu gesagt. Warum war sie nach Ilvesvaara gegangen, anstatt ihrer Schwester beizustehen? Hatte sie keine Kraft mehr gehabt? Die Rolle der Helferin war anstrengend, sie konnte einen aushöhlen.

«Sprich mit der Polizei über deinen Verdacht.»

Veera lachte freudlos auf. «Aku hat Beziehungen, über die er sich falsche Papiere beschaffen kann. Er ist längst über alle Berge, irgendwo, wo internationale Auslieferungsverträge keine Geltung haben. Ich hätte die Stelle in Ilvesvaara nie angenommen, wenn ich gewusst hätte, dass ich ihm hier begegnen würde. Ich dachte, ich hätte diese ganze Scheiße hinter mir gelassen, aber jetzt ist sie wieder da. Hast du jemals Angst haben müssen, dass deine geliebte Schwester sich das Leben nimmt? Dass du sie nicht retten kannst, egal, was du tust? Ich bin so enttäuscht, dass der Tote nicht Aku ist! Ich hatte mir schon ausgemalt, was für Ängste er ausgestanden hat, als die Wölfe sich auf ihn gestürzt haben. Eigentlich möchte ich niemand sein, der Freude an solchen Gedanken hat, aber durch ihn bin ich so geworden.»

In Gedanken hörte ich eine Männerstimme, die sagte, man dürfe nicht zulassen, dass das Böse einem das ganze Leben verdirbt. Es war die Stimme von Johannes, einem Arzt, der in Kriegsgebieten Kinder behandelte und rettete. Er war ein Mann, der sich herausgefordert sah, meine Härte und meinen Zynismus zu durchbrechen. Johannes hatte mich dazu gebracht, meinen Vater zu besuchen, aber irgendwann hatte ich seine gutmenschenhaften Erklärungen über die Seligkeit des Vergebens nicht mehr ertragen. Ich verstand nur zu gut, was Veera empfand.

«Wie geht es deiner Schwester jetzt?», fragte ich und wunderte mich über das Mitgefühl in meiner Stimme.

«Die bindet in der Förderwerkstatt Bürsten. Oder irgendwas in der Art. Sie hat einen Hund, mit dem sie spazieren geht. Zu anderen emotionalen Beziehungen wird sie wahrscheinlich nie mehr fähig sein. Hoffentlich hat dieser Japan-Spitz ein besonders langes Leben.»

«Vermisst sie dich nicht?»

Veeras Miene wurde abweisend.

«Ich erinnere sie zu sehr an die Vergangenheit, an alles, was ihr geschadet hat. Sie wirft mir vor, dass ich sie nicht gegen Aku verteidigt habe. Wie nennt man das noch gleich – Projektion. Ich kann diesen Psychojargon nicht mehr hören. Ich spare mir hier so viel zusammen, dass ich in irgendeine warme Gegend ziehen kann, wo ich nur ein, zwei Tage in der Woche arbeiten muss. Ansa ist furchtbar, aber immerhin zahlt sie gut. Und vor was bist du auf der Flucht?»

Es kam mir vor, als hätte sie mir einen Fehdehandschuh hingeworfen. Ich wich aus, gab ihr keine Antwort. Und ich lief ja auch vor nichts davon, ich ließ mich nur treiben wie eine Feder im Strom. Jetzt war ich hier, im nächsten Jahr würde ich vielleicht irgendwo anders sein. Es lohnte sich nicht, allzu genau zu planen.

Veera streckte sich und stellte die leere Teetasse auf den Tisch.

«Was passiert jetzt?», fragte sie. Ich sagte, vermutlich würde die Polizei die Identität des Toten klären. Das Leben in Ilvesvaara würde weitergehen wie bisher, es sei denn, bei den Ermittlungen würde sich irgendetwas Hinderliches ergeben. Morgen würden die britischen Gäste eintreffen.

«Die haben jede Menge Moorpackungen und Hot-Stone-Massagen gebucht. Das werden arbeitsreiche Tage. Danke für den Tee, Hilja. Du erzählst doch nicht weiter, was ich über Aku gesagt habe?»

Ein Luchs kann Geheimnisse für sich behalten, dachte ich, als Veera ging. Ich wartete gut zehn Minuten, dann zog ich mich warm an, setzte die Stirnlampe auf und ging aufs Eis. Die KTU hatte den Bereich nicht abgesperrt. Ich ging zu der Stelle, wo ich die Leiche gefunden hatte. Der Rentierkadaver lag noch dort, so hart gefroren, dass kein Luchs mehr davon fressen konnte. Allenfalls Raben konnten noch daran herumpicken. Ich dachte an Fridas Geruch und an das seidige Fell an ihrem Hals, an die raue Zunge, mit der sie meine Wange ableckte. Frida würde immer bei mir sein, ich konnte sie herbeirufen, wenn ich meine Schwester brauchte. Ich wünschte, ich wäre eine

Schamanin, die sehen könnte, wer Jouni getötet hatte. Doch das musste ich ohne magische Kräfte herausfinden, indem ich mich allein auf meinen Instinkt verließ.

23

Es gab keinen Ort namens Vuokilanvuoma. Jouni hatte mir eine erfundene Adresse genannt.

Das überraschte mich an sich nicht. Auch ich hatte ihm weder meinen echten Namen noch meinen Arbeitsplatz verraten. Das Einzige, was mich an der ganzen Sache ärgerte, war die Möglichkeit, dass man mich mit dem Mann in Verbindung bringen konnte, mochte er nun Jouni heißen oder nicht. Der Barmann hatte ihn jedenfalls mit diesem Namen angesprochen und schien ihn zu kennen. War es zu riskant, in die Kneipe zurückzukehren? Ich könnte eine Verliebte spielen, die vergeblich versucht, den Herzensbrecher aufzuspüren. Aber wenn die Polizei den Barmann befragte und herausfand, dass die Frau in der Kneipe und die Sicherheitsbeauftragte in Ilvesvaara ein und dieselbe Person waren? Ich hatte Aufmerksamkeit erregt, als ich Pyry aus der Kneipe bugsierte. Wie viele Gäste hatten gehört, wie er mich mit meinem echten Namen angesprochen hatte? Verdammter Pyry, er war mir einiges schuldig. Im Dorf wusste man womöglich, dass er in Ilvesvaara arbeitete. Warum hatte ich das Risiko nicht bedacht, als ich ihm zu Hilfe gekommen war?

Weil ich nicht wissen konnte, dass mein One-Night-Stand wenig später mausetot auf meinem eigenen Grundstück liegen würde.

Dass ich ihn nicht wiedererkannt hatte, könnte ich mit einem Schwips erklären. Das Gesicht des Toten war entstellt, und bei den Intimitäten mit dem Rentierzüchter war es dunkel gewesen, sodass ich seine körperlichen Merkmale nicht genau gesehen hatte. Wer würde das Gegenteil beweisen können? Wir waren gesehen worden, als wir gemeinsam die Kneipe verließen, aber konnte ich behaupten, dass wir uns auf dem Weg zu Heikkiläs Wohnung getrennt hatten? Oder sagen, dass wir dort nur geschlafen, aber keinen Sex gehabt hatten?

Von welcher Warte aus man die Sache auch betrachtete, ich steckte in der Klemme. Meines Wissens war ich die einzige Person in Ilvesvaara, die sowohl Aku als auch Jouni gekannt hatte. Die mit beiden geschlafen hatte. Das war an sich kein Verbrechen, würde aber auch einem dümmeren Polizisten als seltsamer Zufall erscheinen.

Ein Luchs wusste, dass er in eine Falle geraten konnte, wenn er nicht bei jedem Schritt auf der Hut war. Ein Fangeisen konnte sich um seinen Lauf legen, eine Fallgrube unter ihm nachgeben. Er konnte von einer Kugel getroffen werden, wenn er es nicht schaffte, davonzurennen, hinter einen Felsen zu springen oder auf einen Baum zu klettern.

Tytti hatte sich gefreut, als ich sagte, ich würde bis ins Dorf mitfahren. Topi brachte sie zum Flughafen in Ivalo und holte dort auch gleich die fünfköpfige britische Reisegruppe ab: ein Ehepaar mit zwei Töchtern samt dem Freund der einen Tochter. Der Mann war irgendein Sir Soundso, was sowohl Veera als auch Ansa in Aufregung versetzte. Ansa war inzwischen wieder so schroff und energisch wie gewohnt, auch ihre Erkältung war nur eine vorübergehende Unpässlichkeit gewesen.

Tytti verabschiedete sich seltsam kühl von mir, doch ich machte mir nichts daraus. Bestimmt hatte Veera recht, und Aku war längst außer Landes. Mir war immer noch nicht klar, wie viel Tytti wirklich wusste. Waren die Linnala-Rautios so durchtrieben, dass sie einen beliebigen Außenstehenden ermordet hatten, um die Aufmerksamkeit der Polizei von dem Vermisstenfall abzulenken?

Aber warum hätten sie dann Akus Pyjama verwenden sollen?

Mein Kopf war voller unbeantworteter Fragen. Ich wanderte über die stille Dorfstraße und versuchte, mir Jounis Schlitten in Erinnerung zu rufen. Konnte ich ihm über das Fahrzeug auf die Spur kommen? Die Marke war natürlich Lynx gewesen, aber mehr wusste ich nicht. Mir fiel nichts anderes ein, als bei Heikkilä, Jounis angeblichem Freund, zu klingeln.

Niemand machte mir auf. Ich erinnerte mich, dass Jouni die Tür mit einem normalen Abloy-Schlüssel geöffnet hatte. Die Einzimmerwohnung erstreckte sich über die ganze Breite des Hauses: Windfang, die Diele mit Schränken, Sauna und Badezimmer, links die offene Küche, rechts das Wohnzimmer mit Schlafnische. Das Küchenfenster ging zur Straße, das Wohnzimmerfenster zur Rückseite des Hauses. Die Wohnung lag im Erdgeschoss und hatte eine kleine Terrasse.

Ein Fenster einzuschlagen, um in die Wohnung zu kommen, wäre leicht, aber nicht ohne Risiko. Ich hatte keinen Dietrich dabei, dafür aber ein Schweizer Armeemesser mit einer guten Auswahl an verschiedenen Werkzeugen. Würde ich damit die Terrassentür öffnen können?

Warum hatte ich mir die Brieftasche des Mannes, der sich Jouni nannte, nicht näher angesehen? Ich hatte über diese eine Nacht hinaus keine Verbindung gewollt, aber diesmal die falsche Entscheidung getroffen.

Das Küchenfenster war geschlossen, wie bei einer Temperatur von mehr als fünfzehn Grad unter null nicht anders zu erwarten. Ich suchte nach Überwachungskameras, fand aber keine. Soweit ich mich erinnerte, hatte Jouni keine Alarmanlage ausgeschaltet, doch ich konnte nicht mit Sicherheit sagen, dass es keine gab. Als ich um das Haus herumging, fürchtete ich mich weniger vor der Polizei, die wahrscheinlich gut und gerne hundert Kilometer entfernt war, als vor wachsamen Rentnern. Eine Fremde, die sich an den Türen zu schaffen machte, würde natürlich die Aufmerksamkeit der Nachbarn wecken. Und ohne die entsprechende Kleidung konnte ich mich auch nicht als Angestellte eines Hausmeisterdienstes ausgeben.

Dennoch beschloss ich, das Risiko einzugehen. Das Haus war schätzungsweise in den Siebzigerjahren gebaut worden, Türen und Fenster hatten viel Zeit gehabt, unter dem Einfluss der wechselnden Witterungsverhältnisse zu verwittern und aufzuquellen. Das konnte mein Vorteil sein.

Die Vorhänge im Wohnzimmer waren zugezogen, wie bei meinem nächtlichen Besuch. Der hellblaue Stoff mit dem goldenen Blütenmuster war vermutlich mehr als dreißig Jahre alt. An der Hintertür gab es keine Klinke. Die Tür war alt, das Schloss sicher auch. Mit etwas Glück würde ich den Bolzen zwischen Tür und Rahmen beiseiteschieben können.

Ich klappte das kräftigste Messer auf und schob es langsam unter den Bolzen und weiter nach hinten. Ich ging vorsichtig vor, immer darauf gefasst, dass jemand kam. Der Türrahmen schuppte ein wenig, das Holz wirkte feucht. Hoffentlich gab es so weit nach, dass ich ins Haus kam!

Die Arbeit dauerte eine gefühlte Ewigkeit, führte aber schließlich zum Erfolg. Der Rahmen gab ein wenig nach, ich konnte die Klinge in den Spalt schieben und den Bolzen bewegen. Es war ein altmodisches Schloss, und Jouni hatte nicht daran gedacht, die Wohnung doppelt zu verriegeln. Ich hatte es geschafft, nur hatte die Tür keinen Griff, an der man sie von außen aufziehen konnte. Ich versuchte, den Bolzen mit der Klinge zu bewegen und gleichzeitig vorsichtig an der Tür zu ziehen, indem ich das Messer zur Seite bog. Wenn ich nur so viel Glück hatte, dass die Klinge nicht abbrach! Noch ein bisschen ... Die Tür sprang auf.

Ich schob die Mütze bis zu den Augenbrauen herunter und zog die Kapuze über, um keine Haare zu hinterlassen. Der Raum sah genauso aus wie bei meinem Besuch. Auf dem Bett lag keine Tagesdecke, aber es war gemacht und die Kissen aufgeschüttelt. Trotzdem meinte ich den Geruch, den unsere Liebesstunden in der Bettwäsche hinterlassen hatten, noch wahrzunehmen. Jetzt wirkte er muffig.

Ich spähte unter das Bett und schloss Bekanntschaft mit einer Herde Wollmäuse. Weder der Nachttisch noch der Esstisch hatten Schubladen. Ich erinnerte mich an den Waffenschrank, den ich in der Diele gesehen hatte, konzentrierte mich aber zuerst auf die Küche.

Die ganze Bude hatte etwas Provisorisches an sich, als würde sie als Zweitwohnung oder als Unterkunft für Saisonarbeiter dienen. Besteck und Geschirr waren die billigsten Sorten von Ikea. Zwei Töpfe, Bratpfanne, Wasserkocher und Kaffeemaschine. An Gewürzen nur Salz, schwarzer Pfeffer, Pizzagewürz und Senfpulver. Im Kühlschrank eine offene Packung Buttermilch und ein Käserest. Nichts davon verriet etwas über den Menschen, der zuletzt hier übernachtet hatte. Die untersten Schubladen des Geschirrschranks waren leer. In der Lade unter dem Herd, die eigentlich für Backbleche vorgesehen war, sann eine einsame Plastiktüte über ihre Existenz nach.

Der Mülleimer war leer, aber am Rand waren Kaffeesatz und Bananenfasern hängen geblieben. Ich schnupperte. Noch nicht ganz geruchlos. Als Nächstes öffnete ich alle drei Kleiderschränke.

Im linken Schrank dieselbe Wanderkleidung wie beim vorigen Mal. Im mittleren eine Plastikbox, die offenbar Angelrollen und -schnüre enthielt. Ich hob sie an. In der Ecke dahinter hatte sich eine einzelne graue Frotteesocke eingenistet. Auf der Sohle stand 41–44. Sie gehörte wohl einem mittelgroßen Mann, vielleicht genau dem, der sich Jouni genannt hatte.

Ich öffnete den Anglerkasten. Darin lag eine prächtige Sammlung unterschiedlichster Köder. Onkel Jari hätte große Augen gemacht, wenn er diese Schatzkiste gesehen hätte. Er hatte seine Köder meist selbst gebastelt. Ich achtete darauf, mir die Finger nicht an den Haken zu verletzen, als ich den Inhalt inspizierte. Nichts Auffälliges.

Der Waffenschrank war an die Wand gebolzt und hatte ein sechsstelliges Zahlenschloss. Es gab also fast eine Million möglicher Kombinationen. Der Versuch, den Schrank zu öffnen, wäre Zeitverschwendung gewesen. Ich versetzte dem Schrank einen Tritt, um zu hören, ob es darin poltern würde. Metall traf auf Metall, es klang nach einem Gewehrlauf, vielleicht enthielt der Schrank nur eine Waffe.

Auf der Hutablage befanden sich eine Schirmmütze mit dem Aufdruck einer Molkerei und eine Speisekarte des örtlichen Kebab-Pizza-Restaurants. Ich kam mehr und mehr zu der Überzeugung, dass die Wohnung als Kurzzeitquartier für wechselnde Gäste diente. Für eine Airbnb-Unterkunft war sie ziemlich anspruchslos, aber manche brauchten ja nichts weiter als ein Dach über dem Kopf. Und es gab immerhin eine Sauna.

Im Bad fand ich das Handtuch, in das ich mich vor ein paar Tagen nach dem Duschen gewickelt hatte, einen Zahnputzbecher und eine Tube Zahnpasta, aber keine Zahnbürste. Ich erinnerte mich, bei meinem vorigen Besuch eine gesehen zu haben. Waren am Handtuch meine DNA, Haare oder Hautpartikel? Garantiert hatte ich hier und da auch Fingerabdrücke hinterlassen. Sie waren leider bei der Polizei registriert. Verdammter Mist. Ich wischte die Flächen, die ich vermutlich berührt hatte, mit Klopapier ab. Den Spülknopf der Toilette und den Wasserhahn, den Bettrahmen, die Schranktüren. Konnte ich es wagen, das Handtuch mitzunehmen? Würde der Wohnungseigentümer sich wundern, wenn es nicht mehr da war?

Wie hatte ich mir einbilden können, dass man mich nicht mit dem Tod dieses angeblichen Jouni in Verbindung bringen konnte? Ich geriet in Panik und wollte schon aus der Wohnung stürmen, als mir aufging, dass ich einen Raum noch nicht inspiziert hatte. Die Sauna.

Es war ein ungefähr fünf Quadratmeter großes, elektrisch beheiztes Kabuff, in dem ich mich allerhöchstens aufs Schwitzen eingelassen hätte, wenn ich mir davon besonders guten Sauna-Sex erhoffte. Der Wasserkübel war halb voll, eine Kelle war nicht zu sehen. Die Schwitzbänke waren leer. Die Sauna war zuletzt auf 80 Grad geheizt worden, der Timer stand auf null. Ich hob die obersten Steine auf dem Saunaofen an. Nichts Auffälliges. Dann kletterte ich auf die Schwitzbänke und sah mich um. Nichts. Mach, dass du rauskommst.

Da bemerkte ich etwas Seltsames: die Art, wie das Licht der Lampe durch das Holzgitter fiel. Als klemmte irgendein Hindernis zwischen dem Gitter und der Glühbirne. Das Gitter war mit Standardschrauben befestigt und schnell zu öffnen.

Heraus fiel ein Zigarrenrohr mit der Aufschrift Cohiba. Teppo Laitio hatte kubanische Zigarren geraucht, ich hatte sie ihm in das Krankenhaus geschmuggelt, in dem er die letzten Tage seines Lebens verbrachte. Ich erinnerte mich immer noch an ihren Geruch und erwartete, dass er mir in die Nase steigen würde, wenn ich das Rohr öffnete.

Es enthielt jedoch nichts zum Rauchen, sondern einen USB-Stick. Einen ganz normalen schwarzen Stick, wie man ihn im Supermarkt bekam. Ich zögerte nur kurz, dann steckte ich das Zigarrenrohr samt Inhalt ein und schraubte das Gitter wieder fest.

Da klingelte es an der Tür. Hastig knipste ich das Licht in der Sauna aus. Im Rest der Wohnung hatte ich es gar nicht erst eingeschaltet. Ich verharrte reglos wie ein Luchs, der sich vor einem Jäger verbirgt. Es klingelte noch einmal. Ich spitzte die Ohren und hörte nach einer Minute Schritte davonschlurfen.

Leise wie auf Katzenpfoten schlich ich aus der Sauna in die Diele. Würde derjenige, der geklingelt hatte, meinen Schatten durch die Vorhänge sehen, wenn er auf die Terrasse ginge? Nein, das Licht kam von der anderen Seite. Dennoch blieb ich minutenlang still stehen, bis ich mir sicher sein konnte, dass der Mensch nicht versuchen würde, über die Terrasse in die Wohnung zu kommen.

Dann zog ich mir die Kapuze noch tiefer ins Gesicht, setzte die Sonnenbrille auf und verdeckte Mund und Kinn mit meinem Schal. Von meinem Gesicht war jetzt nur die Nase zu sehen, und die war zum Glück mittelgroß und gerade, ohne besondere Merkmale. Wenn ich mich als Mann verkleidete, schminkte ich sie manchmal rötlich und klebte mir ein paar einzelne Härchen in die Nasenlöcher. Ich trat scheinbar unbefangen durch die Tür nach draußen und machte mich darauf gefasst, dass jemand auf die Idee kommen könnte, nachzufragen, was ich in Heikkiläs Wohnung gemacht hatte.

Doch ich kam unbehelligt bis zur Hauptstraße des Dorfes. Mir blieben ungefähr zwei Stunden, bis Topi mit den Briten zurückkam und mich aufsammelte. Ein Internet-Café gab es hier wohl nicht, und die Post hatte nur noch eine kleine Annahmestelle im Supermarkt. Wo würde ich an einen Computer kommen? Die Menschen im Norden waren eine Spezies für sich, es war durchaus möglich, dass irgendein Unbekannter mir helfen würde, wenn ich mir einen passenden Vorwand ausdachte. Ich hätte behaupten können, ich müsste dringend eine Mail abschicken. Aber ich wollte keine unnötige Aufmerksamkeit erregen.

Ich erinnerte mich an die nette junge Frau im Kebab-Pizza-Lokal und an den älteren Herrn, der dort für die Küche zuständig war. Die beiden sprachen Finnisch mit einem ausländischen Akzent. Ich schätzte, dass sie aus einer ehemaligen Sowjetrepublik stammten, vielleicht aus Armenien oder Georgien. Wären meine Russischkenntnisse nützlich oder eher schädlich? Ich beschloss, es auf Finnisch mit einem erfundenen Dialekt zu probieren. In dem Lokal saßen gerade keine Gäste.

«Tach auch. Ich müsste mir mal was angucken. Hier auf dem Stick. Darf ich an euren Rechner, wenn ich einen Kaffee bestelle?»

Die dunkelhaarige junge Frau sah mich entsetzt an. Ich zeigte auf den Computer, der hoffentlich einen USB-Port hatte. Der Mann spähte mit mehlbestäubtem Gesicht aus der Küche und sagte in einer mir unbekannten Sprache etwas zu der Frau, die daraufhin lächelte und mich an den Nebentisch mit dem Computer winkte.

«Danke auch.» Nun blieb nur zu hoffen, dass der Stick nicht mit einem Passwort gesichert war. Ich steckte ihn in die Buchse und wartete.

Im Laufwerk D fand sich eine Word-Datei mit dem Titel «Objekt». Ich klickte sie an.

Das Bild erschien zunächst als Pixelnebel auf dem Bildschirm, dann wurde es allmählich schärfer. Das Gesicht eines Menschen. Dann dieselbe Person auf einem Ganzkörperfoto und zum Schluss noch der Oberkörper im seitlichen Profil. Auf die Fotos folgten mehrere Seiten Text. Ich überflog ihn kurz und kehrte dann zu den Bildern zurück.

«Ganz gut getroffen», meinte die junge Frau, als sie mir eine Tasse duftenden schwarzen Kaffee hinstellte. «Sie tragen nur die Haare jetzt ein bisschen kürzer.»

Das war eine Bestätigung, die ich nicht ignorieren konnte. Die Person auf den Fotos war ich.

24

Die Briten waren genau genommen Schotten. Der Nachname der Familie war Kerr, der Freund John hieß mit Nachnamen King. Sowohl der Vater Sir Rory als auch John interessierten sich für Militärgeschichte. Als Interessengebiete der Frauen waren in den Buchungsunterlagen Mode und Wellness vermerkt, die Tochter Bonni interessierte sich außerdem auch für Inneneinrichtung. Alle waren fröhlich und lebhaft wie die Schäferhunde ihrer Heimat. Da Topi sich auf das Fahren konzentrierte, fiel mir die Aufgabe zu, ihre Fragen zu beantworten, so gut ich konnte. Ab und zu musste ich improvisieren. Fraßen Bären Menschen? Nein. Konnte man im Winter welche beobachten? Sie hielten Winterschlaf. Und Eisbären? Die gab es in Finnland nicht. Ach, wie schade. Johns Freund hatte auf Spitzbergen einen erlegt. Finnland war nicht Spitzbergen. Gab es hier lappländische Volkstänze? Nein, aber auf Bestellung konnte man sich Joiks anhören. Ich ging davon aus, dass Ansa das gegen entsprechende Bezahlung organisieren konnte.

Der Wissensdurst der Schotten war mir willkommen, er hielt mich davon ab, über meine eigene desolate Situation nachzudenken. Ich war nicht dazu gekommen, die Informationen über mich genauer zu lesen. Objekt? Ich erinnerte mich an einen anderen USB-Stick, den man mir vor zwei Jahren auf Wunsch des verstorbenen Laitio übergeben hatte. Er enthielt Informationen über meinen Vater, die der Schweigepflicht unterlagen, seine ganze Krankengeschichte. Pyrys Stiefmutter Eini Rantanen hatte sie in den Archiven der Zentralkripo ausgegraben. Pyry wusste viel zu viel über mich. Hatte er Jouni etwa verraten, wer ich war? Aber warum?

Hatte Pyry in der Kneipe nur vorgetäuscht, dass er betrunken war?

Den Schotten entfuhren Laute der Begeisterung, als der Wind den schweren Schnee von den Bäumen auf die Straße schleuderte, sodass wir eine Weile durch einen Nebel von Schneeflocken fuhren. Der LNX-5 bewegte sich zum Glück stabil wie ein Panzer, aber ich hätte lieber selbst am Steuer gesessen, als mich von Topi fahren zu lassen. Es war nicht auszuschließen, dass er verbotene Substanzen im Blut hatte.

Die Rentierherde war zum Glück schon aus einem halben Kilometer Entfernung zu sehen. Sie stand mitten auf einer langen Geraden, die Augen der Tiere funkelten in der Dunkelheit. Topi bremste heftiger als nötig, schaffte es zum Glück aber, den Wagen auf der Straße zu halten.

«Reindeer», sagte er mit übertriebenem Akzent. «Real Lappi animals. You will eat them later. Very tasty meat.»

Bonni kicherte nervös, obwohl in den Hintergrundinformationen über die Gäste nicht stand, dass irgendjemand in der Familie kein Fleisch aß. In Amerika war es schwierig gewesen, zu erklären, dass Rentierfleisch in Finnland eine beliebte Speise war. «You horrible Finns eat Rudolph», hatte mein Kommilitone Charlie Davis sich entsetzt, während er sich genüsslich mit Antibiotika gesättigtes Schweinefleisch in den Mund stopfte. Sir Rory Kerr erkundigte sich, ob Rentierhorn-Pulver tatsächlich die Wirkung auf gewisse männliche Funktionen hatte, die man ihm nachsagte. Topi bejahte bierernst, und zum ersten Mal war er mir fast sympathisch. In meinem Herzen war immer ein Kämmerchen für Lügenerzähler und Betrüger frei.

Solange sie nicht mich verschaukelten.

Pyry und Jouni waren zur gleichen Zeit in der Kneipe gewesen. Zwar hatte Pyry meinen One-Night-Stand mit keinem Wort kommentiert und nicht einmal genauer gefragt, wie ich mir die Zeit vertrieben hatte, aber mir schwante trotzdem, dass er uns zusammen gesehen hatte.

Ich musste mit ihm reden, aber was sollte ich sagen? Außerdem brauchte ich Zugang zu einem Computer oder Tablet mit USB-Port. Mein eigenes hatte keinen. Ich verfluchte meine Dummheit: Im Dorf hätte ich einen Adapter kaufen können, der es mir ermöglicht hätte, die Datei auf meinem Handy zu lesen.

Die Informationen über mich würden auch etwas über denjenigen aussagen, der sie gesammelt hatte. Was hatte er für wesentlich gehalten? Wem hatte er die Angaben übermitteln wollen?

Ich hatte mir eingebildet, ich hätte Jouni verführt, aber offenbar war es genau umgekehrt gewesen. Ich rief mir den Verlauf des Abends in Erinnerung. Zuerst verstohlene Blicke, dann hatte man direkter hingesehen, sich schließlich angelächelt. Jouni hatte gefragt, ob er sich zu mir setzen dürfe. Da er mir brauchbar erschien, hatte ich zugestimmt. Jouni hatte seine Rolle sorgfältig konstruiert.

Trotzdem lag er nun mit abgenagten Fingern und ordentlich runtergekühlt im rechtsmedizinischen Institut in Oulu.

Es war das dritte Mal, dass ich durch das Haupttor nach Ilvesvaara kam. Die Sterne leuchteten so hell, dass die Milchstraße zu erkennen war. Die Außenbeleuchtung war anders als vorher. Zu beiden Seiten der Zufahrt loderten rund dreißig Schwedenfeuer. Das Hauptgebäude war von einer Perlenkette aus Eislaternen umgeben, und die LED-Lampen an den Terrassen der Suiten leuchteten in einem warmen Orangeton. Als sei man in eine Welt gekommen, in der Feuer und Eis zusammen existierten, ohne einander zu schaden.

Die Kerrs seufzten voller Bewunderung, und ich begann zu verstehen, wie raffiniert Ansas Inszenierungskunst war. Schotten, die nicht an Schnee gewöhnt waren, beeindruckte man mit anderen Mitteln als Finnen. Als wir ausstiegen, kamen von der Terrasse des Bürogebäudes zauberhafte Töne. Ich erkannte Veeras blonden Zopf auf dem dicken grauen Filzumhang. Sie hatte eine Konzertkantele auf dem Schoß und spielte darauf Winter Wonderland. Ich hatte nicht gewusst, dass sie auch Musikerin war.

Unter anderen Umständen hätte ich über die gekünstelte Märchenstimmung gelacht. Jetzt war ich so aufgewühlt, dass sie mich fast rührte. Aber als ich Ansa sah, die die Gäste in einem schneeweißen, schimmernden Umhang auf der Brücke erwartete, ging mir die Inszenierung zu weit. Die Schneekönigin, wirklich und wahrhaftig. Was kam als Nächstes?

Während Ansa die Willkommensdrinks servierte, brachten Topi und ich das Gepäck in die Suiten. Morven, die allein schlief, bezog einen Würfel, der meiner Unterkunft gegenüberlag und bisher nicht belegt gewesen war.

«Die Tiere können doch nicht ins Zimmer gelangen? Luchse klettern auf Bäume, das habe ich im Internet gelesen. Was, wenn einer am Fenster auftaucht?»

Dann hättest du mehr Glück als jeder andere auf der Welt, hätte ich gern gesagt. Stattdessen lächelte ich nur geheimnisvoll und versicherte, dass die Gebäude solide und sicher waren. In den Würfel kämen nur diejenigen hinein, die Morven einließ. Sie zwinkerte mir zu.

Zu Beginn des Abendessens stellte sich heraus, dass nach dem Dessert eine Art historisches Schauspiel auf dem Programm stand, in dem sowohl Topi als auch Stena eine Rolle spielen würden. Stena setzte das Illusionsthema auch bei den Speisen fort: Auf der Rentierzunge, die er als Vorspeise zubereitet hatte, wuchs ein Nadelwald aus Rosmarin und Seetang, der orange leuchtende Saibling schwamm in einem Meer von Kartoffelpüree aus Blauen Schweden, und das Blaubeer-Baiser-Parfait hatte die Form eines Schlosses. Wie ein Kindergeburtstag für Erwachsene.

Dann wurden die Lampen gelöscht, sodass die Kerzen auf den Tischen die einzigen Lichtquellen waren. In der Dunkelheit erklang ein Akkordeon. Ich erkannte das Lied Kalinka, das immer schneller gespielt wurde, bis es plötzlich in die Nationalhymne der Sowjetunion überging, die nach fünf Takten in einer ohrenbetäubenden Dissonanz endete. Über der Küchentür ging ein Scheinwerfer an. Anstelle der Tür erschien eine grellrote Fahne mit Hammer und Sichel, vor der sich Stena in der Uniform eines Sowjetoffiziers aufbaute und auf Englisch mit starkem russischem Akzent erklärte, wie frustrierend es war, im Winterkrieg zu kämpfen, da die kleine, zähe finnische Armee sich ihrem größeren Gegner tatkräftig widersetzte.

Stena ging ganz und gar in seiner Rolle auf und genoss seinen Auftritt. Vor der Auswahlkommission einer Theaterhochschule hätte er vielleicht nicht bestanden, aber den Schotten gefiel er. Pyry wieherte, als sähe er die Show zum ersten Mal. Vielleicht hatte Ansa ihn bestochen.

Als Nächstes brach nicht der Fortsetzungskrieg aus, sondern das Licht erlosch, und das Akkordeon spielte *Lili Marleen*. Dann beleuchtete ein einzelnes Teelicht die Deckenkante am Fenster. Topi schien auf einen verschneiten Fjäll geklettert zu sein, in der Hand hielt er eine Streichholzschachtel. Das Hakenkreuz an seiner Uniform entlockte Morven ein Würgegeräusch. Topi erzählte, wie Lappland von den Deutschen in Schutt und Asche gelegt wurde, diesmal hatte das Englisch einen starken bayerischen Akzent.

Während Stena mich zum Lachen gebracht hatte, war mir Topis Nazifigur zuwider. Der USB-Stick brannte in meiner Tasche. Wer außer Ansa hatte einen Computer zur Verfügung? Ich rief mir die Räumlichkeiten von Ilvesvaara in Erinnerung. Stena hatte in der Küche einen Rechner für seine Buchführung, aber dort konnte ich jetzt nicht hingehen. Der Fitnessraum! Pyry erstellte dort Trainingsprogramme für die Gäste, die sie auch mit nach Hause nehmen durften. Sollte ich es wagen, in der Dunkelheit zu verschwinden? Notfalls konnte ich ja behaupten, ich hätte zur Toilette gemusst. Ich war keine Theaterkritikerin, aber wenn die historische Szene aus der Feder eines Bühnenprofis stammte, täte Ansa gut daran, sich einen neuen Kooperationspartner zu suchen. Auf die Kerrs schien die Show allerdings Eindruck zu machen.

Ich wusste, wo sich die Kameras befanden und wie ich sie umgehen konnte. Bis auf die Schwedenfeuer war die gesamte Außenbeleuchtung gelöscht, aber ich war es gewohnt, mich im Dunkeln zu bewegen. Das einzige Fenster des Fitnessraums ging zum See hin, also in Gegenrichtung zum Restaurantgebäude, doch ich wagte es nicht, Licht anzumachen, sondern benutzte die schwächste Stufe der Handytaschenlampe. Der Computer stand im Yoga- und Gymnastikraum, ich zog den Vorhang zu. Hoffentlich war Pyrys Passwort leicht zu knacken.

Der Sperrbildschirm ließ mich verwundert auflachen. Er zeigte den etwa fünfzehn Jahre jüngeren Pyry im damals typischen einteiligen Leichtathletikanzug am Startblock. Die anatomischen Details waren deutlich zu erkennen, unter anderen Umständen hätte ich mich ihnen genüsslich gewidmet. Stattdessen richtete ich die Aufmerksamkeit auf den Passwortbalken. Was mochte Pyry sich ausgesucht haben, etwas Simples vielleicht? Ich überlegte mir verschiedene Möglichkeiten: Pyry, Schnee, Lilja, Blume, Schneeblume. Zu einfach. Zehnkampf, Sprungstab, Speerwerfer. Wie viele Versuche hatte ich?

Sollte ich einen Versuch wagen? Vielleicht mit dem Namen Pyry Lilja und der Startnummer 853 auf seinem Anzug? Ich tippte die Kombination ein und rechnete damit, dass der Computer sofort geblockt wurde.

Falsches Passwort. Tipp Stadion Rekord.

Welches Stadion? Das Olympiastadion in Helsinki? Welcher Rekord war gemeint? Pyrys persönlicher Rekord im Zehnkampf? Die Punktzahl hatte ich auf dem Bildschirmschoner gesehen. Ich versuchte mir das Foto in Erinnerung zu rufen. 7522 – war das richtig? Aber welches Stadion? Das, was auf dem Sperrbildschirm zu sehen war? Es war nicht das Olympiastadion, aber die Zuschauerränge waren so hoch und ansprechend gestaltet, dass es sich auch nicht um Väinölänniemi handeln konnte. Was für ein Logo war hinter Pyry zu sehen? Das Ohr eines Luchses. Der Fußballverein «Luchs Tampere» spielte im Ratina-Stadion.

Sollte ich es wagen? Meine Finger bewegten sich wie von allein über die Tastatur. *Ratina 7522.*

Unglaublich! Es war das richtige Passwort.

Pyrys Dateien interessierten mich nicht, ich steckte den Stick in den USB-Port und hoffte, dass er schnell lud. Da es hier kein WLAN gab, funktionierte der Drucker wahrscheinlich per Kabel. Wo …? Im Schrank unter dem Rechner, hoffentlich ist er sofort einsatzbereit, hoffentlich reichen Farbe und Papier, wie viele Bögen brauche ich ... ? Erst nachdem ich auf «Drucken» geklickt hatte, begriff ich, dass es besser gewesen wäre, die Fotos auszulassen. Sie auszudrucken, dauerte verdammt lange. In allen meinen Adern pochte das Adrenalin, mein Blutdruck lag bestimmt bei zweihundert, mein Mund war trocken wie Baumrinde.

Die Fotos kamen heraus, das Druckmenü meldete die erste von vier Seiten. Bitte jetzt keine Verzögerung, lass das Papier durchlaufen! Noch eine Seite ... Fertig!

Ich schaltete Drucker und Computer aus, steckte die Zettel und den Stick in die Brusttasche und knöpfte sie zu. Ich hatte es schon in den Krafttrainingsraum geschafft, als ich hörte, wie sich jemand an der Tür die Schuhe abstreifte. Verdammt, musste Pyry denn ausgerechnet jetzt kommen!

Doch die Person schlich auf leisen Sohlen herum. Im Yogaraum hätte ich mich hinter dem Mattenstapel verstecken können, aber hier? Die Hantelbank bot keinen Schutz, die Beinpresse war allerdings groß genug, dass ich mich zwischen sie und die Wand zwängen konnte. Von vorn war ich nicht zu sehen, aber von der Seite konnte man mich durchaus finden.

Eine Stirnlampe, ein klappernder Putzwagen. Der herbe Geruch von Herbstäpfeln. Warum kam Jana so spät am Abend zum Putzen in den Fitnessraum? Hatte sie nicht schon vor der Ankunft der Schotten alles in Ordnung gebracht?

Zuerst rumpelte es zwei Mal im Kraftraum, dann ging Jana in den Yogaraum. Konnte ich in der Zwischenzeit verschwinden? Ich wollte gerade aufstehen, als sie zurückkam. Das Licht ihrer Stirnlampe fiel direkt auf mein Versteck.

«Komm ruhig raus, Hilja. Ich habe dich die ganze Zeit gesehen.»

Ihre Stimme klang neutral – oder vielleicht doch ein klein wenig amüsiert?

«Bist du hier, um an Pyrys verschwitzten Sportklamotten zu schnuppern? Oder vielleicht wolltest du dir Tigerbalsam gegen Muskelkater holen? Sport im Dunkeln klingt jedenfalls nicht gerade glaubhaft.»

Der Zwischenfall wurmte mich gewaltig, und die Stirnlampe hatte mich stark geblendet. Ich stand auf und überlegte, womit ich Jana bestechen könnte.

«Es interessiert mich nicht, was du hier machst. Ich sage es auch niemandem weiter. Oder höchstens dann, wenn es mir etwas nützt.» Jana schwang sich einen Müllsack über die Schulter. «Ich konnte die Mülleimer nicht ausleeren, weil Pyry am Kabelzug trainieren wollte. Versucht er etwa, dich zu beeindrucken?»

Jetzt klang ihre Stimme spöttisch, aber es war kein freundliches Witzeln unter Frauen, sondern boshafte Stichelei. Ich ließ die kleine schwarze Gestalt nach draußen schleichen und wartete ein paar Minuten, bevor ich ebenfalls ging.

Ich hatte bekommen, was ich wollte. Nun brauchte ich nur noch die Gelegenheit, alles in Ruhe durchzulesen. War die Theatervorstellung im Restaurant schon zu Ende? Anschließend wollten die Schotten sich zur Ruhe begeben. Rentierschlittenausfahrt, Sauna und Ausflüge auf Schneeschuhen standen erst in den kommenden Tagen auf dem Programm.

Als ich zum Restaurantgebäude kam, ging dort die Innenbeleuchtung an. Die Aufführung war beendet. Auf der Restaurantbrücke kam mir Veera mit einem Akkordeonkoffer entgegen.

«Ich wusste gar nicht, dass du eine so gute Musikerin bist», sagte ich mit ehrlicher Bewunderung.

Veera zog die Augenbrauen hoch. «Alle in Ilvesvaara haben Seiten, von denen du nichts weißt», antwortete sie und drängte sich so vehement an mir vorbei, dass ich gegen das Brückengeländer gedrückt wurde. Hinter ihr kamen die Schotten. Morven und ich gingen ein Stück zusammen, und ich fragte sie, ob sie sich mit finnischer Geschichte auskannte. Die Antwort war ein gelangweiltes Kopfschütteln. Es musste hart sein, mit den Eltern zu verreisen und nicht selbst zu entscheiden, womit man sich die Zeit vertrieb.

Ansa hatte eine SMS geschickt: Programmänderung wegen der Wetterlage, neue Anordnungen morgen um 07.00 Uhr im Büro. War die Wetterlage ein Codename für die Polizei? Das würde sich morgen herausstellen.

Ich goss mir einen ordentlichen Schluck Tequila ein, bevor ich die zerknitterten Bögen glatt strich und zu lesen begann. Auf dem Weg zu meinem Zimmer hatte ich versucht, mich zu erinnern, wo die Fotos entstanden sein mochten. Sie waren eindeutig schon älter, konnten sie aus dem Archiv der Sicherheitsakademie Queens stammen? Aber wer hatte sie weitergegeben?

Der Text begann mit grundlegenden Informationen über mich.

> Hilja Kanerva Ilveskero, geboren in Lappeenranta, aufgewachsen in Hevonpersiinsaari an der Grenze zwischen Kaavi und Outokumpu. Abitur, Unteroffizierin der Reserve, Ausbildung zur Personenschützerin an der Sicherheitsakademie Queens in New York.

Dann kam eine Auflistung meiner Jobs in verschiedenen Ländern. Sie war weitgehend korrekt. Der Absatz *Sonstige Hinweise* brachte mich anfangs fast zum Lachen.

> Sexuell überaus aktiv mit einer Vorliebe für One-Night-Stands. Keine langfristigen Beziehungen, weder mit Männern noch mit Frauen. Keine Kinder, während der Ausbildung in New York eine Abtreibung.

Von der Abtreibung hätte niemand wissen dürfen. Aber es war leicht, von der Privatklinik, in der ich sie damals gezwungenermaßen vornehmen ließ, Informationen zu bekommen, wenn man nur gut genug dafür bezahlte.

Es verschaffte mir eine seltsame Befriedigung, dass David Stahl nicht als feste Beziehung galt. Sporadische Lover brachen einem nicht das Herz.

Aber als ich den letzten Eintrag las, schrie ich auf.

> War mit Hauptmeister Teppo Laitio von der Sicherheitspolizei an der Tötung von dessen Kollegen Martti Rytkönen in Kopparnäs bei Inkoo beteiligt. Laitio hat dies stets bestritten, um Ilveskero zu schützen. Anwesend war wahrscheinlich noch eine vierte Person.

Ein kalter Schauer lief über meine Haut. Woher zum Teufel konnte der Verfasser das wissen?

25

Pyry wusste von meiner Verbindung zu Teppo Laitio. Er hatte jetzt einiges zu erklären. Niemand hätte wissen dürfen, dass ich an jenem Winterabend in Kopparnäs war, als Martti Rytkönen, der Verräter bei der Sicherheitspolizei, ums Leben kam. Laitio war tot, und Juri Trankow würde niemandem die Wahrheit verraten, um sich nicht selbst in Gefahr zu bringen. Er war derjenige, der Rytkönen erschossen hatte, nicht Laitio. Doch der wusste, dass er bald sterben würde, und hatte daher die Schuld auf sich genommen.

Ich hatte geglaubt, ich sei die Dämonen der Vergangenheit längst losgeworden. Warum kamen sie hier in Ilvesvaara, weit entfernt vom Rest der Welt, wieder zum Vorschein? Für wen arbeitete Pyry Lilja wirklich? War seine Funktion als Personal Trainer und Wanderführer nur ein Deckmantel, unter dem er schmutzige Jobs erledigen konnte, in die ich jetzt gegen meinen Willen verwickelt war?

Bisher war ich noch nie in Pyrys Zimmer gewesen, und ich konnte mir nicht sicher sein, dass er mich hereinlassen würde. Die Jalousien waren heruntergelassen, aber dazwischen fiel ein Lichtstrahl auf die Terrasse, der breiter wurde, als ich klingelte. Pyry spähte durch das Fenster, um zu sehen, wer seine Feierabendruhe störte.

Er öffnete mir in Sportshorts und einem hellblauen T-Shirt, auf dem zwei wuschelige Kätzchen abgebildet waren. So ein Shirt hätte man eher bei einem fünfjährigen Mädchen erwartet. Pyry war barfuß, das Kaminfeuer im Zimmer verströmte wohlige Wärme.

«Hilja! Ich habe gerade an dich gedacht.» Er zog mich in die Wohnung, schloss die Tür hinter mir, fasste mich an den Schultern und küsste mich.

Ich war so verdattert, dass ich mich im ersten Moment nicht einmal wehrte. Pyry schmeckte nach schwarzem Pfeffer, seine Lippen waren weich und gleichzeitig fordernd. Ich riss mich los, jetzt war ich noch wütender als vorher.

«Was für ein beschissenes Spiel treibst du eigentlich? Wem hast du Informationen über mich gegeben? Hast du mich etwa für den Job hier vorgeschlagen? Warum?»

Die Worte sprudelten nur so hervor, ich konnte sie nicht zurückhalten. Um sie zu unterstreichen, versetzte ich Pyry mit der Faust einen Schlag gegen die Brust, und er wich ins Wohnzimmer zurück. Seine Unterkunft hatte denselben Grundriss wie meine, aber hier gab es bunte Decken und Teppiche, an den Wänden hingen Fotos von Polarlichtern. Auf einem Regalbrett oben an der Wand standen Medaillen und Pokale, Erinnerungen an seine Sportlerkarriere, die zu früh geendet hatte.

Am liebsten hätte ich Pyry noch einen Hieb versetzt, ich konnte mich nur mühsam beherrschen. Er hatte die Hände vor der Brust erhoben wie ein Boxer.

«He, was ist los, was hab ich dir denn getan?»

«Sagt dir der Name Heikkilä was? Eine Wohnung mitten im Dorf, mit Blick auf den Fluss, der Bewohner gibt sich als Rentierzüchter Jouni aus? Warst du in der Kneipe wirklich betrunken, oder hast du nur so getan?»

Pyry schüttelte den Kopf, setzte sich in die Sofaecke und legte die Beine hoch. An der linken Wade hatte er eine zwanzig

Zentimeter lange Narbe. Mir wurde es in meinem dicken Mantel zu warm, ich warf ihn über die Rückenlehne des Sofas und versuchte, mich zu beruhigen. Ein Luchs wusste, wann er nur lauern und wann er direkt angreifen musste.

«Warum tobst du hier rum? Was ist denn passiert?», fragte Pyry verständnislos.

«Lass deine Stiefmutter klären, was in den Dateien der Zentralkripo über mich und meine Zusammenarbeit mit Laitio registriert ist.»

«Eini ist schon pensioniert. Zu den Archiven hat sie keinen Zugang mehr.»

«Laut Laitio ist sie eine sehr geschickte Hackerin. Das hat sie bestimmt nicht im Handumdrehen verlernt.»

Pyry bat mich, Platz zu nehmen, aber ich lehnte ab. Ich wollte von oben herab mit ihm reden. Ich brauchte einen Verbündeten, aber ich traute ihm nicht. Ich traute niemandem.

«Wie erklärst du dir, dass der Tote auf dem Eis Aku Rautios Pyjama anhatte, obwohl er nicht Aku war?»

«Warum soll ich das erklären? Ich bin kein Polizist. Ich verstehe ja, dass dir die Sache keine Ruhe lässt. Du bist für die Sicherheit der Gäste verantwortlich. Aber Aku ist offenbar aus freiem Willen abgehauen, und der Tote hat wohl keine andere Verbindung zu Ilvesvaara als den verfluchten Schlafanzug.»

«Glaubst du, dass Aku fähig wäre, jemanden zu töten? Du kennst ihn doch schon seit eurer Jugend.»

Pyry streckte die Beine, seine Muskeln bewegten sich geschmeidig. Unter anderen Umständen hätte ich seinen Kuss erwidert. Pyry sah verdammt gut aus und wusste es, und mir waren Männer, die selbstbewusst zupackten, immer schon lieber gewesen als ängstliche Jammerlappen. Juri Trankow war eine Ausnahme von meiner selbst aufgestellten Regel.

«Wir hatten seit mehr als zehn Jahren keinen Kontakt mehr. Soweit ich weiß, hatte Aku in Sotschi ziemliche Probleme. Vielleicht hat er versucht, seinen Tod vorzutäuschen.»

«Dazu braucht man eine Leiche, also muss man jemanden töten. Oder glaubst du, Aku hat zufällig jemanden gefunden, der im Schnee zusammengebrochen war, und als er gemerkt hat, dass er ihm nicht mehr helfen kann, hat er beschlossen, die Situation zu nutzen und der Polizei weiszumachen, es wäre seine Leiche?»

In meinem Kopf keimte ein Gedanke. Vielleicht war Jouni mir nach Ilvesvaara gefolgt. Vielleicht war es ihm nicht nur darum gegangen, mich zu verführen, sondern er wollte auch wissen, wo ich wohnte. Oder hatte er mein Portemonnaie untersucht und sich anhand meiner Personalien Hintergrundinformationen beschafft? Wenn Aku nicht gewusst hatte, dass Jouni eine Verbindung zu mir hatte …

Mir schwirrte der Kopf. Ich hätte einen Sparringpartner gebraucht, an dem ich meine Gedanken testen konnte. Aber ich konnte nicht einmal Mails verschicken. Wäre Mike Virtue bereit, am Telefon mit mir zu sprechen? Seiner Meinung nach gab es überall neugierige Ohren, und ich hatte mich von seinem Verfolgungswahn anstecken lassen.

Aber selbst das hatte mich nicht davor bewahrt, in das schlimmste Chaos meines Lebens zu geraten.

Es konnte doch nicht um mich gehen? Ich fragte Pyry, warum Ansa ausgerechnet mich als Sicherheitsbeauftragte für Ilvesvaara ausgesucht hatte.

«Dafür kannst du dich bei mir bedanken oder beschweren. Als Ansa deinen Namen nannte, fiel mir ein, dass Laitio von dir gesprochen hatte. Ansa hatte sich in irgendeinem geheimen Unternehmerinnen-Netzwerk nach einer passenden Sicherheitskraft erkundigt. Eine deiner früheren Arbeitgeberinnen, aus der Gastronomie, hat dich empfohlen.»

Also Monika von Hertzen. Sie zählte zu meinen Freundinnen. Ich fühlte mich ein wenig erleichtert.

«Und ich erinnerte mich auch, dass Teppo Laitio mit Eini über dich gesprochen hat», fuhr Pyry fort und errötete leicht. «Ich hatte mich immer schon für Einis supergeheimen Job interessiert, aber sie hat nie etwas erzählt. Deshalb habe ich sie und Laitio belauscht, ich habe Geheimagent gespielt.»

«Als Erwachsener? Laitio und ich kannten uns ja erst ein paar Jahre.»

Einen Moment lang sah Pyry aus wie ein kleiner Junge, den man an der Keksdose erwischt hat. «Na ja ... Laitio war schwer zu begeistern, aber für dich hat er sehr warme Worte gefunden. Als Ansa bei der Besprechung deinen Namen erwähnte, war mir klar, dass es um ein und dieselbe Frau gehen muss. Es kann nur eine Hilja Ilveskero geben. Ansa wollte unbedingt eine Frau für den Job. Wir haben alle möglichen Gäste. Manche Muslime wundern sich vielleicht über eine weibliche Sicherheitschefin, aber in Ilvesvaara gelten die Regeln des Hauses. Und du warst perfekt.»

Das Holz im Kamin knisterte, die Uhr zeigte halb zwölf. Um sieben mussten wir bei Ansa antreten. Pyry stand auf, streifte wie aus Versehen meinen Arm und ging zum Kamin, um das Feuer zu schüren. Der flammenfarbene Teppich vor dem Kamin sah weich aus, in der Wärme des Feuers hätte man durchaus nackt dort liegen können. Aber Romanzen am Arbeitsplatz waren verboten, und mich durfte man ohne meine Erlaubnis nicht küssen. Ich hatte Lust, Pyry entweder ins Feuer zu stoßen oder ihm die wenigen Kleider vom Leib zu reißen.

Beides wäre ein Fehler gewesen. Also ging ich einfach.

Topi wirkte verschlafen, Veera gähnte unverhohlen. Jana kam als Letzte zum Termin, sie hatte ein schwarzes Kopftuch um. Ich hatte sie bisher nie anders als schwarz gekleidet gesehen, und sie trug immer einen fast knöchellangen Rock. Man sollte meinen, beim Putzen, wo man sich bücken und strecken musste, wäre diese Kleidung unpraktisch.

«Guten Morgen allerseits», begann Ansa und machte sich nicht die Mühe zu lächeln. «Wir haben Gäste, und es ist unsere erste Priorität, uns um die Familie Kerr zu kümmern. Heute Vormittag steht eine Fahrt im Rentierschlitten auf dem Programm. Niila Vuokila kommt mit seinen Rentieren rechtzeitig vor zehn Uhr, das ist die Abfahrtszeit, die sich die Kerrs gewünscht haben. Pyry und Hilja fahren mit. Pyry kennt die Rentiere, sie sind gut abgerichtet und erschrecken nicht einmal vor einem Wolfsrudel. Ihr esst in Niilas Kote zu Mittag. Habt ihr dazu Fragen?»

Ich hatte keine, obwohl sich mir bei dem Namen Vuokila die Nackenhaare sträubten. Auch in Lappland gingen die Familiennamen vieler Menschen auf die Orte zurück, aus denen sie stammten. Zwar hatte ich Vuokilanvuoma nicht auf der Landkarte gefunden, aber ich hatte auch nicht nach anderen Ortsnamen gesucht, die mit Vuokila begannen. Ich nahm mir vor, den Schlittenlenker danach zu fragen.

Nach einer kurzen Pause fuhr Ansa fort: «Bitte seht zu, dass ihr pünktlich aufbrecht. Im Lauf des Nachmittags kommen Ermittler von der Zentralkripo in Oulu. Der Tote ist noch nicht identifiziert, aber sie wollen uns alle befragen. Wir müssen die Sache diskret erledigen, unsere Gäste sollen durch die Ermittlungen nicht gestört werden. Sie dürfen auf keinen Fall erfahren, dass Aku Rautio vermisst wird und dass der Tote offenbar Kleidung trägt, die Rautio gehört.»

Ansa sprach ruhig und überlegt, aber ich sah, dass sie ihre Finger immer wieder krümmte und streckte. Kaum jemand beherrschte seine unbewussten Bewegungen, wenn er nicht gelernt hatte, sie zu erkennen und anschließend bewusst wieder zu verlernen. Das war eine der Lehren der Sicherheitsakademie Queens. Sicherheitsleute mussten möglichst unauffällig sein, man hatte unnötige Gestik und Mimik zu vermeiden. Ich konnte schweigen wie ein Stein und erstarren wie ein Luchs, der seine Beute beobachtet.

«Stena hat versprochen, heute Nachmittag für die Frauen der Familie ein Pilzseminar zu geben, und die Männer werden bei Veera massiert. Ich überlasse den Polizisten eine leere Suite, die möglichst weit von den Gästen entfernt ist. Pyry und Hilja können dann als Letzte befragt werden. Aber es hat ja vermutlich niemand von uns etwas über den toten Mann zu berichten – oder?»

Was hätte Ansa wohl gesagt, wenn ich ihr verraten hätte, dass ich vor Kurzem mit ihm geschlafen hatte? Doch das ging sie nichts an. Ich wiederholte ein ums andere Mal im Geist, dass ich Jouni nicht erkannt hatte. Bald würde ich selbst daran glauben.

Morven kreischte vor Begeisterung, als das Rentiergespann den Hügel hinunterstürmte. Wir waren auf derselben Strecke unterwegs, auf der wir bei der Schlittenfahrt mit den Huskys die Luchsfamilie gesehen hatten. Ich schärfte alle meine Sinne, obwohl Luchse sich tagsüber so gut wie nie blicken ließen.

Das Ehepaar Kerr fuhr bei Niilo Vuokila mit, Bonni und ihr Verlobter teilten sich den Schlitten mit Pyry. Morven war mir zugeteilt und saß vor mir. Da wir nur zu zweit waren, glitt unser Gespann locker dahin. Ich hätte Lust auf ein Wettrennen mit Pyry gehabt, verzichtete aber darauf.

Ich kam nicht dazu, über meine Probleme zu grübeln, denn Morven redete in einem fort. Sie war 22, studierte Psychologie an der Universität Edinburgh und teilte die materialistischen Wertvorstellungen ihrer Eltern nicht. Nach Lappland war sie mitgekommen, weil sie im Nebenfach Schwedisch studierte und gehört hatte, dass man auch in Finnland Schwedisch sprach.

«Pratar du svenska?», fragte sie mich, und als ich bejahte, wechselte sie vom Englischen zum Schwedischen, das der Rest der Familie nicht beherrschte. Morven erzählte, dass Sir Rory Geld geerbt und es in allerhand schreckliche Dinge investiert hatte, zum Beispiel in Waffen und russisches Öl. Bonni gefiel es, dass ihre Eltern alles bezahlten, und ihr Freund bereitete sich auf seine Rolle als Vorzeigeschwiegersohn vor. Morven hatte als Einzige begriffen, dass die Welt auf ihre Vernichtung zusteuerte, wenn man dem Klimawandel, den der westliche Lebensstil verursachte, und den weltweiten Hungersnöten nicht beikam.

Ich ließ sie reden, nickte ab und zu oder antwortete, ohne etwas über mich preiszugeben. Man durfte sich nicht mit den Gästen anfreunden, aber man musste ihnen zuhören. Zwischendurch stellte Morven mir Fragen, etwa über den Mäusebussard, der am Himmel kreiste, oder die Bartflechten an den Bäumen, die sie aus den Illustrationen von Märchenbüchern kannte.

Beim Mittagessen sprach ich Niila an. Ich fragte ihn nach dem Namen Vuokila und erfuhr, dass dieser Nachname in Lappland weit verbreitet war. Von einem Ort namens Vuokilanvuoma hatte er allerdings noch nie gehört. Unsere Gäste wunderten sich über das getrocknete Rentierfleisch und den am offenen Feuer gekochten Kaffee. Am liebsten hätte ich ein

Rentiergespann gekapert und alles hinter mir gelassen, aber ich wusste nicht, wo der sichere Ort war, nach dem ich mich sehnte. Die Gespenster der Vergangenheit schienen gerade überall aufzutauchen.

Als wir nach Ilvesvaara zurückkamen, stand das Zivilfahrzeug der Kriminalpolizei auf dem Hof. Der Anblick schlug mir auf den Magen.

«Wer geht zuerst?», fragte Pyry. Ich wollte die Sache möglichst schnell hinter mich bringen, und Pyry hatte nichts dagegen zu warten. Ich sagte mir immer wieder, dass ich nur einen Blick auf die Leiche geworfen hatte, um mich zu vergewissern, dass ich dem Mann nicht mehr helfen konnte. Niemand konnte beweisen, dass ich Jouni erkannt hatte, selbst wenn meine Verbindung zu ihm ans Licht käme. Ich war in Sicherheit, unberührbar.

Beide Ermittler waren Männer mittleren Alters. Kriminalhauptmeister Jukka Karhu und Kriminalmeister Arto Numminen. Numminens Anzug war dunkelblau, und seine Krawatte hatte dieselbe Farbe wie das Kreuz auf der finnischen Flagge, Karhu war dunkelbraun gekleidet. Die Befragung verlief sachlich. Ja, ich war aufs Eis gegangen, um mir den Rentierkadaver anzusehen, den vermutlich ein Luchs erbeutet hatte. Deshalb hatte ich die Leiche gefunden. Ich hatte sie zudecken wollen, damit sie nicht weiter von Tieren angenagt werden konnte. Genau, auch ich hatte geglaubt, es handle sich um die Leiche des Gastes, der Ilvesvaara vorzeitig verlassen hatte. Das hatte ich als naheliegende Erklärung empfunden.

Dann kam eine Frage, vor der ich mich gefürchtet hatte.

«Waren Sie beim Auffinden der Leiche sicher, dass es sich um Aku Rautio handelt, dessen Aufenthaltsort derzeit immer noch unbekannt ist?», fragte Karhu, der den größten Teil des Gesprächs bestritt.

«Ich kann nicht behaupten, dass ich hundertprozentig sicher war, aber ich bin davon ausgegangen.»

«Laut Aussage der Hoteldirektorin Ansa Huuhka umfasst Ihr Tätigkeitsbereich die Sicherheitsangelegenheiten des Hotels sowie andere, separat zu vereinbarende allgemeine Aufgaben», schaltete Numminen sich ein. «Daher ist es doch merkwürdig, dass ein Gast spurlos verschwinden und dann eine Leiche auf dem Gelände von Ilvesvaara auftauchen kann, ohne dass Sie davon wissen.»

Dazu fiel mir nichts ein. Also schwieg ich und starrte auf Numminens Krawattennadel mit dem Bild des finnischen Löwen. Meiner Meinung nach wäre als Wappentier Finnlands die einheimische Raubkatze, der Luchs, deutlich passender gewesen.

«Warum wurde Aku Rautio nicht als vermisst gemeldet?» Nun war wieder Karhu an der Reihe.

Ich erklärte, dass Tytti Linnala-Rautio das nicht für nötig gehalten hatte. Mir kamen spitze Bemerkungen über die überarbeitete Polizei in den Sinn, doch ich schluckte sie hinunter. Gib dich neutral wie ein leeres Blatt. Schaffe den Ermittlern keinen Anlass, dich zu verurteilen.

Karhus Handy klingelte. Er warf einen Blick auf die Nummer, seine Miene veränderte sich.

«Das ist Hujanen», sagte er zu seinem Kollegen, stand auf und ging auf die Terrasse. Als sich die Tür hinter ihm schloss, war nichts mehr von ihm zu hören. Numminen erkundigte sich nach den Aktivitäten, die in Ilvesvaara angeboten wurden, und ich erzählte von den Fahrten im Rentierschlitten und von den Huskysafaris.

«So einen Urlaub kann man sich als Polizist wohl nicht so ganz leisten», meinte er.

Karhu spähte zur Tür herein und winkte Numminen zu sich. «Wir haben …», begann er, dann fiel die Tür wieder zu.

Ich weiß nicht, woher die böse Vorahnung kam. Als würde ich das aufgeregte Bellen von Hunden hören und glänzende Gewehrläufe sehen, die sich von allen Seiten auf mich richteten. Ich spürte Schweiß im Nacken und unter den Brüsten. Warum hatte ich plötzlich das Gefühl, in der Falle zu sitzen?

26

Schauen Sie genau hin. Hat jemand von Ihnen diesen Mann schon einmal gesehen?»

Die am Computer rekonstruierten Gesichtszüge erschienen auf dem Fernsehbildschirm. Ich bemühte mich, nicht zu schlucken. Die Ähnlichkeit war nicht hundertprozentig, die Nase war zu breit und die Augenbrauen hatten die falsche Form, aber wenn man wusste, um wen es ging, war der Mann leicht wiederzuerkennen. Ich hatte diese vollen Lippen geküsst, die Wangen gestreichelt, das Kinn liebkost. Obwohl ich bereit gewesen war, den Rentierzüchter Jouni zu vergessen, sobald er aus meinem Blickfeld verschwand, tat mir der Gedanke an seinen Tod weh.

Da spürte ich unter dem Tisch eine Hand auf meinem Oberschenkel. Pyry saß neben mir und drückte. Dreimal kurz, dreimal lang. Ich wollte ihm schon auf die Finger klopfen, als ich begriff, was er meinte. Noch dreimal kurz, das SOS-Signal.

«Bei mir klingelt da nichts», sagte Stena. «Das ist ja offenbar der Tote, den Hilja gefunden hat, aber wer ist er denn nun?»

Die Polizisten sahen sich kurz an. Natürlich würden sie die Identität des Mannes aus ermittlungstechnischen Gründen für sich behalten, falls sie ihnen überhaupt schon bekannt war. Von den abgenagten Fingerkuppen bekam man wahrscheinlich keine Abdrücke, Jounis DNA war nicht unbedingt registriert. Natürlich konnte man nach dem Zahnschema suchen, aber ich war mir nicht sicher, ob die Leiche überhaupt noch Zähne gehabt hatte.

«Er ist noch nicht identifiziert. Deshalb fragen wir Sie», gab Numminen zu. In Gedanken sah ich bereits, wie die Polizei Jounis Bild im Internet veröffentlichte. In der Dorfkneipe waren viele Gäste gewesen, und wahrscheinlich gab es dort mindestens eine Überwachungskamera, die außer Jouni auch mich festgehalten hatte. Hoffentlich waren die Aufzeichnungen schon im Cyberspace verschwunden.

Trotzdem brachte ich es nicht fertig, den Mund aufzumachen. Ich würde erst dann etwas zugeben, wenn mir keine andere Möglichkeit mehr blieb. Mein Instinkt drängte mich, aufzuspringen und wegzulaufen, doch ich blieb sitzen. Mein Oberschenkel prickelte, Pyry hatte so fest zugedrückt, dass ich blaue Flecke bekommen würde.

Er wusste, dass ich mit Jouni in der Kneipe gewesen war, doch er hatte mich bisher nicht verraten. Hatte er vor, sein Wissen irgendwie auszunutzen? Sex oder Geld zu erpressen? Den Sex konnte er sich abschminken, und Geld besaß ich nicht.

Als das Bild eingetroffen war, hatten die Polizisten meine Befragung beendet und Pyry zum Gespräch gebeten, obwohl er kaum etwas über den Fund der Leiche zu berichten hatte. Dann hatten sie uns alle im Bürogebäude zusammengerufen, obwohl Veera und Stena deshalb ihre Arbeit unterbrechen mussten. Was hatten sie wohl den Kerrs gesagt?

Ansa trommelte mit den Fingernägeln auf den Tisch. «Mein Personal weiß darüber offenbar nichts weiter. Ich würde es sehr schätzen, wenn wir jetzt an unsere Arbeit zurückgehen könnten. Wir können Ihnen nicht weiterhelfen, und niemand von uns weiß, wo sich Aku Rautio aufhält. Fragen Sie seine Frau, ob sie den Mann auf dem Bild kennt. Ich weiß beim besten Willen nicht, wie die Leiche auf meinen Grund und Boden gekommen ist.»

Ansa klang autoritärer als der russische Präsident. Numminen sah Karhu geradezu verängstigt an. Mir knurrte der Magen, denn seit dem Mittagessen hatte ich nichts mehr gegessen. Stena roch nach Steinpilzbrühe, was meinen Appetit noch verstärkte.

Karhus Handy piepte wieder, er warf einen Blick auf die Textnachricht und nickte seinem Kollegen zu.

«Das war vorläufig alles. Wir werden die Aufzeichnungen der Überwachungskameras noch sorgfältig überprüfen. Vielen Dank, Frau Direktorin Huuhka, dass Sie sie uns überlassen haben.»

Davon hatte Ansa mir nichts gesagt, aber vielleicht hatte sie das ja erst während des Rentierschlittenausflugs entschieden. Waren die Polizisten auf die Idee gekommen, auch nach den Aufzeichnungen aus der Zeit von Akus Verschwinden zu fragen – nach denen, die nicht existierten?

Ansa verströmte die Kälte einer Eiskönigin.

«Mein Zeitplan ist im Eimer, wer hilft mir in der Küche?», fragte Stena, als die Polizisten das Gebäude endlich verlassen hatten.

«Das kann ich machen», meldete ich mich. Da spürte ich eine Hand auf meiner Schulter.

«Hilja, lass uns nachher noch über die Idee für das Konditionstraining reden, die uns bei dem Ausflug gekommen ist», flüsterte Pyry mir ins Ohr, was ihm einen misstrauischen Blick von Ansa eintrug. Als würde sie denken, zwischen Pyry und mir würde etwas laufen. Hatte sie auf den Kamerabildern gesehen, dass ich in sein Zimmer gegangen war? Ich begann den alten Song von Abba zu trällern, ohne zu wissen, ob Pyry ihn erkennen würde. Veera blieb stehen und drehte sich zu mir um.

«Du kannst ja den Text von *SOS* auswendig!»

Pyry lächelte mich an, zum Zeichen, dass er verstanden hatte, aber in seinen Augen war etwas ganz anderes zu lesen. Eine Drohung.

Ich hätte Morven umarmen können, als sie mich nach dem Abendessen bat, ihr das berühmte finnische Brettspiel *Stern von Afrika* beizubringen. Meine Freude war allerdings nur von kurzer Dauer, denn Pyry erklärte, zu zweit sei das Spiel langweilig. Er könne doch mitspielen, und vielleicht noch eine vierte Person. Veera vielleicht? Auch Morven wirkte merkwürdig enttäuscht. Erst als ich die Blicke zwischen Bonni und John sah, begriff ich, was los war.

Offenbar interessierte Morven sich für mich.

Es spielte keine Rolle, ob ein Mann oder eine Frau hinter mir her war, Ansas Regeln galten so oder so. Andererseits war ich froh, dass Veera sich uns anschloss, denn dann konnte Pyry mir keine Geheimbotschaften auf Finnisch übermitteln. Morven wollte Schwedisch sprechen; Pyry beherrschte die Sprache fließend, Veera nur ansatzweise. Das störte allerdings nicht, denn sie kannte die Spielregeln natürlich.

«Wo hast du so gut Schwedisch gelernt, Hilja?», fragte Veera verwundert.

«Ich habe schon öfter für schwedischsprachige Auftraggeber gearbeitet.» Mit Monika von Hertzen und Lovisa Johnson hatte ich mich vorwiegend in der zweiten Landessprache unterhalten.

«Hast du es nicht auch mit der traditionellen Methode versucht? Mit einem schwedischsprachigen Lover?», grinste Pyry.

Offenbar wusste er auch von David Stahl. Ich trat ihm so fest auf die Zehen, dass es ihm schwerfiel, einen Aufschrei zu unterdrücken.

Auch Morven hatte Schwierigkeiten, ihre Miene zu kontrollieren. Meiner Meinung nach hatte ich nicht mit ihr geflirtet, aber manche Menschen interpretierten die Fähigkeit, ihnen zuzuhören, als Zeichen für ein besonderes Interesse. Das tat mir leid, ich wollte niemandem das Herz brechen, der mir nichts zuleide getan hatte.

Ich gewann das erste Spiel. Pyry geriet auf Sankt Helena in die Fänge der Räuber, und Veera schaffte es als Zweite zurück nach Tanger. Wie in stillschweigendem Übereinkommen ließen wir Morven das nächste Spiel gewinnen. Dann fing Pyry an, so unnatürlich zu gähnen, dass er bei der Aufnahmeprüfung an der Theaterhochschule schon in der ersten Runde durchgefallen wäre.

«Zeit, schlafen zu gehen», deutete Veera seine Körpersprache. «Morven, morgen hast du nach dem Frühstück Maniküre und Fußpflege. Das dauert insgesamt ungefähr zwei Stunden.»

Morven nickte und fragte mich dann, ob auf dem Gelände von Ilvesvaara nachts gefährliche Raubtiere herumliefen. Sie habe Angst. Ob ich sie bis zur Tür ihrer Suite begleiten könne? Pyry signalisierte mir irgendetwas mit den Augen. Ich kam Morvens Bitte nach, Pyry war später an der Reihe.

Ich brachte die junge Frau zu ihrer Tür.

«Ich bin nicht müde. Trinkst du noch einen Tee mit mir?», fragte sie und strich mir über die Wange. Auf ihrem Gesicht lag eine Sehnsucht, die ich nicht erfüllen konnte, aus mehreren Gründen.

«Danke, aber außer der Putzfrau darf niemand vom Personal die Räume der Gäste betreten. Das ist die Hotelregel.»

Hoffentlich konnte Morven auch in einer Sprache, die nicht ihre eigene war, zwischen den Zeilen lesen. Sie lächelte betrübt, hakte aber nicht nach, sondern fragte, wie man auf Finnisch Gute Nacht sagte. Ich brachte es ihr bei.

Es war schon nach zehn, aber ich fühlte mich so unruhig, dass ich beschloss, mich in den Whirlpool auf meiner Terrasse zu setzen. Den Wasserhahn konnte man auch vom Zimmer aus aufdrehen, man brauchte also nicht in der Kälte zu frieren, sondern konnte gleich ins warme Wasser steigen. Ich zog Wollsocken und einen dicken Frotteebademantel an und setzte eine Mütze auf. Auf einer Fichte in der Nähe saß ein Unglückshäher-Paar und beäugte mich. Es war ganz still, nur die Zweige der Bäume raschelten leise.

Das warme, leicht sprudelnde Wasser wirkte entspannend, ich schloss die Augen und versuchte, an nichts zu denken. Ich schlief fast ein, sah mal Morvens flehende Augen, mal Jounis schwarze Brusthaare und das Tattoo an seinem Oberarm, mal Aku Rautio.

Die Unglückshäher flogen auf, unten bewegte sich etwas. Dann knarrte die Brücke, die zu meinem Zimmer führte. Hatte Morven beschlossen, es noch einmal zu versuchen? Ich hatte ja nicht gesagt, dass die Gäste die Unterkünfte des Personals nicht betreten durften. Jemand klingelte an meiner Tür, das Geräusch drang gedämpft auf die rückwärtige Terrasse. Der Polizei musste ich öffnen, aber niemand anderem. Ich tippte auf den kleinen Bildschirm auf der Terrasse, der die Aufnahme der Türkamera zeigte.

Pyry. Natürlich. Er würde bis morgen warten müssen. Ich schloss die Augen. Natürlich würde er sehen, dass in meinem Zimmer Licht brannte, aber ich konnte behaupten, bei Licht eingeschlafen zu sein.

Außerdem war ich ihm keine Rechenschaft schuldig.

Ich hörte Schritte, Pyry klopfte ans Fenster. Ganz schön

hartnäckig. Ein Zehnkämpfer musste in der Lage sein, sich auf unterschiedliche Sportarten zu konzentrieren, bei jedem Wechsel andere Muskelgruppen zu aktivieren. Beim Hochsprung brauchte man Sprungkraft, beim Kugelstoßen Schnelligkeit und Geschmeidigkeit, beim Fünfzehnhundertmeterlauf Ausdauer und die Fähigkeit, Schmerzen zu ertragen.

Und um sein Ziel zu erreichen, brauchte man Entschlossenheit. Die schien Pyry zu haben, denn ich hörte schnelle, kräftige Sprünge, dann rauschten die Zweige der Fichte, in der die Unglückshäher gesessen hatten. Geschmeidig wie ein Schneeleopard schwang Pyry sich über das Geländer auf die Terrasse.

«Soll ich dir beim Baden Gesellschaft leisten?» Sein Lächeln war so selbstzufrieden, dass ich ihn mit Wasser bespritzte, doch er wich geschickt aus. Er starrte mich schamlos an. Obwohl ich nackt war, fühlte ich mich ihm nicht unterlegen.

«Du warst mit dem Mann im Dorf in der Kneipe. Du hast mindestens einen Schnaps getrunken. Ich war zwar ganz schön besoffen, aber nicht so dicht, dass ich den Kerl auf dem Bild der Polizei nicht wiedererkannt hätte. Hilja, was treibst du eigentlich?»

«Dieselbe Frage könnte ich dir stellen, Pyry Lilja. Worüber hat Laitio mit deiner Stiefmutter Eini gesprochen? Hat er zum Beispiel Martti Rytkönen oder Juri Trankow erwähnt?» Nicht um meinen Körper zu verbergen, sondern um unser Gespräch zu übertönen, ließ ich das Wasser stärker sprudeln.

«Rytkönen war doch dieser Polizist und Spitzel, den Laitio erschossen haben soll. Von einem Trankow habe ich nie gehört. Du meinst doch nicht den Olympiasieger im Paarlauf?»

«Wen?»

Wir schwiegen und warteten auf den Schachzug des anderen, der das Gleichgewicht des Schreckens zwischen uns ins

Wanken bringen würde. Schließlich fragte ich Pyry, ob er wusste, wer der Tote war.

«Ich habe ihn vorher nie gesehen, außer mit dir in der Kneipe.»

«In der Kneipe wurde er Jouni genannt, und mit dem Namen hat er sich auch bei mir vorgestellt. Den Nachnamen weiß ich nicht. Der Barmann kannte ihn anscheinend ganz gut. Aber ich kann ihn natürlich nicht direkt fragen, damit würde ich die Aufmerksamkeit auf mich lenken.»

Wieder ein großtuerisches, zufriedenes Lächeln.

«Was zahlst du mir, wenn ich das übernehme?»

«Hau bloß ab, Lilja!»

«Lieber würde ich bei dir in der Wanne sitzen.»

«Ich steig aber jetzt aus.»

Und das tat ich. Ich kümmerte mich nicht um Pyrys Blick, als ich mich abtrocknete und den Bademantel anzog. Er hatte mich schon nackt gesehen. Die blanke Haut, die Muskeln, die sich darunter abzeichneten, und die Brüste waren nur Oberfläche. Zu meiner Seele hatte Pyry keinen Zugang.

«Ich muss morgen im Dorf Ersatzteile für den Motorschlitten holen. Da könnte ich den Barmann fragen. Ganz unauffällig.»

Pyry hatte der Polizei nicht gesagt, dass er Jouni erkannt hatte, sondern zuerst mit mir gesprochen. Er war der Stiefsohn von Laitios vertrauenswürdiger Kollegin. Jeder konnte ein Verräter sein. Ein Luchs jagte allein. Aber mir hatte sich ein Luchs mit seinen Jungen gezeigt, als ich mit Pyry unterwegs war. War das ein Zeichen?

«Ich kann dich nicht daran hindern, Fragen zu stellen, und auch nicht daran, mich so richtig in Schwierigkeiten zu bringen.»

Ich öffnete die Tür, Pyry wollte mir folgen, doch ich schob ihn zurück.

«Du kannst den Weg nehmen, auf dem du gekommen bist, du Klettermax!» Bevor er einen Fuß in die Türöffnung schieben konnte, hatte ich sie schon zugeschlagen.

Ein paar Minuten später sah ich ihn unten zwischen den Fichten entlanggehen, mit hüpfenden Schritten wie ein vergnügter kleiner Junge. Was stimmte ihn so fröhlich?

27

Es war schon dunkel, als Pyry aus dem Dorf zurückkam. Ich hatte mit dem Ehepaar Kerr eine Schneeschuhwanderung gemacht und in der Küche beim Backen von Karelischen Piroggen und Pilzpasteten geholfen. Da der nächste Tag der erste Adventssonntag war, sollte später noch die weihnachtliche Beleuchtung auf dem Gelände wie auch in den Innenräumen angebracht werden.

Einerseits wartete ich händeringend auf Pyry, andererseits bereute ich, ihm auch nur das geringste Vertrauen geschenkt zu haben. Hatte ich mich zu sehr von Laitios Namen beeindrucken lassen?

In der Küche mied ich Janas Blick. Warum war ich so dumm gewesen, mich im Fitnessraum zu verstecken? Es hatte mir ja niemand verboten, mich dort aufzuhalten. Jana fältelte die Ränder der Piroggen extrem eng, meine waren lockerer und hatten breitere Falten.

«Du bist anscheinend bei einem nicht ganz so sorgfältigen Piroggenbäcker in die Lehre gegangen.» Stena betrachtete meine Machwerke belustigt.

Jana trällerte vor sich hin, ihre Stimme klang so scharf wie das Schrillen eines Feuermelders.

Als Pyry zum Abendessen kam, nickte er mir mit ernster Miene zu und bat mich, nach dem Essen mit ihm zum Eisstrom zu gehen, um die Scheinwerfer auszurichten.

«Das könnte doch Topi machen, die Rauchsauna ist schon

angeheizt, und er braucht keine Anleitung», sagte Ansa säuerlich. Pyrys Antwort besänftigte sie vermutlich nicht.

«Hilja ist kräftiger, und Topi hat Höhenangst. Wir müssen ein Lichtkabel über den Strom ziehen. Hilja hat bestimmt eine gute Wurfhand. Hast du dich schon mal als Speerwerferin versucht?»

Pyry gab sich alle Mühe, sorglos zu wirken, aber seine Augen drückten etwas anderes aus. Ich bekam kaum die Hälfte des Hauptgerichts hinunter.

Von der Sauna wehte der Duft nach Rauch durch die Luft, die Kerrs bereiteten sich auf das traditionelle finnische Samstagserlebnis vor. Ich ging mit Pyry zu dem Lager am Bergabhang, wo alles Mögliche aufbewahrt wurde, von Ruderbooten bis zu Fahrrädern, Speeren und Hämmern. An der Tür des Lagers befand sich eine Überwachungskamera, aber innen gab es keine, dort konnten wir uns also ungestört unterhalten.

«Ich hab mich in der Kneipe ein bisschen umgehört. Dem Barmann habe ich gesagt, ich hätte im Suff auf dem Klo einem Gast Seife auf die Hose gespritzt und wollte mich entschuldigen. Wahrscheinlich hat er mir nicht geglaubt, aber er hat trotzdem gesagt, nach meiner Beschreibung müsste das der Mann sein, den er als Jouni kennt. Er soll aus der Gegend stammen, macht aber schon seit Jahren in Russland Geschäfte und wohnt auch dort. Wo genau, wusste der Barmann nicht. Seit ich beinahe aus der Kneipe geflogen wäre, hat Jouni sich nicht mehr dort blicken lassen», berichtete Pyry, stellte eine Leiter an der Rückwand auf und kletterte daran hoch.

«Fang, das sind die LED-Bänder!» Er warf mir eine Schachtel zu, die ich mindestens so geschickt auffing wie Lukáš Hrádecký.

«Der Barmann dachte wohl, ich suche Jouni, weil ich glaubte, er hätte mir die Frau ausgespannt. Da hat sich plötzlich ein alter Mann eingemischt, der aussah, als würde er seit einem halben Jahrhundert jeden Tag in dem Lokal hocken. Er hat gekichert, der Sompio hätte letzte Woche ein ganz schickes Mädel abgeschleppt. Ich hab ihm ein Bier und einen Schnaps ausgegeben und ihn dazu gebracht, mir mehr über diesen Sompio zu erzählen. Er stammt wohl von einem Rentierhof in der Nähe von Keistiö, wollte aber nicht in die Fußstapfen seines Vaters treten, sondern ist zur Ausbildung in den Süden gegangen. Mit Süden meinte der Alte wohl Oulu, aber welches Fach Jouni da gelernt hat, wusste er nicht. Irgendwas im Baugewerbe. Sompios älterer Bruder wohnt immer noch in Keistiö, der Alte hat mir geraten, ihn zu fragen, wo Jouni steckt.»

Einerseits war ich zufrieden, dass wir schneller als die Polizei auf Jounis Spur gestoßen waren, andererseits verband sich damit auch ein gewaltiges Risiko. Man würde sich an uns erinnern. Wir konnten nur hoffen, dass die Ermittlungen der Polizei langsam vorankamen.

Als ich merkte, dass Pyry und ich in meinem Kopf zu einem «wir» geworden waren, erschrak ich. Pyry stand immer noch auf der Leiter und reichte mir Scheinwerfer und Filter. Zu Weihnachten sollten unzählige bunte Lampen angebracht werden. Kein übermäßiges Bling-Bling im amerikanischen Stil, sondern eine Sinfonie aus Licht und Farben, die der Schnee und das Eis unterstreichen würden.

Während Pyry die Kabel sortierte, drehte ich eine Runde durch das Lager. Der fünf Meter hohe, ungefähr zweihundert Quadratmeter große Raum war in den Fels gesprengt worden und befand sich zum Teil offenbar unter der Eiskaskade. An einem Kleiderständer hingen die unterschiedlichsten Theaterkostüme und Masken. Die samischen Trachten und Kopfbedeckungen würden Aktivisten ganz sicher zur Weißglut treiben. Dort hingen auch die Uniform des russischen Offiziers, die Stena getragen hatte, und einige nach vorgeschichtlichen Vorbildern geschneiderte Trachten sowie Faschingskostüme. Was war hinter ihnen zu erkennen – gab es in der Rückwand noch eine Tür? Auf dem Grundriss, den ich bekommen hatte, war sie nicht verzeichnet. Ich erinnerte mich an die Höhle neben der Eiskaskade, die ich auf der alten Landkarte gesehen hatte. Existierte sie wirklich?

«Der schwarze Lederumhang würde dir gut stehen. Ganz schön sexy.» Ich zuckte zusammen, Pyry hatte sich hinter mich geschlichen.

«Hör bloß auf. Gehen wir jetzt die Lampen anbringen? Ich bin fast zwanzig Kilometer auf Schneeschuhen gewandert, das Sandmännchen wartet schon auf mich.»

Ich sah zu, dass ich aus Pyrys Reichweite kam. Seine Anziehungskraft war nicht zu leugnen, etwas trieb mich zu ihm hin, obwohl Verstand und Gefühl dagegensprachen. Pyry roch einfach zu gut. Sein Geruch bestand aus vielen Nuancen, von denen ich nur einige benennen konnte: ein wenig sauberer Schweiß, eine Spur Shampoo, noch etwas anderes. Bei Männern mit dem richtigen Geruch war ich auch früher schon schwach geworden. Das war nichts als Biologie.

«Du solltest dir Schuhspikes anschnallen. Hier!» Pyry schleuderte zwei Ledergurte in meine Richtung, als habe er Spaß daran, mich mit Dingen zu bewerfen und meinen Fangreflex zu testen. Hoffentlich probierte er es nicht mit einem Speer oder einem Hammer. Hammerwerfen war zwar kein Teil des Zehnkampfs, aber mit einem Hammer konnte man sogar einen Bären töten.

Es war keine leichte Aufgabe, die Lichter zu befestigen. Pyry hatte nicht übertrieben, als er sagte, man müsse gut werfen können, um die LED-Lampen über den Strom zu spannen, und die Spikes unter den Schuhen waren wirklich nötig. An manchen Stellen wären mir auch Sicherungsseile willkommen gewesen. Aber wir schafften es, ohne in den Wasserfall oder von der Felskante zu stürzen. Pyry erteilte klare Befehle, was mochte wohl sein militärischer Dienstgrad sein? Ich überließ ihm die Führung, er war der Fachmann.

Als wir endlich alle Lampen angebracht hatten, waren wir beide vollkommen verschwitzt.

«Ob die Rauchsauna frei ist? Da gibt es nämlich auch keine Kameras und Mikrofone. Ich hätte noch etwas mit dir zu besprechen.» Pyry wirkte ernst. Ich überlegte, ob ich das Risiko eingehen sollte, wobei ich mich weniger vor Pyry fürchtete als vor mir selbst.

«Die Lichter werden morgen nach dem Abendessen eingeschaltet. Wieder ein Erlebnis für die Kerrs. Ich schicke Ansa eine Nachricht, dass alles fertig ist. Morgen Vormittag sind wir ja mit den Gästen im Motorschlitten unterwegs, dann kann sie kontrollieren, ob alles funktioniert.»

Es würde Ansa sicher nicht gefallen, dass ich mit Pyry in die Sauna ging. Warum glaubte ich eigentlich, dass sie jede unserer Bewegungen überwachte? Sie hatte doch auch anderes zu tun, als wie ein Schießhund die Aufnahmen der Kameras zu verfolgen. Außerdem konnte ich mich in die Sauna schleichen, ohne von den Kameras erfasst zu werden.

«Ich komme mit, wenn du mir aus der Küche ein kaltes Bier holst», sagte ich zu Pyry und bemühte mich, den locker flirtenden Tonfall zu treffen, in dem er oft mit mir sprach.

«Bier steht in der Sauna im Kühlschrank, genau wie Cider.

Und verschiedene Sorten Sekt und Champagner. Wusstest du das etwa nicht?»

Pyrys Miene ließ mich an einen lachenden Wolf denken, der gerade sein schon verloren geglaubtes Rudel wiedergefunden hat. Hunde waren Herdentiere. Ich konnte ja vorübergehend in ihre Haut schlüpfen.

Als ich in die Sauna kam, saß Pyry bereits auf der Schwitzbank. Eine Laterne war die einzige Lichtquelle, ein Kienspan wäre zu feuergefährlich. Ich ließ mich am entgegengesetzten Ende der Bank nieder und streckte die Beine aus.

«Wir brauchen Informationen über diesen Jouni Sompio. Von der Polizei werden wir natürlich nichts erfahren, selbst wenn sie dich verhören oder festnehmen sollten.»

Ich wusste, dass diese Gefahr bestand, trotzdem hatte ich das Gefühl, in die Eiskaskade zu tauchen, als ich Pyrys Worte hörte.

«Hast du vielleicht einen vertrauenswürdigen Polizisten, der uns helfen könnte?», fuhr er fort.

«Seit Laitio nicht mehr. Ich gehe den Bullen aus dem Weg, so gut ich kann. Ich mag Institutionen im Allgemeinen nicht besonders.»

Pyry machte einen Aufguss. Die weiche Wärme drängte die Kälte in meinem Inneren zurück. In den Dampf mischte sich der Duft von Birkenblättern, die Kerrs hatten gefrorene Saunaquaste verwendet. Ich nahm einen der Quaste aus dem Kübel und drückte mein Gesicht hinein. Der Geruch von Hevonpersii an einem regnerischen Mittsommermorgen, vertraut und beruhigend. Onkel Jari hatte mir beigebracht, straffe Quaste zu binden.

«Laitio war wirklich einmalig. Ich werde nie vergessen, wie er mich bei der finnischen Meisterschaft vom Anfang bis zum

Schluss angefeuert hat. Einfach irre, wie er gebrüllt hat! Damals hab ich meinen Rekord aufgestellt, im nächsten Jahr fingen dann die Probleme an. Wadenmuskelriss und so was.»

Die Stimme, die aus der Dunkelheit kam, klang anders als vorher. Ich brummte zustimmend, um Pyry zum Weiterreden zu ermutigen. Lieber hörte ich ihm zu, als etwas über mich preiszugeben.

«Eini war ein echter Glücksfall für unsere Familie. Meine Mutter starb, als ich vierzehn war. Einfach so, an einer plötzlichen Gehirnblutung. Sie ist eines Morgens einfach nicht mehr aufgewacht. Mein Vater und ich blieben allein zurück, alles erschien leer. Zum Glück hatte ich den Sport. Ich war in keiner Sportart extrem begabt, aber in vielen war ich gut. Der Bruder meines Vaters, also Topis Papa, hat uns immer gern zum Sportplatz gefahren, aber Topi fand zielgerichtetes Training nicht so interessant. Eine Zeit lang ist er Kurzstrecken gelaufen, aber er konnte es einfach nicht ertragen zu verlieren. So ist er immer noch.»

Ich tauchte den Quast wieder in den Kübel und tröpfelte mir das Wasser sanft auf die Haut.

«Mein Vater war seit zwei Jahren Witwer, als er Eini kennenlernte, bei einem Blind Date, das sein Kollege eingefädelt hatte. Die beiden haben nicht lange überlegt. Innerhalb von drei Monaten bekam ich eine Stiefmutter und einen Stiefbruder, Tuomo, der allerdings nie bei uns gewohnt hat. Er war damals schon volljährig und ging in Tampere zur Polizeischule.»

«Dann hast du also einen vertrauenswürdigen Polizisten?»

«Nein! Tuomo hält sich an die Regeln. Er war entsetzt darüber, was seine Mutter und Laitio trieben. Inzwischen ist er bei Eupol Spezialist für Menschenhandel. Soweit ich weiß, ist er momentan in Bukarest stationiert. Nein, ihn habe ich nicht im

Sinn. Eini ist zwar pensioniert, aber sie hat trotzdem noch ihre Kanäle. Vielleicht würde sie noch einmal etwas in Erfahrung bringen, wenn sie hört, dass es nicht nur um ihren Stiefsohn geht, sondern auch um jemanden, der Laitio am Herzen lag. Eini hat sich gedacht, dass du Laitio die Waffe gegeben hast. Wer denn sonst? Sie ist dankbar dafür, dass Teppo so gehen durfte, wie er es wollte.»

Ich legte den Kopf auf die Knie, mein Gesicht war schweißnass. Zum Glück sah Pyry mich nicht. War das Eisloch offen? Das Gespräch über Laitio hatte den Schmerz in meinem Inneren wieder wachgerufen, und ich wollte ihn mit den Messerstichen des eiskalten Wassers vertreiben.

«Ist es okay, wenn ich Eini nach Jouni Sompio frage? Gleichzeitig könnte sie auch nach Informationen über Aku suchen. Ich weiß nicht, ob sie an die Konten und die Bilanzen von Akus Firma herankommt. Aber Aku kann doch nicht so dumm sein, zu glauben, die Polizei würde Jounis Leiche für seine halten. Selbst wenn er Jounis Gesicht und die Fingerspitzen verunstaltet hat, bleiben immer noch DNA und Zahnschema.»

Pyrys Gedanken waren in die gleiche Richtung gegangen wie meine. Ich sagte ihm, er solle ruhig loslegen, und beschloss, ohne Rücksicht auf Ansa zum Eisloch zu gehen. Ein gemeinsames Saunabad war nichts weiter als ein gemeinsames Saunabad.

Das Wasser attackierte mich wie mit Hunderten Nadelstichen, am Anfang war es unerträglich, aber als ich bis zwanzig gezählt hatte, gewöhnte ich mich allmählich an die Kälte. Die Sterne standen scheinbar tiefer als sonst, einer flog über meinen Kopf hinweg nach Norden, so weit entfernt, dass ich ihn bald aus dem Blick verlor. Ich hörte Schritte hinter mir, Pyry wollte also auch schwimmen. Doch als ich mich umdrehte, stand dort eine ganz andere Gestalt. Kleiner, dünner, ganz in

Schwarz. Der Schal war so vor den Mund gebunden, dass nur die Augen sichtbar waren. Die Gestalt trat an die Leiter, wie um mich daran zu hindern, aus dem Wasser zu steigen.

«Weißt du nicht, dass man nicht allein ins Eisloch gehen soll? Das Herz kann versagen, oder du kannst einen Muskelkrampf kriegen. Und wie ergeht es dir dann? Vielleicht so wie Aku. Schlecht.»

Topi Liljas Stimme klang heiser, als habe er versucht, sie zu verstellen. Wie konnte er sich einbilden, dass ich ihn nicht erkennen würde? Er nahm das Handtuch, das ich an die Lampenstange neben dem Eisloch gehängt hatte, und warf es in den Schnee.

Trotzdem stieg ich auf die Leiter. Er stellte sich direkt daneben, doch ich kletterte weiter. Ich sah die erweiterten Pupillen und konnte den Schnaps durch den Schal hindurch riechen. Ließ die Mischung von Tabletten und Alkohol ihn jetzt durchdrehen? Doch Topi konnte mir nichts anhaben, obwohl ich nackt war.

«Seit du hier bist, läuft alles schief. Was glaubst du eigentlich, wer du bist?»

Topi ging in die Knie und versuchte, mich an den Schultern ins Eisloch zurückzudrücken. Ich stieß mich mit den Beinen ab und knallte ihm meinen Kopf gegen das Kinn. Er flog in den Schnee und war noch nicht wieder auf den Beinen, als ich schon an Land war.

«Idiot», fauchte ich, nahm mein Handtuch und ging. Der Schnee war mit roten Tropfen besprenkelt: Offenbar hatte er sich bei meinem Schlag in die Zunge oder Wange gebissen. Egal. Um seine Wunde sollte sich jemand anders kümmern.

Hatte Topi gerade ein Geständnis abgelegt? Konnte man seine Worte so deuten, dass er Aku ins Eisloch gestoßen hatte und die Leiche jetzt irgendwo unter dem Eis umhertrieb? Das hätte ich noch glauben können, aber ich hielt Topi nicht für so zielbewusst, dass er einer anderen Leiche Akus Pyjama angezogen hätte. Natürlich war es möglich, dass Aku den Schlafanzug mit in die Sauna genommen hatte, um ihn nach dem Schwimmen anzuziehen, aber wie war Topi an Jouni Sompios Leiche gekommen? Jemand musste ihm geholfen haben.

In der Sauna war es angenehm warm. Pyry lag auf dem Rücken auf der Bank und machte keine Anstalten auszuweichen. Ich konnte mich gerade so zwischen die Wand und seine Fußsohlen quetschen, musste aber aufpassen, damit wir uns nicht berührten.

Wir schwiegen lange. Das brachte uns einander näher als alle Worte. Ich dachte an Pyrys Gewicht, das ich gespürt hatte, als ich ihn im Dorf zu seiner Unterkunft schleppte. Wie würde es sich auf mir anfühlen? Ich ließ die Gedanken kommen, unternahm aber nichts. Schließlich stand Pyry auf und sagte, er gehe duschen. Als das Wasser rauschte, legte ich mich bäuchlings auf die Spur, die er auf der Schwitzbank hinterlassen hatte. Das Holz roch noch nach ihm, das musste genügen. Ich würde auf keinen Mann zugehen, solange ich nicht wusste, was Aku und Jouni zugestoßen war.

28

Das Dröhnen der Schlittenmotoren schien selbst nach dem Abendessen noch in meinem Kopf nachzuhallen. Ich mochte hohe Geschwindigkeiten zwar, aber die Fahrten mit den Rentieren oder den Huskys gefielen mir wesentlich besser als dieses Geknatter, das die Geräusche der Natur übertönte. Wir hatten Hunderte Rentiere und zwei Elche gesehen, waren den Spuren eines Vielfraßes gefolgt und hatten an dem Lagerfeuer, das ich gemacht hatte, zu Mittag gegessen. Jetzt wollte mein Körper nur noch schlafen, aber mein Kopf war hellwach. Beim Abendessen hatte Pyry mir zugeflüstert, er habe von Eini Rantanen Informationen über Jouni Sompio bekommen.

Es würde einen schlechten Eindruck machen, wenn Pyry und ich ständig die Köpfe zusammensteckten. Ansa war bei dem Ausflug mit den Motorschlitten dabei gewesen, wir waren demnach insgesamt acht Personen, die sich auf vier Schlitten verteilten. Es war seltsam gewesen, Ansa dort draußen im Gelände zu erleben: Sie hatte sich flink bewegt und war noch schneller gefahren als Pyry, John und ich. Morven hätte den Schlitten beinahe gegen einen Baum gesetzt, hatte ihn aber im letzten Moment noch herumreißen können. Bonni und Mrs Kerr hatten darauf verzichtet, das Steuer zu übernehmen.

Nach dem Abendessen stand noch eine große Show auf dem Programm: Die Weihnachtsbeleuchtung von Ilvesvaara sollte eingeschaltet werden. Mrs Kerr fiel die Ehre zu, den Schalter zu betätigen. Stena servierte Moosbeerenglühwein nach eigenem

Rezept, dann versammelten wir uns am Fenster des Restaurantgebäudes, von dem man die beste Sicht in alle Richtungen und ganz besonders auf die Eiskaskade hatte.

Beim Essen hatte Topi mich finster angestarrt. Er hatte einen eindrucksvollen blauen Fleck am Kinn, und seine Lippen waren verschorft. Er hätte sich eben nicht am Eisloch herumtreiben sollen. Was hatte er zu Ansa gesagt? Wahrscheinlich hatte er behauptet, er sei über eine Schneeschaufel gestolpert, oder eine ähnlich glaubhafte Erklärung geliefert. Warum gab sich die zielstrebige Ansa überhaupt mit einer Schlafmütze wie Topi ab? Genoss sie das Machtgefühl? Zwischenmenschliche Beziehungen waren oft von geistigem Sadomasochismus geprägt, deshalb lag mir nichts daran, mit einem Partner zusammenzuleben oder gar Kinder in die Welt zu setzen. Wie hätte ich mit der Elternrolle zurechtkommen sollen, wenn mein einziges Vorbild mein Onkel war, dieser eigenbrötlerische Junggeselle?

Um neun Uhr ging es los. Das Wetter war perfekt: nur fünfzehn Grad Frost, dennoch wolkenlos und windstill. Für die frühen Morgenstunden waren Polarlichter vorhergesagt.

Zuerst löschte Ansa sämtliche Lampen auf dem Gelände von Ilvesvaara. Sie hatte Sinn für Dramatik. Es war schade, im Haus zu sein, wo man der Illusion der Dunkelheit eher glaubte. Draußen hätte man den Widerschein der Sterne im Schnee gesehen. Doch als Ansa Mrs Kerr mit dem Wort «Now!» aufforderte, auf den Schalter zu drücken, war ich einen Augenblick lang wie verzaubert. Obwohl ich die Scheinwerfer selbst angebracht und mir eine gewisse Vorstellung von dem Ergebnis gemacht hatte, war der Anblick beeindruckend.

Der Strom war nicht mehr eisblau, sondern glitzerte golden und glutrot. Und es war doch wohl nicht möglich, dass die Sterne vom Himmel gefallen waren und nun auf der Erde funkelten? Dazu tanzten auf dem Eis schneeflockenartige Wesen, die zwischen denen Rosen aufblühten und wieder verschwanden.

«Schaut auf den See!», forderte Ansa uns auf. Auch in dieser Richtung war das Licht nun nicht mehr blau und eiskalt, sondern warm und golden. An den Brückengeländern ragten Girlanden aus Lampen auf, die schon vorher dort gewesen waren, aber erst jetzt erstrahlten.

«Wie im Märchen», kicherte Bonni und drückte die Hand ihres Freundes.

Da klingelte Ansas Handy.

Ich sah, wie sich ihr Gesicht trotz des warmen Lichtes grünlich färbte, als sie sich meldete und die Stimme des Anrufers hörte.

«Von wo rufst du an? Ist alles in Ordnung? Warum hast du nichts von dir hören lassen? Hast du dich bei Tytti gemeldet?» Ansa lief in die Küche, ich folgte ihr. Schließlich war ich die Sicherheitsbeauftragte, und aus den Worten meiner Chefin war unschwer zu schließen, dass der Anrufer der vermisste Aku Rautio war.

Auf Ansas Wangen brannten rote Flecken. Ich versuchte, ihr zu signalisieren, dass sie den Lautsprecher einschalten sollte, doch sie konzentrierte sich ganz auf das Gespräch mit Aku.

«Wo bist du? Die Verbindung ist schlecht. Du musst Tytti sagen, dass es dir gut geht. Und am besten auch der Polizei. Hier auf dem Eis wurde eine Leiche gefunden, und anfangs dachten wir, das wärst du.»

Am liebsten hätte ich Ansa das Telefon aus der Hand gerissen, ich wollte Akus Stimme mit eigenen Ohren hören, um mich zu vergewissern, dass der Anruf tatsächlich von ihm kam.

«Hallo? ... Jetzt bist du weg!» Ansa starrte ungläubig auf

das Handy. Ich trat neben sie, und sie zuckte zusammen, als habe sie jetzt erst bemerkt, dass ich ihr gefolgt war.

«Das war Aku. Er lebt.»

«Von wo hat er angerufen?»

«Von einer Insel, hat er gesagt, vielleicht Åland. Die Verbindung war furchtbar schlecht.»

«Und welche Nummer? Die Polizei kann doch den nächsten Sendemast orten.»

«Die Nummer war unterdrückt, wahrscheinlich ein Prepaid-Handy. Die kann man nicht zurückverfolgen. Was soll ich jetzt machen? Tytti anrufen? Aber falls Aku den Mann auf dem Eis umgebracht hat, will er natürlich nicht gefunden werden.»

Ansa wirkte ratlos. Ihr ging es natürlich in erster Linie darum, den Ruf von Ilvesvaara zu schützen. Aber was war aus meiner Sicht nützlich? Auf jeden Fall musste Tytti informiert werden, dass Aku am Leben war, ob sie sich nun darüber freute oder nicht.

Ich ließ mir von Ansa das Handy geben. Die Nummer war tatsächlich unterdrückt. Warum hatte Aku zuerst Ansa angerufen und nicht seine Frau? Hatte er aus irgendeinem Grund Angst vor Tytti? Oder war Ansa diejenige, die ihm geholfen hatte, Ilvesvaara zu verlassen? Das wäre die logischste Erklärung, denn Ansa wusste, wo sich die Überwachungskameras befanden, und konnte sie umgehen. Die Aufnahmen konnte sie allerdings nicht manipulieren, ohne dass ich es merkte – glaubte ich jedenfalls. Ich wusste über das System nur das, was Ansa mir gesagt hatte.

Draußen tanzten die Lichter wild umher. Stena kam an die Küchentür und fragte erbost, was wir dort zu suchen hatten. Ohne seine Erlaubnis durfte nicht einmal Ansa sein Reich betreten.

«Mitarbeiterbesprechung um zehn, sobald die Show vorbei

ist», ordnete Ansa an und drängte sich an mir vorbei in den Speisesaal. Als Stena fragend die Augenbrauen hob, erzählte ich ihm von Akus Anruf.

Ich wusste seine Miene nicht genau zu deuten, hatte aber den Eindruck, dass sich seine anfängliche Verwunderung in Furcht verwandelte.

«Was wird Tytti wohl dazu sagen?», überlegte er laut, dann fasste er mich an den Schultern und bugsierte mich zur Küchentür. «Ansa sollte den Hintergrund ihrer Gäste sorgfältiger überprüfen. Wenn jemand im Geld schwimmt, ist damit noch nicht gesagt, dass er es auf legalem Weg erworben hat. Aku hatte sicher einen Grund unterzutauchen. Vielleicht ärgert es ihn, dass man den Toten nicht für ihn gehalten hat. Dadurch hätte er Zeit gewonnen.»

Stenas Hände waren warm, aber sein Griff wirkte feindselig. Ich hatte keine Gelegenheit nachzufragen, denn wir standen schon wieder inmitten der Schar, die das Lichtspektakel bewunderte. Zum ersten Mal sah ich einen Anflug von Freude auf Janas Gesicht, doch er verschwand, als Ansa sie flüsternd über die Personalversammlung informierte.

An sich kam bei der Besprechung nicht viel heraus. Ansa berichtete von dem Anruf und sagte, sie habe Tytti eine SMS geschickt und werde am nächsten Morgen die Polizei benachrichtigen. In Ilvesvaara werde alles ganz normal weitergehen. Es gab schon Reservierungen bis zum nächsten Weihnachtsfest, und ständig kamen neue hinzu.

«Du meinst also, der Fall Aku Rautio ist für uns erledigt?», fragte Pyry zum Schluss.

«Genau. Er hatte seine eigenen Motive zu verschwinden. Das morgige Programm kennt ihr ja alle. Sorgen wir dafür, dass der letzte Urlaubstag den Kerrs unvergesslich bleibt!»

Ansa lächelte, aber ihre Miene wirkte aufgesetzt. Mir gingen Dutzende Fragen durch den Kopf, doch ich stellte sie nicht. Die Antworten würde ich selbst finden müssen.

Im Traum folgte ich Frida auf ihrer Flucht vor den Jägern. Ich stellte mich zwischen die Geschosse und den Luchs, die Kugeln prallten an mir ab wie an einer Superheldin. Nur wurde das Geräusch immer lauter, sie schlugen mir in den Rücken und knallten in meinem Kopf.

Dann begriff ich, dass jemand ans Fenster klopfte. Mein Handy zeigte fünf Uhr siebenundvierzig. Ich blickte durch einen Spalt in der Jalousie. Pyry stand auf der Terrasse.

«Eini hat angerufen», erklärte er, als ich die Tür öffnete. «Und es sieht nicht gut aus. Im Gegenteil, das ist alles extrem merkwürdig.»

Ich zog mir Wollsocken an, schaltete den Wasserkocher ein und wickelte mich in eine Decke. Wenn ich aus dem Schlaf gerissen wurde, fror ich immer, obwohl ich sonst eher warmblütig war. Pyry machte ungebeten Feuer im Kamin. Als das Wasser kochte, machte ich zwei Tassen mit Instantkaffee zurecht und fragte Pyry, ob er Milch wolle. Er trank seinen Kaffee schwarz.

«Ich hatte mir schon gedacht, dass der kleine Spionageauftrag Eini ein bisschen aufmuntert. Sie langweilt sich als Rentnerin. Über Jouni Sompio hat sie allerhand herausgefunden. Vor neununddreißig Jahren in Inari geboren, er hat tatsächlich in Oulu Bauingenieurwesen studiert. Ledig und kinderlos. Nach dem Studium hat er zuerst bei der YIT gearbeitet und später für die AkuRa AG, unter anderem in Sotschi. Heute selbstständiger Berater für die Baubranche.»

«Die AkuRa AG ist doch Aku Rautios Firma! Jouni Sompio hat also für Aku gearbeitet?»

Obwohl meine Tasse nur noch halb voll war, schwappte mir Kaffee auf die Hose. Auch Pyry wirkte ernst.

«So sieht es aus. Es gibt also mindestens diese eine Verbindung zwischen ihnen. Jouni hat dir gegenüber nicht erwähnt, dass er jemanden in Ilvesvaara kennt?»

«Wir haben nicht über meinen Arbeitsplatz gesprochen. Ich dachte, er hätte keine Ahnung, wer ich bin. Er hat mich total hinters Licht geführt.»

Hatte Aku Jouni auf mich angesetzt und behauptet, ich sei leichte Beute? Das war ich ja auch gewesen, für beide. Vielleicht hatte Aku geplant, Jouni zu töten und mich als Schuldige hinzustellen. Und ich war in die Falle gegangen wie ein Luchs, der einem Hasen nachsetzt und dabei ins Fangeisen gerät. Wäre ich notfalls fähig, mir ein Bein abzubeißen, um meine Haut zu retten?

Aber warum hatte Jounis Leiche in Akus Pyjama gesteckt? Ich konnte nicht glauben, dass Aku sich einbildete, mit dem Täuschungsmanöver durchzukommen. Oder hatte er darauf gebaut, dass Tytti behaupten würde, der Tote sei ihr Mann, damit Aku genug Zeit hatte, sich dem Zugriff der europäischen Strafverfolgungsbehörden zu entziehen? War Tytti in diesem Fall in Gefahr?

«Weiß man Genaueres über dieses Consulting-Unternehmen für die Baubranche? Dahinter kann ja alles Mögliche stecken, zum Beispiel Geldwäsche. Tytti hatte anscheinend den Verdacht, dass irgendein Handlanger der russischen Mafia hinter Aku her ist und er deshalb verschwinden wollte. Vielleicht wollte Aku gar nicht die Polizei irreführen, sondern die Russen», dachte ich laut.

«Könnte es sein, dass dieser Jouni auf Aku angesetzt war und dich als Verbindungsglied benutzt hat?», überlegte Pyry. Auch dieser Gedanke war nicht gerade angenehm.

Konnte ich es wagen, Pyry von meiner Verbindung zu Aku zu erzählen? Es war mir völlig egal, wie er über meine Moral dachte. Aber würde er es auch seltsam finden, dass der eine meiner One-Night-Stands tot und der andere verschwunden war?

Finnland war ein kleines Land. Wenn das globale Kleine-Welt-Phänomen von sechs Kontaktstufen ausging, war man hier oft nur durch drei Personen verbunden. Aku war ich damals rein zufällig begegnet, aber der Kontakt mit Jouni war allem Anschein nach kein Zufall gewesen. Wer wollte mir etwas Böses? Ich hatte mehrere Menschen im Würgegriff gehabt und dazu beigetragen, dass sich einige den Hals brachen, aber ich hatte mir eingebildet, meine Feinde seien längst im Jenseits gelandet. Juri Trankow war anderer Meinung: Obwohl sein Vater Paskewitsch und dessen Verbündeter Gezolian tot waren, wuchsen ständig neue Fangarme nach. Aber würde einer von ihnen mich für wichtig genug halten, um sich zu rächen, obendrein auf so komplizierte Art?

Ansa Huuhka hatte mich auf Pyrys Empfehlung eingestellt. Aber was gab mir die Gewissheit, dass die Informationen, die er bekommen hatte, tatsächlich von Eini Rantanen stammten und nicht von irgendeiner zwielichtigen Gestalt, die mir die ganze Zeit aufgelauert hatte wie ein Pelzjäger dem Luchs? Nein, von meiner Begegnung mit Aku würde ich Pyry nicht erzählen. Wenn er daran beteiligt war, mich als Schuldige hinzustellen, wusste er ohnehin davon.

In meinem Kopf drehte sich alles. Um mich zu vergewissern, in welchem Lager Pyry stand, konnte ich Eini Rantanens Kontaktdaten von ihm verlangen. Die familiäre Beziehung zwischen den beiden musste tatsächlich bestehen, sonst hätte Topi die Lüge allzu leicht aufdecken können. Aber dass Pyry Laitio gekannt hatte, machte ihn nicht automatisch vertrauenswürdig.

Der Kaffeefleck auf meiner Schlafanzughose wäre mir unter normalen Bedingungen gleichgültig gewesen, aber jetzt wurmte er mich. Wie hatte ich dermaßen die Kontrolle verlieren können? Ich trank die Tasse leer, obwohl ich ohnehin schon hellwach war. Ich wollte Pyry nichts von meinen Sorgen wissen lassen.

«Rate mal, was mich bei all dem am meisten wundert! Wer von den Leuten hier in Ilvesvaara hat ebenfalls in Sotschi gearbeitet?» Pyry drehte seine Tasse zwischen den Fingern, als ob er versuchte, die Antwort im Kaffee zu lesen.

Da begriff ich. Stena. Konnte es sein, dass er Jounis Gesicht in der Rekonstruktion der Polizei nicht erkannt hatte? Oder hatte er gelogen?

29

Ich wäre am liebsten sofort losgerannt, um Stena auf den Zahn zu fühlen. Warum tat er so, als habe er Jouni nicht erkannt? Dann wurde mir klar, dass ich die Verbindung zwischen den beiden nicht zur Sprache bringen konnte, ohne zu bekennen, dass ich mir illegal Informationen über Jouni verschafft hatte.

«Was für ein Verhältnis hast du zu Stena?», fragte ich Pyry, nachdem er mich an Stenas Vergangenheit in Russland erinnert hatte. «Geht ihr zusammen in die Sauna, oder redet ihr abends beim Bier über Politik oder Frauen?»

Mir fiel ein, was Veera von einer Tanja erzählt hatte, der Frau, die Stena das Herz gebrochen und ihm das Geld abgejagt hatte, das er für die Gründung eines eigenen Restaurants gespart hatte. Hatte Pyry davon gehört? Er verneinte.

«Stena ist nicht besonders gesellig. Wie oft hast du ihn außerhalb des Restaurants gesehen? In die Sauna geht er sehr selten und wenn, dann allein. Manchmal trainiert er im Fitnessstudio, verdrückt sich aber, sobald jemand hereinkommt. Im Sommer ist er gelegentlich mit dem Rad unterwegs, sammelt Beeren und Pilze. Allein, es sei denn, das Sammeln ist ein Programmpunkt für die Gäste. Stena ist zwar der Inbegriff des freundlichen Riesen, aber er lässt niemanden an sich heran. Das gilt auch für alle anderen hier. Wenn man rund um die Uhr mit seinen Kollegen zu tun hat, ist es besser, Abstand zu halten.» Pyry reckte sich nach dem Wasserkocher und füllte seine

Tasse noch einmal. Er ächzte, offenbar schmerzte sein Wadenmuskel bei der Bewegung.

«Stena schätzt dich offenbar. Deswegen hast du bessere Chancen, etwas aus ihm herauszuholen, als ich. Das heißt nicht, dass du ihn gleich verführen sollst», fügte Pyry hastig hinzu. Offenbar hatte er meine Verärgerung bemerkt. «Aber du solltest die Gelegenheit nutzen, wenn er das nächste Mal Hilfe in der Küche braucht.»

Ich wollte seinen Rat nicht, ich hasste es, dass ich ihm für die Informationen, die Eini Rantanen beschafft hatte, zu Dank verpflichtet war. Falls die Polizei herausfand, dass wir Informationen zurückgehalten hatten, kämen wir beide in Teufels Küche. Folglich mussten wir uns davor hüten, uns gegenseitig das Leben schwer zu machen. Eine echte Zwickmühle.

Die Möglichkeit, mit Stena zu reden, ergab sich früher als erwartet. Bonni Kerr klagte nach der Fahrt im Motorschlitten über Schmerzen im Gesäßmuskel und wollte deshalb nicht am Eisklettern teilnehmen. Die anderen Frauen der Familie hatten von vornherein abgewunken. Ich wurde bei der Kletterpartie also nicht gebraucht, Pyry und Topi würden sich um die Sicherung kümmern. Als Stena hörte, dass ich den Vormittag freihatte, beorderte er mich zum Küchendienst.

Stena rollte die Haut des Birkhuhns auf, der Schnitt führte am Rückgrat entlang. Der Mann wusste, was er tat, beim Schneiden brauchte man keine Kraft aufzuwenden. Eine bis ins Letzte ausgefeilte Technik genügte.

«Du machst das hier in der Küche viel besser als Ansa», sagte er zu mir, «und die muss außerdem mit ihrem Juristen abklären, in welcher Verantwortung sie steht, nachdem Aku nicht bei seiner Frau, sondern bei ihr angerufen hat.»

Bei Tytti hatte Aku sich also nicht gemeldet. Vielleicht wollte er sie vor den Leuten schützen, die hinter ihm her waren. Für Ansas Sicherheit hingegen war ich verantwortlich. Für den zugefrorenen See mussten bessere Kontrollsysteme entwickelt werden. Oder kam die schlimmste Bedrohung von innen?

Ich zog einen Schnittschutzhandschuh an und zerkleinerte mit dem Julienneschneider Gemüse. Stena zerhackte Kropf und Leber des Birkhuhns mit Herbsttrompeten zu einer Paté, damit wollte er den Braten füllen.

«Verdammt, der Madeira!», rief er plötzlich und wirbelte an mir vorbei. «Messer hinter dir!», warnte er im Restaurantjargon. Ich zuckte zusammen, denn ich war gerade im Begriff, nach der nächsten Schwarzwurzel zu greifen. Wie leicht wäre es doch, einen Unfall in der Küche zu inszenieren, zumal ich kein Profi war, sondern Anfängerfehler machen konnte: in ein Messer laufen, mich mit siedendem Öl übergießen, mich am Wasserdampf verbrühen. Hatte Stena Hintergedanken gehabt, als er mich um Hilfe bat?

«Glaubst du, dass Aku Rautio den Mann auf dem Eis getötet hat?»

Die Frage, die Stena hinter meinem Rücken stellte, kam so überraschend, dass mir die Klinge des Julienneschneiders abrutschte. Zum Glück trug ich den Schutzhandschuh.

«Woher soll ich das wissen? Du kennst ihn doch aus der Zeit in Sotschi», gab ich zurück.

«Du bist ihm früher auch schon mal begegnet … habe ich gehört.» Nun stand Stena vor mir, unsere Blicke trafen sich auf derselben Höhe. Er wirkte amüsiert wie eine Katze, die weiß, dass die Maus ihr nicht entkommen kann. «Angeblich warst du ziemlich scharf.»

Stena goss Madeira über die zerkleinerten Innereien, nahm ein Feuerzeug und zündete den Alkohol an.

«Prahlt ihr erwachsenen Männer etwa mit euren Eroberungen wie Teenager?», erwiderte ich, als sei Sex mit Aku die alltäglichste Sache der Welt. Und genau das war er ja auch gewesen – bevor Aku verschwand.

«Aku hat es noch nie geschafft, den Schwanz in der Hose zu behalten, und daraus hat er auch kein Geheimnis gemacht. Nicht einmal vor Tytti. Die beiden haben ja erst nach dem Auftrag in Russland geheiratet, ich kannte sie also vorher gar nicht. Ein Wunder, dass eine so kluge und wohlhabende Frau auf Aku reingefallen ist. Aber als Heteromann kann ich natürlich nicht verstehen, was die Ladys an manchen Kerlen finden. Ist einfach zu hoch für mich.»

Die Flamme war erloschen, Stena stampfte die Masse glatt, bevor er sie in die Form für das Wasserbad füllte. Seine Bewegungen waren routiniert, er hatte sie Hunderte Male ausgeführt, wie ein Sportler, der durch viele Wiederholungen Sicherheit gewann. Nachdem er die Masse glatt gerührt hatte, nahm er den Probierlöffel, der an einer Art Uhrkette an seiner Taille hing, und kostete von der Paté. Offenbar fehlte ihr noch ein wenig Süße, denn er gab flüssigen dunklen Honig und ein paar zerriebene Rosmarinzweige hinzu.

«Die Schotten essen ja gern Haggis, eine kleine Portion Innereien wird sie also nicht abschrecken. Nächste Woche kommen zwei strikte Veganer.» Stena grinste, streute ein paar Salzflocken auf die Paté und schob sie in den Ofen. «Aku hätte es zu gern noch mal mit dir gemacht. Beim ersten Mal war er ein bisschen angeschickert, hat er gemeint.» Stena spülte den Löffel unter laufendem Wasser ab und feixte, fuhr dann aber ernster fort: «Ich habe ihm gesagt, dass Ansa Beziehungen zwischen Angestellten und Gästen nicht zulässt. Ilvesvaara ist kein Bordell. In seiner Freizeit kann natürlich jeder machen, was er will.»

Er maß mich von Kopf bis Fuß mit seinem Blick, als habe er genau das Gegenteil von dem gemeint, was er sagte. In Trainingshose, Kochjacke und Wollsocken in weißen Küchenschlappen sah ich sicher nicht gerade verführerisch aus. Aber was wusste ich schon von Stenas Fantasien? Es gab unendlich viele sexuelle Neigungen und Gelüste. Mir war es vollkommen gleich, was den Menschen Genuss verschaffte, solange alle Beteiligten freiwillig mitmachten.

«Aha, du hast mich also quasi vor Akus Annäherungsversuchen beschützt. Danke», sagte ich und bemühte mich um einen kameradschaftlichen Ton. Ich wollte mehr über seine Zeit in Sotschi und vielleicht auch über Jouni erfahren.

«Ich bin mir zwar sicher, dass du selbst auf dich aufpassen kannst, aber nach Ansas Meinung hat der Kunde immer recht. Wenn Akus Wort gegen deins gestanden hätte, dann hätte Ansa natürlich Aku glauben müssen, schon um ihres eigenen Vorteils willen. Und der ist für sie das Allerwichtigste. Hol mir doch bitte die Krähenbeeren aus dem Außenschrank, ich mach mich an den Nachtisch. Der Türcode ist 8898A. Wenn du mit den Zutaten fertig bist, kannst du die Soße für den Seesaibling anrühren. Das ist eine besonders ehrenvolle Aufgabe.»

Wieder das kameradschaftliche Lächeln. Wollte Stena mir signalisieren, dass wir auf derselben Seite standen?

Außerhalb der Küche gab es eine Art Kühlraum, der im Winter weder gekühlt noch geheizt wurde, sondern wie ein Keller funktionierte. Dort lagerten einige alkoholische Getränke sowie frische Beeren und Marmelade. Beim letzten Mal hatte der Code anders gelautet, vielleicht wechselte Stena ihn täglich.

Zuerst sah alles ganz normal aus. Die Krähenbeeren lagen in einem offenen Eimer auf dem zweituntersten Regalbrett. Ich stellte den Eimer auf den Boden, um die Beeren in das mitgebrachte Litermaß zu schütten.

Da sah ich den Finger. Er war sorgsam in ein kleines grünliches Einmachglas gelegt worden und schwamm in einer klaren Flüssigkeit. Wahrscheinlich in Weingeist, den Stena ebenfalls in seinem Lager hatte.

Ich nahm den Schutzhandschuh aus der Tasche und holte das Glas nach vorn. Einen Moment lang war ich bereit zu glauben, dass es doch nur eine zurechtgeschnittene Knackwurst oder ein Scherzartikel aus Marzipan war, doch dann sah ich zweierlei.

Den Fingernagel, der an der Ecke links unten dunkel verfärbt war, und die dunklen Härchen zwischen dem unteren Gelenk und der Schnittfläche.

Dieser Finger hatte meine Wangen gestreichelt, war in mich eingedrungen, hatte beim Frühstück die Kaffeetasse gehalten. Rentier-Jounis Zeigefinger.

Jouni war nicht nur von Tieren übel zugerichtet worden, sondern auch von einem Menschen. Jemandem, der sich in Ilvesvaara aufhielt. Der den Code des Kühlraums kannte.

Hatte Stena mich absichtlich zum Beerenholen geschickt, damit ich den Finger fand? Oder hatte jemand anders ihn dort platziert, um Stena Angst einzujagen? Pyry und ich waren nicht unbedingt die Einzigen, die von Stenas Verbindung zu Jouni wussten.

Oder hatte der Koch selbst seinen alten Bekannten getötet? Wenn Aku möglicherweise Verbindungen zu den Handlangern der russischen Mafia hatte, warum nicht auch Stena? Er hatte bei verschiedenen privaten Anlässen für wer weiß wie einflussreiche Persönlichkeiten gekocht. Im Wodkarausch konnte durchaus jemand Geheimnisse ausplaudern, die bis in die Küche drangen.

Stena hat nicht unbedingt eine weiße Weste, dachte ich. Was sollte ich mit dem Finger machen? Ich konnte mich nicht darauf verlassen, dass ich so bald wieder an den Schrank herankam. Sollte ich das Glas mitnehmen? Meine Kochjacke hatte eine Tasche, aber Stena würde merken, dass sie ausgebeult war. Und wenn er den Finger versteckt hatte, würde er sofort wissen, wer ihn mitgenommen hatte.

Hatte Stenas Auftraggeber einen Beweis dafür verlangt, dass Jouni wirklich tot war? Vom Zeigefinger konnte man einen Fingerabdruck nehmen.

Hinter mir ging die Tür auf. Eine kleine schwarze Gestalt stand im Schatten und starrte mich an. Hastig stopfte ich das Glas in die Tasche, ich wollte es Jana nicht zeigen. Was hatte sie hier zu suchen? Wortlos ging sie an mir vorbei ans Ende des Kühlraums und nahm eine stählerne Sprühflasche aus dem Regal. Offenbar irgendein Superputzmittel, auch wenn man aus Janas Verhalten hätte schließen können, dass die Flasche Gift enthielt. Sie tat, als sei ich gar nicht da, und kehrte in die Küche zurück.

Als ich ihr mit den Beeren folgte, hörte ich sie im Speisesaal herumfuhrwerken. Mein Mantel hing an der Außenseite der Küchentür am Haken, also konnte ich den Zeigefinger nicht in der Manteltasche verschwinden lassen, solange Jana dort putzte. Verdammt. Wo sollte ich meinen Fund verstecken, damit Stena ihn nicht sah?

«Es geht um eine Kombination aus Kräuterpesto und Hollandaise, die ich selbst entwickelt habe. Hier siehst du die Anleitung.» Stena legte mir eine Mappe mit Rezepten hin. Jeder

Bogen steckte in einer Plastikhülle, aber die Anleitungen waren in einer verschnörkelten Handschrift geschrieben, die nicht ganz leicht zu lesen war. Stena nahm gerade die Seesaiblinge aus, das lange, biegsame Fischmesser schnitt Köpfe ab und schlitzte Bäuche auf.

Hatte dieses Messer auch Jounis Finger abgeschnitten?

Es schauderte mich, doch ich zwang mich, ruhig zu bleiben und das Rezept für die Soße zu lesen. Butter, Eigelb, Weizenmehl. Bohnenkraut, Thymian, glatte Petersilie. Weißer Pfeffer, geröstete Pinienkörner, Kiefernnadelextrakt. Vertraut, normal, köstlich.

«Oh! Wenn das kein Fingerzeig ist!» Stena lachte plötzlich auf und deutete auf die große Rogentasche, die er in einem Saibling gefunden hatte. Einen Moment lang schwankte alles um mich her, seine Wortwahl konnte doch kein Zufall sein! Wusste Stena etwa, dass ich das Glas gefunden und an mich genommen hatte?

Doch er arbeitete weiter und summte dabei leise vor sich hin. Ich begann, die Eier aufzuschlagen, obwohl meine Hände zitterten. Wer außer Stena hätte den Finger in die Kühlkammer bringen können? Was sollte ich damit machen? Wäre es besser, das Glas wieder dahin zu stellen, wo ich es gefunden hatte?

Die Zubereitung der Hollandaise erforderte Konzentration, und die erste Version gerann.

«Du darfst die Masse nicht zu stark schlagen», erklärte Stena. «Und das Wasserbad darf nicht zu heiß sein. Das Wasser darf auf keinen Fall kochen. Pass auf, ich zeig es dir.»

Er trat hinter mich, sodass sein Bauch meinen Rücken berührte, nahm mir den Schneebesen aus der Hand und rührte in der neuen Butter-Ei-Masse. Bald würde er die ausgebeulte Tasche meiner Kochjacke bemerken. Sein Atem roch nach Rosmarin und Basilikum, sein Körper aber nach etwas anderem. Nach Angstschweiß.

«Rück mir nicht so auf die Pelle!» Ich verstand die Situation absichtlich falsch, zwängte mich aus meiner Position zwischen Koch und Herd und lief zur Tür wie eine Jungfrau auf der Flucht.

«Hilja! Verdammt, was denkst du denn von mir? Für mich bist du doch nicht ...» Stena unterbrach sich und holte tief Luft. Er rührte weiter im Topf, während er um Beherrschung rang und nach den richtigen Worten suchte.

«Entschuldige, wenn du das Gefühl hattest, dass ich dir zu nahe trete. Das war nicht meine Absicht. Ich wollte dir nur die richtige Technik zeigen.»

Teilweise glaubte ich ihm sogar. Er hatte nicht die Absicht gehabt, mich sexuell zu belästigen. Trotzdem spielte ich die beleidigte Prinzessin auf der Erbse.

«Koch deine Soße selber oder frag Ansa! Ich werde mir ab jetzt zweimal überlegen, ob ich dir in der Küche helfe!»

Ich knallte die Tür hinter mir zu, nahm meinen Mantel und schlüpfte in die Schuhe. Die Kochjacke hätte ich natürlich in den Wäschekorb in der Küche werfen müssen, aber ich konnte sie auch später zurückgeben. Die Hauptsache war jetzt, den Finger in Sicherheit zu bringen – aber wo? Jana hatte Zugang zu meinem Zimmer und damit auch zu meinem Minikühlschrank.

Von der Eiskaskade drang ein begeisterter Juchzer an mein Ohr. Sir Rory Kerr hatte es bis ganz nach oben geschafft und schwenkte eine kleine schottische Fahne. Vielleicht war er der erste Schotte, der die Eiskaskade bezwungen hatte. Pyry ließ sich mithilfe der Winde nach unten, hielt aber plötzlich inne und starrte in die Tiefen des Wasserfalls.

«Stimmt was nicht?», rief Topi ihm von der Brücke über den Wasserfall zu, wo er offenbar die Seile sicherte.

John kletterte über den Rand und schloss sich seinem künftigen Schwiegervater an. Ich beobachtete Pyry, der bald darauf seinen Weg nach unten fortsetzte.

Sollte ich ihn fragen, was los war? Nein, zuerst musste der Finger in Sicherheit gebracht werden. Auf dem Weg zu meinem Zimmer überlegte ich fieberhaft, wo ich ihn verstauen könnte. Im selben Versteck wie meine Waffe. Wenn der Finger in Alkohol eingelegt war, würde ihm die Zimmertemperatur nichts anhaben. Ich zog die Vorhänge zu und vergewisserte mich, dass alle Türen verriegelt waren, bevor ich einige Bretter vom Lattenrost abschraubte, unter dem ich meine Glock aufbewahrte.

Das kühle Gewicht der Waffe wirkte beruhigend. Sollte ich sie immer bei mir tragen? Ich verwarf den Gedanken und verstaute die Waffe zusammen mit dem Finger im Versteck unter dem Bett, unzugänglich für andere. Ich hatte keine Ahnung, was ich mit dem Zeigefinger machen sollte.

30

Für den Rest des Abends ging ich Stena aus dem Weg. Beim Essen setzte ich mich zu Veera. Sie fragte mich nach meiner Ausbildung in New York und erzählte, sie habe als Austauschschülerin einige Monate dort gelebt. Pyry kam dazu, wirkte aber abwesend. Sollte ich ihm von dem Finger erzählen? Nach dem Abendessen schlugen die jungen Kerrs wieder ein Brettspiel vor. Morven war ein Ass beim Monopoly. Nach dem Spiel wollte sie unbedingt mit mir einen nächtlichen Spaziergang auf dem zugefrorenen See machen, und ich brachte es nicht übers Herz abzulehnen, denn ich wusste, dass Ansa ihren Gästen nicht erlaubte, allein in der Dunkelheit herumzustreunen. Ich würde Morven nie wiedersehen, doch ich kannte meine Grenzen.

Der Mond war wieder eine zunehmende Sichel, die Milchstraße war nur teilweise zu sehen. Wir gingen auf Schneeschuhen auf das gegenüberliegende Ufer zu. Im Wald ertönte ein gespenstischer Laut, dem sich zwei ähnliche anschlossen.

«Wölfe», sagte ich zu Morven. Obwohl ich wusste, dass sie wohl keine Menschen angreifen würden, ging der Luchs in mir in Verteidigungsbereitschaft. Wir verharrten reglos. Woher kam der Wind? Wir waren unterhalb des Windes, die Tiere würden uns also nicht riechen, wenn wir uns nicht bewegten. Nach einigen Minuten entfernte sich das Geheul Richtung Norden, und das wenige, was ich zwischen den Bäumen sehen konnte, bestätigte die akustische Wahrnehmung.

Plötzlich leuchtete der Himmel auf, und über uns entfaltete sich ein grüner Vorhang. Die Farben tanzten, hartes Weiß und einige himbeerrote Streifen mischten sich darunter. Das Spiel setzte sich auf dem Schnee und dem Eis fort, führte dort ein Eigenleben. So beeindruckend Ansas Lichtshow auch gewesen war, das Polarlicht übertraf alles.

Morven wischte sich über die Wange, ich wusste nicht, ob der trockene Frost oder der überwältigende Anblick ihre Augen tränen ließ. Ich bot ihr kein Taschentuch an. Auf ihre Frage, wie das Polarlicht entsteht, wusste ich keine rechte Antwort.

«Das wurde also nicht extra für uns arrangiert?», fragte Morven. Offenbar beobachtete der Rest der Familie die Lichterscheinungen von ihren Terrassen aus, denn von den Suiten waren Jauchzer zu hören.

«Es gibt Dinge, die man für Geld nicht kaufen kann», versicherte ich. Lieber hätte ich das Himmelswunder allein betrachtet. Manches konnte ich einfach nicht mit anderen teilen.

«Meine Eltern machen sich vor, sie wären glücklich. Sie haben einen Adelstitel, den sie durch die Arbeit anderer Menschen erworben haben, und Geld genug, um ihr Leben ständig mit neuen Erlebnissen vollzupacken. Reisen, Dinners oder Opernaufführungen, Hauptsache, sie müssen nicht zu zweit zu Hause sitzen und sich eingestehen, dass sie keine Gemeinsamkeiten mehr haben. Mein Vater treibt sich auf Pornoseiten herum, vielleicht auch bei Prostituierten, meine Mutter guckt romantische Filme und kichert wie ein kleines Mädchen, wenn sie von den Filmfiguren spricht, als wären das echte Menschen. Irgendein Mr. Darcy, du lieber Gott! So ein Leben würde ich nicht ertragen. Aber dieses Polarlicht ist fantastisch. Es ist so toll, dass du hier bei mir bist.»

«Was erhoffst du dir denn von deinem Leben?», fragte ich,

um zu verhindern, dass Morven noch sentimentaler wurde. Sie sagte, das wisse sie noch nicht. Natürlich wolle auch sie reisen, aber nicht als Touristin, sondern um das authentische Leben kennenzulernen. Vielleicht, indem sie Freiwilligenarbeit für Not leidende Menschen leistete. Echt individuell, dachte ich zynisch. Vermutlich erwartete Morven, dass ich sie ermutigte, ihre Träume zu verwirklichen. Ich murmelte etwas in der Art.

Der Frost war so schneidend, dass wir den Rückweg antraten. Plötzlich erlosch der Himmel, nur ein verwirrter Stern blieb am Rand des Fichtenwaldes zurück. Morven streifte, vielleicht unbeabsichtigt, meine Schulter.

«Warst du jemals so verliebt, dass es wehtut?», fragte sie. David Stahl ging mir durch den Sinn, und ich hasste das Gefühl.

«Vielleicht einmal», antwortete ich ehrlich. Morven würde am nächsten Morgen abreisen, ich hatte keinen Grund, sie zu belügen.

«Was ist daraus geworden?»

«Er hat mich verlassen und ist ins Ausland gezogen. Und du?» Ich nahm an, dass Morven über sich selbst sprechen wollte, nicht über mich.

Sie seufzte. Ihr hatte man das Herz schon dreimal gebrochen. Sie mochte nun einmal Frauen, aber bisher hatten ihre Gefühle kein Echo gefunden. Vielleicht sollte sie es mit Online-Dating versuchen, dort gab man ja seine sexuelle Orientierung eindeutig an. Ich setzte mein tröstendes Gemurmel fort, bis wir ihre Suite erreichten. Ansa bezahlte mich zwar nicht für therapeutische Gespräche, aber ich nickte ab und zu aufmunternd. Ich hoffte, dass Morven die Frau ihres Lebens finden würde. Es gab Menschen, für die der oder die einzig Richtige existierte. Auch wenn ich nicht glaubte, dass ich selbst einen festen Partner finden würde, war ich denn doch nicht restlos zynisch.

Am nächsten Tag war es ungewöhnlich ruhig in Ilvesvaara. Die Kerrs reisten am Morgen ab und wurden außer von Topi auch von Ansa und Stena begleitet, die beide in Ivalo etwas zu erledigen hatten. Veera zögerte zuerst, entschloss sich dann aber doch, ebenfalls mitzufahren. Im Vorbeigehen flüsterte sie mir zu, drei Monate ohne Pause in Ilvesvaara zu hocken, zehre an ihren Nerven. Sie würden erst am späten Abend zurückkommen. Ich hatte also einen echten freien Tag und wusste, was ich tun wollte.

Pyry hatte eine lange Skitour geplant und fragte, ob ich Lust hätte mitzukommen. Ich redete mich mit Halsschmerzen heraus. Zufrieden beobachtete ich von meiner Terrasse aus, wie seine Skier eine Spur über die Eisdecke des Sees Richtung Wolfswald zogen.

«Ein echter Prachtkerl», sagte plötzlich eine Stimme hinter mir. Ich fuhr auf wie eine Katze, die vom Staubsauger überrascht wird. Wie hatte Jana sich unbemerkt so nah heranschleichen können? Sie hatte das Wägelchen mit dem Putzzeug dabei, aus den Ohrstöpseln, die ihr um den Hals hingen, drang gedämpfte Geigenmusik. Ich wusste immer noch nichts über diese Frau, über ihr Alter, ihre Muttersprache oder ihren Familienhintergrund. Alle anderen in Ilvesvaara hatten immerhin irgendetwas über sich erzählt. Aus Janas Mund dagegen war die Bemerkung über Pyry schon viel.

«Findest du?», fragte ich. Vielleicht konnte ich sie zum Reden bringen.

«Schön anzusehen. Gefällt Ansa und Gästen. Läuft im Sommer mit wenig Kleidung rum, will die Leute reizen. Obwohl er hat viele Narben. Mehr im Herz als auf Haut. So wie viele von uns. Wie alle hier. Auch du, mit Mutter, die vom Vater getötet.»

Ich traute mich nicht, etwas zu erwidern, Janas unerwarteter Wortschwall machte mich sprachlos. Wer hatte ihr von meiner Vergangenheit erzählt?

«Pyry war auch noch jung, als Mutter starb. Wenn auch viel älter als du. Hier ist er vor Versuchung in Sicherheit. Darf sich nicht verlieben, dann kann auch nichts verlieren. Bricht ihm nicht wieder das Herz. Im Suff weint er sich aus. Nicht bei mir, bei Topi. Das traut er sich, weil Topi nicht zuhört. Denkt nur an seine eigenen Angelegenheiten. Wie alle hier. Alleine essen macht dick.»

Jana sah mich streng an. Meine Kopfbewegung ging wohl als Nicken durch.

«Ich gehe jetzt bei dir putzen. Großputz.»

Janas Tonfall ließ keine Widerrede zu. Ich nahm meine Jacke und ging zum Restaurant. Stena hatte uns Mittagessen vorbereitet, sodass wir es nur aufzuwärmen brauchten, aber ich hatte noch keinen Hunger. Zuerst wollte ich mich vergewissern, dass in der Kühlkammer keine weiteren Körperteile lagerten. Erst danach würde ich mich auf meine Hauptaufgabe konzentrieren.

Im Speisesaal roch es nach Putzmittel mit Zitronenduft, die Vasen waren leer, und auf den Tischen lagen keine Tischtücher. Ansa hatte die Weihnachtsbeleuchtung ausgeschaltet, nun glitzerte die Eiskaskade nur im Licht zweier Scheinwerfer. Die Sonne hatte es noch nicht geschafft, sich sehen zu lassen, sondern verbarg sich für die kurze Zeit, die sie am Himmel stand, hinter einer Wolkendecke. Dennoch lag in dem Zwielicht ein ausdrucksstarkes Glühen.

Ich ging durch die Küche nach draußen zur Kühlkammer und gab den Code ein, doch statt des grünen Lämpchens flackerte das rote Licht kurz auf. Hatte ich mich vertippt? Ich versuchte es noch einmal. Wieder nichts. Stena hatte den Code geändert.

Vielleicht tat er das regelmäßig. Oder … Oder er hatte bemerkt, dass ich den Finger aus der Kammer entwendet hatte. Dann würde der geänderte Code darauf hindeuten, dass er etwas zu verbergen hatte.

Für die Kombination aus vier Ziffern und einem Buchstaben gab es zehntausend Möglichkeiten. Es brachte nichts, mich weiter mit den Tasten abzugeben. Ich könnte Jana nach dem Code fragen, sie würde ihn sicher kennen. Aber welche Ausrede sollte ich ihr auftischen? Dass ich unbedingt Krähenbeerengelee für mein Toastbrot brauchte?

Stattdessen trank ich ein Glas Dickmilch und machte mich auf den Weg zu meinem nächsten Ziel, dem Büro. Von der Brücke aus sah ich, dass in meinem Zimmer Licht brannte und ein kleiner Schatten am Fenster vorbeihuschte. Jana war bei der Arbeit.

Ich hatte die Kabel der beiden Überwachungskameras im Sinn, die in meinem Sicherheitssystem nicht registriert waren. Waren sie auf Ansas Computer zu sehen, und würde es mir gelingen, mich dort einzuloggen? Als Hackerin war ich keine große Leuchte. Oder hatte der Elektriker die Kabel nur vorsichtshalber angebracht, für den Fall, dass später irgendwo weitere Kameras aufgestellt werden mussten? Jetzt war eine gute Gelegenheit, die Sache zu untersuchen, da fast alle unterwegs waren.

Ich machte kein Licht im Bürogebäude. Die Taschenlampe meines Handys musste genügen. Die Tür zu Ansas Arbeitszimmer war zwar abgeschlossen, aber ich hatte den Transponder und den Code.

Der Raum wirkte frisch geputzt, wie immer. Auf dem Schreibtisch standen ein Computer mit zwei Bildschirmen, das Haustelefon und ein Stifthalter, an dem ein Notizblock befestigt war. Normalerweise befand sich dort auch ein Gesteck aus frischen Blumen, doch nun stand hier ein Ikebana-Arrangement aus Tannenzweigen und Zapfen. An der Wand hing ein Bild vom Seeufer von Ilvesvaara, durch das große Fenster des Büros fiel der Blick auf die Eiskaskade. Die Himmelskörper auf der Sternkartentapete leuchteten gelblich. Ich hielt den Transponder zwischen die Sternbilder Luchs und Drache, wie ich es bei Ansa beobachtet hatte. Die Vertäfelung glitt zur Seite und legte den Wust aus Kabeln frei. Ich sah nach oben, wo nach wie vor die Kabel 62 und 64 baumelten, als wollten sie mich verhöhnen, weil ich ihr Geheimnis nicht kannte.

Als ich gerade forsch Ansas Computer einschalten wollte, ging mir auf, dass es ein kleines Problem gab: Ansa würde feststellen können, wann der Computer zuletzt benutzt worden war. Das Kontrollsystem würde ihr auch verraten, dass ich ihr Büro betreten hatte, doch dafür konnte ich mir eine Erklärung zurechtlegen.

Der Computer lockte mich, aber ich widerstand der Versuchung. Ich zog mir die Kapuze noch enger um den Kopf, um keine Haare zu hinterlassen, und streifte Handschuhe über, bevor ich die Schubladen öffnete. Ansa war fast ganz zum papierlosen Büro übergegangen, aber in der obersten Schublade lagen Kopien des Reservierungsbuches. Wie fahrlässig, die Kreditkartennummern der Gäste frei zugänglich aufzubewahren.

Ansonsten enthielten die Schreibtischschubladen nichts Besonderes. Ihre persönlichen Sachen verwahrte Ansa in ihrer Wohnung. Aus einer plötzlichen Eingebung heraus schaltete ich den Drucker ein. Keine aktuellen Druckaufträge. Ich setzte mich auf Ansas Stuhl und dachte über die Anordnung und die Gesamtheit der Überwachungskameras nach. Auf meinem Handy sah ich mir den Grundriss an. Die letzte Überwachungskamera hatte die Nummer 61, die Serie der Bewegungsmelder begann bei 100. Überzählige Kameras hatte ich nirgends entdeckt. Überwachte Ansa Topi über sein Handy, ohne dass er es merkte? War sie über seinen Tablettenmissbrauch im Bilde? Sollte ich den Holzschuppen untersuchen?

Ich öffnete meinen Laptop. Die Vorstellung, dass mein Rechner mit anderen Geräten kommunizierte, war mir so unangenehm, dass ich das Bluetooth nie eingeschaltet hatte. Doch jetzt tat ich es und suchte nach verfügbaren Netzverbindungen, obwohl ich wusste, dass die Verbindungen zur Außenwelt, die Ansa hergestellt hatte, mir unzugänglich blieben, weil ich die Passwörter nicht kannte.

Ich war nicht allzu verwundert, als auf dem Bildschirm des Laptops ein Netz namens *Ansaofficial* erschien. Bitte Netzwerkkennung und Passwort eingeben. Das versuchte ich gar nicht erst. Aber es gab noch ein zweites Netz. Hatte jemand vom Personal es ohne Ansas Wissen eingerichtet? Aber wenn das Netz mit dem Namen *altehoehle6264* auf meinem Gerät hier im Büro zu sehen war, musste es auch für andere sichtbar sein. Verbindung herstellen. Ich wurde aufgefordert, den User-Namen und das Passwort einzugeben. Wie viele Versuche hatte ich, bevor ich blockiert werden würde? Würde Ansa sehen, dass ich mich dort einloggen wollte?

Ansaofficial war vermutlich der Kanal, über den meine Chefin Verbindung zu Gästen und Lieferanten hielt. Aber was hatte es mit dem anderen auf sich, mit *altehoehle6264*? War die Verwendung von Smartphones, Tablets und eigenen Laptops in Ilvesvaara aus diesem Grund verboten – damit dieses Netz verborgen blieb? Was in aller Welt wollte Ansa geheim halten?

Ich handelte instinktiv und gab als User-Namen Ansa ein. Offenbar war Ansa sich ganz sicher, dass niemand ihr Reservenetz entdecken würde, denn sie hatte sorglos eine so simple Kennung gewählt. Galt dasselbe auch für das Passwort? Ich probierte es mit vier Ziffern, 6264. Nein. Verdoppeln. 62626464. Auch nicht. Womit konnte ich es noch versuchen? Ansa62646264.

Mir entfuhr ein Aufschrei, als auf dem Bildschirm die Aufnahme einer Kamera erschien, mit aktuellem Datum und Uhrzeit und der Nummer 62.

Zuerst war ich enttäuscht. Das war ja die in den Felsen gesprengte Lagerhalle. Dann ging mir auf, dass die Kamera an der Rückwand der Halle saß, in einem schrägen Winkel zwischen Teppich- und Vorhangrollen. Warum durfte ich von dieser Kamera nichts wissen? Sie zeigte doch nichts Geheimnisvolles.

Oder das Geheimnis lag hinter den Teppichen. In der Lagerhalle war mir die Kamera nicht aufgefallen, sie musste irgendwo unmittelbar unter der Decke versteckt sein. Das würde sich leicht überprüfen lassen. Ich warf einen Blick in den Geräteraum und sah, dass die Signallampen an den Anschlüssen 62 und 64 blinkten, ein Zeichen dafür, dass die Kabel eine Verbindung irgendwohin hatten. Ich klickte die Aufnahme der Kamera 64 an. Das Bild war fast dunkel. Ich vergrößerte es so stark, wie die Pixel es erlaubten. In dem Dunkel erschienen hellere Töne, irgendwo außerhalb des Radius der Kamera war eine Lichtquelle. Was war denn dieses dunkle, längliche Ding? Es sah aus wie ein Bein.

Hilfe, nicht noch mehr abgetrennte Körperteile, ächzte ich in Gedanken. Die Aufnahme reichte jedoch nicht weit über das

Knie hinaus. Ich fokussierte auf den Fuß. Um den Knöchel verlief ein runder Ring, von dem Kettenglieder ausgingen.

Wer war auf dem Gebiet von Ilvesvaara am Bein gefesselt und wurde von der Kamera 64 überwacht?

31

Dann brach die Verbindung so überraschend ab, wie sie zustande gekommen war. Als habe sie ein eingebautes System, das die Aktivierung auf wenige Minuten begrenzte. Oder Ansa hatte über ihr Smartphone irgendwie gesehen, dass ich das *altehoehle*-Netz gefunden hatte, und die Verbindung gekappt.

Ich steckte jedenfalls in der Klemme, denn wenn Ansa merkte, dass jemand in das verborgene Netz eingedrungen war, hatte sie allen Grund zu dem Verdacht, dass die betreffende Person die geheimen Kameras gesehen hatte. Meine Stippvisite im Büro war im Kontrollsystem gespeichert. Natürlich konnte ich behaupten, ich hätte ins Internet gewollt, um Informationen über Aku zu suchen. Das würde ich mir allerdings nicht einmal selbst glauben.

Woher kam die Aufnahme der Nummer 64? Ich rief sie mir so genau wie möglich in Erinnerung. Eine dunkle Socke und ein Hosenbein, wahrscheinlich von einer Jeans.

Hatte ich Aku Rautio gefunden? Beziehungsweise einen Hinweis darauf, dass er lebte? Aber wo war er?

Der Grundriss von Ilvesvaara lag in meinem Zimmer. Ich hatte geglaubt, die Anlage in allen Einzelheiten zu kennen, aber irgendetwas war mir entgangen. Und wenn die Kamera 62 im Felsenlager versteckt war, musste es dort etwas geben, das eine Überwachung erforderte.

Zum Beispiel eine Geheimtür.

Ich konnte keine Rücksicht auf Jana nehmen, sondern musste in mein Zimmer und anschließend in die Lagerhalle. Einen Grund würde ich mir schon einfallen lassen. Zum Beispiel, dass ich ein Snowboard oder einen Tretschlitten brauchte. Pyry hatte gesagt, er würde mehrere Stunden auf seiner Skitour unterwegs sein, um ihn brauchte ich mich also vorerst nicht zu kümmern.

Als ich aus dem Bürogebäude nach draußen kam, sah ich Jana auf der Brücke zu Veeras Zimmer gehen. Ich konnte mir also den Grundriss ansehen, ohne ihre Neugier zu wecken.

In meinem Zimmer lag ein zarter Jasminduft, den ich bisher nicht wahrgenommen hatte. Benutzte Jana ein neues Putzmittel? Gäste, die einen Aufenthalt in Ilvesvaara buchten, wurden vorab nach Allergien gefragt, auch gegen Duftstoffe. Bei mir hatte man sich diese Mühe nicht gemacht. Ich breitete die Karte auf dem Bett aus und studierte sie, fand aber keinen Raum, in dem ich noch nicht gewesen war.

Ansa hatte mir also doch nicht alles erzählt. Wenn sie in ihrem System Kameras hatte, von denen die anderen nichts wussten, konnte sie möglicherweise auch die Aufzeichnungen der Überwachungskameras manipulieren. Ich hatte die Strom- und Kabelzentralen der einzelnen Suiten nicht untersucht, aber es war durchaus möglich, dass es dort überzählige Verlängerungskabel, Anschlüsse und Schaltbuchsen gab, über die man das Signal der Kamera vorübergehend ausschalten konnte. Auf den Aufzeichnungen war nichts davon zu sehen gewesen, doch zumindest die Videoüberwachungsanlagen mit Bewegungsmelder ließen sich durch zusätzliche Schaltungen deaktivieren. Die Verbindung musste ja nur für kurze Zeit gekappt werden. Die Unterbrechung hätte jedoch Spuren hinterlassen und eine Fehlermeldung ausgelöst. Ich hatte die Aufzeichnungen aus der Nacht, in der Aku verschwunden war, bereits kontrolliert, und soweit ich es beurteilen konnte, war nichts entfernt worden.

Was trieb Ansa eigentlich? Die Drohungen gegen sie hatten aufgehört, nachdem ich eingetroffen war, wenn es sie denn überhaupt gegeben hatte. Sie hatte behauptet, Aku habe sie angerufen, doch dafür hatte ich nichts als ihr Wort. Das Ganze war vielleicht nur ein Bluff gewesen, um das Interesse der Polizei von Ilvesvaara abzulenken. Aber warum hätte sie Aku entführen sollen?

Ich zeichnete den Grundriss der Lagerhalle ab. Dann schraubte ich den Lattenrost auf und holte das Waffen- und Patronenfutteral hervor. Ich nahm die Glock mit. Wie viel Munition würde ich brauchen? Ich füllte das Magazin und steckte vier Reservekugeln ein.

Draußen roch es nach Frost, die Sterne am wolkenlosen Himmel schienen ungewöhnlich niedrig zu stehen. Ich war froh, dass die Außenbeleuchtung gedimmt worden war. Auch im Dunkeln wäre ich zurechtgekommen. Dann hätte ich allerdings den Fuchs nicht bemerkt, der unter dem Küchengebäude saß und auf etwas zu warten schien. Auf das Futter, mit dem Stena ihn versorgte? Er ließ sich nicht stören, als ich auf ihn zuging. Erst als ich nur noch zehn Meter entfernt war, lief er träge davon. Das Tempo verriet, dass er mich nicht als Bedrohung empfand. Durch die Bewegung des Tieres schalteten sich die Lampen am Eisstrom ein. Einen Moment lang glitzerte er kupferfarben. Ansa hatte Architekten und Bauexperten damit beauftragt, die Wunder der Natur zu optimieren. Wenn es in der Anlage einen geheimen Raum gab, mussten ihn auch andere außer ihr kennen, auch wenn Pyry gesagt hatte, Ansa habe den größten Teil der Planung selbst übernommen. Für die Installation des Kontrollsystems brauchte man Fachleute. Wie konnte ich herausfinden, wer die Verkabelung und die sonstigen Schaltungen vorgenommen hatte?

Plötzlich hörte ich ein qualvolles Aufheulen. War der Fuchs in ein Fangeisen gelaufen? Doch das Geräusch kam aus einer anderen Richtung, genauer gesagt von Veeras Terrasse. Jana lag bäuchlings auf dem Boden und jammerte. Die Putzutensilien lagen verstreut um sie her.

Ich rannte los, wäre beinahe über einen Ast gestolpert, den der Wind abgerissen hatte, das Patronenetui schlug mir unangenehm gegen die Hüfte. Die Brücke polterte unter meinen Schritten. Jana blickte zu mir auf, sie heulte weiterhin mit einer Stimme, die nicht menschlich klang.

«Hilf mir», stieß sie hervor. «Medikament ... In der Tasche, Brusttasche ...»

Ich sah nichts, worüber sie gestolpert sein konnte. An der Schläfe hatte sie eine Schramme, vielleicht war der Besen dagegengeknallt.

«Hilf mir, der Rücken ...», stammelte sie. Mir fiel ein, dass sie an irgendeinem Tag wegen Rückenschmerzen nicht hatte arbeiten können.

Ich musste meinen Arm unter ihren mageren Körper schieben und ihn so weit anheben, dass ich die Finger in die Brusttasche stecken konnte. Durch den Griff wurde Janas Schmerz schlimmer, aber sie hatte mich ja selbst darum gebeten. Ich fand eine kleine Metalldose mit Rosenmuster, die gerillte rosa Tabletten enthielt.

«Kannst du sie ohne Wasser schlucken?»

Jana nickte und sagte auf Russisch *dva,* zwei. Ich legte ihr eine Tablette zwischen den spitzen weißen Zähnen auf die

Zunge. Sie zerkaute die Tablette und verzog bei dem bitteren Geschmack das Gesicht, bevor sie schluckte.

«Noch eine?», vergewisserte ich mich. Jana kniff das Gesicht zusammen, aber sie brachte so etwas wie ein Nicken zustande. Derselbe Ablauf wiederholte sich: Sie zerkaute die Tablette und schluckte sie mit ihrem Speichel herunter. Obwohl Frostwetter herrschte und Jana nur ihr übliches nonnenartiges Kleid anhatte, lief ihr vor Schmerz der Schweiß über die Wangen und die Stirn. Dennoch würde sie vielleicht schon bald vor Kälte zittern. In Veeras Zimmer gab es sicher Decken und Kissen. Damit konnte ich es Jana ein wenig bequemer machen.

«Ich bin gleich wieder da, ich hole dir nur etwas zum Zudecken.» Ich stieg über Jana hinweg und gab den Türcode ein. Zum Glück hatte Veera ihn nicht geändert.

Die Vorhänge waren zugezogen, sodass ich das Licht anschalten musste. Es herrschte ein ziemliches Durcheinander, als habe jemand in höchster Eile etwas Wichtiges gesucht. Die Sofakissen waren auf dem Boden verstreut, überall lagen Kleidungsstücke und Schuhe herum, vom zerknautschten Teppich rollte mir eine Dose Haarspray vor die Füße. Im Schlafzimmer war ein ungemachtes Bett zu sehen. Vor dem Kamin lag eine Decke, die ich aufhob und zusammen mit einem lippenstiftbefleckten Sofakissen zu Jana brachte.

«Kann ich dir das Kissen unter den Kopf legen?», fragte ich, weil ich nicht wusste, in welcher Position sie am meisten Schmerzen hatte. Jana brummte etwas, das ich als Zustimmung deutete. Ihr Kopftuch war hochgerutscht, darunter lugte eine schneeweiße Locke hervor. Es fiel mir schwer, Jana zu berühren. Ich spürte, dass sie es hasste, um Hilfe zu bitten. Dennoch deckte ich sie zu, so gut ich konnte, und wartete darauf, dass die Wirkung der Tabletten einsetzte. Inzwischen sammelte ich das heruntergefallene Putzzeug zusammen. Eine Schar Raben flatterte von einer Fichte zur anderen, suchte vergeblich auf der Erde nach Futter und flog dann auf den zugefrorenen See. Raben waren intelligente Vögel, sie behielten einen Ort im Gedächtnis, wo sie schon einmal Futter gefunden hatten.

Offenbar war das Medikament eine Kombination von Muskelrelaxans und Schmerzmittel, denn nach rund zehn Minuten begann Janas Körper sich zu entspannen, und auch die verkrampften Gesichtszüge lösten sich.

«Kannst du laufen?», fragte ich.

Jana versuchte, sich aufzurichten, sank aber zurück auf den Boden. Wieder trat ihr Schweiß auf die Stirn.

«Hier ist es ziemlich kalt. Wie wäre es, wenn ich dich in dein Zimmer trage? Falls du dabei nicht zu starke Schmerzen hast.»

«Tragen? Das schaffst du bestimmt nicht.»

Beinahe hätte ich gelacht und gesagt, dass ich auch mit dem zweimal schwereren Pyry fertiggeworden war. Jana fielen die Augen zu, verlor sie etwa das Bewusstsein? So vorsichtig wie möglich schob ich die Arme unter ihren Körper und hob sie an. Sie wog noch weniger, als ich gedacht hatte. Von Veeras Zimmer zu Janas Tür waren es nur ungefähr zweihundert Meter, ich kam kaum außer Atem. Ich spürte am Hals ihren schwachen Pulsschlag, Jana atmete gleichmäßig, wirkte aber schläfrig. Ich legte sie auf das Sofa und deckte sie sorgfältig zu. Dann suchte ich in der Kochnische nach einem Glas und füllte es mit Wasser. Vorläufig wollte ich Jana nicht allein lassen. Ich nahm die Pillendose aus meiner Tasche, in die ich sie in aller Eile gesteckt hatte, öffnete sie und sah mir die Tabletten genauer an. Es stand kein Markenname darauf. Befand sich die Originalpackung im Medizinschrank? Jana selbst hatte mich ja um zwei Tabletten gebeten.

Ich hörte, dass sie sich regte, ihre Augen waren offen, die

Hand tastete nach dem Glas. Ich setzte es ihr an den Mund wie einem kleinen Kind.

«Geht es dir besser?» Meine Worte klangen albern. Ich war schließlich kein Engel in Weiß.

«Ein bisschen. Bis zum nächsten Mal.» Jana verzog das Gesicht. «Sie hat meinen Rücken kaputt gemacht. Inoperabel. Schmerzen werden mich bis an Lebensende begleiten.»

«Wer hat ihn kaputt gemacht?»

«Ansa. Sie hat mich überfahren. Hat mich auf der dunklen Straße angeblich nicht gesehen.»

«Ist das hier passiert, in Ilvesvaara?»

Jana schüttelte den Kopf. Der Unfall hatte sich im Januar 2013 am Rand von Krasnodar ereignet. Ansa brachte sie damals ins Krankenhaus und wollte helfen. Sie ließ Jana ärztlich behandeln, bis ihre Gesundheit so weit, wie es eben ging, wiederhergestellt war, dann bot sie ihr Arbeit und eine Wohnung an. Jana wusste, dass sie mit dem Gehalt einer russischen Bibliothekarin keinen Prozess gegen eine reiche Ausländerin führen oder Milizionäre bestechen konnte. Da sie kein Sicherheitsnetz hatte, musste sie Ansas Bedingungen akzeptieren.

«Damals sie hatte Beziehungen. Jetzt ich bin nicht mehr sicher, ob alle ihre früheren Gönner stehen auf ihrer Seite. Sie hat gesagt, sie hat es nicht mit Absicht gemacht. Angeblich sie war aus Finnland daran gewöhnt, dass Menschen tragen Reflektoren. Und ich hatte bei Wasili in der Bar dreihundert Gramm Wodka getrunken. Meine Schuld, nicht Ansas.»

Janas Augen blickten finster drein, doch der schlimmste Schmerz schien vergangen zu sein, denn sie setzte sich ein wenig auf und nahm die Decke von den Schultern.

«Wir sind jetzt quitt. Ansa hasst mich und ich sie. Eine gute menschliche Beziehung. Wen hasst du, Hilja?»

«Die sind alle schon tot», antwortete ich. Da lachte Jana, aber es war kein fröhliches Lachen.

«Dir darf man nicht in den Weg stellen. Sonst geht böse aus. Geh jetzt. Ich muss mich wohl bedanken, ich hätte auf Terrasse können erfrieren. Also, danke.»

Ich zog die Jacke an und stand schon an der Tür, als Jana mir noch etwas nachrief.

«Hilja, du brauchst Ansa nicht danach fragen. Sie gibt es nicht zu. Und du kannst nicht wissen, ob ich Wahrheit sage. Vielleicht ich erzähle nur zum Spaß Geschichten, um sehen, was du mir alles abnimmst.»

Sie lächelte selbstzufrieden.

Auf dem Weg zum Lager schwirrte mir der Kopf. Jana wusste, dass ich Ansa nicht ausfragen würde. Laut ihrer Erzählung hatte sie also auch in der Gegend von Sotschi gewohnt, wie allzu viele andere, die eine Verbindung zu Ilvesvaara hatten.

Hatte sie Jouni Sompio auch gekannt und es verschwiegen?

Das konnte ich momentan nicht herausfinden. Ich spielte kurz mit dem Gedanken, die Kamera an der Tür zur Lagerhalle so zu drehen, dass sie mich beim Hineingehen nicht erfasste, doch das hätte mein Treiben nur umso verdächtiger wirken lassen. Also ging ich wie selbstverständlich hinein und schloss die Tür hinter mir.

Auf den Aufnahmen der Kamera 62 waren direkt unter der Decke aufgerollte Teppiche zu sehen gewesen, die mir bei meinen früheren Besuchen nicht aufgefallen waren. Ich ließ meinen Blick über die Wände schweifen. Erst als ich weiterging, erkannte ich, dass ganz hinten in der Halle einige Regale einen Bereich abgrenzten, den man vom vorderen Teil aus nicht sah.

Als ich hinging, fand ich zwischen den fest aufgerollten Teppichen und der Decke eine Kamera, die man kaum bemerkte, wenn man nicht extra danach suchte. Warum war die Kamera genau dort? Fand sich die Erklärung hinter den Teppichen? Sie lagen in etwa fünf Metern Höhe, dort kam ich ohne Hilfsmittel nicht heran. Hier musste es doch eine Leiter geben?

Ich musste lange suchen, bis ich eine Klappleiter fand. Was sollte ich mit der Überwachungskamera an der Tür machen? Ich wusste ja nicht, ob Ansa die Kamerazentrale von ihrem Handy oder Laptop aus überwachte. Vielleicht würde ich mir darüber später Gedanken machen, jetzt wollte ich vor allem herausfinden, in welchem Raum sich die zweite unbekannte Kamera befand. Die Lagerhöhle war unter der Eiskaskade angelegt worden, aber gab es dahinter noch einen weiteren Raum? Auf der Aufnahme hatte er wie ein Kerker ausgesehen. Das Netz hieß *altehoehle*. Mir fiel ein, dass ich auf einer gedruckten Karte des Gebiets eine Markierung gesehen hatte, die darauf hinwies, dass sich unter der Stelle, die damals Leukuvaara hieß, eine Höhle befand. Vielleicht war sie beim Bau von Ilvesvaara erhalten geblieben, aber aus irgendeinem Grund wurde ihre Existenz verschwiegen?

Ich war auf der Leiter bereits zwei Meter hoch geklettert, als ich hörte, dass die Tür zum Lagerraum geöffnet wurde. Von meinem Winkel aus konnte ich nicht sehen, wer der Ankömmling war. Aber er hatte das Licht bemerkt.

«Hallo, ist hier jemand?» Pyry. Mist. Hastig kletterte ich nach unten und versteckte die Leiter hinter den Regalen.

«Ich bin's nur!» Ich lief rasch zu ihm, damit er nicht merkte, wo ich herkam. «Du bist aber schnell wieder da.»

«Mein Skistock ist gebrochen. Ich habe ihn mit Klebeband geflickt, das ging halbwegs, aber ich musste natürlich umkehren. Wir haben noch viele Stöcke im Lager. Was machst du denn hier?»

Pyry hatte noch den Skianzug an, sein sauberer Schweiß roch verlockend. Wieder überlegte ich, ob ich ihm vertrauen durfte. Ich konnte ihn ja bitten, die Leiter festzuhalten, während ich einen Teppich ganz oben aus dem Regal holte. Was dahinter zu sehen war, brauchte ich ihm nicht zu verraten. Falls es dort eine Geheimtür gab, würde mein Körper sie verdecken.

Die Neugier war zu groß, aber sie konnte der Katze zum Verhängnis werden.

«Ich bin die Grautöne in meiner Bude leid. Deswegen will ich mir einen von Ansas bunten Flickenteppichen holen», erklärte ich, denn vor Pyrys Ankunft hatte ich hinten im Lager Teppichrollen in fröhlichen Farben gesehen. «Komm und halt mir die Leiter, falls du es nicht eilig hast zu duschen.»

«Ich hab auf dem Weg hierher die Sauna angeheizt. Fehlt nur noch jemand, der mir den Rücken schrubbt.»

Ich lächelte vieldeutig. Pyry folgte mir schmunzelnd. Ich wollte schon auf die Leiter steigen, als mir einfiel, dass unser Treiben wahrscheinlich von der Kamera erfasst und gespeichert wurde. Es war besser, wenn Ansa glaubte, ich wäre in den Lagerraum gekommen, um mit Pyry zu turteln, und nicht, um ihre Geheimverstecke ausfindig zu machen.

Ich fasste Pyry am Hinterkopf und zog ihn zu mir heran, bis sich unsere Lippen berührten. Meine andere Hand glitt zu seinem Hintern. Es machte mir nichts aus, wenn Ansa mich dabei erwischte, wie ich gegen die Regeln verstieß. Ein Techtelmechtel mit einem Kollegen war eine kleinere Sünde als das, was ich als Nächstes vorhatte.

32

Pyry überwand seine Verblüffung schnell. Er erwiderte meinen Kuss, zog mich zum Regal und packte mich am Hintern. Ich täuschte Leidenschaft vor, so gut ich konnte. Wie weit sollte ich gehen? Vorsichtig lenkte ich Pyry aus der Reichweite der Kamera. Er küsste so gut, dass ich unwillkürlich Erregung empfand. Seine Finger schoben sich unter mein Oberteil, und ich wusste nicht, ob ich sie stoppen wollte. Als mein Handy klingelte, hatte ich einen Grund, mich aus der Umarmung zu lösen. Aber als ich die Nummer sah, bereute ich, dass ich den Anruf schon angenommen hatte.

«Guten Tag, Hilja Ilveskero. Einen wunderschönen guten Tag. Es gibt erfreuliche Nachrichten. Wir haben den Toten, der in Ilvesvaara auf dem Eis gefunden wurde, jetzt identifiziert.»

Die honigsüße Stimme gehörte Hauptmeister Jukka Karhu von der Zentralkripo in Oulu.

«Gut zu hören», antwortete ich, obwohl das Eis mir aus dem Herzen in die Lunge, den Bauch und den Hals stieg, sodass ich bald kein Wort mehr herausbringen würde.

«Sicher möchten Sie gern Einzelheiten erfahren. Wir sind zufälligerweise schon hier am Tor von Ilvesvaara. Würden Sie uns bitte aufmachen?»

Pyry sah mir an, dass ich gerade schlechte Nachrichten bekommen hatte. Er streichelte mich am Rücken, doch ich schob seine Hand weg.

«Ich muss auflegen, um das Tor zu öffnen», behauptete ich.

«Ich erwarte Sie im Bürogebäude, also da, wo wir uns zuletzt unterhalten haben.»

«Bis gleich», sagte Karhu, als ginge es um ein Date. Kraftlos legte ich auf.

«Was ist los?», fragte Pyry.

«Die Polizei ist am Tor. Sie haben Jouni Sompio identifiziert und wahrscheinlich mit mir in Verbindung gebracht, denn sie wollen mit mir reden. Ich kann sie ja wohl nicht daran hindern.»

«Mist.» Pyry klopfte mir auf die Schulter, eine Geste ohne jede Erotik, dafür aber freundschaftlich und beruhigend. «Glaubst du, ich darf dabei sein? Die Sache betrifft ja auch mich.»

Ich wollte ihn schon anfahren, ich brauche keinen Beschützer, verkniff es mir aber. Pyry fragte zum Glück nicht, warum ich ihn geküsst hatte. Vielleicht war er daran gewöhnt, dass die Frauen seiner Anziehungskraft nicht widerstehen konnten.

Wir hatten es gerade in das Sitzungszimmer des Bürogebäudes geschafft, als das Polizeifahrzeug vorfuhr. Ich sah durchs Fenster, wie die Polizisten ausstiegen. Karhu trug einen dunkelbraunen, knielangen Wollmantel mit einer Kapuze, die mit Pelz in der gleichen Farbe gefüttert war. Numminens Jacke war kurz, was für ihn als Fahrer auch praktischer war. Er hatte eine Laptoptasche in der Hand. Karhu trank den letzten Rest Kaffee aus seinem Pappbecher und sah sich um, als suche er einen Papierkorb. Schließlich knüllte er den Becher zusammen und steckte ihn in die Tasche.

Pyry wirkte so konzentriert, als würde er sich auf einen Zehnkampf vorbereiten. Als ehemaliger Spitzensportler war er sicher imstande, seine Nerven unter Kontrolle zu halten. Ich bemühte mich, ruhig zu atmen. Ich hatte nichts Böses getan,

One-Night-Stands waren nach dem finnischen Gesetz nicht verboten.

Karhu kam als Erster aus dem Aufzug. Er hatte Zuckerkrümel am Mundwinkel, offenbar hatte er zu seinem Kaffee einen Krapfen gegessen. Das nächste Café war Dutzende Kilometer entfernt im Dorf, vielleicht hatten die Polizisten den Proviant für ihre mehr als fünfstündige Fahrt aber auch aus Oulu mitgebracht.

«Ist Direktorin Huuhka da?», fragte Karhu und leckte sich den Mundwinkel.

Ich erklärte, dass wir nur zu dritt im Hotel waren, dass aber die Putzkraft Jana Platowa starke Rückenschmerzen hatte. Davon hatte auch Pyry noch nichts gehört. Er schüttelte den Kopf: «Es ist grausam. Wenn sie einen Krampf bekommt, ist sie völlig lahmgelegt. Zum Glück helfen die Medikamente ein bisschen.»

Jetzt war nicht der Moment, Pyry zu fragen, ob er die Ursache von Janas Verletzung kannte, und Karhu ließ mich auch gar nicht zu Wort kommen. Er setzte sich in einen Sessel in der Ecke des Sitzungszimmers. Pyry und ich nahmen nebeneinander auf dem Sofa Platz. Numminen kniete sich neben dem Tisch hin, klappte den Laptop auf und holte ein Foto von Jouni Sompio auf den Bildschirm. Auf dem Passfoto, das einige Jahre alt sein mochte, trug er einen hässlichen Schnurrbart.

«Der Tote heißt Jouni Ilmari Sompio. Er wird seinen vierzigsten Geburtstag nicht mehr feiern können, der wäre im Januar gewesen. Er hatte schon Pläne für die Party gemacht, sagt sein Bruder, sogar aus der Türkei wollten Gäste kommen. Er stammt aus Inari und hat in Oulu studiert», berichtete Numminen. «Klingelt da was bei Ihnen, Fräulein Ilveskero?»

Ich hasste es, Fräulein genannt zu werden, und das sagte ich auch. «Der Nachname genügt.»

«Keine Ausflüchte», mischte sich Karhu ein. «Mein Kollege hat eine Frage gestellt, die beantwortet werden will.»

Ich starrte auf das Foto, als würde ich nach bekannten Zügen suchen.

«Lassen Sie die Mätzchen. Zeugen haben ausgesagt, dass eine Frau, die Ihnen sehr ähnlich sieht, in der Dorfkneipe mit Jouni Sompio an einem Tisch gesessen hat. Zwischendurch sind Sie beide weggegangen, einzeln, sind dann aber wieder zurückgekommen und haben weiter miteinander geplaudert. Geturtelt, sagt einer der Gäste. Sie haben die Kneipe gemeinsam verlassen. Was kam dann? Eine Liebesnacht?»

Karhu sah mich unverwandt an. Hinter seinen freundlichen braunen Augen ahnte ich die scharfen Krallen eines Raubtiers. Ein einziger gezielter Hieb, und ich wäre erledigt.

«Kann sein, dass er es war. Also Sompio. Ich habe mich in der Kneipe mit ihm unterhalten, ihn aber nicht nach seinem Namen gefragt. Ein ganz netter Kerl. Traurig, dass er gestorben ist.»

«Haben Sie die Nacht mit ihm verbracht?»

Ich schluckte. Was zum Teufel sollte ich jetzt sagen? Jedenfalls würde ich nicht zugeben, dass ich den Toten erkannt hatte. Pyry beugte sich zu Karhu und klopfte ihm aufs Knie, woraufhin der Polizist im Sessel so weit wie möglich nach hinten rutschte.

«Das Geturtel zwischen diesem Sompio und Hilja war nichts als Bluff!», rief Pyry. «Und den Betrunkenen habe ich nur gespielt. Bei dem, was wir vorhatten, ist es nämlich besser, einen klaren Kopf zu behalten. Hilja ist zwar mit Sompio weggegangen, hat ihm aber am Fluss einen Korb gegeben und ist zu mir in die Airbnb-Wohnung gekommen, die ich gemietet hatte. Sie müssen verstehen, Herr Kommissar» – Pyry setzte sein selbstsicheres, weltmännisches Lächeln auf – «Hilja und ich sind in einer ziemlich schwierigen Situation. Ansa Huuhka, die Besitzerin von Ilvesvaara, ist in gewisser Hinsicht eine Tyrannin. Sie selbst lebt mit dem Hausmeister des Hotels, meinem Vetter Topi, zusammen, aber zwischen den anderen, die hier arbeiten, lässt sie keine Beziehungen zu. Aber wir ... Wir sind so wahnsinnig verliebt. Deshalb ist Hilja hergekommen, sie ist mir gefolgt. Es ist einfach schrecklich, wenn einem keine gemeinsame Zeit erlaubt ist. Gerade hatten wir eigentlich vor, in die Sauna zu gehen, da wir endlich einmal ungestört sind.»

Er fasste nach meiner Hand und drückte wieder das SOS-Signal. *Lass mich lügen, stimm mir einfach zu.* So deutete ich das Zeichen. Konnten die Polizisten uns das Gegenteil beweisen? In Heikkiläs Wohnung hatte ich keine Überwachungskamera gesehen.

«Soso.» Karhus Stimme klang trocken. «Da haben Sie ja eine regelrechte Operette inszeniert. War Ilveskero so verzaubert von Herrn Lilja, dass sie nicht einmal darauf geachtet hat, mit wem sie zur Täuschung plauderte? Und wenn Lilja so viel nüchterner war als behauptet, wieso hat er seinen Rivalen dann nicht wiedererkannt?»

«Ich habe in der Kneipe ganz hinten in der Ecke gesessen, hinter einer Wand aus Menschen, und Hilja nicht beobachtet.»

Das war nicht gelogen. Ohne seinen Wunsch, mir zu helfen, wäre Pyry gar nicht in die Sache verwickelt worden.

«Das Foto ist unscharf. Mir ist zwar eine leichte Ähnlichkeit aufgefallen, aber sie ist nicht so deutlich, dass ich gedacht hätte ...» Ich ließ meine Stimme brechen, obwohl ich keine Sekunde glaubte, die Kriminalbeamten würden mir die Rolle des entgeisterten Huhns abkaufen. Sie wussten, welchen Beruf ich ausübte.

«Sie waren diesem Jouni Sompio also nie zuvor begegnet?», fragte Numminen.

«Nein.»

Das stimmte. Bleib bei den Fakten, widersprich dir nicht. Gab es von den Dateien auf dem USB-Stick, den ich in der Sauna des unbekannten Heikkilä gefunden hatte, Kopien auf Jouni Sompios Computer? Allerdings hatte ich in der Wohnung keinen Rechner gesehen. Aber die Polizei konnte ja nicht wissen, dass ich die Dateien kannte. Sei wortkarg, Hilja. Antworte nur, wenn du gefragt wirst, und auch dann so knapp wie möglich.

Die Polizisten gingen den Abend in der Kneipe im Einzelnen durch. Wie war ich mit Sompio ins Gespräch gekommen? Na, er sah aus, als suche er Gesellschaft. Warum war ich in die Kneipe zurückgegangen, nachdem ich Pyry zu seinem Quartier gebracht hatte? Das war ein Täuschungsmanöver. Glaubten wir, dass uns jemand beobachtete? Wer? Nein, niemand, wir versuchten nur, nicht zu viel zu lügen. Jetzt konnten wir sagen, dass wir nicht gemeinsam von der Kneipe zu Pyrys Quartier gegangen waren, und das war keine Lüge. War es denn nicht grausam, Jouni Sompio schöne Augen zu machen und ihn dann sitzen zu lassen? Bei dieser Frage zögerte Karhu kurz, und Numminen hob den Blick von seinem Laptop. Er kniete immer noch auf dem Boden, als würde er irgendeinen seltsamen Ritus ausführen.

«Soweit ich weiß, ist das nicht verboten.»

Ich befürchtete, dass ich womöglich irgendwelche Spuren an Jounis Körper hinterlassen hatte. Hautpartikel, Haare, Abdrücke von meinen Zähnen oder Fingernägeln. Ich hatte Jouni nicht gebissen, so überwältigend war der Sex nun auch nicht gewesen, und überhaupt biss ich nur gelegentlich zu. Ein Haar würde ich noch erklären können, bei Hautpartikeln wäre es schwieriger. Aber die Leiche war bewegt worden, und jemand hatte ihr Aku Rautios Pyjama angezogen. Nach dem Einsetzen der Totenstarre wäre das schwierig gewesen, also war die Leiche zu diesem Zeitpunkt noch frisch.

Pyry hielt immer noch meine Hand, ich entzog sie ihm, ließ meinen Kopf aber auf seine Schulter sinken. Was für eine verdammte Farce. Vielleicht sollte ich ihm doch von den Überwachungskameras erzählen, ich brauchte einen Verbündeten, um in das geheime Zimmer zu kommen. Hoffentlich würde er sich nicht zu viel einbilden und denken, ich wäre wirklich an ihm interessiert. Er musste begreifen, dass ich ihn genauso behandeln konnte wie Jouni Sompio. Ausnutzen und dann sitzen lassen.

Wenn die Polizei in Jouni Sompios Vergangenheit forschte, würde sie die Verbindung zu Ansa und Stena und auch zu dem verschwundenen Aku entdecken. Auch die anderen Bewohner von Ilvesvaara würden peinliche Fragen beantworten müssen. Pyry und ich wussten von diesen Dingen offiziell natürlich nichts. Wir mussten uns absprechen, sobald wir ungestört waren. Vielleicht war die Idee, zusammen in die Sauna zu gehen, gar nicht so schlecht. Pyry legte mir den Arm um die Schultern. Ich schmiegte mich an ihn wie eine Katze, die sich nach Streicheleinheiten sehnt.

Nachdem sie dieselben Fragen zum Teil noch ein viertes Mal gestellt hatten, sagten die Polizisten, für diesmal reiche es. «Die Direktorin von Ilvesvaara und die anderen Mitarbeiter sind also nicht hier? Das Feuer in der Sauna dürfte inzwischen leider ausgegangen sein.» Numminens Lächeln war unverschämt anzüglich.

Der Motor des Polizeiwagens hüstelte eine Weile, bevor er ansprang. Pyry und ich standen am Fenster, sein Arm lag immer noch auf meiner Schulter, als sei ich sein Eigentum. Am liebsten hätte ich ihn abgeschüttelt, doch das tat ich erst, als die Überwachungskamera am Tor zeigte, dass die Polizisten das Gelände von Ilvesvaara tatsächlich verlassen hatten.

«Ob sie Ansa davon erzählen?», überlegte Pyry.

«Von unserer angeblichen Beziehung? Das Material wird erst nach Abschluss der Ermittlungen veröffentlicht. Dann könnte sie es erfahren.»

Ich dachte an unsere Küsse, die die Kamera eingefangen hatte, und daran, dass Ansa nicht zugeben konnte, sie gesehen zu haben, ohne den Standort der Kamera preiszugeben. Ich hatte das Gefühl, in zu vielen Reigen mitzutanzen, bald würde ich die Schritte durcheinanderbringen und nicht mehr wissen, welche Hand ich als nächste ergreifen sollte. Obwohl Pyry für mich gelogen hatte, hinderte mich irgendetwas daran, ihm restlos zu vertrauen.

Als ich ihn auf die Verbindung zu Sotschi hinwies, sagte er, darüber habe er auch nachgedacht.

«Hat Ansa in Russland das Kapital verdient, mit dem sie Ilvesvaara gründen konnte? Wie hast du sie kennengelernt?»

«Ich war eine Zeit lang ihr Personal Trainer. Nach ihrer Rückkehr aus Russland war sie lange krank, sie hatte sich da irgendeine Darmerkrankung eingefangen, die sie stark geschwächt hat. Ich habe ihr geholfen, sich zu erholen und ihre Kondition wieder aufzubauen. Das dauerte ungefähr ein halbes Jahr. Einmal kam Topi zufällig in dem Fitnesszentrum vorbei, in dem ich mit Ansa trainierte. Sein Auto war kaputt, und Ansa bot an, ihn nach Hause zu bringen. Dieses eine Mal hat Topi seine Chance ergriffen, und damit begann diese schräge Romanze. Topi braucht jemanden, der auf ihn aufpasst. Ansa hat ihn wohl mehrmals davor gerettet, auf die falsche Seite des Gesetzes abzurutschen.»

«Warum bist du denn nach Ilvesvaara gekommen, wenn du doch im Süden erfolgreich warst?»

Pyry seufzte. «Es war ziemlich aufreibend, im Hauptstadtgebiet Kunden zu akquirieren, mich selbst zu vermarkten und mir das Gequatsche von allen möglichen Typen anzuhören, ich hätte als Sportler viel erfolgreicher sein können, wenn ich dies getan oder jenes geschluckt hätte. Niemand hat mehr Ahnung davon als diese Tribünensportler. Zum Glück wurde seinerzeit nicht so viel im Internet kommentiert wie heute. Neugierig, wie ich bin, hätte ich alles über mich gelesen und auch noch den letzten Rest meines Selbstvertrauens verloren.»

Lenkte Pyry das Gespräch jetzt absichtlich von Ansas geheimnisvollen Geldern auf sich selbst? Er öffnete den Reißverschluss des Skianzugs, den er immer noch trug. Dabei tänzelte er vor mir herum, als würde er weiterhin die alberne Komödie für die Polizisten spielen.

«Gehen wir in die Sauna, Baby?», lachte er und schälte sich aus dem Oberteil des Anzugs. Der Anblick war nicht besonders erregend, denn er entblößte nicht etwa blanke Haut, sondern ein Sportshirt.

«Dann geh Holz nachlegen, Lilja. Oder das Feuer neu anzünden. Husch, husch!» Ich zwinkerte ihm zu, denn ich wollte ihn für eine Weile loswerden, um zurück in die Höhle zu gehen.

Ansa wusste, wo sich die Überwachungskameras befanden. Folglich wusste sie sie auch zu umgehen. Aku musste seine Suite über die hintere Terrasse verlassen haben, und Ansa hatte das Signal, dass die Tür geöffnet wurde, aus dem Kontrollsystem gelöscht. Das konnte nur sie getan haben. Ihr Entsetzen über Akus Verschwinden war vorgetäuscht, das über den Fund der unbekannten Leiche dagegen echt. Es konnte ja nicht Aku

Rautio sein, der tot auf dem Eis lag, denn Ansa wusste, dass er als Gefangener von der Kamera 64 überwacht wurde.

Der Reigen wurde immer rasanter. Würde ich ihn überstehen, ohne über meine eigenen Tatzen zu stolpern?

33

Ich musste sofort handeln. Wer wusste schon, wie lange Jana sich noch ausruhen würde. Hoffentlich war das Feuer im Saunaofen tatsächlich ausgegangen, sodass Pyry Zeit brauchte, um es wieder zu entfachen. Ich musste zurück in den Lagerraum und vorher noch die Kameras ausschalten. Wie schnell würde es Ansa auffallen, wenn ich die Kabel herauszog? Sie brauchte immer noch mindestens zwei Stunden Fahrtzeit nach Ilvesvaara.

Ich ging ins Büro und öffnete den Geräteraum erneut. Nachdem ich mich noch einmal vergewissert hatte, dass an den Kabeln tatsächlich 62 und 64 stand, zog ich die Schnellkupplungen heraus. Die flackernden kleinen Lämpchen an den Anschlüssen erloschen sofort.

Wenn Ansa Aku gefangen hielt, machte sie sich mindestens der Freiheitsberaubung schuldig, und das war ein schwereres Verbrechen als meins, welche Bezeichnung es auch verdienen mochte. Um den Tatbestand des unerlaubten Eindringens in die Privatsphäre handelte es sich wohl nicht, denn genau das wollte ich ja verhindern.

Ich ging zum Lager. Die Raben waren zurück, laut krächzend kreisten sie über der Eiskaskade. Gab es im Wasser etwas Fressbares? Ich zählte fast zwanzig Vögel, die plötzlich auf mich zuflogen. Instinktiv fuchtelte ich mit den Armen und erntete nur ein spöttisches Kreischen.

Raben attackierten keine lebenden Menschen.

Ich hatte die Höhle gerade betreten, als mein Handy piepste. Die SMS kam von einer Nummer, die mit +191 begann. USA. New York. Mike Virtue? Mir fiel ein, was ich vor mehr als einer Woche geträumt hatte. «Ich kann unter das Wasser gehen. Das solltest du auch lernen», hatte Mike in meinem Traum gesagt.

Doch der Absender war nicht Mike, sondern mein Kommilitone Charlie Davis, einer der wenigen, mit denen ich nach der Zeit an der Sicherheitsakademie Queens in Kontakt geblieben war. Dennoch wunderte ich mich, dass er meine geheime Telefonnummer kannte, denn wir hatten bisher nur miteinander gemailt.

Ein zweiter Signalton, dann ein dritter. Charlie hatte mir viel mitzuteilen.

Hallo Hilja, Charlie D. hier. Hoffentlich geht es dir gut, wo auch immer du bist. Jedenfalls hast du eine finnische Telefonnummer. Wir haben sie gestern im Archiv von Mike V. gefunden. Ich konnte sie nicht selbst herausfinden, denn laut Suchmaschine ist sie geheim.
Mike ist letzten Dienstag gestorben. An einem Aortenriss, offenbar ging es sehr schnell. Das hoffe ich wenigstens. Mikes Verwandte wollten keine öffentliche Beerdigung. Seine Asche wird in Long Beach ins Meer gestreut.
Wir Studenten werden irgendwann eine Gedenkfeier veranstalten. Antworte auf diese Nachricht, wenn du mehr hören willst, oder schick mir eine Mail. Ich bin sehr traurig, Mike war für uns alle ein wichtiger Lehrmeister. Dein Charlie Davis.

Ich starrte auf den Todestag. In der Nacht darauf gegen vier Uhr hatte ich von Mike geträumt. Der Zeitunterschied zwischen Finnland und New York betrug sieben Stunden. Charlie hatte die genaue Todeszeit nicht genannt, doch ich war mir absolut sicher, dass es um neun Uhr abends passiert war. Mike war bei mir gewesen, um mir einen letzten Rat zu geben.

Ich spürte, wie sich die Härchen in meinem Nacken aufrichteten und mein nicht vorhandener Stummelschwanz sich bauschte. Ich brauchte keine Erklärung für das, was geschehen war. Ab und zu hatte ich die Anwesenheit meiner lange verstorbenen Mutter gespürt, und einige Male war ich in einen Grenzbereich zwischen Mensch und Luchs geraten. Über diese Dinge hatte ich noch nie mit jemandem gesprochen.

Ganz bestimmt war Mike nicht zufällig in meinem Traum aufgetaucht. Das konnte nur eins bedeuten: Ich musste die Tür finden, die unter die Eiskaskade führte.

Unwillkürlich sah ich in die Kamera Nummer 62. Sie war immer noch auf die Stelle gerichtet, wo ich mir Pyry geschnappt hatte. Ich hatte also die richtigen Kabel gefunden und es geschafft, die Kameras auszuschalten. Dennoch spürte ich Augen im Rücken, als ich die Leiter erneut an der hinteren Wand aufstellte und hochkletterte. Sicherungsgurte wären praktisch gewesen, aber die Kletterausrüstung wurde im Fitnessgebäude aufbewahrt.

Die Regale waren aus leichtem Material, ich überlegte, ob ich es wagen sollte, mich daran festzuhalten. Waren sie fest genug an die Wand geschraubt, um meinem Gewicht standzuhalten, falls mir die Leiter wegrutschte? Darauf konnte ich mich nicht verlassen, doch ich musste das Risiko eingehen. Ich kletterte bis zum obersten Regalbrett und begann, die Teppichrollen aus dem Weg zu räumen, indem ich sie einfach nach unten warf. Die Leiter schwankte bei der Bewegung, aber sie hielt stand.

Nach der fünften Rolle sah ich einen Riss im Gemäuer. Als ich weitere Teppiche beiseiteschob, kam eine ungefähr eineinhalb Meter hohe schmale Tür zum Vorschein, die sich kaum von der Wand abhob. Sie erinnerte an den Notausgang in einem Flugzeug. Aber wo waren die Klinke, das Schloss, die Tasten für den Nummerncode? Ich konnte nichts dergleichen entdecken.

Ich ließ meinen Blick zur Deckenkante schweifen und sah dann in die Kamera. Öffnete sich die Tür vielleicht durch einen Irisscanner in der Kamera oder über eine Fingerabdruckerkennung? Oder wurde sie über Ansas Smartphone betätigt? Dann hatte ich keine Möglichkeit, sie aufzubekommen.

Aber Handy oder Iriserkennung waren riskant, und der Fingerabdruckleser müsste irgendwo in der Nähe sein, in Reichweite. Ein Handy konnte in falsche Hände geraten, Augen und Finger konnten beschädigt werden. Hatte Ansa gedacht, dann wäre sowieso alles egal? Oder konnte man die Tür mit der Stimme öffnen, mit einer Art Zauberwort?

«Sesam, öffne dich!», rief ich frustriert. «Oder Mellon?», überlegte ich und dachte an den Film *Der Herr der Ringe*, den David und ich uns an einem verregneten Wochenende in der spanischen Synchronisation in den andalusischen Bergen angesehen hatten. Mellon bedeutete auf Elbisch «Freund». Warum musste ich gerade jetzt an dieses Wort denken? David kannte sich mit Sprengstoff aus, er hätte es mit Dynamit versucht.

Doch ich wollte hindurchgehen, ohne Spuren zu hinterlassen.

Was hatte ich gerade gedacht? Der Notausgang in einem Flugzeug. Vielleicht ließ sich diese Tür nur von innen öffnen, und irgendwo anders gab es eine Tür, die man von außen öffnen konnte. *Ich kann unter das Wasser gehen*. An der Eiskaskade waren drei Kameras, aber sie befanden sich nicht in Bodenhöhe, sondern weiter oben. Gab es die Höhle unter dem Wasser, die auf einer der alten Karten eingezeichnet war, tatsächlich?

Ich kletterte so schnell die Leiter hinunter, dass sie ins Schwanken geriet und ich mich am Regal festhalten musste, um nicht das Gleichgewicht zu verlieren. Da glitt das Regal plötzlich zur Seite, und es kam eine zweite Tür zum Vorschein. Sie war ebenso unauffällig und niedrig wie die obere, aber mit einem Unterschied: Sie hatte eine Klinke und darunter ein Schloss, das zu einer anderen Serie gehörte als die anderen Türschlösser in Ilvesvaara. Hoffnungsvoll schwenkte ich meinen Transponder, bekam aber kein grünes Licht. Es musste also ein Codeschloss sein, das wahrscheinlich nichts speicherte. Gut für mich.

Jetzt müsste ich nur die richtige Zahlenfolge kennen. 9999 mögliche Kombinationen. Die Zeit war knapp, ich konnte sie auf keinen Fall alle durchprobieren. Pyry konnte jederzeit auftauchen und fragen, warum ich noch nicht in die Sauna gekommen war.

Meine Freude über die Entdeckung verflog schnell. Es war unmöglich, die Kombination aufgrund irgendeiner Logik zu erschließen. Auch wenn manche Menschen das eigene Geburtsdatum und die Geburtstage ihrer Angehörigen verwendeten, konnte Ansa ebenso gut den Todestag ihres Hundes aus der Kindheit oder irgendeine zufällige Zahlenreihe gewählt haben. Möglicherweise änderte sich die Kombination auch täglich, vielleicht hatte Ansa auf ihrem Handy eine App, die wie beim Online-Banking die jeweils gültige Zahlenreihe angab.

Oder der Code war das jeweilige Datum.

Die Idee war so verrückt, dass ich sie ausprobieren musste. 0–9–1–2. Meine Finger glitten beinahe ab, aber sobald ich die Zahlen eingegeben hatte, tat sich etwas. Die Tür brummte wie ein übervoller Kühlschrank. Und als ich die Klinke herunterdrückte, öffnete sie sich langsam. Dahinter war es stockdunkel.

Ich nahm mein Handy und schaltete die Taschenlampe ein. Dann schob ich die linke Hand durch die Türöffnung und war auf alles gefasst: einen Alarm, ein Fuchseisen, das sich um mein Handgelenk schloss, ein Messer, das von der Decke fiel. Doch nichts dergleichen geschah. Die Tür schien etwa einen halben Meter über dem Boden des Korridors zu liegen, der sich dahinter erstreckte.

Ich zögerte einen Augenblick, sah aber ein, dass ich vielleicht keine zweite Chance bekommen würde. Doch würde ich durch diese Tür wieder nach draußen kommen? Oder durch die andere? Oder saß ich bald ebenso in der Falle wie die Person mit der Fußfessel, die ich auf den Kamerabildern gesehen hatte?

Ich schob mich durch die Türöffnung und zog dabei eine Teppichrolle hinter mir her, die verhindern sollte, dass die Tür zufiel. Als ich das Licht nach oben richtete, sah ich an der Wand eine Leiter, die zur oberen Tür führte. Dort gab es eine Klinke auf der Innenseite, doch ich konnte mich nicht darauf verlassen, dass sich beide Türen mit demselben Code öffnen ließen. Was hatte es mit dieser seltsamen Kombination von zwei Türen auf sich? Die Höhle wirkte wie eine Art Wartungskorridor zum Wasserfall, aber niemand hatte ihn mir gegenüber erwähnt.

Ich machte ein paar Schritte nach vorn. Der Korridor war etwa zwei Meter breit und nur wenig höher als ich. Ich hörte ein dumpfes Dröhnen, das Wasser donnerte in den Fluss, der zum See führte. Dann flammte über mir ein Polarlicht auf.

Die roten und grünen Lichter tanzten so unruhig durch den Flur, dass ich beinahe das Gleichgewicht verloren hätte. Als sei ich in eine Maschine geraten, die eine künstliche Migräne hervorruft. Ich achtete auf meine Schritte und stützte mich mit der einen Hand an der Wand ab, die sich im Rhythmus des Lichts zu bewegen schien, auch wenn mir mein Verstand sagte, dass sie stabil war und es sich nur um eine Illusion handelte, die etwaige Eindringlinge verwirren sollte. Nach rund zehn Metern machte der Gang einen Bogen nach links, danach wurde die Luft deutlich kühler und feuchter. Beinahe wäre ich auf Moos ausgerutscht.

Die Licht-Show endete so plötzlich, wie sie begonnen hatte. Zuerst sah ich gar nichts mehr, doch dann schimmerte mir am Ende des Ganges ein andersartiges Licht entgegen, und ich hörte das Wasser immer lauter rauschen. Bald darauf stand ich unter dem Wasserfall auf einer Art Terrasse.

Auch sie war auf keiner der Karten von Ilvesvaara vermerkt, die ich bekommen hatte.

Die Terrasse war hier und da vereist, doch die elektrischen Laternen, die Pyry und ich angebracht hatten, schienen hell genug durch das Wasser, sodass ich es wagte, die Taschenlampe auszuschalten und das Handy in die Tasche zu stecken. Eiskalte Tropfen regneten mir ins Gesicht, und das Wasser rauschte so laut, dass man hätte brüllen müssen, um es zu übertönen.

Dann sah ich die nächste Tür.

Sie war so hoch wie der Korridor und aus dicken Brettern gezimmert. Zwei Einzelheiten an ihr weckten meine Hoffnung. Die eine war das altmodische Schloss, in das ein großer eiserner Schlüssel passte. Ein Schloss, das sich mit modernem Werkzeug durchaus öffnen ließ.

Die andere war das Fenster in der Tür. Aus mehreren Metern Entfernung und im Halbdunkel war es unmöglich, die Art der

Scheibe zu erkennen. Sie konnte aus kugelsicherem Glas sein. Ich ging näher heran, und da geschah es.

Eine eiskalte Dusche durchnässte mich vom Kopf bis zur Taille. War ich dem Wasserfall zu nah gekommen? Nein, an der Decke war ein Duschkopf, der offenbar durch einen Bewegungsmelder aktiviert wurde, wenn jemand darunter trat.

Verdammt. Die Temperatur unter der Eiskaskade lag weit unter null, meine Kleidung wäre bald steif gefroren. Aber ich musste zu der Tür gelangen. Ich machte einen Schritt nach hinten und drückte mich so nah an die Wand wie möglich, presste den Rücken gegen den Felsen und schob mich Zentimeter um Zentimeter an der Falle vorbei. Ohne weitere Zwischenfälle erreichte ich die Tür.

Auf der Innenseite der Scheibe waren Gitterstäbe. Selbst wenn ich das Glas zerschoss, würde ich also ohne Schlüssel nicht hineinkommen. Warum hatte ich keinen Dietrich mitgenommen? Natürlich konnte ich versuchen, das Schloss mit einem Schraubenzieher aufzubrechen, aber womöglich würde es mir damit nicht gelingen, alle Zuhaltungen zur Seite zu schieben.

Der untere Rand des Fensters befand sich auf der Höhe meiner Augen. Innen war es stockdunkel. Vorsichtshalber rüttelte ich an der Tür, doch sie war abgeschlossen. Ich suchte nach einer Erhöhung, auf die ich steigen könnte, aber die Betonterrasse war flach und eben. Würde ich es schaffen, mich mit einer Hand an den Türrahmen zu hängen und mit dem Handy durch das Fenster nach drinnen zu leuchten?

Ich musste drei Mal hochspringen, bevor ich am Türrahmen Halt fand, aber es war unmöglich, mit einer Hand das Handy hervorzuholen. Also versuchte ich, ohne Taschenlampe etwas zu erkennen. Mit den Bewegungen des Wassers veränderte sich auch das Licht immer wieder ein wenig. Als ich mich so weit zur Seite hangelte, dass ich das Fenster nicht ganz verdeckte, nahm ich allmählich Formen auf dem Fußboden wahr.

Ein Teppich in Brauntönen. Ein Stuhlbein. Eine Stuhllehne. Der Fuß eines Menschen. Der Fuß eines Mannes. Ein gefesselter Fuß wie auf der Aufnahme der verborgenen Überwachungskamera. Der Fuß bewegte sich ein wenig, die Gestalt richtete sich auf. Sah sie mich hinter dem Fenster? Die Scheibe war zweifach verglast, aber meine Stimme konnte sie wohl dennoch durchdringen.

«Hallo! Du da! Bist du Aku? Komm ans Fenster!», brüllte ich aus voller Kehle, aber die Bewegung hatte aufgehört, und der Mann kam nicht näher an das Fenster.

Vielleicht war er nicht nur am Fuß, sondern auch an anderen Körperteilen gefesselt, zum Beispiel an den Händen. Bei dem Gedanken schauderte mir.

Meine Arme brannten, die Finger schmerzten. Ich musste den Griff lösen, sosehr ich auch versuchte, mich weiter festzuhalten. Und natürlich klingelte das verflixte Handy.

Ich landete mit den Knien auf dem Boden. Unter der Dusche hatte sich Eis gebildet, und ich rutschte in Richtung Fluss. Nur mit größter Anstrengung schaffte ich es, die Bewegung zu stoppen und mich an die Wand zu wälzen. Egal ob ich noch nasser wurde, Hauptsache, ich blieb am Leben.

Aber die Dusche ging kein zweites Mal an.

Am Telefon war Pyry, der fragte, wo ich denn steckte. Die Sauna sei schon seit einer Weile heiß. Außerdem müsse ich ihm den Rücken schrubben, als Belohnung dafür, dass er vor den Polizisten die Wahrheit abgewandelt hatte. Pyry wirkte gut gelaunt, offenbar hatte er meine Küsse am Vormittag völlig falsch verstanden. Der Gedanke an die Sauna war an sich verlockend, denn ich war total durchgefroren.

Hätte Pyry gewusst, dass es den Männern, mit denen ich schlief, meist schlecht erging, hätte er schnurstracks die Flucht ergreifen müssen. War der Gefangene unter dem Eisstrom Aku, oder saß dort ein Dritter? Vielleicht derjenige, der Aku und den Rentierzüchter umgebracht hatte.

Am besten holte ich mir zusätzliches Werkzeug, eine Axt und ein Stemmeisen. Und trockene Kleidung.

Den Rückweg musste ich in fast völliger Dunkelheit zurücklegen, nur mithilfe meiner Handytaschenlampe. Das Polarlicht leuchtete auf dem Rückweg nicht mehr. Zum Glück war die Tür offen geblieben. Im Lagerraum zog ich meine nassen Sachen aus und schlüpfte in eine samische Männertracht. Die dicke Wolle wärmte herrlich. Ich schloss die Tür zum Korridor und legte die Teppichrollen wieder ins Regal.

Nun musste ich noch ins Büro gehen, um die Überwachungskameras wieder einzuschalten. Wenn Ansa mich nicht direkt darauf ansprach, würde ich nicht erfahren, ob sie die Unterbrechung bemerkt hatte. Bevor ich die Lagerhalle verließ, warf ich mir noch ein dickes schwarzes Cape über, wie es die Stiefmutter im Schneewittchen-Film trägt. Dann ging ich zum Büro. Meine nassen Sachen hatte ich in einem Müllbeutel dabei. Die Außenbeleuchtung war auf die niedrigste Stufe geschaltet. Nur jede dritte Lampe brannte, und selbst das nur mit halber Kraft. Doch der Halbmond beleuchtete die schneebedeckte Landschaft, sodass ich gut vorankam.

Von der Terrasse des Restaurantgebäudes, die immerhin beleuchtet war, hörte ich Pyrys Stimme. Zuerst dachte ich, seine Worte seien an mich gerichtet, doch dann begriff ich, dass er telefonierte. Er lachte auf eine Art, wie ich es nie von ihm gehört hatte. Dann fuhr er fort:

«Es läuft alles nach Plan. Hilja ist wirklich sehr nützlich, sie handelt genauso kopflos, wie wir vermutet hatten. Natürlich flirte ich ein bisschen mit ihr … Keine Sorge. Ich habe die Situation voll im Griff.»

34

Was redete Pyry da? Mit wem sprach er, mit Ansa? Hatte er die ganze Zeit von dem Gefangenen unter der Eiskaskade gewusst? Trotz meiner dicken Kleidung hatte ich das Gefühl, innerlich zu erfrieren. Hatte Pyry mir bei der polizeilichen Befragung nur deshalb geholfen, weil er glaubte, ich würde ihm danach aus der Hand fressen?

Pyry hatte Aku Rautio schon in seiner Jugend gekannt. War aus ihrer gemeinsamen Zeit als Sportler irgendein Groll zurückgeblieben, auch wenn die beiden keine Konkurrenten gewesen waren? Pyry hatte Ansa und Topi miteinander bekannt gemacht, möglicherweise mit Absicht. War Topi nur eine Nebelkerze, war er vielleicht nicht nur Ansas, sondern auch Pyrys Handlanger, der mit Tabletten gefügig gemacht wurde, damit er kooperativ blieb? Veera hatte entsprechende Andeutungen gemacht, die ich aber als üble Nachrede eingestuft hatte.

Verdammt noch mal, Pyry Benjamin Matias Lilja, du schneeweiße Lilie. Warte nur, bis wir in der Sauna sind. Da kannst du was erleben, Baby. Mal sehen, ob danach noch irgendjemand Freude an dir hat.

Pyry beendete das Gespräch. Die Dunkelheit war mein Verbündeter, ich hoffte nur, dass meine blonden Haare mich nicht verrieten. Die schwarze Kapuze wagte ich nicht überzuziehen, es war besser, jede Bewegung zu vermeiden. Vor der Sauna musste ich unbedingt noch ins Büro. Hoffentlich ging Pyry in eine andere Richtung als ich.

Ich hörte ihn leise singen, seine Stimme lag irgendwo zwischen Tenor und Bariton. Das Lied war mir in der Version der Band *Eläkeläiset* bekannter als im Original. *Drop Dead, Casanova,* das wünsche ich auch dir, Pyry Lilja! Er kam über die Brücke des Restaurantgebäudes nach unten und ging in wenigen Metern Entfernung an mir vorbei, so nah, dass ich seinen Geruch wahrnahm. Ich wartete mehrere Minuten, bevor ich mich auf den Weg zum Büro machte. Wenn Ansa das Kontrollsystem überprüfte, würde sie auch von diesem Besuch erfahren. Doch das spielte keine Rolle mehr.

Ich dachte an das altmodische Schloss an der Tür unter der Eiskaskade. Bewahrte Ansa den Schlüssel in ihrem Büro auf? Ich öffnete die Schubladen, fand aber nichts. Der Schlüssel musste mindestens zehn Zentimeter lang sein. Er konnte sich auch in Ansas und Topis Wohnung befinden. Bisher hatte ich es nicht gewagt, dort einzubrechen, denn das hätte ich mit keiner beruflichen Dringlichkeit erklären können.

Pyrys Worte gingen mir durch den Kopf. «Aber ja, es läuft alles nach Plan. Hilja ist sehr nützlich, sie handelt genauso kopflos, wie wir vermutet hatten. Natürlich flirte ich ein bisschen mit ihr ... Keine Sorge. Ich habe die Situation voll im Griff.»

Hatte Pyry die Drohungen gegen Ansa eingefädelt? Womöglich waren sie nur inszeniert worden, um den Luchs in die Falle zu locken, indem Pyry Ansa dazu brachte, mich einzustellen. Oder hatten sie alles gemeinsam ausgeheckt? Konnte einer von beiden irgendwie von meinem One-Night-Stand mit Aku Rautio erfahren haben? Musste ich als Sündenbock herhalten – und wenn ja, wofür?

Ich war daran gewöhnt, allein zurechtzukommen. Meistens hatte ich keine andere Möglichkeit gehabt. Was hatte Mike Virtue gesagt: «Du bist leicht hinters Licht zu führen, Hilja, weil du von den Menschen immer das Schlechteste erwartest.» Natürlich war ich bereit gewesen, die Behauptung zu schlucken, dass jemand Ansa Huuhka Schaden zufügen wollte. Denn genauso funktionierte meine Welt.

Ich sah Mikes Gesicht vor mir. Er war erst knapp über siebzig gewesen, mit einer Todesnachricht hatte ich noch nicht gerechnet, auch wenn ich nicht wusste, in welcher Verfassung er in letzter Zeit gewesen war. Ein Aortenriss klang dramatisch. Mike war für mich lange ein Guru gewesen, dessen Sätze ich wie absolute Wahrheiten nachgesprochen hatte. Doch jetzt gaben auch sie mir keine Kraft mehr.

Ich brachte meine nassen Sachen zum Trocknen in mein Zimmer und tauschte die Bühnenkleidung gegen meine eigenen Klamotten. Gleichzeitig versuchte ich, mein wild pochendes Herz und meinen beschleunigten Atem zu beruhigen. Selbstbeherrschung war eines der wichtigsten Instrumente beim Personenschutz. Ab jetzt kämpfte ich für mich selbst, und ich wusste nicht einmal, gegen wie viele Gegner. Steckten alle Leute in Ilvesvaara unter einer Decke?

Jana hasste Ansa, arbeitete aber trotzdem für sie. Welchen Nutzen hatte sie letztlich davon? Stena hatte ebenfalls am Schwarzen Meer gearbeitet. Veera hatte sich nach Ilvesvaara geflüchtet, weil ihr jemand das Herz gebrochen hatte, doch auch dafür hatte ich nur ihre eigene Aussage. Aber warum hatte man gerade mich ausgesucht?

Weil ich von den Menschen das Schlechteste erwartete.

Einen Moment lang bedauerte ich, dass ich alle Korsetts und Spitzenstrümpfe, die ich zu Davids Vergnügen gekauft hatte, weggeworfen hatte, aber mit ihnen hätte ich Pyry Lilja wohl ohnehin nicht komplett außer Gefecht setzen können. Eine Peitsche wäre mir auch recht gewesen, gehörte so etwas vielleicht zur Ausstattung des russischen Fürsten aus dem 19. Jahrhundert, den Stena manchmal für die Gäste spielte? Gab es im Kostümlager andere Folterinstrumente? Handschellen hatte ich selbst im Gepäck.

Letztlich zog ich nur einen Jogginganzug an und verzichtete auf die Unterwäsche. Als ich in die Sauna kam, stand Pyry im Umkleideraum und öffnete gerade eine Bierflasche. Die gedämpfte, weiche Beleuchtung setzte seinen Körper ins rechte Licht. Unter anderen Umständen wäre er sehr begehrenswert gewesen. Genau mein Typ. Ich betrachtete ihn schamlos, und er lächelte. Der Mann wusste, dass er verteufelt gut aussah.

Während ich mich langsam auszog, spürte ich seine Wärme und seinen Geruch. Ich hatte größte Lust, ihn am Nacken zu packen und so lange zu würgen, bis er mir sagte, warum er mich in diese Sache hineingezogen hatte. Stattdessen stellte ich mich unter die heiße Dusche, die meine inzwischen getrockneten Haare wieder nass machte.

«Soll ich dir den Rücken waschen?», fragte Pyry hinter mir. Auch er wusste sich lautlos zu bewegen.

«Erst nach der Sauna.» Ich schüttelte meine Haare, sodass Wassertropfen auf Pyrys Brustkorb spritzten. Auf seinen ausgeprägten Brustmuskeln waren die Brustwarzen hart. Wie würden sie sich wohl an meiner Zunge, zwischen meinen Zähnen anfühlen? *Natürlich flirte ich ab und zu ein bisschen mit ihr.* Für diese Worte würde ich ihn noch zur Rechenschaft ziehen.

Ich ging in die Schwitzstube und legte mich bäuchlings auf die oberste Bank. Die Wärme des Holzes strahlte durch das weiche Leinentuch auf meine Beine und meinen Bauch ab, das Feuer knisterte im Ofen und ließ kleine Lichtstrahlen über die dunklen Bohlenwände tanzen. Das Wasser lief mir aus den Haaren über den Rücken wie eine kühle Liebkosung. Pyry kam an die Tür, das Licht aus dem Duschraum tauchte seine Gestalt in goldenen Glanz.

Verstand und Gefühl sagten dasselbe: Lass es sein. Geh kein Risiko ein. Doch der Trieb war stärker. Ein brünstiger Luchs überlegte nicht, mit wem er sich paarte. Pyry hatte den richtigen Geruch, das machte ihn gefährlich. Gerade jetzt wäre ich gern mehr Tier als Mensch gewesen.

Pyry setzte sich am Fußende neben mich auf die Bank und machte einen Aufguss, ohne vorher zu fragen. Ich hatte schrecklich viel Haut, die sich nach Berührung sehnte, jeder Quadratmillimeter schrie nach Fingern, Lippen, Haaren. Ich wollte Pyry kratzen und beißen, ihm meine Zähne in den Nacken schlagen wie das Luchsmännchen bei der Paarung dem Weibchen. Ich wollte ihm klarmachen, dass ich ihn beherrschte, nicht umgekehrt.

Ich zuckte zusammen, als Pyrys Bein meine Ferse berührte. Zieh es nicht weg. Ich streckte das Bein, bis die Zehen auf seine Hüfte trafen. Pyry streichelte meine Fußsohle, die Bewegung war gleichzeitig irritierend und erregend.

«Warum hast du mich heute geküsst?», fragte er. Seine Stimme klang weicher als je zuvor.

«Mir war danach.»

«Du bist offenbar eine Frau, die immer tut, was sie will. Selbst wenn es schlecht ausgeht.»

Auf einen Tritt war er nicht gefasst. Ich erhob mich auf alle viere und stieß ihm den Fuß direkt ins Zwerchfell. Er konnte die Bauchmuskeln nicht rechtzeitig anspannen und schnappte nun nach Luft.

«Und du tust alles, was Ansa will, oder wie? Wusstest du von den Kameras, von denen sie mir nichts gesagt hat? Ich habe dich nur geküsst, um sie zu täuschen.»

«Was für Kameras? Und wieso was Ansa will?» Pyry versuchte zu sprechen, obwohl mein Tritt immer noch nachwirkte. Ich setzte mich auf und brachte mein Gesicht dicht an seine Wange.

«Für wie dumm hältst du mich? Du bist an Ansas Spiel beteiligt, und ihr wollt mir mindestens den Mord an Jouni Sompio in die Schuhe schieben, vielleicht sogar Akus Tod. Aber ich weiß, dass Ansa ihn in einem Kerker unter der Eiskaskade gefangen hält.»

Ich packte Pyry am Nacken und drückte seinen Kopf näher an den Saunaofen. Eigentlich schade, ein so schönes Gesicht mit Feuer zu verunstalten. Pyry hatte sich jedoch so weit erholt, dass er sich zur Wehr setzen konnte. Der ehemalige Spitzensportler war immer noch gut in Form. Wusste er von meinen Judokünsten?

«Hilja, ich weiß nicht, wovon du sprichst.» Pyry wehrte sich, versuchte, den Rücken durchzustrecken, seine Haare unter meinen Händen waren dicht und weich. Das angenehme Gefühl steigerte meine Wut.

«Ich hab gehört, was du auf der Restaurantterrasse am Telefon gesagt hast.»

Pyrys Muskeln entspannten sich. Trotzdem hielt ich seinen Kopf weiterhin fest.

«Du meinst, gerade eben? Ich hab doch nicht mit Ansa telefoniert, sondern mit Eini. Das kann ich beweisen. Mein Handy liegt in der Umkleide. Da siehst du die Nummer, ruf sie selbst an! Sie würde bestimmt gern mit dir reden. Und dich treffen, wenn wir das alles hinter uns gebracht haben.»

«Was alles?»

«Topis Durcheinander. Hilja, entschuldige, dass ich dir nicht alles erzählt habe, aber mir war ja auch nur ein Teil bekannt. Ich habe mich darauf verlassen, dass Laitio dich kannte und dass du herausfinden würdest, was in Ilvesvaara los ist. Ich wusste, dass Aku in einer bestimmten Absicht hierhergelockt wurde, aber mir war nicht klar, in welcher. Wollten Ansa und Topi ihn im Auftrag eines Dritten erpressen? Als Aku verschwand, glaubte ich wie Tytti, er hätte sich freiwillig abgesetzt. Aber Jouni Sompios Leiche hat alles durcheinandergebracht. Was hast du vorhin über Aku gesagt? Ist er etwa am Leben, irgendwo hier?»

Ich ließ Pyry los. Log er, um seine Haut zu retten, oder sagte er endlich die Wahrheit?

«Du weißt doch, dass Teppo Laitio sich auf internationale Kriminalität spezialisiert hatte? Unter anderem auf Geldwäsche. Ihr hattet ein paar gemeinsame Fälle, aber er wollte dich natürlich nicht in Dinge verwickeln, mit denen du nichts zu tun hattest. Es geht hier sozusagen um eine Schuld gegenüber einem Verstorbenen, um eine Aufgabe, die Laitio Eini hinterlassen hat. Sie hat mich um Hilfe gebeten, weil ich einige der Beteiligten schon kannte. Ihr Sohn Tuomo ist ja im Polizeidienst und kann nicht außerhalb des Gesetzes handeln. Ich schon.»

Pyrys blaugrüne Augen sahen mich ernst an. Es waren die Augen eines Schneeleoparden, der um Hilfe bittet. Im Altfranzösischen trugen der Schneeleopard und der Luchs denselben Namen, ounce. Konnte es sein, dass Pyry zur selben Gattung gehörte wie ich?

«Du hast mich also angeschmiert, Lilja? Eini Rantanen und du, ihr habt mich als Figur in eurem Spiel eingesetzt.»

Ich war noch nicht bereit aufzugeben. Pyry hatte zu seiner Stiefmutter gesagt, er habe mit mir geflirtet. Hatte Laitio ihr etwa den Eindruck vermittelt, dass ich mich von jedem halbwegs charmanten Mann in Versuchung führen ließ? Das war leider wahr.

«Was hast du über Aku gesagt?», wiederholte Pyry. «Er hat Ansa doch angerufen, du hast es selbst mitbekommen.»

«Aber Akus Stimme habe ich nicht gehört, nur Ansas Antworten. Inzwischen glaube ich, dass das Gespräch ein Bluff war. Dass ich anwesend war, als der Anruf kam, ist ein allzu passender Zufall.»

Ich hatte es für beinahe sicher gehalten, dass Aku aus irgendeinem Grund Jouni Sompio getötet hatte. Aber wenn er die ganze Zeit von Ansa gefangen gehalten worden war, konnte er nicht der Täter sein. Oder hatte Ansa ihn dazu gezwungen?

«Eine Sache hat mir von Anfang an Kopfzerbrechen bereitet», sagte Pyry. «Ansa wollte als Sicherheitsbeauftragte ausdrücklich eine Frau. Als ich ihr sagte, ich wüsste eine passende Person mit Ausbildung zur Leibwächterin, reagierte sie auf deinen Namen, als würde sie ihn kennen. Dagegen hast du nichts von ihr gewusst – oder?»

Ein Schweißtropfen fiel Pyry von der Stirn auf die Brust und rollte weiter zum Bauch. Ich folgte ihm mit dem Blick.

«Nicht, dass ich wüsste. Aber wenn Jouni Sompio die Informationen über mich nicht von dir bekommen hat, von wem dann? Was ist das für eine Geschichte?»

Ich hielt es nicht mehr aus. Ich stand auf, ging nach draußen und wälzte mich im Schnee. Mein Verstand riet mir, mir Pyrys Handy anzusehen. Aber was bewies es schon, wenn sich bei der zuletzt angerufenen Nummer eine Frau meldete, die sich als Eini Rantanen ausgab? Auch sie konnte eine Verbündete von Ansa und Pyry sein. Vielleicht gab Pyry nur vor, nicht zu wissen, wo Aku sich befand, fuhr mein Verstand fort. Mein Gefühl sagte mir allerdings, dass seine verblüffte Miene echt gewesen war.

Der Luchsinstinkt trieb mich dazu an, auf die Jagd zu gehen. Schnapp dir den Hasen und genieße deine letzte Mahlzeit, bevor die Kugel des Jägers dich erwischt.

Pyry war auf der Terrasse der Sauna aufgetaucht. Wie konnte seine Haut ein so verlockendes Licht ausstrahlen, wie eine Wunderlampe, die einen verzauberte? Aber für wehmütige Gedanken war jetzt keine Zeit, ich musste handeln.

Als ich aus dem Schnee aufstand, gab ich mir ein Versprechen. Wenn Pyry und ich lebend und frei aus diesem Schlamassel herauskamen, würde ich uns eine Chance geben. Wenigstens für eine Nacht. Aber vorher musste ich herausfinden, wer zum feindlichen Lager gehörte.

35

«Sollten wir Aku befreien, solange hier noch Ruhe herrscht? Es ist doch anzunehmen, dass er weiß, warum Ansa ihn gefangen genommen hat und was sie erreichen will», sagte ich zu Pyry, während ich mir mit dem Handtuch die Haare trocknete.

«Du hast gesagt, es gibt keinen Schlüssel zu der Tür.» Pyry zog sich das Hemd an.

«Die kriegt man doch mit einer Motorsäge oder Axt auf. Weißt du, wann die anderen zurückkommen? Es war doch so, dass sie hier übernachten wollen und nicht unterwegs?»

Pyry nickte.

«Sollten wir eine kleine Verzögerung für sie arrangieren, damit uns mehr Zeit bleibt?», schlug er vor.

«Wie denn das? Du kannst doch wohl nicht per Fernbedienung eine Rentierherde auf die Straße schicken oder die Reifen aufschlitzen? Oder hast du irgendwelche schamanischen Talente, von denen ich noch nichts weiß?»

Pyry lachte. «Die Zaubertricks überlasse ich dir, Ilveskero. Haben Luchse nicht allerhand magische Fähigkeiten? Zumindest ziehen sie es vor, im Verborgenen zu bleiben. Ich rufe Topi an und sage ihm, der Brennstoff für die Motorschlitten wäre ausgegangen. Hoffentlich hält sie das ein paar Stunden auf. Wie weit hat Ansa Topi in ihre Machenschaften verwickelt? Vielleicht weiß Aku darüber auch etwas.»

Ich wusste nicht, was ich davon halten sollte, dass Pyry so eifrig bei der Sache war. Andererseits brauchte ich einen Verbündeten. Ich hatte immer mehr das Gefühl, dass Akus Gefangennahme und der Mord an Jouni auch mir Schaden zufügen sollten. Nur verstand ich immer noch nicht, warum.

Ich war Aku nichts schuldig. Ansa – falls sie tatsächlich dahintersteckte – hatte vermutlich ihre Gründe, ihn gefangen zu halten. Aber Jounis Tod erschien mir falsch, die Sache musste geklärt werden, auch wenn er mich für seine Feindin gehalten hatte. Oder gerade deshalb.

«Selbst wenn wir das ganze Stromsystem lahmlegen, spielt das keine Rolle, denn früher oder später fliegen wir sowieso auf», sagte ich. «Zieh dir dunkle Sachen an, in denen du dich gut bewegen kannst. Bring eine Säge und eine Axt mit. Ich hab in meinem illegalen Werkzeugkasten einen Dietrich, aber ich weiß nicht, ob er bei einem so alten Schloss funktioniert. Außerdem hat der Gefangene irgendeine Fessel am Bein. Eine Eisensäge wäre dafür auch nützlich.»

«Was noch? Wasser, Energieriegel, ein Seil?» Es klang, als würde Pyry sich auf einen Pfadfinderausflug vorbereiten. Umso besser, wenn er das Ganze als Spaß betrachtete. Angst konnte einen leicht lähmen, und ich konnte nicht noch jemanden gebrauchen, den ich retten und versorgen musste. Ich erinnerte mich wieder an den Gesichtsausdruck, den ich in Väinölänniemi gesehen hatte: Konzentration, Entschlossenheit, dann totale Verblüffung, als der Sprungstab plötzlich brach. Dennoch war es Pyry gelungen, seinen Körper so gut zu beherrschen, dass er nicht im Einstichkasten, sondern auf der Matte gelandet war.

Energieriegel und Proteingetränke waren eine gute Idee, in der Küche gab es einen Vorrat an Proviant für Wanderungen. Und Jana? Sie würde doch wohl nicht versuchen, uns aufzuhalten?

«Ich kann bei ihr vorbeischauen», schlug Pyry vor. «Nach den Schmerzattacken möchte sie meistens etwas Leichtes essen. Im Kühlschrank steht sicher noch Suppe von gestern.»

«Hat sie dir erzählt, woher die Anfälle kommen?»

«Ihr Freund hat sie damals misshandelt, ist aber ungestraft davongekommen. In Russland gilt es nämlich nicht als Verbrechen, eine Frau zu schlagen. Deshalb kann Jana Männer nicht ausstehen. Sie hatte Schwierigkeiten, Arbeit zu finden, weil die Attacken so überraschend kommen. Auch für sie war Ansa die Rettung, genau wie für Topi. Du hast sicher gemerkt, wie sorgfältig Jana ist? Wenn sie Schmerzen hat, springt sogar Ansa manchmal für sie ein.»

Das war also die Geschichte, die Pyry von ihr gehört hatte. Ich konnte nicht wissen, ob sie mehr Wahrheit enthielt als die Tragödie, die Jana mir aufgetischt hatte. Bevor wir uns an die Arbeit machten, vereinbarten wir, uns in einer halben Stunde in der Lagerhalle zu treffen. Da ich Hunger hatte, machte ich mir in der Küche einen schnellen Hamburger. Dann wechselte ich die Kleidung und zog mir die schwarze Sturmhaube über den Kopf, die mir jedes Mal das Gefühl gab, Catwoman zu sein. Ich betrachtete mich im Spiegel. Meine Augen funkelten. Dieser Fall erschien mir persönlicher als jede andere Aufgabe in den letzten Jahren. Eine kleine Stimme in meinem Inneren wies mich darauf hin, dass Akus Entführung Sache der Polizei war. Ich hielt dagegen, dass möglicherweise Eile geboten war und die Polizisten nicht rechtzeitig eintreffen würden. Wie Ansa waren auch sie mehrere Hundert Kilometer entfernt.

Hatte Ansa schon bemerkt, dass ich die Tür zu dem Gang geöffnet hatte, der unter die Eiskaskade führte? Schlösser dieser Art waren in der Regel nur vor Ort zu programmieren, aber ich konnte mir nicht sicher sein. Im schlimmsten Fall hatte Ansa den Code inzwischen geändert. Sinnlos, jetzt darüber nachzudenken.

Ich war früher im Lager als Pyry und ließ den Blick über die vollgestopften Regale wandern. Hatte Ansa die Kostüme eines aufgelösten Theaters aufgekauft? Als Kind hatte ich Maskeraden und Rollenspiele geliebt; für ein Mädchen, das an das kärgliche Leben in Hevonpersii gewöhnt war, wäre die Fülle der Kostüme in Ilvesvaara ein Paradies gewesen. Allerdings hätte ich nie eine Prinzessin spielen wollen, sondern mich lieber als Ritter oder Cowboy verkleidet. Im Schultheater war ich als Zauberer aufgetreten, und bei einer Observation in einem Kaufhaus in Helsinki hatte ich in einem Weihnachtsmannkostüm gesteckt.

Eine Nonnenkutte hatte ich noch nie getragen. Wozu brauchte Ansa sie? Gehörte auch *The Sound of Music* zum Repertoire von Ilvesvaara, oder was für Klosterfantasien wurden hier mitten in der Einöde aufgeführt? Die Tracht sah aus, als sei sie im Sexshop bestellt worden, um die Fantasien eines Kunden zu bedienen, aber Ansa hatte Beziehungen zwischen dem Personal und den Gästen ausdrücklich verboten. Vorne auf der Kutte schimmerte ein großes silbernes Kreuz.

«Willst du das etwa anziehen?», rief Pyry vom Eingang. Bei seinem Anblick hätte man vermuten können, dass er eine seltsame Wanderung durch die Wildnis plante: Aus seinem Rucksack ragten unter anderem eine Axt und die Schneide einer Eisensäge heraus, in der Hand hielt er einen Speer.

«Was willst du denn mit dem Stock?», fragte ich. Gleichzeitig plagte mich der Gedanke, dass ich gerade kurz vor einer Erkenntnis gestanden hatte, als Pyry hereinkam.

«Mit dem Speer habe ich Topi einmal aus dem See gerettet. Ich hab ein Seil daran gebunden und ihn aus dem Eis gezogen.»

«Habt ihr etwa auf dem Eis Speerwerfen geübt? Wird der Speer dabei nicht stumpf?»

«Das war ein ausgedienter Speer von meinem Onkel. Anfangs hatte ich nicht mal richtige Spikes für alle Sportarten. Ich dachte mir, wenn ich mit dem Speer in der Hand durch den Gang gehe, löst er die Fallen aus.»

«Gute Idee», musste ich zugeben.

«Diesen hier habe ich früher benutzt, um mit Gewichten zu werfen, deshalb hat er ein Loch.» Pyry zeigte mir die Öffnung etwa einen halben Meter unterhalb der Speerspitze. «Nonne und Speer, das wäre doch mal eine neue Abendshow für Ansa, oder?» Pyry lachte, und gleichzeitig kam mir ein Gedanke.

Die Reihe mit den Nationaltrachten. Viele der Frauenkleider hatten lose Taschen. Bei welchem Kleid hatte ich am Gürtel auch einen Schlüssel gesehen? Meine Finger tasteten rasch über die handgewebten Wollstoffe und zogen immer neue Röcke hervor. Am Gürtel der Tracht aus Grenzkarelien hing ein etwa zehn Zentimeter langer, dicker Bronzeschlüssel, der meines Wissens nicht zur ursprünglichen Tracht gehörte.

«Wenn man etwas erfolgreich verstecken will, sollte man es für alle sichtbar präsentieren. Könnte das der Schlüssel zu der alten Eichenholztür unter der Eiskaskade sein?»

Ich nahm den Schlüssel in die Hand und zeigte ihn Pyry.

«Das wäre typisch Ansa! Sie mag solche kleinen Tricks. Nimm ihn ruhig mit, vielleicht erspart er uns ja die Axt.»

Auf dem Weg zum anderen Ende der Halle berichtete Pyry, dass es Jana schon besser ging. Sie hatte gesagt, sie werde zur Entspannung in die Sauna gehen. Um sie zu täuschen, hatte Pyry ihr angeboten, sie zu massieren, denn er war sich sicher gewesen, dass sie den Vorschlag ablehnen würde. Jana wollte sich von niemandem berühren lassen.

Pyry hielt die Leiter, als ich zu den Regalen an der Rückwand kletterte. Hinter welcher Teppichrolle war die Tür noch mal …? Da! Funktionierte derselbe Code, das heutige Datum, immer noch? Ich drehte die Ziffern und wartete ungeduldig.

Die Tür öffnete sich wie beim vorigen Mal. Ich sprang in den Korridor und begriff erst dann, dass Pyry mit seinem großen Rucksack nicht durch die Tür passte.

«Hast du etwas Zerbrechliches im Rucksack?», fragte ich. Als Pyry verneinte, bat ich ihn, den Rucksack nach unten zu werfen, und passte auf, dass er nicht wegrutschte. Den Speer bekam ich gerade noch zu fassen, bevor das Licht ausging.

Ich fluchte. Hatte Ansa Gelegenheit gehabt, in der ferngesteuerten Polarlichtbeleuchtung herumzupfuschen? Pyry rief, in der Vordertasche des Rucksacks sei eine Taschenlampe. Ich tastete danach und schaltete sie ein, darauf bedacht, meinen Kampfgefährten nicht zu blenden. Er ließ sich fluchend auf den Boden fallen.

«So ein harter Aufprall bekommt der operierten Wade nicht gut», erklärte er.

Pyry klemmte sich den Rucksack unter den Arm. Ich behielt die Lampe und gab ihm den Speer. An der Wand entlang machten wir uns auf den Weg zur Tür. Der Strom schien lauter zu dröhnen als beim letzten Mal, gerade so, als müsse das Wasser unter der zunehmenden Kälte gegen das Zufrieren ankämpfen. Der Fluss neben uns rauschte, die Eiskristalle an seinen Rändern glitzerten im Schein der Taschenlampe.

«Halt!», kommandierte ich. «Das Lichtsystem ist geändert worden. Kann sein, dass auch die Duschen jetzt anderswo sind. Am besten schwenkst du den Speer im großen Bogen.»

Pyry zeigte mir den erhobenen Daumen. Vorsichtig, mit dem Rücken an der kalten Betonwand, gingen wir weiter. Ab und zu fiel mir ein Wassertropfen auf die Stirn, doch wir erreichten die Tür ohne Zwischenfälle.

Ich bat Pyry, durch das Fenster zu spähen, denn er war zehn Zentimeter größer als ich. Er reichte mir den Speer, ich gab ihm die Taschenlampe. Als er den Lichtkegel durch das Türfenster richtete, stellte ich überrascht fest, dass es hier unter dem Wasserfall gar nicht völlig dunkel war. Für Glühwürmchen war es um diese Jahreszeit zu kalt, aber es kam mir vor, als würden im Felsen unter der Kaskade kleine Phosphorstreifen funkeln. Oder waren es exakt platzierte LED-Lampen? Warum diese Mühe an einem Ort, zu dem niemand Zugang hatte?

«Ich sehe etwas, warte mal … Jemanden auf dem Boden.»

«Bewegt er sich?»

«Kann ich nicht erkennen. Lass uns den Schlüssel ausprobieren.»

Ich nahm den Schlüssel aus der Brusttasche. Pyry leuchtete mir, als ich ihn ins Schloss steckte. Er passte mühelos hinein und ließ sich drehen. Pyry drückte die Tür nach innen.

«Geht noch nicht auf. Dreh den Schlüssel noch einmal.»

Knirschen, das Rattern von altem Eisen, die Bewegung der Falle klang in meinen wartenden Ohren wie Donner. Pyry stellte fest, dass sich die Tür nach außen öffnete.

«Pass auf!», rief er, als ich gerade hineingehen wollte. Beinahe wäre ich in ein Sägeblatt getreten, das an einem Brett hinter der Tür befestigt war. Wir sprangen darüber hinweg und gingen vorsichtig weiter wie Katzen auf einer Wiese voller Pfützen. Aber wir hatten richtig gesehen: Vor einer Holzwand in dem nur zwei Meter hohen Raum lag auf einer dicken Matratze ein Mann, zugedeckt mit einer bunten Steppdecke. Neben ihm standen eine Wasserflasche und ein Glas, in der Ecke ein Eimer, der unangenehm stank. Der Mann schien zu schlafen.

Der Bartwuchs hatte seine Gesichtszüge verändert, aber wir erkannten ihn trotzdem.

Wir hatten Aku Rautio gefunden.

Pyry hockte sich neben ihm hin und tastete am Hals nach dem Puls. Aku bewegte sich, sein rechter Fuß kam unter der Decke hervor. Um den Knöchel lag eine Fessel mit einer Eisenkette daran. Ich folgte ihr mit der Hand. Das andere Ende der etwa zwei Meter langen Kette war an einem Metallring an der Wand befestigt. Ich wog das schwere Material in der Hand. Gut, dass Pyry die Eisensäge mitgenommen hatte.

«Aku, wir sind es, Pyry und Hilja. Wir holen dich hier raus. Mach die Augen auf. Wach auf.»

Pyry klopfte Aku zuerst auf die Wange, dann zwickte er hinein. Aku zuckte zusammen.

«Fahr zur Hölle! Ich werde nie tun, was du verlangst, du verdammtes Luder.» So nachdrücklich die Äußerung auch war, die Stimme klang breiig, der Mann war sediert.

Pyry sagte noch einmal, wer er war, und brachte Aku in eine halb sitzende Position. Aku schlug die Augen auf und blickte mich an, als würde er nicht begreifen, was er sah.

«Hilja? Steckst du etwa mit Ansa unter einer Decke? Hast du deshalb ... Scheiße, hast du mich deshalb damals in der Kneipe aufgerissen?»

Pyry machte ein verwundertes Gesicht. Er wiederholte zum dritten Mal, dass wir gekommen waren, um Aku aus seinem Verlies zu befreien. Der Rucksack stand neben Pyry auf dem Boden. Ich nahm die Eisensäge heraus und überlegte, welche Stelle sich am leichtesten durchsägen ließ. Ich entschied mich für den Bolzen, mit dem die Kette an der Fußfessel angebracht war. Als ich Aku am Knöchel fasste, heulte er auf.

«Vorsicht! Mein Bein ist ganz aufgeschürft! Warum hast du

so getan, als ob du mich nicht erkennst, war das zwischen uns dir nicht heiß genug? Aua, pass doch auf!»

Am liebsten hätte ich meine Hilfsbemühungen wieder eingestellt. Stattdessen sagte ich: «Das war ein One-Night-Stand und kein besonders unvergesslicher. Das macht uns nicht zu Freunden. Halt jetzt still, dann helfen wir dir hier raus. Uns bleibt nicht viel Zeit, bis Ansa kommt.»

Das brachte ihn zum Schweigen. Nach einer Weile bat er um Wasser und war bereit, von dem Energieriegel abzubeißen, den Pyry ihm anbot. Ich hätte Dutzende Fragen gehabt, doch das musste warten, bis wir in Sicherheit waren.

Aku schien sich allmählich zu erholen, seine Pupillen waren nicht mehr so klein wie vorher, und er atmete gleichmäßiger. Das Sägeblatt fuhr immer tiefer in das Metall, in einigen Minuten würde der Gefangene frei sein. Er roch nach Rülpsern und ungewaschenen Haaren und trug ein merkwürdiges braunes Hemd. Schuhe und andere Kleidung waren nirgendwo zu sehen.

«Wohin bringt ihr mich? Zur Polizei kann ich nicht gehen, denn ich will nicht jahrelang für eine Tat im Knast sitzen, die man mir in die Schuhe geschoben hat. Und wenn die Russen erfahren, dass ich überlebt habe, werden sie mich suchen. Ich muss so weit weg, wie ich nur kann.»

Ich wurde allmählich sauer. Das Wort «danke» schien nicht zu Aku Rautios Wortschatz zu gehören.

«Was hat man dir denn in die Schuhe geschoben?»

«Ansa versucht, mich für ihre eigenen Unterschlagungen verantwortlich zu machen. Sie will, dass die Russen mich umbringen und sie mit heiler Haut davonkommt. Deshalb hat sie mich entführt. Die spinnt doch, die Schreckschraube.»

«Welche Russen meinst du? Wer soll glauben, dass du tot bist?»

«Als wüsstest du das nicht!», fauchte Aku, und es fiel mir schwer, mich zu beherrschen.

«Hört auf zu quatschen, erst mal holen wir dich hier raus.» Pyry streifte seine Schuhe ab, zog sich die Socken aus und warf sie Aku zu.

«Zieh die an, die schützen wenigstens ein bisschen vor dem vereisten Beton. Meine Schuhe sind dir zu groß. Hilja, wie weit bist du mit der Fessel?»

Der Stahl brach mit einem Knacks.

«Frei», sagte ich. Aku versuchte aufzustehen, sank aber auf die Matratze zurück und kam erst mit Pyrys Unterstützung wieder auf die Beine. Die Strecke bis zum Ausgang würde er wohl schaffen, aber würde ich ihn dann auf dem Rücken die Leiter hochschleppen müssen? Er zog die Socken an und ging leicht taumelnd zwischen uns zur Tür hinaus unter die Eiskaskade.

Ein seltsames Prasseln im Felsen ließ mich aufblicken. Ich dachte an die kleinen flackernden Punkte in den Felsen am Rand des Flusses. Eine Zündschnur. Verdammt noch mal. Wohin sollten wir uns in Sicherheit bringen? Nach draußen, nach oben, zum Fluss?

Mir blieb keine Zeit, irgendetwas zu tun. Plötzlich bestand die Welt nur noch aus Getöse und umherfliegenden Steinen, und ich wusste nicht, wer von uns am lautesten schrie.

36

Eisschollen prasselten auf uns herab. Ich legte den Arm schützend über den Kopf und rannte durch die offene Tür zurück in den Raum. Pyry zerrte Aku mit sich. Wir konnten die Tür nicht zuziehen, denn davor lag ein riesiger Eisklumpen. Im Dunkeln hockten wir uns an die hinterste Wand. Pyry hatte die Taschenlampe ausgeschaltet, Licht war im Moment nutzlos. Was, wenn die Explosion den ganzen Felsen zum Einsturz brachte? Dann hatten wir keine Chance zu überleben.

Hatte die Abtrennung des Bolzens von der Fußfessel die Explosion ausgelöst? Aber wie? Oder die Tatsache, dass die Tür von innen geöffnet worden war? Im schlimmsten Fall steuerte Ansa die Ereignisse aus der Ferne und war die ganze Zeit über unsere Bewegungen im Bilde, obwohl ich die Überwachungskameras 62 und 64 vom Netz genommen hatte.

Wir konnten nur warten. In Gedanken zählte ich die Sekunden, das beruhigte und half mir, mich zu konzentrieren. Ich hörte Aku neben mir schwer atmen. Pyry bewegte sich unruhig, er wollte etwas tun, begriff aber wohl, dass das im Augenblick sinnlos war.

Nach etwa fünf Minuten kam das Gepolter allmählich zum Erliegen. Nach einer weiteren Minute hörte man nur noch einzelne Brocken fallen, es klang wie Eis, das beim Aufprall zersplitterte. Ich hörte, wie Pyry aufstand.

«Kein unnötiges Risiko», warnte ich. Pyry schaltete die Taschenlampe ein und richtete sie auf die Tür, die immer noch offen stand. Ich konnte nicht erkennen, wie es dahinter aussah.

Eis konnte man immerhin zertrümmern. Wir hatten Werkzeug. Axt, Hammer, Eisensäge. Ein Feuerzeug oder Streichhölzer wären auch hilfreich gewesen. Ich betrachtete den immer noch schwer atmenden Aku.

«Mein Blutdruck ist total niedrig, mir ist schwindlig», keuchte er.

«Was hat man dir gegeben?», fragte ich, obwohl Pharmakologie nicht meine Stärke war. Aku sagte, er wisse es nicht, und zog den Ärmel hoch. An der linken Ellenbeuge waren drei Einstiche zu sehen.

«Welcher Tag ist heute?», fragte er. Ich sagte es ihm.

«Dann bin ich ja schon seit über einer Woche hier! Es kommt mir vor, als wären höchstens zwei Nächte vergangen. Ist Tytti noch in Ilvesvaara?»

«Sie ist abgereist, als feststand, dass die Leiche, die auf dem Eis gefunden wurde, nicht deine war. Sie dachte, du wärst aus freien Stücken abgehauen, was offenbar öfter vorkommt.»

Ich sah Akus Miene nicht, hörte ihn aber ächzen.

«Wir sollten nicht rumquasseln, sondern uns darauf konzentrieren, hier rauszukommen.» Pyry richtete die Taschenlampe auf seinen Rucksack. «Hilja, du hältst die Lampe, und ich fange an, das Eis zu zerhacken. Wenn nötig, wechseln wir uns ab.» Er reichte mir die Megalite, die so schwer war, dass man damit jemanden hätte bewusstlos schlagen können. Was war noch gleich Pyrys militärischer Rang, Leutnant? Er hatte also nicht nur in der Sporttruppe gedient. Ich überließ ihm vorläufig das Kommando, machte mich aber bereit, einzugreifen, falls er Mist baute.

Das Eis sperrte die Geräusche des Wasserfalls aus. Die Stille wirkte bedrückend, ich stellte mich darauf ein, dass das Getöse erneut begann. Aku hockte keuchend in der Ecke und trank in großen Schlucken Wasser.

«Hast du Salz im Rucksack?», fragte ich Pyry, der angefangen hatte, mit kräftigen, zielstrebigen Schlägen auf das Eis einzuhacken.

«Salmiakpulver, genau für solche Fälle. In einem Plastikbeutel in der Innentasche.»

Ich steckte mir die Taschenlampe so zwischen die Beine, dass sie Pyry noch ausreichend Licht spendete, und suchte nach der ungewöhnlichen Notration. Sie konnte bei Aku Übelkeit auslösen, aber in dieser Situation mussten wir jedes Mittel einsetzen. Von der Decke des Kerkers fielen Tropfen. Hatte sie womöglich Risse bekommen, würde der Wasserfall eindringen und uns ertrinken lassen?

«Ich muss nachsehen, ob da ein Durchbruch ist.» Ich richtete das Licht nach oben. In der Decke war ein winziger Riss, aus dem vorläufig nur vereinzelte Tropfen drangen. Aber die Kraft des Wassers war nicht zu unterschätzen.

«Verdammt», fluchte Pyry, als die Axt auf einen verborgenen Stein im Eis traf, abrutschte und ihn fast am Bein erwischt hätte. Er war geschmeidig genug auszuweichen. Es hätte jetzt gerade noch gefehlt, dass er sich eine stark blutende Wunde zuzog.

Er schlug noch heftiger zu, und plötzlich gab das Eis am Rand der Tür nach. Pyry spähte durch die entstandene Lücke und holte tief Luft.

«Der Rückweg zum Lager ist versperrt. Hier und da sind Durchlässe, aber der Weg, auf dem wir hergekommen sind, ist mit Eis verschüttet, außerdem liegen dort auch Steine und Schotter, die das Eis vom Grund des Wasserfalls mitgerissen hat. Auf diesem Weg können wir also nicht zurück.»

Aku wimmerte. Wir hatten ihm die Freiheit gebracht, und als sie ihm nun wieder entrissen wurde, winselte er wie ein Welpe, der in einen Brunnen gefallen ist.

«Aber ganz hoffnungslos ist die Lage nicht», fuhr Pyry fort. «Ich sehe die Sterne. Und die Brücke über den Wasserfall. Die ist bisher noch nicht eingestürzt.»

Ich schob ihn zur Seite, um die Lage selbst zu prüfen. Das Eis brannte an meiner Wange, als ich durch die Öffnung spähte. Draußen war es erstaunlich hell, obwohl alle Lampen erloschen waren. Der Halbmond war unser Freund, ebenso der Schnee, der an den Abhängen und auf dem Bergkamm leuchtete.

«Jana ist doch im Haus. Soll ich sie anrufen und sie um Hilfe bitten?», fragte ich Pyry und holte das Handy aus der Tasche. Als ich die Nummer eintippte, merkte ich, dass der Versuch aussichtslos war. Im Kerker hatten wir kein Netz.

Wir mussten es zu dritt versuchen.

Endlich gab der größte Eisbrocken an der Tür nach und zerbrach mit einem Klirren. Pyry wischte sich den Schweiß von der Stirn, ich nahm ihm die Axt ab und begann, uns den Weg frei zu hacken. Wir konnten versuchen, über das Eis zu balancieren, aber ohne Ausrüstung war es unmöglich hochzuklettern. Wir hatten nicht einmal Eisgerät.

Schließlich schaffte ich es ganz durch die Tür. Es war windstill und klar, kein Geräusch war zu hören. Als würde die Welt stillstehen. Als Pyry neben mich trat, kam er auf der abfallenden, rutschigen Fläche ins Straucheln und hielt sich an mir fest, um nicht zu stürzen. Einen Moment lang balancierten wir Arm in Arm, ich fürchtete, dass wir in eine Lücke zwischen den Eisschollen fallen und einen unkontrollierbaren Eisrutsch auslösen würden, der uns unter sich begrub.

«Ich brauche einen stabilen Untergrund, damit ich werfen

kann», sagte Pyry. «Ob der Beton unter dem Eis heil geblieben ist?»

«Werfen?», fragte ich, begriff aber im selben Moment, was er meinte. Wir mussten versuchen, auf die Brücke über dem Wasserfall zu gelangen. Unten am Speer war ein Loch, ursprünglich für Gewichte. Pyry wollte ein Seil daran binden und versuchen, den Speer so unter dem Brückengeländer hindurchzuwerfen, dass das andere Ende zu uns zurückflog. Es war ein riskantes Unternehmen. Überall konnten sich weitere Sprengladungen befinden. Die Brücke war möglicherweise beschädigt und würde unter unserem Gewicht zusammenbrechen.

Dennoch mussten wir es versuchen. Die Zeit verging, der Mond stieg immer höher, gab uns aber immerhin Licht.

Ich machte mich daran, das Eis aufzubrechen, um den Betonboden freizulegen. Dabei war ich ständig darauf gefasst, dass das Eis wieder ins Rutschen kam. Endlich spürte ich eine harte, ebene Fläche unter der Axt: Die Sprengladungen hatten den Beton zumindest nicht komplett aufgerissen.

In der Zwischenzeit hatte Pyry das Seil aus dem Rucksack geholt und an den Speer gebunden. Er konnte keinen Anlauf nehmen, sondern musste aus dem Stand werfen, und das noch mit einer anderen Technik als beim Zehnkampf: nicht möglichst weit, sondern hoch und präzise.

Er ließ den Oberarm kreisen, um ihn auf die plötzliche, ruckartige Bewegung vorzubereiten, die zu Verletzungen an Muskeln und Gelenken führen konnte, weil sie so ungewohnt war. Auf dem Felsen über uns ertönte ein irres Kreischen, als habe ein Adler sich auf ein kleineres Tier gestürzt.

«Nimm du das Ende des Seils. Wenn der Speer stecken bleibt, können wir ihn wieder zu uns herziehen. Hoffentlich.»

Ich sah Pyry an, dass er nicht überzeugt war, es zu schaffen.

Gern hätte ich etwas Ermutigendes gesagt, doch ich begnügte mich damit, seiner Bitte nachzukommen. Er stellte sich breitbeinig auf den Beton, zog den rechten Arm nach hinten und schleuderte ihn mit der gesamten Kraft seines Körpers nach vorn.

Der Speer flog in einem Winkel von etwa achtzig Grad auf die Brücke zu, traf das Geländer, prallte ab und stürzte auf den Eisstrom zu. Pyry fluchte, ich zog so kräftig an dem Seil, wie ich nur konnte, damit der unersetzliche Stahlstab nirgendwo stecken blieb. Ich schaffte es, ihn zurückzuholen. Pyry trocknete ihn an seinem Ärmel ab und unternahm einen zweiten Versuch. Diesmal flog der Speer höher, über das Geländer, veränderte aber seine Flugbahn und blieb oberhalb der Brücke im Schnee stecken.

Nun fluchten wir beide. Vergeblich riss ich am Seil. Die Speerspitze hatte sich fest in den Schnee gebohrt.

«Da oben ist Moos», seufzte Pyry. «Am besten setzt du nicht zu viel Kraft auf einmal ein, sondern ziehst gleichmäßig. Langsam.»

Dazu hatte ich kaum die Geduld, aber ich ging davon aus, dass Pyry seinen Speer am besten kannte. Nach und nach zog ich ihn aus dem Schnee, er fiel auf die Brücke, setzte aber nicht, wie erhofft, seinen Weg nach unten fort. Ich musste ihn über das Geländer ziehen und dann wieder schnell handeln, damit er nicht in der Strömung verschwand.

«Was macht ihr da?», rief Aku, als seien wir seine faulen Bediensteten, die mit ihren Aufgaben nicht fertigwurden. Warum hatte ich ihn nicht einfach in seiner Zelle vermodern lassen? Wir gaben ihm keine Antwort.

«Wenn du an irgendetwas glaubst, zu dem du beten kannst, tu es jetzt», sagte Pyry zu mir. Ich faltete zwar nicht die Hände, dachte aber an das Wesen, an das ich mich in solchen Situationen oft wandte. *Komm uns zu Hilfe, Frida. Schnapp dir den Speer und lass ihn um das Geländer und zu uns zurück fliegen.* Pyry konzentrierte sich, schleuderte den Speer in die Luft und brüllte, als würde er bei der Olympiade um die Goldmedaille kämpfen. Aber hier stand viel mehr auf dem Spiel: das Leben von drei Menschen.

Der Speer flog fast senkrecht bis auf die Höhe des Gipfels, drehte sich dann in spitzem Winkel nach unten, stieß gegen eine Ausbuchtung am Hang und sauste durch den Spalt zwischen Fels und Brücke nach unten. Ich spannte das Seil, sodass ich den Speer aus dem Wasser ziehen konnte. Nun mussten wir ihn und damit das andere Ende des Seils irgendwie in unsere Reichweite bekommen. Wenn ich versuchte, ihn zurückzuziehen, würde er sich womöglich quer zwischen Brücke und Felswand verhaken, und dann hätten wir unsere letzte Chance, mithilfe des Seils hinauszuklettern, verspielt.

«Wenn wir einen Bootshaken hätten», seufzte Pyry. «Oder wenigstens einen zweiten Speer. Irgendwas Längeres.» Er rieb sich die rechte Schulter, die offenbar vom letzten Wurf schmerzte. Hoffentlich würde er klettern können.

Der Speer hing nur ein paar Meter vor uns über dem Strom. Ich lockerte das Seil und versuchte so, ihn zum Schwingen zu bringen, doch die Bewegung war nicht groß genug.

«Sieh doch mal nach, ob es da drinnen vielleicht einen Stock, einen Ast oder einen Besen gibt! Oder hast du Eisendraht im Rucksack?»

Pyry tat wie geheißen. Aku kam nach draußen geschlurft. Für die eiskalte Nacht war er viel zu dünn angezogen. Ich schickte ihn zurück, er sollte lieber drinnen Kräfte sammeln. Pyry durchsuchte die unzähligen Seitentaschen seines Rucksacks und jubelte, als er fand, was er suchte.

«Guck mal. Für eine Eiswanderung hab ich einmal provisorische Untersohlen gebastelt, weil ein Chinese so rutschige Schuhsohlen hatte. Eine lange Geschichte, von der Ansa nichts weiß.» Pyry reichte mir aus Eisendraht geflochtene Ringe, die ihre ursprüngliche Form verloren hatten. Wir waren eine ganze Weile beschäftigt. Zuerst mussten wir das Gebilde aufdröseln und dann die Drahtstücke neu miteinander verbinden, sodass ein Zughaken entstand. Er war allerdings nur zweieinhalb Meter lang, zu wenig, um den Speer zu erreichen. Ich beorderte Aku wieder nach draußen.

«Hier, nimm meine Jacke und das Ende des Seils. Pyry, stell dich an den Rand der Eisfläche, wenn du da festen Stand hast. Hast du noch ein Seil? Gut, das binde ich mir um die Taille. Halte mich damit im Gleichgewicht, während ich nach dem Speer angle.»

Die Männer taten, was ich sagte. Sicherungsgurte für Bergsteiger wären jetzt nützlich gewesen, aber wir waren nicht auf die Idee gekommen, sie mitzunehmen. Ich positionierte mich, so gut es ging, auf der glitschigen, wogenden Fläche. Nun musste ich mich einfach darauf verlassen, dass Pyry mich in Sicherheit bringen würde, falls ich ausrutschte.

Es gab nichts anderes als den am Seil schwingenden Speer, nach dem ich mit der metallenen Verlängerung meines Arms angelte. Noch ein bisschen nach links ... Mist, er ist mir entwischt! Neuer Versuch, jetzt! Ganz ruhig, nichts überstürzen. Langsam bewegte ich den Haken näher zu mir, reckte mich so weit vor, wie ich nur konnte, und bekam das Seil zu fassen, an dem der Speer hing.

In dem Moment rutschte ich mit dem Fuß ab, ich stürzte auf die Knie und glitt auf den Wasserfall zu. Mein Instinkt befahl mir, das Seil loszulassen und mich mit den Händen abzustützen, doch ich kämpfte gegen ihn an. Pyry zog mit aller Kraft und brachte mich schließlich unter Kontrolle. Ich stürzte auf ihn, dann auf das Eis und weiter auf den Beton und schlug mit der linken Schläfe gegen die harte Fläche. Aber das Ende des Seils, den Speer und den Haken hielt ich immer noch in den Händen.

Wir keuchten. Dann rappelte ich mich auf und band das Seil zur Sicherung an die Türklinke.

«Lasst uns kurz auftanken, bevor wir losklettern. Wir brauchen reichlich Energie. Pyry, wie viel Wasser haben wir? Verteilen wir alles auf drei.»

Wir aßen die übersüßen Energieriegel, ich versuchte, mich daran zu erinnern, dass die Glukose mein Freund war. Sie würde sich in meinen Muskeln in Energie verwandeln, die mir Kraft zum Klettern gab. Pyry und ich würden es vielleicht nach oben schaffen, aber wie stand es mit Aku? Wie stark hatte die Gefangenschaft seine körperliche Verfassung beeinträchtigt? Sollte er lieber hier unten bleiben und warten, bis Retter durch die Lagerhalle zu ihm stießen?

Als ich diesen Vorschlag machte, behauptete Aku, er sei kampfbereit. Pyry und ich wechselten einen Blick. Lass uns den Mann mitnehmen, obwohl das im schlimmsten Fall bedeuten kann, dass keiner von uns überlebt.

Wir beschlossen, dass ich als Erste klettern würde, Pyry mit seinem Rucksack als Letzter. Er hätte gern noch die schmutzige Decke eingepackt, damit Aku etwas zum Wärmen hatte, doch sie passte nicht in den Rucksack. Dafür gab er Aku seine Handschuhe. Ich überlegte, ob ich auf einen meiner Handschuhe verzichten sollte, damit wir beide wenigstens eine geschützte Hand hatten, aber Pyry behauptete, seine Haut sei abgehärtet. Ich tat so, als würde ich ihm glauben.

Die Sterne blinkten ermutigend, als ich das untere Ende des Seils packte und mich daran zum Felsen schwang. Sobald die Füße an der harten Oberfläche Halt fanden, kam ich voran. Trotzdem erschien mir die Strecke kilometerweit, obwohl der Aufstieg nur wenige Minuten dauerte.

Nichts war mir jemals so willkommen gewesen wie der eiskalte Stahl der Brücke. Mein Puls ging auf nahezu zweihundert, meine Arme schmerzten. Ich lehnte mich an das Geländer und beobachtete Akus Aufstieg. Seine Bewegungen waren unbeholfener als beim letzten Mal, aber irgendwoher nahm er die Willenskraft, sich bis ans Ziel zu kämpfen. Ich zog ihn an den Armen auf die Brücke, wo er keuchend liegen blieb. Wieder gab ich ihm meine Jacke. Ich spürte weder Kälte noch Schmerz, ich wusste nur, dass ich noch lebte. Als auch Pyry die Brücke erreichte, wischte ich ihm kurz über die schweißnasse Wange. *Gut gemacht, Lilja.*

Wir machten uns auf den Weg zum Ufer. Unter der Achsel trug ich immer noch die Waffe, ich wollte Ansa ins Visier nehmen. Doch die Freude über das Gelingen der Aktion machte uns unvorsichtig. Gerade als wir den Weg über die Felsen betreten wollten, bebte plötzlich die Erde unter uns, und die Träger der Brücke knackten. Die Explosion hatte also auch hier oben Schaden angerichtet. Ich konnte gerade noch auf den Weg spurten, bevor die Brücke sich von der Bergwand löste.

37

Pyry hing an der Felskante. Seine rechte Handfläche blutete, er versuchte, sich mit den Füßen abzustützen, doch die Beine baumelten ins Leere. Ich warf mich bäuchlings auf die Erde und kroch auf ihn zu, die ganze Zeit auf die nächste Explosion gefasst, der die endgültige Leere folgen würde. Vorsichtig reckte ich mich vor. Pyry musste das Risiko eingehen, eine Hand vom Felsen zu lösen und nach mir auszustrecken. Ich sprach nicht, sondern kommunizierte nur mit den Augen. Tu es.

In der Felswand fand sich zum Glück ein Pflock, an dem ich mich mit dem Knöchel abstützen konnte. Dann reichte ich Pyry die rechte Hand. Er wog fast hundert Kilo. Dennoch zog ich, es war die einzige Möglichkeit. Er schaffte es, einen Ellbogen auf den Felsen zu bringen, dann das rechte Knie. Ein Ruck, und er war mit dem Oberkörper in Sicherheit, dann hievte er sich ganz auf den Felsen und wälzte sich von der Kluft weg. Ich rollte ihm hinterher.

Aku stand mit verwirrtem Gesichtsausdruck auf der Brücke, die sich unter ihm bog und dem festen Boden immer weiter entglitt.

«Um Himmels willen, spring!», brüllte Pyry. Der Spalt war an die drei Meter breit, die abschüssige Brücke eine schlechte Anlaufbahn. Aku machte ein paar Laufschritte, sprang ab und streckte die Beine instinktiv nach vorn. Wir konnten ihm gerade noch ausweichen, als er auf den Boden prallte und fluchte. Der Felsen war härter als ein Sandhaufen.

«Verdammt, mein Knöchel ist hinüber!» Schmerz und Erschöpfung trieben ihm Tränen in die Augen, als er vergeblich versuchte aufzustehen. Wahrscheinlich würde ich ihn jetzt tragen müssen.

Ich stand auf und betrachtete die Brücke, die bereits in einem Bogen von hundertzwanzig Grad über der Eiskaskade hin und her schwang. Das Wasser strömte auf die Eisbrocken zu, die uns den Weg versperrt hatten. Nach der Explosion waren die Türen zur Lagerhalle weiterhin unsichtbar. Ich konnte mir jetzt vorstellen, wie die geheimen Räume in den Felsen gesprengt worden waren.

Die Frage war nur: Warum? Hatte Ansa die alte Höhle genutzt, oder war die Konstruktion von dem früheren Besitzer der Ländereien errichtet worden, um auf Jagdausflügen Zuflucht vor den Unbilden der Natur zu bieten?

Jetzt war nicht die Zeit, darüber nachzudenken. Ich fasste Aku um die Taille, sodass er sich mit der rechten Schulter bei mir anlehnen und auf dem linken Fuß vorwärtshüpfen konnte. Ein wenig konnte er auch die Zehen des rechten Fußes belasten, aber nicht mit dem ganzen Fuß auftreten. Er trug immer noch Pyrys wollene Wanderstrümpfe, die ihm ein paar Nummern zu groß waren und durchnässt herunterhingen. Doch auch nass schützten sie noch vor der Kälte.

Die einzigen Lichter, die unten zu sehen waren, kamen aus Janas Zimmer und aus dem Restaurantgebäude. Im Mondschein war es nicht zu gefährlich, die Treppe hinunterzugehen. Wir hatten es auf die Höhe der obersten Dächer geschafft, als es zwischen den Fichten plötzlich raschelte.

«Halt!» Die kalte Stimme kannte ich, meine Nackenhaare stellten sich auf. Vor uns sah ich einen Gewehrlauf. Er zielte aus wenigen Metern Entfernung direkt auf Pyrys Brust. Die Hand der Frau zitterte nicht. Ihre blonden Haare leuchteten unter der goldfarbenen Mütze wie ein Heiligenschein, aber ihre Miene war nicht die einer Heiligen.

«Veera, was soll das? Ist das etwa echt? Leg es weg, sonst passiert hier noch was.»

Pyrys Stimme zitterte. Wahrscheinlich hatte er noch nie aus so geringer Entfernung in den Lauf einer Waffe geblickt. Ich hatte schon öfter erlebt, dass sogar Berufsverbrecher in einer entsprechenden Situation die Kontrolle über sich selbst verloren.

Veeras Hände regten sich kein bisschen. Pyry zitterten die Knie, er schaffte es gerade so, sich aufrecht zu halten.

«Das ist Stenas Gewehr. Voll geladen. Wusstest du nicht, dass ich mit Waffen umgehen kann? Noora und ich haben das Schießen schon als kleine Mädchen von unserem Vater gelernt. Hände hoch, Pyry, und ihr anderen auch! Schön, dich wiederzusehen, Aku.»

Pyry folgte ihrem Befehl, Aku ebenso. Kurz darauf hob auch ich die Hände.

«Wo ist Stena? ... Und Ansa?»

«Sie wurden aufgehalten, das hattest du ja so geplant, mein lieber Pyry. Gut gemacht. Ich habe mir gleich gedacht, dass du die Geschichte von dem ausgegangenen Sprit für die Motorschlitten erfunden hast. Ich habe behauptet, meine Kräuterkosmetikmischungen würden verderben, wenn ich sie nicht heute noch umrühre, und habe mir in Kemijärvi ein Taxi genommen, um vor den anderen in Ilvesvaara zu sein.»

Ich starrte Pyry an. Hatte er Veera unabsichtlich oder sehenden Auges in die Hände gespielt? Worum ging es hier?

«Ihr habt uns einen großen Dienst erwiesen. Ich war mir sicher, dass Aku noch lebt und dass Ansa ihm geholfen hat, sich zu verstecken, aber ich hatte nicht damit gerechnet, dass er mir dank euch direkt in die Arme läuft. Jetzt kann ich ihn direkt übernehmen und meinen russischen Freunden ausliefern.»

Aku schlotterte, als sei die Waffe nicht auf Pyry, sondern auf ihn gerichtet.

«Welche russischen Freunde? Bist du etwa …?» Er brach ab.

«Ja. Ich gehöre zu Morozows Leuten. Ansa war so arrogant zu glauben, sie könnte sie unter dem Schutz der finnischen Gesetze übers Ohr hauen. Aku, du kommst mit mir. Ich muss mich nur noch entscheiden, was ich mit den beiden anderen mache. Sie werden jetzt nicht mehr gebraucht.»

Pyry stöhnte auf. Ich wusste immer noch nicht, ob er mich getäuscht und dazu gebracht hatte, die schmutzige Sucharbeit für ihn und Veera zu erledigen. Aber warum zielte Veera dann auf ihn? War Pyry nur ein Arbeitshandschuh, den man auf den Müll warf, sobald man ihn nicht mehr brauchte?

«Veera, ich kapier das nicht! Was ist das für eine Geschichte? Was hast du mit Aku zu tun?»

Pyry kannte Veera besser als ich. Mit seinen Fragen versuchte er wohl, Zeit zu gewinnen – aber was hatte er vor?

«Pyry Lilja, bist du etwa so naiv zu glauben, Ansa hätte dieses Imperium mit legal verdientem Geld aufgebaut? Das hier ist eine einzige große Rubelwaschanlage. Ansa hat sich allerdings eingebildet, das finnische Gesetz würde sie schützen, wenn sie den Laden hier erst mal zum Laufen gebracht hat. Sie hat versucht, Geld abzuzweigen, und nicht kapiert, dass ihr niemand nur aus Gutherzigkeit hilft, ein Millionenbusiness aufzubauen. Jedenfalls nicht, ohne etwas dafür zurückzubekommen. Sie hat mal diesen und mal jenen für Morozows Spion gehalten. Deshalb hat sie Aku entführt. Bestimmt hat sie nicht geglaubt, dass du auf der Flucht vor demselben Typen bist, den ihr beide übers Ohr hauen wolltet. Stimmt's, Aku?»

Veera lächelte herzig. In meinem Kopf ordneten sich die Bausteine neu. Das Gründungskapital des Hotels ging also auf die Jahre zurück, in denen Ansa in Sotschi gearbeitet hatte. Ein Luxusresort eignete sich natürlich glänzend für Geldwäsche. Mit ihrem Alleingang hatte Ansa sich in ihren eigenen Schlingen verfangen.

«Ihr hattet dieselbe falsche Vorstellung von mir wie Ansa. Eine blonde Kosmetikerin kann ja nichts anderes sein als das, wonach sie aussieht. Ich muss morgen in Russland Badetorf besorgen. Ich fahre in Salla über die Grenze, und du kommst mit, Aku. In der Gefriertruhe hinten im Transporter. Ich schalte auch den Strom nicht ein, damit du nicht erfrierst.»

Veeras Gesicht hatte sich verändert, als hätte sie mit ihrem Make-up bisher eine Maske getragen, die nun überflüssig geworden war.

«Wohin willst du mich denn bringen?»

«Zu Morozow. Und er wird seine loyale Freundin fürstlich belohnen. Dann komme ich zurück. Und wenn Ansa bekommen hat, was sie verdient, werde ich Ilvesvaara übernehmen. Allerdings muss hier anscheinend einiges repariert werden. Wie konnte der Architekt denn so stümperhaft sein, dass er nicht daran gedacht hat, die Aufbauten an der Eiskaskade ordentlich abzusichern?»

«Es gab eine Explosion», erwiderte Pyry. «Du weißt bestimmt so einiges, Veera, aber längst nicht alles. Ansa hat unter dem Wasserfall eine geheime Kammer und Überwachungskameras, von denen nicht mal Hilja gewusst hat.»

Mir fiel auf, dass Pyrys linkes Bein zuckte wie in einem Krampf. Die Bewegungen waren unterschiedlich lang. Drei lange, drei kurze, drei lange. Das SOS-Zeichen. Was erwartete er von mir? Mit seinen Worten versuchte er, Veeras Aufmerksamkeit auf sich zu lenken, aber bildete er sich ein, ich könnte mich auf Veera stürzen und ihr die Waffe entreißen, ohne dass er selbst in Lebensgefahr geriet? Obendrein hing mir der halb lahme Aku buchstäblich im Nacken und hinderte mich an schnellen Bewegungen.

Hatte Veera schon mal jemanden getötet? Das erste Mal war nicht unbedingt leicht. Ich verstand immer noch nicht, was sie dazu trieb, auf Ansa und uns loszugehen. Pure Geldgier?

«Aku, du fesselst Hilja mit dem Seil, das sie um die Taille gebunden hat. Was mit ihr passiert, sehen wir später. Der Eisstrom könnte vielleicht das passende Grab für diese verdammte Schnüfflerin sein. Sie hat auch noch diesen Sompio ins Spiel gebracht.» Veera fuchtelte mit der Waffe fordernd in unsere Richtung. Aku wimmerte.

«Ich kann nicht laufen! Ich bin mit dem Knöchel umgeknickt, als ich über die Kluft gesprungen bin.»

Zum erste Mal wirkte Veera verunsichert. Der Gewehrlauf schwankte leicht.

«Verdammt noch mal! Ein echter Mann hält doch wohl ein bisschen Schmerz aus!»

«Akus Knöchel ist vielleicht gebrochen», mischte Pyry sich ein. «Sei vernünftig, Veera. Was zwischen deinem Auftraggeber und Ansa passiert ist, betrifft weder mich noch Hilja. Lass uns gehen. Wir haben nichts damit zu tun.»

Pyry sah Veera flehend an und schaffte es, ihren Blick zu fesseln. Ich konnte mir vorstellen, dass sie dazu fähig wäre, mich zu erschießen. Würde es ihr bei Pyry schwererfallen?

«Okay, ich versuch's», ächzte Aku. «Hilja, ich nehm dir jetzt das Seil ab. Es muss sein, sonst bringen die mich um.»

Ich ließ Aku los und spielte die Fügsame. Veeras Finger lag am Abzug, der Gewehrlauf war immer noch viel zu nah an Pyrys Brustkorb. Trotzdem ging ich das Risiko ein.

Ich wirbelte herum und trat Veera in den Bauch. Bevor sie reagieren konnte, fiel sie nach hinten, und das Gewehr ging zwar los, aber der Lauf zeigte schon zum Himmel und die Kugel ging ins Nichts. Pyry stürzte sich auf sie und entriss ihr die Waffe. Das war leicht, weil Veera keine Luft bekam.

Aku hockte auf allen vieren im Schnee und jammerte, als sei er getroffen worden. Ich hatte nicht übel Lust, ihm auf den verletzten Knöchel zu treten und so sicherzustellen, dass er vorläufig außer Gefecht war. Ich vertraute ihm kein bisschen, aber zuallererst musste Veera unschädlich gemacht werden. Sie lag immer noch auf dem Rücken im Schnee, Pyry zielte auf sie. Veera allein wusste, wie viele Patronen in der Waffe steckten. Hoffentlich war ihr auch klar, dass sie allein nicht gegen uns beide ankommen würde.

Ich drehte sie auf den Bauch und bog ihr die Arme im Polizeigriff auf den Rücken. Sie schnappte nach Luft, fluchte und belegte mich mit wüsten Schimpfnamen, die ich alle schon gehört hatte.

«Bringen wir Veera in den Fitnessraum. Da können wir sie an irgendeinem Gerät festbinden, bis die Polizei kommt, und inzwischen Akus Bein verarzten», schlug ich Pyry vor.

Er hielt die Waffe weiterhin auf Veera gerichtet. Das gefiel mir nicht, geladene Waffen waren kein Spielzeug. Aku humpelte über die Stufen, fluchte und jammerte. Veera ging vor uns her, ihr war offenbar klar, dass ihr nichts anderes übrig blieb. Wir mussten ihr das Handy abnehmen. Womöglich hatte sie Unterstützung angefordert. Hatte sie Morozows Leuten schon mitgeteilt, dass sie Aku gefunden hatte?

Wir erreichten den Fitnessraum ohne weitere Zwischenfälle, abgesehen von Akus gelegentlichem Straucheln. Ich fesselte Veera an das Brustmuskelgerät. Sie fauchte, spuckte, trat, und es fiel mir schwer, nicht zurückzuschlagen. Ihr Handy steckte in ihrer Brusttasche. Es war eingeschaltet und nicht durch ein Passwort geschützt. Ganz oben auf der Kurzwahlliste stand eine Nummer, die mit +7 8622 begann. Die russische Vorwahl und das Ortsnetz von Sotschi. Ich notierte sie mir. Vermutlich würde eine Person namens Morozow sich melden, wenn ich dort anriefe. Ich konnte der Versuchung kaum widerstehen. Neugier war für Katzen fatal. Ich verkniff mir den Anruf.

Ich nahm die Patronen aus dem Jagdgewehr, legte sie in eine Schublade und platzierte die Waffe oben auf dem Kabelzug. Was war als Nächstes zu tun? Aku hatte sich auf einer Yogamatte zusammengerollt und war in einer Art Halbschlaf versunken. Wir mussten der Polizei mitteilen, dass wir ihn gefunden hatten. Gegen wen dann aufgrund welcher Verbrechen ermittelt wurde, würden die Beamten entscheiden. Tytti musste auch erfahren, dass ihr Mann lebte, so wie sie es von Anfang an vermutet hatte. Wusste sie, mit wem er zusammenarbeitete? Vielleicht verschloss sie die Augen vor seinen Wirtschaftsverbrechen, ebenso wie vor seinen Seitensprüngen.

Aber zuallererst wollte ich die Wahrheit über den Hintergrund der Ereignisse herausfinden. Wer war dieser Morozow, für den Veera arbeitete, und in welcher Art und Weise hatte Ansa ihn betrogen? Die Ankunft der Polizei konnte sich bis zum Morgen hinziehen. Aku brauchte für seinen Knöchel lediglich einen festen Stützverband. Den konnte ich zwar anlegen, aber Pyry verstand sich wahrscheinlich noch besser darauf. Mir knurrte der Magen. Ich bat Pyry, aus dem Restaurant etwas zu essen zu holen, denn mit vollem Magen konnte ich besser denken und handeln. Als er ging, nahm ich das Gewehr und setzte mich mit dem Rücken zur Wand, sodass ich nicht nur Veera, sondern auch Aku im Auge behalten konnte. Vielleicht war der verstauchte Knöchel ja doch nur vorgetäuscht.

Veera sah mich vorwurfsvoll an.

«Ich muss mal», sagte sie.

«Dein Pech.»

«Soll ich mir etwa in die Hose machen oder was? Das ist Freiheitsberaubung hoch zehn.»

Ich beschloss, auf Pyry zu warten. Mir lag nichts daran, Veera stärker zu demütigen als unbedingt notwendig. In diesem Durcheinander stand ich nur auf einer Seite, nämlich auf meiner eigenen: Ich wollte meinen Job, sprich meine Leibwächterlizenz behalten. Was war mir wichtiger, die Wahrheit oder die Freiheit?

Einem Luchs war es egal, ob er das einzige Schaf eines Armen fraß oder eins von Hunderten auf der Weide eines Reichen riss. Seinen Hunger stillte die Beute so oder so.

«Gib mir wenigstens mein Handy», fuhr Veera fort. «Du hast kein Recht, es zu behalten oder mich hier festzusetzen. Ich habe Stenas Gewehr zu meiner eigenen Sicherheit mitgenommen, als ich die Explosionen an der Eiskaskade hörte. Ich konnte ja nicht ahnen, was für Terroristen da rumlaufen.»

«Glaub ihr kein Wort, Hilja!», rief Aku und versuchte aufzustehen. Die Knöchelverletzung war nicht vorgetäuscht. Er fluchte vor Schmerz, stützte sich auf die Flachbank und kämpfte sich hoch. «Lass mich gehen, bevor Ansa kommt. Sie hat alles falsch verstanden. Ich habe sie nicht an Morozow verraten, das war jemand anders, wahrscheinlich Veera. Ansa ist so paranoid, man kann mit ihr einfach nicht vernünftig reden. Sie sieht überall Feinde.»

Veera kicherte. «Ansa ist in ihre eigene Falle gegangen. Sie konnte nicht glauben, dass ich listiger bin als sie. Dass ich sie ausspioniert und die Informationen an Morozow weitergegeben habe. Ansa wollte dich als Gast in Ilvesvaara haben, um ihre eigene Haut zu retten, und du bist hergekommen, weil Morozow es angeordnet hat. Auf meine Anweisung. Zugleich kann ich mich an dir rächen.»

Veera spuckte in Akus Richtung, die Spucke landete auf seinem linken Fuß. Er versuchte gar nicht erst, sie abzuwischen.

Schritte näherten sich der Tür zum Fitnessraum. Pyry mit dem Essen. Mir lief das Wasser im Mund zusammen.

Doch es waren zwei Ankömmlinge. Hatte Pyry Jana um Hilfe gebeten? Ich hatte die umherschleichende Putzfrau völlig vergessen und wusste nicht, auf wessen Seite sie stand.

Als die Tür aufging, starrte ich zum zweiten Mal an diesem Tag auf die schimmernde Oberfläche von Sprengstoff. Ansa trat ein wie eine drittklassige Göttin der Zerstörung, mit einem Sprengstoffband, wie ich es an der Felskante gesehen hatte. Hinter ihr stand Topi mit einer 27-Kaliber-Pistole in der Hand. Der Lauf zitterte so heftig, dass ich schon damit rechnete, dass die Waffe im nächsten Moment von selbst losgehen würde.

38

Wer hat dich gefunden?» Ansa wandte sich an Aku, als seien wir anderen gar nicht anwesend.

«Hilja ... Und Pyry.»

Ansa drehte sich zu mir um, Topi schwenkte unsicher die Pistole. Ich hatte meine Waffe immer noch im Achselholster, doch davon wusste nur Pyry, denn ich hatte sie bisher nicht gezogen, weder als wir Aku fanden noch bei der Konfrontation mit Veera.

«Wie?» Ansas kalter Blick richtete sich nun auf mich.

«Im Technikraum waren zwei überzählige Kabel, 62 und 64. Es gehört zu meinen Aufgaben, festzustellen, wohin solche Kabel führen. Das Passwort zu deinem Netzwerk ist lächerlich.»

Die Worte entfuhren mir, bevor ich nachdenken konnte. Jetzt war nicht der Moment zu prahlen. Der Sprengstoff, den Ansa in der Hand hielt, wirkte eher wie ein Knallerbsenband, aber ich erinnerte mich, dass Topi in der Armee bei den Pionieren gewesen war. Hatte er die Sprengkörper am Berghang angebracht? Ich hatte keine Zeit gehabt, darüber nachzudenken, was für ein Zündmechanismus dabei zum Einsatz gekommen war. Offenbar aber ein einfacher. Und bei diesem Sprengstoffband?

Konnte ich es wagen, Topi die Waffe aus der Hand zu schießen, oder würde Ansa uns alle in ein anderes Universum katapultieren, wenn sie annehmen musste, dass sie das Spiel endgültig verloren hatte? Aku und Veera hatten, ohne es zu wissen, demselben Herrn gedient, Morozow. Steckte er auch hinter dem Tod von Jouni Sompio?

Dann war der geheimnisvolle Morozow auch über meine Vergangenheit im Bilde. Aber wie denn? Waren wir alle etwa nur Marionetten in einem merkwürdigen Theaterstück, das in Ilvesvaara aufgeführt wurde, obwohl niemand das Textbuch oder die Absichten des Regisseurs kannte?

Ansa hatte bei der Szene Regie geführt, in der Aku sie angeblich angerufen hatte, in einem Moment, in dem ich als Zeugin anwesend war. Hatte Topi den Anruf getätigt? Ich hatte meiner Chefin geglaubt, weil es scheinbar in ihrem Interesse lag, dass Aku gefunden wurde.

«Warum hast du Jouni Sompio getötet? Du kannst dir doch nicht eingebildet haben, dass er als Aku durchgehen würde, auch wenn er Akus Pyjama trug und jemand sein Gesicht unkenntlich gemacht und seine Fingerspitzen entfernt hat?», fragte ich Ansa.

«Um Himmels willen, ich hab ihn doch nicht umgebracht! Ich hatte noch nie von ihm gehört. Und ich begreife immer noch nicht, wie er in Akus Pyjama auf meinem Grundstück gelandet ist. Das hat mich ganz durcheinandergebracht. Wenn er nicht in Akus Schlafanzug gesteckt hätte, hätte ich gedacht, er wäre irgendein Unbeteiligter. Hast du ihn denn gekannt? Warum hast du der Polizei nichts davon gesagt?»

Ansas Verwunderung wirkte echt. Dann breitete sich Entsetzen auf ihrem Gesicht aus. «Hat etwa jemand von euch behauptet, ich hätte etwas mit der Leiche zu tun? Ich will niemanden umbringen, ich will nur meine Erpresser loswerden.»

Sie schwenkte das Sprengstoffband wie einen Zauberstab, mit dem sie die bösen Mächte vertreiben konnte. Ich drehte wieder einmal am Zauberwürfel in meinem Kopf. Ansa hatte

Aku festgesetzt, weil sie ihn daran hindern wollte, Informationen an Morozow weiterzugeben. Jouni Sompio war mir aus irgendeinem Grund nach Ilvesvaara gefolgt und als Leiche auf dem See gelandet. Ich hatte ihn nicht getötet, auch wenn selbst ein nicht ganz so schlauer Polizist glauben konnte, ich hätte ein Motiv dafür gehabt.

Wer hatte Jouni Sompios Finger im Kühlraum versteckt? Ich hatte Stena verdächtigt, aber war doch Veera die Schuldige gewesen? Sie saß still da und hörte Ansa mit unergründlicher Miene zu. Aku hatte sich auf die Flachbank gesetzt und starrte auf die Waffe in Topis Hand, als habe er so etwas noch nie gesehen.

«Wo ist Stena?», fragte ich.

«Keine Ahnung. Er konnte nicht mitfahren. Ansa hat auf ihrem Handy einen Alarm über die Explosion bekommen und wollte, dass wir uns sofort auf den Weg machen. Wir hatten keine Zeit, auf Stena zu warten.»

Zum ersten Mal seit seiner Ankunft sprach Topi. Er umklammerte die Waffe nicht mehr so krampfhaft wie zu Beginn. Ich betrachtete die Pistole in seiner Hand. Sie kam mir sehr bekannt vor. So eine Pistole hatten viele Menschen benutzt, die ich kannte, sogar einige meiner Kunden.

Es war eine sorgfältig hergestellte Spielzeugwaffe, die sogar viele Polizisten für echt gehalten hätten, zumindest in der Hand eines dunkelhäutigen jungen Mannes in einer amerikanischen Vorstadtsiedlung.

«Was sagt ihr da über Jouni Sompio? Ist er tot?» Aku schien aus seiner Erstarrung zu erwachen.

«Seine Leiche wurde in deinem Pyjama auf dem Eis gefunden. Wir dachten, du wärest es, bis Tytti gemerkt hat, dass das nicht stimmt. Ansa hat dir also nichts davon gesagt?», fragte ich.

Aku richtete sich auf und brach zu meiner Überraschung in Gelächter aus.

«Sompio ist tot!? Und er ist in der Zeit gestorben, als ich verschwunden war? Als ich ein buchstäblich hieb- und stichfestes Alibi hatte? Wenn ich jemals irgendjemanden hätte umbringen wollen, dann wäre es Jouni Sompio gewesen. Und Morozow natürlich. Sompio hat seine Nase überall reingesteckt und mich hier genauso beschattet wie in Sotschi. Er wollte sich seinen Lebensunterhalt nicht mit ehrlicher Arbeit verdienen, sondern mit Erpressung. Er hat immer eine Schwachstelle gefunden und dann zugestochen. War er hier? Gut, dass es ihn erwischt hat.»

Klack. Wieder hatte ein Farbfeld seinen Platz am Zauberwürfel gefunden. Wenn Jouni Sompio Aku regelmäßig beobachtet hatte, konnte er durchaus gesehen haben, wie ich im vorigen Jahr zusammen mit Aku aus einem Restaurant gekommen war. Hatte er geglaubt, ich hätte ein Verhältnis mit Aku Rautio? Hatte er mich deshalb im Dorf angesprochen und sich Informationen über mich verschafft? Um über mich an Aku heranzukommen?

Aku richtete sich leicht schwankend auf. «Bei wem darf ich mich für Sompios Tod bedanken?»

«Hör mit dem Gequassel auf! Du kommst mit uns.» Ansa versuchte, gebieterisch zu klingen, aber es gelang ihr nicht ganz. Topi schwenkte seine Spielzeugwaffe in Akus Richtung. Veera klopfte gegen das Brustmuskelgerät, als wolle sie sich so zu Wort melden.

«Ansa, bilde dir nicht ein, dass du lebend davonkommst. Du hast versucht, Morozow über den Tisch zu ziehen und ihm seinen Anteil vorzuenthalten. Du hast ganz genau gewusst, woher das Geld für die Investitionen in Ilvesvaara kam. Spiel hier nicht die Heilige. Morozow hat mich beauftragt, mir einen Job in Ilvesvaara zu verschaffen, um dich im Auge zu behalten. Du hast den Falschen entführt, um dich zu schützen. Auch Morozow will Aku, der ist nämlich bis über beide Ohren bei ihm verschuldet. Wie dumm kann eine Frau bloß sein?»

Ansa starrte Veera an, als habe sie ihre Anwesenheit jetzt erst bemerkt.

«Veera? Was redest du denn da? Arbeitest du auch für Morozow?»

Obwohl Veera gefesselt war, hatte sie offensichtlich das Gefühl, die Oberhand zu haben. Jetzt verhandelte sie mit jemandem, über den sie noch Macht hatte. Sie genoss Ansas entsetzte Miene.

«Ja, mein Boss ist Roman Nikolajewitsch Morozow. Der Mann, der über die Snieg AG dreißig Prozent von Ilvesvaara besitzt. Ein Mann, der Verbindungen zu den allerhöchsten Kreisen in Russland hat, aber diesen Hotelkomplex in Finnland konnte er nicht allein gründen, sondern er brauchte einen Geschäftspartner. Er hat euch beide getestet, Ansa und Aku, und festgestellt, dass die Frau aus härterem Holz geschnitzt ist. Du, Aku, hast nur miese Subunternehmeraufträge bekommen, und selbst dabei hast du dich bei Morozow verschuldet. Ansa dagegen hat es gewagt, Geld zu unterschlagen, obwohl sie von Anfang an wusste, dass das Kapital von Snieg nicht sauber war.»

«Ich habe nichts unterschlagen! Ich habe lediglich versucht, aus der Geldwäschenummer herauszukommen und Ilvesvaara zu einem Unternehmen zu machen, das vor dem finnischen Gesetz sauber ist.»

Ansa trat näher an Veera heran, und ich fürchtete, sie würde endgültig die Geduld verlieren und uns alle in die Luft jagen.

«Und Morozow soll das glauben – oder die finnischen Behörden?», fragte Veera. «Jouni Sompio hat es jedenfalls nicht geglaubt.»

«Wieso in aller Welt lag dieser Sompio tot auf dem Eis von Ilvesvaara, in Akus Pyjama? Wer war er?»

Ich versuchte, mir einen Reim auf das Knäuel zu machen, das sich immer mehr zu verwirren schien. Ansa konnte jederzeit die Nerven verlieren. Die Angst, die sie nach dem Fund der Leiche gezeigt hatte, war tatsächlich echt gewesen. Topi legte Ansa den freien Arm um die Schultern. Der Lauf seiner Spielzeugwaffe zeigte nach unten. Zeichnete die Überwachungskamera die Ereignisse im Fitnessraum auf?

«Jouni Sompio war ein Arschloch», antwortete Aku. «Ein Spitzel, der sich an den Meistbietenden verkauft hat. In diesem Fall an Morozow. Hast du ihn nach Ilvesvaara gelockt?», fragte er Veera.

«Mich brauchte er nicht zu überwachen, ich habe mich ja genau an Morozows Befehle gehalten. Er war auf Hilja angesetzt. Natürlich habe ich Morozow über die neue Sicherheitsbeauftragte in Ilvesvaara informiert. Du sollst ja eine alte Bekannte von ihm sein, Hilja. Offenbar hast du das nicht gewusst.»

Ich kapierte gar nichts mehr. Bis zu diesem Tag hatte ich noch nie von Roman Nikolajewitsch Morozow gehört, das hätte ich mit der Hand auf Fridas Grab schwören können.

«Das Baugewerbe ist nicht Morozows einziges Geschäftsfeld. Er ist auch an der Ölgewinnung in der Arktis beteiligt. Und du hast vor einiger Zeit einem seiner Geschäftspartner schweren Schaden zugefügt. Der Name Leo Priha sagt dir wohl was?»

Raasepori, Loberga, der verstorbene Schwiegersohn von Lovisa Johnsons Nichte. Ich hatte mir nicht vorstellen können, dass mir außer denjenigen, die damals verurteilt worden waren, jemand wegen dieser alten Sache etwas nachtrug.

«Morozow mag es nicht, wenn die Dinge kompliziert werden», erklärte Veera. «Ich habe zwei und fünf zusammengezählt, und das Ergebnis war der Hauptgewinn. Wenn Hiljas One-Night-Stand in Ilvesvaara tot aufgefunden wird, würde die Polizei sie verdächtigen. Dann wäre ich mit einem Schlag nicht nur Sompio, sondern auch die herumschnüffelnde Hilja los, und Morozow würde sehen, dass ich sein Vertrauen wirklich verdiene.»

Ich versuchte, mein Zittern zu unterdrücken, obwohl in meinem Inneren alles umherwirbelte, sodass der Würfel in seine Bestandteile zerfiel. Die Farben mischten sich, das gelbe Farbfeld war neben dem roten und das grüne auf dem weißen, alles war völlig unlogisch. Jouni Sompio war also auf Anordnung von irgendeinem Morozow hinter mir her gewesen? Weil Veera ihn auf mich gehetzt hatte. Aber welchen Nutzen hatte Veera von Sompios Tod, wenn doch beide bei demselben Boss auf der Gehaltsliste gestanden hatten?

«Was hat Morozow gegen mich? Ich wusste nicht einmal, dass er Kontakt zu den Leuten in Loberga hatte», fragte ich, denn ich wollte es unbedingt wissen. Was wusste ich noch alles nicht über die Gespenster der Vergangenheit? Sie hatten Fangarme, von denen ich nichts geahnt hatte und die furchtbar weit reichten.

«Er hat nicht aktiv nach dir gesucht, erst mein Bericht hat ihn aufhorchen lassen. Aber anstatt es mir zu überlassen, dich an ihn auszuliefern, hat er Sompio auf dich angesetzt. Und der wollte mal wieder die ganze Ehre für sich beanspruchen, wie üblich. Er war auf dem Weg hierher, um dich zu treffen, Hilja. Er hätte um eine weitere Nacht mit dir gebettelt und dich dann in die Falle gelockt. Ich habe dich gerettet, indem ich das verhindert habe. Du solltest mir dankbar sein.»

Veeras Blick appellierte an eine verquere weibliche Solidarität. Darauf fiel ich nicht herein, aber ich fragte dennoch möglichst verständnisvoll, wie Sompio als Leiche auf dem Eis gelandet war.

«Er hat mich auch nie ernst genommen. Er dachte, die kleine Kosmetikerin wäre bloß eine Statistin, die sich vordrängelt. Mein Angebot, ihn im Auto mitzunehmen, hat er angenommen, weil ihm klar war, dass er mit mir durch das geschlossene Tor auf das Gelände kommt. Ich habe immer Augentropfen in meiner Kosmetiktasche. Es war kinderleicht, sie in den Kaffee zu mischen, den er während der Fahrt unschuldig wie ein Hündchen ausgetrunken hat. Ihn auf die Rückbank zu bugsieren, war anstrengend, aber so war er auf den Kameras am Tor nicht zu sehen.»

Ich ließ Veera reden. Selbstgefällig, wie sie war, lag ihr daran, dass jemand von ihrem genialen Vorgehen erfuhr. Sie hatte schnell, mit hohem Risiko und unter starkem Druck handeln müssen. Sompio aus dem Auto auf das Eis zu befördern, war sicher keine Kleinigkeit gewesen.

«Akus Pyjama habe ich unter der Massageliege gefunden. Zuerst wusste ich nicht, dass es seiner war. Erst als Tytti erzählt hat, was Aku anhatte, als er verschwand. Ich habe vermutet, dass sein Helfer ihm andere Klamotten mitgebracht hat. Und so war es ja auch, stimmt's, Ansa?» Veera wartete die Antwort nicht ab, sondern wandte sich an Aku. «Was dachtest du, wohin sie dich bringt? Und warum habt ihr euch im Schönheitssalon getroffen?»

«Ansa hat sich als Hilja ausgegeben! Sie hat mir in Hiljas Namen eine Textnachricht geschickt, sie hätte mich nachts auf ihrer Terrasse gesehen, aber nicht öffnen können. Wenn ich in den Schönheitssalon käme, würden wir die Sache vom letzten Jahr wiederholen.»

Aku sah mich an, als sei es meine Schuld, dass man ihn hereingelegt hatte.

«Und du Idiot bist deinem Schwanz gefolgt statt deinem Verstand und schnurstracks in die Falle gelaufen.» Veera lachte boshaft. Ich musste zugeben, dass sie ganz schön beherzt war.

«Du hast also Jouni Sompio Akus Pyjama angezogen? Warum?», fragte ich.

«Es hat mir Spaß gemacht, für Verwirrung zu sorgen. Ansa war total von der Rolle, bis die Leiche identifiziert wurde. Sie wusste ja, dass Aku nicht weglaufen konnte. Ich habe Jouni nicht gern auf dem Eis erfrieren lassen, aber es war die einzige Möglichkeit.»

«Wie hast du ihn denn aufs Eis gebracht, ohne Spuren zu hinterlassen?» Ich wollte, dass Veera möglichst viel sagte, das außer mir auch noch andere mitbekamen.

«Auf einem Schlitten. Mir war klar, dass der Schnee schnell die meisten Spuren zudecken würde, und danach würde es kälter werden, und der Frost würde ihn endgültig erledigen. Und deine Kameras, Ansa, die nützen dir gar nichts, wenn man weiß, wo sie sind.»

Die Frauen starrten sich an, ich spürte den Hass zwischen ihnen knistern wie elektrischen Strom.

«Hast du ihm etwa bei lebendigem Leib das Gesicht zerstört?» Aku hatte lange geschwiegen. Topi gab ein würgendes Geräusch von sich, er starrte Veera an wie ein Wesen von einem anderen Stern.

«Ich bin nicht umsonst Kosmetikerin. Ich habe einen Laser benutzt. Das spürt man kaum, aber wenn man richtig damit umgeht, kann man ordentlich Schaden anrichten.»

«Du hast ihm doch auch einen Finger abgeschnitten! Ist er nicht mal davon wach geworden?»

Ich war selbst überrascht, wie sehr Veeras Tat mich aus der Fassung brachte.

«Von einem Finger kann man Abdrücke machen. Morozow würde erst glauben, dass Sompio tot ist, wenn er den Finger bekäme. Hast du ihn etwa aus dem Kühlraum geklaut, du verdammte Schnüfflerin? Wieso haben die Polizisten dich nicht verhaftet, nachdem sie rausgefunden hatten, dass du mit Sompio geschlafen hast?»

Veeras Hass war kein bisschen gespielt. Wie war sie zu der Person geworden, die sie war? Zuerst hatte sie Ansa vernichten wollen, dann mich. Es ging ihr nicht nur um ihre Position in Morozows Truppe. Was hatte sie mit dem Mord an Jouni Sompio beweisen wollen?

«Wir sollten gemeinsame Sache machen, Hilja. Sonst hast du Morozow bis an dein Lebensende im Nacken. Wenn du mich freilässt, kann ich Morozow sagen, dass du uns einen Dienst erwiesen hast. Lass mich gehen und Aku auch. Ich bringe ihn morgen über die Grenze. Morozow soll entscheiden, was er mit ihm macht. Und du, Ansa, solltest tun, was er dir aufträgt, dann kannst du dein Geschäft vielleicht behalten.»

Ich kam nicht dazu, dazwischenzugehen, als Ansa Veera mit der flachen Hand ins Gesicht schlug. Veera kreischte, trat und spuckte. Die beiden Frauen warfen sich alle möglichen Schmähungen an den Kopf. Ich spürte das Gewicht der Glock unter der Achsel und musste meine ganze Willenskraft aufbieten, um sie nicht zu ziehen.

«Einen Moment lang dachte ich schon, du wärst nicht dumm», sagte Ansa schließlich zu Veera. «Aber bildest du dir ernsthaft ein, Morozow würde dir eine Position in seinen Reihen anbieten? Du bist eine Frau, das heißt für ihn, du bist ohne Wert. Dass ich es geschafft habe, ihn in die Knie zu zwingen, war ja in seinen Augen mein größtes Verbrechen. Er lässt sich nicht von Weibern betrügen. Von mir aus kannst du ruhig nach Russland gehen. Da kriegst du, was du verdienst. Topi kann dich morgen an die Grenze bringen und aufpassen, dass du das Land wirklich verlässt. Aber Aku bleibt hier.»

Wenn ich nur gewusst hätte, wie gefährlich der Sprengstoff in Ansas Händen war. Ich wollte nichts riskieren, denn ich stand allein gegen zwei und hatte keine Ahnung, nach wessen Regeln Aku letztlich spielen würde.

Die Tür knarrte, es roch schon nach Pesto-Lasagne, bevor Pyry einen Fuß durch die Tür gesetzt hatte. Ansa und Topi drehten sich gleichzeitig um, Pyry schrie auf, als er sie sah.

«Hallo, Vetter.» Topis Stimme war kalt. «Nimm die Hände hoch und setz dich neben Aku. Du kommst zur falschen Zeit.»

Pyry sah mich ungläubig an, dann parierte er. Wie konnte ich ihm übermitteln, dass Topis Waffe nicht echt war? Das Einzige, was uns gefährlich werden konnte, war Ansas Sprengstoff.

«Jetzt wird es wohl Zeit, die Waffen wegzulegen und die Polizei zu rufen. Ein Toter ist genug.»

Ich bemühte mich um Autorität, doch das war ein Fehler. Topi hob die Hand und richtete den Pistolenlauf auf meine Schläfe. Er kam näher. Ich spürte die Berührung des kalten Metalls, und obwohl ich wusste, dass die Gefahr, mit einer Spielzeugwaffe getötet zu werden, gleich null war, kam in meinem Kopf eine Fluchtreaktion in Gang.

«Verpfusch dir nicht das Leben, indem du schießt», sagte ich zu Topi. «Wenn du nicht gewusst hast, dass Ansa Aku entführt hat, hast du bisher nichts getan, wofür du in den Knast gehen könntest.»

«Hilja hat recht», stimmte Pyry zu. «Du bist im Grunde ein guter Mann. Nur ziemlich leicht zu manipulieren. Lass dich von Ansa nicht mit ins Verderben ziehen.»

Topis Aufmerksamkeit wanderte von mir zu seinem Vetter. Er drehte sich um und zielte nun auf ihn. Das war die Gelegenheit, auf die ich gewartet hatte. Ich zog die Glock.

«Wirf das Kinderspielzeug auf den Boden, Topi. Die hier ist echt. Pyry, Topis Waffe ist nur eine Nachbildung.»

Als Topi den Lauf an seine eigene Schläfe setzte, erstarrte ich. Hatte ich einen furchtbaren Fehler gemacht? Da hörte ich Plastik knacken, und das Entsetzen wich der Erleichterung. Topi sackte auf die Flachbank, er sah aus, als würde er gleich in Tränen ausbrechen.

«Ansa, gib Pyry den Sprengstoff. Meine Waffe ist echt, und ich werde nicht zögern, sie einzusetzen.»

Ich trat so weit zurück, dass ich bei Bedarf jeden im Raum ins Visier nehmen konnte. Pyry trat mit ausgestreckten Armen auf Ansa zu, aber ich sah, wie sein Adamsapfel zuckte und er mit den Augen blinzelte. Mein Atem beschleunigte sich. Ansa hatte sich nicht darum geschert, wie viele Menschenleben der Einsturz der Eiskaskade hätte fordern können. Würde Pyry sterben, weil er meine Anweisung befolgte?

«Ansa, noch hast du niemanden umgebracht. Pyrys Tod würde dir nichts bringen. Also spreng hier nichts in die Luft.»

«Jetzt ist sowieso alles egal. Wenn Morozow beschlossen hat, mich zu vernichten, wird er es auch tun. Wahrscheinlich bin ich nicht mal im Gefängnis vor ihm sicher.»

Ansa sah nicht Pyry, sondern mich an, als sie sich das Sprengstoffband von den Armen wickelte und ihm übergab. Pyry nahm es vorsichtig entgegen, als sei es eine unbekannte

Schlange, von der er nicht wusste, ob sie ihn beißen oder erwürgen würde.

«Bring es nach draußen», befahl ich.

Pyrys Hände zitterten, doch er befolgte meine Anweisung. Ansa fiel Topi in die Arme, Aku versuchte aufzustehen, doch sein Knöchel versagte den Dienst. Obwohl ich die Bewegungen aller Anwesenden sehr bewusst wahrnahm, kam es mir vor, als sei ich auf mein Gehör reduziert. Ich wartete auf einen ohrenbetäubenden Knall, nach dem es nichts mehr geben würde.

Als Pyry wieder an der Tür auftauchte, hätte ich am liebsten vor Erleichterung aufgeschrien. Stattdessen warf ich ihm mein Handy zu und bat ihn, den Notruf anzurufen.

39

Als die Polizei endlich eintraf, wurden wir alle festgenommen und zur Vernehmung nach Sodankylä gebracht. Die Erinnerung an diese Tage ist nicht angenehm. Zuerst kamen Aku und Pyry auf freien Fuß, dann ich, Topi und Ansa, die aber mit einem Reise- und Vermögensübertragungsverbot belegt wurde. Ilvesvaara wurde vorläufig geschlossen. Die offizielle Begründung für die Schließung war die Explosion unter der Eiskaskade, mit der sich die Unfallermittlung befasste.

Ansa verriet mir nach unserer Freilassung, dass in der Kleidung, die Aku anziehen musste, ein Sender eingenäht war, der den Sprengstoff aktivierte, sobald er durch die Kerkertür trat. Deshalb war sein Pyjama im Kosmetikraum liegen geblieben, und er war nur mit dem braunen Hemd bekleidet gewesen, als wir ihn fanden.

Ansa hatte nicht gelogen, als sie mich bat, für ihre Sicherheit zu sorgen. Zwar waren die aufgeschlitzten Autoreifen und das Gift nur ein Bluff gewesen, aber sie fürchtete, dass ihre russischen Geldgeber früher oder später Knochenbrecher auf sie ansetzen würden. Aku war verärgert gewesen, weil Ansa ihm einen einträglichen Auftrag vor der Nase weggeschnappt hatte, aber auch er hatte Grund, Morozow zu fürchten. Ansa hätte besser daran getan, mit Aku gemeinsame Sache zu machen, statt ihn völlig sinnlos zu entführen. Doch sie, die Betrügerin und Schwindlerin, hatte alle verdächtigt, bis auf die, vor der sie sich am allermeisten hätte hüten müssen.

Von Veeras Rolle hatte Ansa keine Ahnung gehabt. Sie hatte die Frau für ein Dummchen gehalten, und Veera hatte diesen Eindruck verstärkt, so gut sie konnte. Von Veeras Verbindung zu Aku hatte Ansa nichts gewusst. Sie hatte den Pyjama versehentlich im Arbeitsraum der Kosmetikerin zurückgelassen und völlig die Fassung verloren, als sie feststellte, dass er verschwunden war, doch sie konnte weder Veera noch Jana danach fragen, denn damit hätte sie sich verraten. Als der Unbekannte in Akus Pyjama auf dem Eis gefunden wurde, war sie erst recht entgeistert, doch anstelle von Veera hatte sie mich für die Täterin gehalten.

Veera würde ewig nicht auf freien Fuß kommen. Gegenüber der Polizei hatte sie sich für eine einfache Taktik entschieden: Sie verweigerte die Aussage. Ihrem Anwalt hatte sie erklärt, das, was sie uns erzählt hatte, sei unter Schock erfundener Blödsinn gewesen. Wir hätten sie mit der Waffe bedroht und festgesetzt. Stenas Jagdgewehr habe sie nie an sich genommen, es habe sich die ganze Zeit in unseren Händen befunden. Pyry, Aku und ich würden unter einer Decke stecken und hätten eine gemeinsame Geschichte zur Verschleierung erfunden, von der wir später auch Ansa und Topi überzeugt hätten. Sie kenne keinen Morozow und sei auch Jouni Sompio nie begegnet.

Es war die Aufgabe der Polizei, die Wahrheit herauszufinden, falls es sie denn überhaupt gab. Veera würde sich natürlich alle Mühe geben, die Ermittlungen zu erschweren. Offenbar hatte Morozow sie gut dafür bezahlt, dass sie sich in Ilvesvaara verdingte und Ansa Huuhka im Auge behielt. Doch sie hatte Ansa nicht bedroht oder ihr Angst eingejagt, sondern in aller Ruhe auf die passende Gelegenheit gewartet, sie zu vernichten. Veera hatte gehandelt wie ein Gang- oder Clanmitglied: Ein Verbündeter konnte im Nu zum Feind werden, es war besser, ihm ein

Messer in den Rücken zu stoßen, bevor man selbst zum Opfer wurde. Das Spiel, das seinerzeit bei den Bauarbeiten im Vorfeld der Olympiade in Sotschi gespielt worden war, hielt sich nicht an die Regeln von Eishockey, Curling oder Eistanz. Eher erinnerte es an Biathlon, aber mit lebenden Zielen.

Dennoch brannten manche darauf, mitzuspielen. Die Gefahr brachte Erregung und Befriedigung. Vielleicht war auch bei ihnen die Verkabelung im Gehirn bei der Geburt durcheinandergeraten, wie bei meinem Vater. Mit Neuropsychologie hatte ich mich nie besonders gut ausgekannt. Vielleicht war Veera auch einfach nur geldgierig und böse. Es interessierte mich nicht. Mir ging es vor allem darum, dass sie mir nicht mehr schaden konnte.

Ich hatte lange darüber nachgedacht, ob ich an der Aussage festhalten sollte, dass ich die Nacht im Dorf nicht mit Jouni Sompio, sondern mit Pyry verbracht hatte. Es war riskant, denn Jouni hatte Veera von unserer Liebesnacht erzählt, aber ich konnte Veeras Aussage als Versuch hinstellen, mich verdächtig zu machen. Von dem USB-Stick, den ich in Jounis Wohnung gefunden hatte, sagte ich nichts. Davon wussten nur Pyry, ich und Eini Rantanen sowie der bereits eingeäscherte Jouni Sompio.

Dennoch glaubte ich nicht, Ilvesvaara schon hinter mir gelassen zu haben. Das Gerichtsverfahren konnte Jahre dauern, der Fall war weit verzweigt. Ich fürchtete, dass der Schurke Morozow seine Handlanger auf mich hetzen würde.

Mein Waffenschein war zum Glück nicht eingezogen worden, ich trug die Glock fast überall bei mir. Allerdings hatte ich sie doch im Umkleideraum der Sauna zurückgelassen, als ich in der Blockhütte, die einem Freund von Pyry aus Armeezeiten gehörte, in den Badezuber stieg. Das Häuschen war ähnlich abgeschieden wie Ilvesvaara, lag aber einige Hundert Kilometer weiter südlich, im Nordwesten von Ilomantsi. Die russische Grenze war nicht einmal zwei Kilometer entfernt. Pyry hasste das traditionelle Familienweihnachten, und ich hatte auch keine Pläne. Meine Halbschwester Vanamo hatte mich nach Tuusniemi eingeladen, aber dort wurde Weihnachten als zutiefst religiöses Fest gefeiert, und Vanamos Großeltern legten keinen Wert darauf, dass ich ihnen die Stimmung verdarb.

Ich hatte lange überlegt, bevor ich Pyrys Angebot annahm. Wir waren am Tag vor Heiligabend angekommen, spätabends und so müde, dass wir uns praktisch sofort in unsere Betten fallen ließen. Tagsüber hatten wir gekocht und Informationen über den Fall Ilvesvaara ausgetauscht. Pyry wagte ich zu gestehen, dass mir Morozows mögliche Rache im Kopf herumspukte.

«Darüber habe ich auch nachgedacht. Ich habe Tuomo Rantanen inoffiziell über alles informiert. Jetzt überwacht auch die Zentralkripo diesen Morozow. Er ist ja über viele Strohmänner und Holdings einer der Hauptgeldgeber von Ilvesvaara», sagte Pyry, als ich für den Pilzsalat, den es zum Abendessen geben sollte, Moor-Reizker hackte. «Du hast doch nur deine Arbeit getan, du hast dich nicht absichtlich in das Treiben der Bau-Mafia eingemischt. Eigentlich kann ich mir gar nicht vorstellen, dass du vor irgendetwas Angst hast.» Er träufelte Zitronensaft über das Maränenceviche, Stena hatte ihm sein Geheimrezept verraten.

«Ich habe keine Angst vor dem Tod. Er kann einem jederzeit begegnen. Ich bin daran gewöhnt, auf der Hut zu sein, eine Bedrohung mehr macht da keinen Unterschied. Komm, gehen wir baden!»

Der Badezuber stand draußen an der Sauna, die man neben einem Moorteich errichtet hatte. Das Wetter war mild, aber klar, die Sterne und ein Teil der Milchstraße waren ebenso deutlich zu sehen wie in Ilvesvaara. Der Rauchgeruch schien zur Natur zu gehören, das Feuer hielt das Wasser im Zuber so warm, dass ich die Mütze abgenommen hatte.

«Ich habe uns einen Aperitif mitgebracht. Einen Gin Tonic für mich und einen doppelten Tequila für dich.»

Pyry stellte die Gläser in die Einbuchtungen am Rand des Zubers und zog den Bademantel aus. Ich hatte keine Ahnung, was ich von ihm wollte. Wir waren keine Kollegen mehr, Ansa konnte uns nichts mehr vorschreiben.

«Ich bin kein kompletter Weihnachtsgegner», sagte er, als er sich zu mir in den Zuber setzte. «An Weihnachten erinnert man sich an wichtige Menschen. Ich habe uns Cohibas gekauft, die können wir nach dem Abendessen rauchen, im Gedenken an Laitio. Ohne ihn wären wir schließlich nicht hier.»

«Seit der Abschiedszigarre mit Laitio habe ich nicht mehr geraucht. Danke.»

Auf der Saunatreppe brannten zwei Laternen, am Rand des Zubers einige Teelichter. Vielleicht konnte Pyry in ihrem Licht nicht sehen, dass mir Tränen in die Augen stiegen.

«Was ist eigentlich aus Laitios Katze geworden?» Ich erinnerte mich an die große, griesgrämige Katze, die ich einmal aus Laitios Treppenhaus geholt hatte.

«Sie ist drei Tage nach seinem Tod gestorben. Allem Anschein nach vor Kummer. Teppo hat den Kater ja vergöttert, und das Gefühl war beidseitig. Diese Geschichte erzähle ich immer, wenn jemand behauptet, Katzen wären unfähig zu lieben. Aber beim Luchs verhält es sich wohl anders. Luchse leben allein, behaupten die Naturführer.»

Pyry suchte meinen Blick, dann streichelte er mein Bein mit seinen Zehen, als wolle er sondieren, ob ich es zuließ.

«In der Brunstzeit suchen sie sich einen Partner. Im Spätwinter. Ein Weibchen kann mehrere Männchen haben, aber wenn sie ihre Aufgabe erfüllt haben, müssen sie gehen.»

Pyrys Lachen war vielsagend. Er sah mir direkt ins Gesicht.

«Deine Träume entsprechen offenbar nicht der Norm? Ewige Liebe, Kinder, ein Haus am See mitten in der Stadt?»

«Ist ein Traum eine Lüge, wenn er nicht wahr wird, oder etwas noch Schlimmeres?», zitierte ich.

Pyry erschauerte, dann wiederholte er die Worte in der Originalsprache: «Is a dream a lie, if it don't come true, or is it something worse. Ich hätte nicht gedacht, dass du Springsteen zitierst.»

«Neben den Alben von Abba war *The River* eine der Lieblingsplatten meines Onkels Jari. Eine verdammt grausame Frage. Zum Glück braucht man sie nicht zu beantworten.»

Ich setzte das Tequila-Glas an die Lippen und leerte es um ein Drittel. Dann beugte ich mich über Pyry und küsste ihn so, dass kein Zweifel daran bestehen konnte, was ich wollte. Er erwiderte den Kuss, unsere Zungen spielten miteinander, Hände wanderten zum Hals, zu den Brüsten, zum Gesäß. Doch dann schob Pyry mich weg.

«Ich traue mich nicht. Du brichst mir ja doch das Herz.» Seine Miene verriet, dass er die Wahrheit sagte.

«Du bekommst mich genau so lange, wie ich es will, Lilja. Ich bin nicht der Typ, der sich bindet. Greif zu oder lass es sein. Gerade jetzt habe ich wahnsinnig Lust auf dich. Was morgen ist, kann ich nicht versprechen.»

Pyry rutschte näher heran, streichelte meine Wange und wollte gerade etwas sagen, als aus dem Wald ein Brüllen ertönte. Es klang nach Frida. Was wollte der Geist meiner Luchsschwester mir sagen? Trotz des heißen Wassers bekam ich eine Gänsehaut.

Ich konnte die Gestalt am Waldrand gerade so erkennen. Kein anderes Tier machte so große Schritte. Als der Luchs kurz verharrte, sah ich die Pinselohren und die Augen, die im Licht des Dreiviertelmondes funkelten. Dann roch oder sah das Tier uns und verschwand in der Dunkelheit.

«Ich greife zu», flüsterte Pyry. Danach waren wir nicht mehr Mann und Frau, sondern nur noch Haut, die andere Haut berühren wollte, Gerüche, die sich vermischten, der wortlose Tanz der Körper. Der Überschwang der Lebendigkeit.

DANKE AN

Jyrki Blom für seine Sachkenntnis über die Flugbahnen von Speeren

Pauliina Kujala für die Beantwortung architektonischer Fragen

Antti Kähärä für seine Sachkenntnis im Bereich Zutrittskontrolle und Sicherheitstechnik

Tiina Sarkkinen vom Tierpark Ähtäri für den Einlass in die Welt der Luchse

Weitere Titel

Du dachtest, du hättest vergessen
Ich war nie bei dir

Die Leibwächterin
Die Leibwächterin
Der Löwe der Gerechtigkeit
Das Nest des Teufels
Schüsse im Schnee

Die Maria Kallio-Reihe
Alle singen im Chor
Auf die feine Art
Weiß wie die Unschuld
Die Todesspirale
Wie man sie zum Schweigen bringt
Im schwarzen See
Wer sich nicht fügen will
Auf der falschen Spur
Sag mir, wo die Mädchen sind
Wer ohne Schande ist
Das Echo deiner Taten
Das Ende des Spiels
Im Nachhall des Todes